EDGAR FRANZMANN

Der Richter-Code

KÖLN KRIMI

emons:

MIX
Papier aus verantwortungsvollen Quellen
FSC® C083411

Umschlagfoto: Südquerhausfenster (»Richter-Fenster«)
im Kölner Dom, GLASSTUDIO DERIX, Taunusstein,
sowie DERIX GLASSTUDIOS, Taunusstein
Umschlaggestaltung: Tobias Doetsch, Berlin
Druck und Bindung: CPI – Clausen & Bosse, Leck
Printed in Germany 2011
ISBN 978-3-89705-830-9
Köln Krimi
Originalausgabe

Für Emmy

Mittwoch, 25. Februar 2009

1

Georg Rubin, einunddreißig Jahre alt, groß, geistreich, gut aussehend, so seine »ehrliche« Selbsteinschätzung, hatte sich als Mönch verkleidet, vielleicht nicht das beste Kostüm, um Frauenbekanntschaften zu machen. Oder doch?

Er feierte die letzte Nacht des Kölner Karnevals im Studentenviertel, dem »Kwartier Latäng«. Irgendwann im närrischen Gedränge am Rathenauplatz hakten ihn zwei Frauen unter, ein blondes Engelchen und ein rothaariges Teufelchen; ein Bützchen links, ein Küsschen rechts, prost!, so konnte es weitergehen!

Eine Kapelle, die sich »De Imis« nannte, sang den melancholischen Hit der Nacht:

Kumm hald mich wärm
Hald mich en dinge Ärm
Zum letzte Mol, Herr Unbekannt
Jo, denn hück weed d'r Nubbel verbrannt
Tschö, bes nächstes Johr.

Jeder der abertausend Narren hielt eine Kerze in der Hand, die Gesichter zerflossen in gespenstischer Schönheit.

Ein falscher Priester deklamierte die Anklageschrift gegen den Nubbel, die Strohpuppe, die sich nicht verteidigen konnte, aber alle Sünden der vergangenen tollen Tage auf sich nehmen musste.

»Wer ist schuld, dass wir unser Geld vertrunken haben?«, rief der Zeremonienmeister.

»Der Nubbel ist schuld«, grölte die Menge.

»Wer ist schuld, dass wir fremdgegangen sind?«

»Der Nubbel ist schuld. Der Nubbel soll brennen!«, rief die Menge, und das Engelchen in Georgs Arm rief es besonders laut und schaute so abenteuerlustig, als sollte dem Nubbel noch eine letzte kleine Sünde aufgepackt werden.

Georg überlegte, wie er die entscheidende Frage formulieren sollte. Oder musste er gar nicht fragen? Er legte den beiden Frauen die Arme um die Schultern und marschierte festen Schrittes Richtung Ehrenfeld.

»Wohin gehen wir?«, fragte Teufelchen.

»Zu mir«, sagte Georg.

Teufelchen quengelte, sie wolle nicht ins Kloster, jedenfalls nicht heute Abend.

Georg sagte: »Teufelinnen dürfen sowieso nicht ins Kloster.«

Am Grüngürtel riss sich Teufelchen los, Georg wusste inzwischen, dass sie Sandra hieß. Sie rannte rechts den Hügel hinauf, dicht am Bahndamm entlang. »Fangt mich, fangt mich doch«, rief sie und entschwand in der Finsternis.

Engelchen, sie hieß Kathrin, hielt Georg zurück. »Lass sie. Die kommt schon wieder.« Georg löste die Umarmung. »Nein, jetzt nicht. Es ist nicht mehr weit.«

Er zog Kathrin die Steigung hinauf. In der Ferne sah er Sandras Schatten als Kontur vor einem Lichtschein, der von einem Feuer kam. Da wurde wohl noch ein Nubbel verbrannt.

Von der Universitätsstraße her hörte man gedämpften Verkehrslärm, ansonsten war es still. Schritte näherten sich.

Sandra kam zurück. »Wo bleibt ihr denn?«, fragte sie. »Es ist so unheimlich hier.«

Zu dritt gingen sie auf das Licht zu. Außer ihnen schien niemand oben auf dem Hügel zu sein. Wo war der Trauerzug für den Nubbel? Oder war das da vorn ein herrenloses Feuer?

Das Licht der Flammen blendete Georg, die direkte Umgebung links und rechts des Weges wirkte dadurch noch dunkler, als sie ohnehin war. Ein Knacken kam aus dem welken Gestrüpp, das zum Bahndamm lag. Georg duckte sich. Für einen Augenblick glaubte er, einen großen menschlichen Schatten zu sehen, aber wahrscheinlich war das nur ein streunender Hund, den sie aufgeschreckt hatten.

Das Feuer vor ihnen flackerte unruhig, vereinzelt züngelten Flammen hoch und schickten Funken wie Glühwürmchen in die Nacht. Der Brandherd lag in der Mitte eines kreisrunden befestigten Platzes, der von einer niedrigen Mauer eingefriedet war. Es war der höchste Punkt dieser künstlichen Hügellandschaft.

Georg ging auf die Flammen zu. Ein Windstoß blies ihm ins Gesicht. Ein unangenehmer, ekliger Geruch fiel ihn an und schnürte ihm den Atem ab. Er schaute auf den Nubbel. Er sah einen halb versengten Kopf, aus dem ein hellblaues Auge starrte. Das zweite Auge war verschmort. Er sah glühende blonde Haare. Er sah ein junges Gesicht. Er sah ein weißes Kleid. Er sah ein Messer, das in dem Körper steckte. Er sah Blut, viel rotes Blut. Er sah gefesselte Hände und Beine.

Und dann begriff er endlich, und er schrie, dass es kilometerweit zu hören sein musste: »Oh, mein Gott. Das ist ein Mensch. Sie haben eine Frau als Nubbel verbrannt.«

Für Sekunden war Georg gelähmt, dann ließ das immer noch lodernde Schreckensfeuer sein Gehirn explodieren.

Er zückte seine Digitalkamera und schoss Foto um Foto.

Von der Leiche. Klick. Wer war diese junge Frau? Klick.

Vom Tatort. Klick. Hoch über dem glitzernden Weiher im Norden, klick, und der Uni-Wiese im Süden. Klick.

Von der Umgebung. Klick. Klick. Klick.

Wer konnte das Verbrechen beobachtet haben? Jemand, der im Zug vorbeigefahren war? Klick.

Vom Scheiterhaufen. Klick. Nicht nur Holz, klick, sondern auch Papier. Klick.

Was glitzerte da unter dem Messer? Klick. Das sah aus wie ein Kirchenfenster. Klick. Das war ein Kirchenfenster. Klick. Die Nachbildung eines Kirchenfensters. Klick. Gotisch. Klick. Der Rahmen gut fünfzig Zentimeter hoch. Klick.

Georg fasste den Rahmen vorsichtig an. Die Scheiben des Kirchenfensters waren nicht aus Glas, sondern aus durchsichtigem Kunststoff oder Papier. Fast völlig verbrannt, bis auf ein paar Fetzen mit quadratischen Farbflecken. Farbquadrate wie auf dem berühmten Fenster von Gerhard Richter im Kölner Dom. Was hatte das alles zu bedeuten?

Georg hielt inne, holte bewusst und ganz langsam tief Luft, spürte seine Erregung. Was für Bilder! Was für eine Story! Und dies war seine Story!

»Wo bleibst du denn?«, hallte Sandras Stimme aus der Dunkelheit und holte Georg aus seinem Rausch. Er warf seine schwere Mönchskutte über die Flammen und deckte damit auch den Leichnam zu.

Die beiden Frauen waren einige Meter zurückgewichen und hielten sich zitternd in den Armen. Georg rief: »Geht da nicht hin, um Himmels willen, geht da nicht hin.«

Engelchen Kathrin schrie auf: »Da, da ist er. Ich habe ihn gesehen.« Sie zeigte Richtung Bahndamm. »Da ist er, nein, es sind sogar zwei. Tut doch was.«

Georg und Sandra bemerkten nichts Verdächtiges. »Kathrin, beruhige dich«, sagte Georg. »Das sind nur Schatten.«

Kathrin zitterte und sackte in sich zusammen. Sandra fing sie auf und ging schluchzend mit der Freundin zu Boden.

Georg rief die 110 an, den Notruf der Polizei. »Kommen Sie schnell zum Hügel am Aachener Weiher Richtung Uni. Ganz oben, nahe am Bahndamm, liegt eine Leiche.«

Über 112 alarmierte er die Feuerwehr. Dort sagte man ihm, der Vorgang sei schon bekannt, Einsatzkräfte seien unterwegs. Georg bat darum, auch einen Notarzt zu schicken, mindestens eine Zeugin habe einen Schock erlitten.

Georg sah, dass Kathrin die Augen aufschlug. »Kommt, weg hier«, sagte er und dirigierte sie abwärts bis zu den Bänken eines Kinderspielplatzes, von wo aus der Tatort nicht mehr einzusehen war.

Vom Bahndamm her hörte Georg ein Trippeln und Rascheln. Und da, war da nicht wieder dieser große Schatten? Georg drehte sich um. Plötzlich sah er überall bedrohliche Geister, Bestien und Riesen, die ihnen auflauerten. Nur nicht in Panik geraten!

Georg nahm sein iPhone und rief Gerald Menden an, »seinen« Kommissar bei der Mordkommission. Sie hatten sich vor einem Jahr kennengelernt, als Menden mit der Entführung des

Milliardenerben Franck von Franckenhorst zu tun hatte, eines alten Schulfreundes von Georg. Georg hatte damals für den BLITZ berichtet. Gerald war seitdem mit Francks Schwester Miriam zusammen.

Es dauerte eine endlose Minute, bis Gerald abnahm.

»Georg hier.«

»Weißt du, wie spät es ist?«, brummte Gerald.

»Du musst sofort kommen. Aachener Weiher. Der Hügel Richtung Uni. Hier ist eine Frau als Nubbel verbrannt worden.«

»Ich bin nicht im Dienst.«

»Bitte«, sagte Georg, »du musst kommen.«

»Danke«, sagte Gerald und hängte ein.

Aus der Ferne näherten sich Einsatzwagen mit Blaulicht und Martinshorn. Ein Löschwagen der Feuerwehr blieb unten am Aachener Weiher stehen. Zwei Männer kamen den Weg hoch.

»Hierher«, sagte Georg und führte sie zum Tatort.

Der ältere der beiden Feuerwehrmänner ging einmal um den Scheiterhaufen herum.

»Hier ist für uns nichts mehr zu löschen. Gelände großräumig absperren. Verhindern, dass hier noch jemand durchläuft. Personalien der Zeugen aufnehmen. Nachhören, wo der Notarzt bleibt. Und bringen Sie ein paar Decken hoch, der Mann hier holt sich ja den Tod.«

Georg zitterte. Er hatte vergessen, dass er im T-Shirt unterwegs war, seitdem er seine Mönchskutte auf das Feuer geworfen hatte.

»Danke«, sagte Georg. »Ich heiße Georg Rubin. Ich habe die Leiche gefunden und Polizei und Feuerwehr alarmiert. Die beiden waren auch dabei«, sagte Georg und zeigte auf Kathrin und Sandra, die auf der Bank am Spielplatz saßen und vor sich hin wimmerten.

»Schmitz, Harald Schmitz«, sagte der Feuerwehrmann. »Ruhen Sie sich aus. Kümmern Sie sich um Ihre Begleitung. Ich regle das hier, bis die Polizei kommt.«

Innerhalb weniger Minuten war ein Großaufgebot an Polizei- und sonstigen Einsatzwagen vor Ort. Der Tatort wurde mit rot-weißem Flatterband abgesperrt. Beamte in Zivil bauten Scheinwerfer auf und erleuchteten die Szenerie.

Ein Mann kam auf Georg und die beiden jungen Frauen zu. »Naumann. Kripo Köln. Herr Schmitz von der Feuerwehr sagte mir, dass Sie uns angerufen haben.«

Georg erzählte seine Geschichte. Wie sie das Feuer gesehen hatten und an eine Nubbelverbrennung glaubten. Wie er mit seiner Mönchskutte das Feuer ersticken wollte und dabei die Tote entdeckte. Von seinen Fotos erzählte er nichts.

Anschließend nahm Naumann auch Kathrins und Sandras Personalien und Aussagen auf. Kathrin wiederholte, dass sie zwei Männer am Bahndamm gesehen hätte.

Endlich erschien auch Gerald Menden, immer noch schlecht gelaunt, und lotste Georg zu sich. »Dann zeig mir mal, was du so Schreckliches entdeckt hast.«

Georg führte den Kommissar den Hügel hinauf. »Ich nehme für die letzten Meter denselben Weg, den ich auch vorhin gegangen bin. Da vorn war das Feuer. Da liegt die Tote.«

Menden trat an den Scheiterhaufen und hob vorsichtig die Mönchskutte an. Er sah das halb verbrannte Gesicht mit dem hellblauen Auge und ließ die Kutte wieder fallen. »Scheiße!«, fluchte er, so einen Anblick musste auch ein Polizist erst einmal verkraften.

Menden startete einen zweiten Versuch und nahm die Kutte ganz beiseite. Das Opfer trug eine Art weißes Nachthemd, keine Unterwäsche.

Menden inspizierte das Messer, das im Leib der Toten steckte, und das Kirchenfenster, das aufgespießt war wie eine übergroße Andenkenpostkarte auf einer Pinnwand.

»Das Messer sieht aus wie ein professionelles Schlachtermesser. Und dann dieses Kirchenfenster …«

»Das Richter-Fenster. Da könnten meine Fingerabdrücke drauf sein«, sagte Georg.

»Du hast hier was angefasst?«, fragte Menden.

»Nur ganz kurz. Nur das Fenster. Und dann habe ich die Kutte über sie geworfen, um sie zuzudecken und die Flammen zu ersticken.«

»Leichenfledderer!«, brummte Menden. Er stapfte dreimal um den Scheiterhaufen herum, hielt dann und wann inne, wechselte immer wieder den Blickwinkel, ging in die Hocke, stellte sich auf und sagte schließlich: »Auffällig, dass der Täter so viele Spuren und Beweisstücke hinterlassen hat. Entweder ist er sich sehr sicher, oder er will etwas demonstrieren, oder er will gefunden werden.«

Georg schoss ein paar Fotos.

Menden stoppte ihn. »Georg, das kannst du nicht machen.«

»Was kann ich nicht?«

»Du kannst hier keine Fotos machen.«

»Warum nicht?«

»Und schon gar nicht veröffentlichen! Du bekommst Fotos von unserer Pressestelle.«

»Ich brauche eure Fotos nicht. Ich war vor dir am Tatort. Das ist eine Riesenstory: Der Nubbel-Mord! Das ist meine Story.«

»Du und deine verdammten Schlagzeilen. Ich sag dir was, als Freund: Wer über Leichen geht, verliert. Immer. Keine Fotos! Sonst bist du nicht besser als diese Mörder.«

»Ich bin Journalist«, sagte Georg.

»Du bist ein Scheißkerl! Ich verbiete dir, irgendetwas zu veröffentlichen, was die Polizei nicht freigegeben hat.«

Menden ließ Georg stehen, ohne dessen Antwort abzuwarten. Der Kommissar stapfte zu einer Gruppe Polizisten und sprach auf Naumann ein, den er zurück zu Georg schickte.

Naumann pflanzte sich vor Georg auf. »So, Herr Rubin, Sie gehen jetzt bitte hinter die Absperrung. Wir haben Ihre Zeugenaussage. Wir werden Sie fürs Protokoll später noch einmal aufs Präsidium bitten. Ansonsten ist für Sie hier Feierabend. Kommissar Menden lässt ausrichten, dass er sich morgen, also heute, bei Ihnen melden wird.«

Georg fand Naumanns Auftritt zum Kotzen. Was wäre, wenn ihm jetzt tatsächlich speiübel würde und er Naumann mitten ins Gesicht …? Den ganzen Ärger. Die ganze Aufregung. Den ganzen Alkohol. Wäre das Beamtenbeleidigung? Wohl kaum. Georg beherrschte sich.

Er schaute noch einmal in Richtung des Scheiterhaufens. Irgendetwas verstörte ihn, irgendetwas erinnerte ihn, aber an was? Was hatte Menden über den Täter gesagt? »Entweder ist er sich sehr sicher, oder er will etwas demonstrieren, oder er will gefunden werden.«

Georg zählte für sich auf, was er sah und gesehen hatte: Holz, Feuer, Messer. Irgendwo waren ihm diese drei Begriffe begegnet, irgendwann in den letzten Tagen, in denen er als Mönch verkleidet im Straßenkarneval unterwegs war.

Naumann packte Georg am Arm. »Bitte, Herr Rubin. Hinter die Absperrung. Das ist eine polizeiliche Anordnung.«

»Rühren Sie mich nicht an!«, schnaubte Georg.

Er nahm sein iPhone und blätterte durch die Bildschirme mit den Apps. Auf den hinteren Rängen hatte er Bücher gespeichert, darunter das Grundgesetz, »Das Kapital« von Karl Marx, Shakespeares gesammelte Werke – und die Bibel in mehreren Sprachen.

Georg aktivierte das Bibelprogramm, wählte als Text eine alte Luther-Übersetzung und gab drei Suchwörter ein: Holz, Feuer, Messer. Nach einer Sekunde kam die Antwort, 1. Mose, 22, Verse 6 und 9:

Und Abraham nahm das Holz zum Brandopfer und legte es auf seinen Sohn Isaak; er aber nahm das Feuer und Messer in seine Hand, und gingen die beiden miteinander. … Und als sie kamen an die Stätte, die ihm Gott gesagt hatte, baute Abraham daselbst einen Altar und legte das Holz darauf und band seinen Sohn Isaak, legte ihn auf den Altar oben auf das Holz und reckte seine Hand aus und fasste das Messer, dass er seinen Sohn schlachtete.

Georg wickelte sich fester in die Feuerwehrdecke und suchte Kathrin und Sandra. Die beiden waren verschwunden. Feuerwehrmann Schmitz dirigierte immer noch Einsatzkräfte. Georg fragte ihn nach den beiden Frauen.

»Der Notarzt hat sich um sie gekümmert.«

Georg wusste von seinen nächtlichen Begleiterinnen nichts außer den Vornamen. Schlecht recherchiert, ärgerte er sich.

Dutzende von Menschen verrichteten irgendeine Ermittlungsarbeit, wuselten herum, sicherten Spuren, nahmen Proben vom Boden und von Sträuchern, ohne ihn zu beachten. Sogar für Menden war er Luft, vor allem für Menden. Und dann diese Gaffer, die sich minütlich vermehrten.

Eine merkwürdige Versammlung hatte sich da eingefunden, viele waren kostümiert, einige betrunken, die meisten inzwischen ernüchtert durch das Geschehen, auch wenn sie von dem Mord kaum etwas mitbekommen haben konnten.

Ein Mann ragte aus der Menge heraus, er musste an die zwei Meter groß sein, trug millimeterkurzes Haar und schob ein kleines Fahrrad neben sich her, eine Art BMX-Rad, mit dem Geübte die tollsten Kunststücke vorführen konnten. Als Junge hatte Georg selbst so ein Bike besessen. Der Zwei-Meter-Mann war überhaupt nicht der Typ eines Rad-Akrobaten, der sah eher nach Ringer oder Catcher aus, aber dann stellte er sich auf die Pedale und ritt den Hügel mit Leichtigkeit hinab, als wäre das seine tägliche Übung.

Georg hatte genug. Er ging hinunter zum Aachener Weiher, am Ostasiatischen Museum vorbei, weiter auf der Universitätsstraße, links in die Vogelsanger Straße bis zur Ecke Piusstraße, wo er wohnte.

Vor seiner Haustür hörte er ein Geräusch. War ihm jemand gefolgt? Niemand zu sehen.

Aus der Kneipe gegenüber ertönte Karnevalsmusik: »Am Aschermittwoch ist alles vorbei.«

Doch Georg beschlich das Gefühl, dass für ihn alles gerade erst begonnen hatte.

2

Zu Hause schaffte Georg es noch ins Bad, ehe er sich die Seele aus dem Leib spuckte. Da kam vieles zusammen. Sechs Tage Karneval. Viel getrunken, wenig gegessen. Und dann der Horror der Nacht, diese verbrannte Frau mit dem aufgespießten Richter-Fenster. Wer war sie? Wer tat so etwas?

Georg kletterte unter die Dusche und drehte die Temperatur hoch. Er war bekennender Heißduscher, und heute konnte es ihm gar nicht heiß genug sein, um sich den Schrecken vom Leib zu waschen.

Fünfzehn Minuten und zwei Espresso später fühlte Georg sich ansatzweise wieder wie ein Mensch. Sein Gehirn meldete sich zurück und erinnerte ihn daran, dass er Journalist war und eine Geschichte zu schreiben hatte.

Er fuhr seinen Computer hoch und spielte die Fotos aus der Nacht ein. Engelchen und Teufelchen im Doppel, leicht unterbelichtet und verwackelt. Was hätte das für eine Nacht werden können! Wo mochten sie abgeblieben sein?

Am dramatischsten waren die Fotos, die er am Tatort geschossen hatte, als die Flammen noch loderten. Am schärfsten waren die Aufnahmen, als die Polizei das Gelände ausgeleuchtet und er seinen Streit mit Menden gehabt hatte.

Georg öffnete sein Textverarbeitungsprogramm und schrieb los. Die Wörter flogen ihm regelrecht zu, manchmal, wenn er stockte, reichte ein Blick auf die Fotos, um ihn zurück in die Story zu bringen. Nach knapp dreißig Minuten war er fertig. Er las sich den Text laut vor, korrigierte einige Stellen, las wieder laut, bis er mit seinem Werk zufrieden war. Ganz zum Schluss tippte er die Überschrift, die er die ganze Zeit im Kopf gehabt hatte: »Köln: Nubbel-Mord – Frau grausam verbrannt« und darunter die Autorenzeile »Von BLITZ-Chefreporter Georg Rubin«.

Das Radio, das im Hintergrund lief, meldete sich mit den Nachrichten. Es war vier Uhr. Der Nubbel-Mord kam in den Meldungen nicht vor.

Georg durchstöberte das Internet, auch dort noch kein Hinweis auf das Verbrechen der Nacht. Er hatte die Story seines Lebens, aber sie würde frühestens in fünfzehn Stunden gedruckt werden. Bis dahin hätte sich der Fall in der halben Welt rumgesprochen. Es war zum Verrücktwerden.

Vielleicht stimmte es ja, dass die Zeitung ein sterbendes Medium war. Sein erster Chefredakteur hatte immer gepredigt: »Wenn du nicht schneller sein kannst als die Konkurrenz, dann musst du wenigstens besser sein.« Jetzt war er nicht nur besser, jetzt war er auch noch schneller, nur dass das niemand mitbekam.

Er könnte die Kollegen von der Online-Redaktion wecken, dann wäre sein Text in der Welt. Aber das war nicht das Gleiche, wie sich gedruckt in der Zeitung zu sehen. Kabarettist Dieter Hildebrandt hatte mal gesagt: »Online kann man nicht wegschmeißen und nicht riechen. Eine Zeitung muss riechen. Zeitung ist etwas Sinnliches.« Recht hatte er, der alte Grantler.

Georg kannte den Geruch frisch gedruckter Zeitungen seit seiner Kindheit. Paul, sein Vater, war Metteur gewesen, ein Berufsstand, der erst vor wenigen Jahren ausgestorben war. Der Metteur nahm die Blöcke aus Bleizeilen, die die Schriftsetzer an ihren langsamen Maschinen gesetzt hatten, und baute sie zu ganzen Seiten zusammen. Die Buchstaben für die ganz großen Überschriften waren einzeln aus Holz geschnitten, die Schriften hatten bei den Metteuren komische Namen wie »Zehn-auf-acht-dicke-fette-Info«.

Georg durfte seinen Vater manchmal zur Arbeit begleiten. Er erinnerte sich, dass alle Buchstaben in der Mettage spiegelverkehrt waren und dass er seinen Vater und dessen Kollegen bewunderte, weil sie die verdrehten Texte trotzdem fließend lesen konnten. Als Georg groß genug gewachsen war, dass er über Pauls Arbeitstisch schauen konnte, hatte auch er das Lesen nach Art der Metteure gelernt.

Als die Computer die Druckereien eroberten, wurden Fachkräfte wie Georgs Vater aussortiert, dafür vermehrten sich in den Druckerzeugnissen die »Schusterjungen« und »Hurenkinder«, typografische Todsünden, deren Vermeidung zum Berufsethos der Setzer und Metteure gehört hatte, deren Wissen plötzlich nicht mehr gefragt und nach ein paar Jahren auch nicht mehr vorhanden war.

Als Georg die Journalistenlaufbahn einschlug, hatte er seinem Vater das Versprechen geben müssen, in seinen Artikeln keine »Schusterjungen« und »Hurenkinder« zu dulden. »Die Seele der Zeitung ist gestorben. Als man uns weggeschickt hat«, pflegte

Paul zu sagen. Es war Zeit, dass Georg sich mal wieder bei seinem alten Herrn sehen ließe.

Georg schaute auf das Foto seiner Tochter, das neben dem Computermonitor im Regal stand. Rosa letzten Sommer an ihrem ersten Schultag, in der linken Hand eine große Schultüte, in der rechten ein DIN-A4-großes »Extrablatt«, das Georg noch am selben Tag für sie produziert und ausgedruckt hatte. Die Kleine konnte schon ihren Namen lesen und war ganz stolz auf ihre erste eigene Zeitung.

»Extrablatt«, das wär's, schoss es Georg durch den Kopf. Konnte man eine Sonderausgabe des BLITZ mit dem Nubbel-Mord auf den Markt bringen?

Aufgedreht hängte er sich ans Telefon. Die Rotation war noch besetzt, aber die Kollegen hatten gleich Feierabend. Überstunden? Die müssen vorher angemeldet werden. Extrablatt? Nubbel-Mord? Na gut, weil du es bist, aber in zwei Stunden muss alles erledigt sein.

Konnte er den Vertriebsleiter aus dem Bett holen? Ja, musste sein. Jetzt zahlte sich aus, dass Georg nicht stur in der Redaktion hockte, sondern sich im gesamten Unternehmen auskannte.

Der Vertriebschef litt an Schlaflosigkeit und schien fast auf Georgs Anruf gewartet zu haben. Extrablatt? Hatten wir seit Ewigkeiten nicht mehr. Welche Auflage? Zehntausend. Er werde sich kümmern. Ob er die Genehmigung vom Verleger und vom Chefredakteur hätte.

»Die werde ich überraschen«, sagte Georg und hängte ein.

Er schickte dem Junior-Verleger und dem Chefredakteur je eine knappe SMS, Text: »Extrablatt Nubbel-Mord Auflage 10.000 Georg Rubin«. Dann sprang er in sein Mini Cabrio und düste Richtung Pressehaus.

Anderthalb Stunden später hielt Georg ein frisches Extrablatt des BLITZ in der Hand. Seitdem es die moderne Technik gab, war es möglich, mit minimaler Besetzung eine komplette Zeitung zu produzieren. Georg schnupperte am noch druckfeuchten Papier. Dieser Geruch, ja, das war sein Parfüm. Paul würde stolz auf ihn sein!

Auf der ersten Seite prangte in großen Buchstaben seine Schlagzeile: »Köln: Nubbel-Mord – Frau grausam verbrannt«. Darunter in voller Breite und eine halbe Seite hoch ein Foto der Toten auf dem noch brennenden Scheiterhaufen. Menden konnte ihm gestohlen bleiben. Helmut, der Chef vom Dienst, der Nachtschicht in der Redaktion schob, hatte Georg nicht lange überreden müssen, dass die Story erst durch die exklusiven Fotos für ein Extrablatt reichen würde.

Der Text und zwei weitere Fotos standen auf der letzten Seite. Für das Extrablatt hatte Georg im Computer einfach die erste und die letzte Seite der normalen Ausgabe vom Aschermittwoch überschrieben. Zuvor hatte dort gestanden: »Karneval in Köln, selbst Petrus feierte mit«. Die Geschichte erschien so oder so ähnlich jedes Jahr. Jetzt stand da sein Nubbel-Mord.

Mario, der Spezialverkäufer, der normalerweise abends in den Kneipen der Innenstadt den druckfrischen BLITZ verkaufte, erschien müde zur Sonderschicht am Morgen und packte sich die Rücksitze und den Kofferraum mit Zeitungen voll.

»Gibt's für ein Extrablatt auch ein Extrahonorar?«, fragte er.

»Ja klar. Und ich gebe einen aus«, sagte Georg.

»Wo soll ich mit dem ganzen Papier überhaupt hin? Die Kneipen sind leer, in der Stadt ist doch um diese Zeit nichts los«, moserte Mario.

»Als Erstes fährst du zum WDR, Fernsehstudios am Appellhofplatz«, sagte Georg. »Da wird gerade live das ARD-Morgenmagazin gesendet. Du gibst zehn Exemplare ab. Frag nach Herrn Dietmar, Jürgen Dietmar, das ist ein Freund von mir, der wartet schon auf dich. Lass dich nicht vom Pförtner abspeisen, du musst Dietmar die Zeitungen persönlich in die Hand drücken, damit sie auf jeden Fall bis ins Studio kommen. So, und wenn du das beim WDR erledigt hast, gehst du in die U-Bahn und bringst die restlichen Zeitungen unters Volk. Du Nachteule hast ja keine Ahnung, wie viele Menschen morgens ganz früh schon fleißig sein müssen.«

Mario schien nicht überzeugt. »Ich mach das, aber das Extrahonorar und dass du einen ausgibst, das habe ich nicht vergessen.«

Mario rauschte ab, Georg wusste, er würde den Auftrag zuverlässig erledigen. Er hatte Dietmar zugesagt, dem Morgenmagazin eine halbe Stunde exklusiven Vorsprung zu lassen, um sieben Uhr würde er die Meldung vom Nubbel-Mord und dem Extrablatt dann auch an die Agenturen und die eigene Online-Ausgabe geben.

»Extrablatt. Fernsehen. Agenturen. Online. Paff. Paff. Paff. So macht man Auflage, Herr Stein«, murmelte Georg und stellte sich das Gesicht des Chefredakteurs vor.

Georg saß abgekämpft, aber glücklich in seinem Büro, die Füße hatte er auf den Schreibtisch gelegt. Außer ihm war niemand mehr im Glashaus, wie alle den auch schon in die Jahre gekommenen Neubau am Stadtrand nannten, der offiziell den Namen der Verlegerdynastie trug. Helmut hatte seinen Dienst beendet, die Kollegen aus der Online-Redaktion waren noch nicht da. Wann würde der Sturm beginnen?

Georg schaltete seinen kleinen Bürofernseher ein, erstes Programm, Morgenmagazin. Ob Mario die Zeitungen abgeliefert hatte? Ob Jürgen Dietmar die Meldung im Programm unterbringen konnte?

Georg hatte während seines Volontariats einige Monate beim WDR hospitiert. Dietmar war ein Fernsehprofi, der Georg viel beigebracht hatte und der ihm auch sehr deutlich davon abgeraten hatte, zum Fernsehen zu gehen. Georg sei ein Schreiber, kein Präsentator, und für eine bescheidene Rolle in der TV-Redaktion ohne Bildschirmpräsenz sei er zu ehrgeizig, das würde er nicht aushalten.

Ja, ehrgeizig war er. Aber was war daran so schlimm? Warum sollte er nicht Kölns bester Journalist werden dürfen?

Georg hatte einen Packen Extrablätter mit hoch genommen, jetzt las er zum vierten Mal seinen Text und ärgerte sich über einen Tippfehler. »Aaachener Weiher« hatte er mit drei »a« geschrieben und es beim Redigieren nicht gemerkt. War er zu streng mit sich, zu pingelig?

Das Hochgefühl, das er gespürt hatte, als die erste Zeitung druckfrisch aus der Rotation kam, war plötzlich nicht mehr da.

Zweifel kamen. War das richtig, was er getan hatte? Hatte er nur sein Ego befriedigt? Wie würde Chefredakteur Wolfgang Stein verkraften, dass er ihn übergangen hatte? Er hatte ihm eine läppische SMS geschickt, mitten in der Nacht, die musste er noch gar nicht registriert haben.

Wie würde er selbst an Steins Stelle handeln? Er würde sich feuern, fristlos.

»Scheiße«, rief Georg laut, als ihm das bewusst wurde.

»Was für eine schöne Begrüßung«, erklang eine Stimme in Georgs Rücken. Es war der »Alte«, Wolfgang Stein, Chefredakteur. »Aber, Georg, du sagst es, du hast eine ziemliche Scheiße gebaut.«

Georg schreckte hoch. »Wolfgang, das Extrablatt, der Nubbel-Mord, das ist eine Riesengeschichte«, sagte er und nahm die Füße vom Tisch.

»Was eine Riesengeschichte ist, das entscheide immer noch ich«, sagte Stein. »Und, mal ganz abgesehen davon, weißt du eigentlich, was deine Aktion gekostet hat?«

Georg schaute Stein an.

»Ja, da fällt dir plötzlich nichts mehr ein. Du hast zehntausend Exemplare drucken lassen, wenn ich deine SMS richtig verstanden habe. Was kostet ein Exemplar? Sechzig Cent. Was bringt die ganze Aktion, falls alle zehntausend Exemplare verkauft werden? Na, geht's noch mit dem Kopfrechnen?«

»Sechstausend Euro«, sagte Georg.

»Ja. Sechstausend Euro. Wahnsinn. Mein Chefreporter wird reich und berühmt. Sechstausend Euro. Abzüglich der Mehrwertsteuer und aller Kosten. Hast du die leiseste Ahnung, welchen Aufwand du verursacht hast? Zwei nicht angemeldete Überstunden in der Rotation. Eine halbe Million Blatt Papier plus Druckfarben, Wasser, Strom. Den Spezialvertrieb antanzen und wieder abfahren zu lassen. Ich lasse das alles ausrechnen. Das wird locker eine hohe fünfstellige Summe. Und du wirst das bezahlen, auf Euro und Cent.«

Wolfgang wartete auf eine Antwort; als Georg nichts sagte, fuhr er fort: »Hast du meine SMS gelesen?«

»Du hast mir *auch* eine SMS geschrieben?«, fragte Georg. Er fingerte sein iPhone heraus und las: »›Außerordentliche Kündigung. Sofort. Spätestens bis zehn Uhr das Haus verlassen. Wolfgang‹.«

»Wolfgang, das geht nicht. Du kannst mich nicht rauswerfen. Doch nicht wegen dieser Geschichte«, sagte Georg.

Stein schaute ihn ruhig an, ließ sich mit seiner Antwort einige Sekunden Zeit. »Doch, kann ich. Begründung auf Papier folgt. Du bist für heute erst einmal beurlaubt. Pack deine Sachen!«

Georg war zu müde, um Stein zu antworten und sich zu wehren. Und hatte der nicht recht? Konnte sich ein Chefredakteur solche Alleingänge bieten lassen? Ja, doch, warum eigentlich nicht? Georg war ja nicht irgendwer. Er war Chefreporter. Und es war eine aufregende Geschichte. Und sie war exklusiv.

Eine Bewegung auf dem Fernseher fesselte Georgs Aufmerksamkeit, er stellte den Ton lauter. Auf dem Bildschirm hielt das Moderatorenduo das Extrablatt mit dem Nubbel-Mord in die Kamera. Neben den TV-Stars stand BLITZ-Verkäufer Mario in seiner roten Uniform und hatte sein breitestes Grinsen aufgesetzt. Wie hatte der Kerl das nur geschafft, selbst ins Studio zu kommen? Und jetzt wurde er auch noch interviewt. Ja, eine schlimme Geschichte. Aber das Motto seiner Zeitung laute ja »Schnell, schneller, geBLITZt«, da müsse so etwas natürlich auch sofort gedruckt werden.

Die Moderatoren gaben weiter zu den Nachrichten der Tagesschau aus Hamburg. Und selbst die Nachrichten begannen mit dem Nubbel-Mord: »Ein grausames Verbrechen überschattet das Ende des Kölner Karnevals. Wie die Kölner Boulevardzeitung BLITZ berichtet, wurde eine junge Frau wie ein Nubbel verbrannt …« Dazu wurde groß das Titelblatt des BLITZ mit dem Foto der Toten eingeblendet und außerdem noch der Texthinweis »Copyright: BLITZ Köln«.

»Das hast du auch noch gedreht?«, wollte Stein wissen.

»Man kennt sich, man hilft sich«, sagte Georg.

Das Telefon auf Georgs Schreibtisch klingelte. Konrad Berger, der Junior-Verleger, meldete sich am anderen Ende der Leitung.

»Guten Morgen, Herr Berger«, sagte Georg geistesgegenwärtig. »Herr Stein ist bei mir; wenn Sie erlauben, werde ich den Lautsprecher einschalten.«

»Aber gerne, mein Lieber«, sagte Berger, was Stein schon mithören konnte. »Und großartig, Stein, dass Sie auch da sind. Das haben Sie wirklich ganz, ganz großartig gemacht. Ein Extrablatt, auf diese Idee muss man erst mal kommen! Und dann noch das Fernsehen einschalten. Da ist man gerne Verleger, wenn man solche Mitarbeiter hat. Wollte Ihnen das auch persönlich sagen. Hat man ja nicht so oft Gelegenheit zu. Also Glückwunsch. Werde in die Redaktionskonferenz kommen und das auch noch mal in großer Runde sagen.«

Stein räusperte sich. »Guten Morgen, Herr Berger. Ich hatte soeben angeordnet, dass Herr Rubin für heute erst einmal beurlaubt ist, also …«

»Ja, gute Idee. Den freien Tag hat er sich verdient. Rubin, legen Sie sich aufs Ohr. Und schauen Sie morgen mal bei mir vorbei. Ich will im Detail wissen, wie Sie das gemacht haben«, sagte der Verleger und beendete das Gespräch.

Georg schaute Stein an. »Und nun?«

»Was, und nun?«

»Konrad schien ganz angetan.«

»Das ändert nichts. Du bist beurlaubt, und das bekommst du auch noch schriftlich. Wenn du meinst, ich würde mich nach diesem Anruf besser fühlen oder gar umstimmen lassen, hast du dich getäuscht. So leicht lasse ich mich nicht abschießen. Nicht von dir. Und auch nicht vom Verleger.«

»Wie kommst du denn dadrauf?«

»Ach, Georg, hör auf. Du hältst mich für einen senilen Trottel, der von nichts Ahnung hat. Meinst du, ich merke das nicht? Was du dir heute Nacht geleistet hast, ist der beste Beweis dafür. Ich bin, glaube ich, doppelt so alt wie du. Vielleicht recherchierst du mal, was ich im Leben schon alles gemacht habe. Dagegen bist du ein Würstchen.«

Stein war angeschlagen. In der Tür drehte er sich noch einmal um: »Die Nummer mit dem Extrablatt war an sich nicht übel. Vielleicht hätte ich sogar mitgemacht.«

Stein verschwand in seinem Büro und griff zum Telefonhörer, was Georg durch die verglasten Wände beobachten konnte. Mit wem mochte Stein sprechen? Mit Arthur, dem Senior-Verleger, Konrads Vater, dem Allmächtigen? Oder mit Bernhard, Konrads Cousin, der sich selbst für den einzig qualifizierten Nachfolger des Allmächtigen hielt und kräftig gegen Konrad Stimmung machte? Oder holte Stein sich einfach nur Rat bei seiner Frau? Von Steins Gesicht war nichts abzulesen.

Georg nahm seinen Laptop, griff sich einige Exemplare des Extrablattes und fuhr nach Hause. Ein paar Stunden Schlaf hatte er sich verdient.

Und dann würde er erst einmal auf Mörderjagd gehen. Die Zeit dazu hätte er ja jetzt.

3

Georg schreckte aus dem Schlaf hoch. Woher kam dieser Lärm? Irgendjemand hämmerte gegen die Tür seiner Wohnung. »Aufmachen, Polizei«, hallte ein kräftiger Bariton durch den Flur, als wolle er das ganze Haus aufwecken.

Frau Odenthal, seine Nachbarin, reagierte schneller als Georg. Jedenfalls hörte er ihre schrille Stimme, während er noch schlaftrunken versuchte, in seine Jeans zu schlüpfen.

»Mordkommission, wir suchen Herrn Rubin«, erklang wieder dieser schreckliche Polizist im Hausflur, sehr laut und sehr deutlich.

Das ist doch …? Georg riss die Haustür auf und sprang die Gestalt an, die er für Gerald Menden hielt: »Du Schuft. Das wirst du büßen.«

Als er die Faust hob, um auf den Beamten einzuprügeln, rutschte ihm die Jeans auf die Knie, und er stand in knapper Unterhose vor Teufelchen Sandra und Engelchen Kathrin, während Menden etwas abseits in Deckung gegangen war und sich bei der Nachbarin für die Hilfe bedankte.

»Herr Rubin?«, fragte Menden und tat ganz offiziell. »Kommissar Menden, Mordkommission. Darf ich, dürfen wir reinkommen?«

Mit der Linken hielt Georg seine Jeans hoch, mit der Rechten hielt er die Tür auf, das Trio trat ein, und die Nachbarin wäre am liebsten auch noch mitgekommen.

»Später, Frau Odenthal, später.«

Die kurze Zeit, die Georg an der Tür abgelenkt war, nutzte Kathrin, um das Apartment zu inspizieren, Menden machte sich an der teuren Espressomaschine zu schaffen, Sandra begutachtete Georgs Bücher, nahm eins heraus mit dem Titel »Wie man einen verdammt guten Roman schreibt« und legte sich in Ermangelung anderer bequemer Sitzgelegenheiten auf die weiße Designercouch, die zum Bett ausgeklappt war.

Georg fischte aus seinem Kleiderschrank ein T-Shirt und zog es über. Kathrin schaute ihn an.

»Das wäre jetzt aber nicht nötig gewesen«, sagte sie und legte sich neben Sandra. Die beiden Frauen hatten immer noch ihre Kostüme an, stellte Georg überrascht fest.

Menden saß an dem runden Glastisch und wartete darauf, dass der Hausherr etwas sagte. Georg setzte sich zu ihm. Menden schob ihm wortlos seinen Espresso rüber, stand auf, um sich selbst eine neue Tasse zuzubereiten.

»Schöne Überraschung«, sagte Georg. »›Aufmachen, Polizei. Mordkommission. Wir suchen Herrn Rubin.‹ Ist das dein Standardtext?«

»Nein, den habe ich mir extra für dich ausgedacht«, sagte Menden. »Du bist schließlich so etwas wie mein Freund.«

»Gewesen.«

»Nur, weil ich dich um zehn Uhr geweckt habe? Du hast mich nachts um eins aus dem Bett geholt!«

»Da ist jemand ermordet worden. Und, falls man dich nicht rausgeworfen hat, was mich bei deinen Methoden nicht wundern würde, du bist bei der Mordkommission. Sei froh, dass ich dich so schnell angerufen habe.«

»Ich hatte keinen Dienst. Und so schnell hast du gar nicht angerufen. Naumann war vor mir da. Das ist sein Fall.«

»Wenn das so ist, was willst du dann hier?«

»Ich dachte, es würde dich freuen, wenn ich dir deine Freundinnen vorbeibringe.«

»Welche Freundinnen?«

Menden schaute aufs Bett, wo Kathrin eingeschlafen war und ihren Kopf an Sandras Schulter gelegt hatte, die weiter in ihrem Buch las.

»Die beiden? Die habe ich gestern zum ersten Mal gesehen. Ich weiß nicht einmal, wie sie heißen.«

»Oh, damit kann ich aushelfen. Sandra Herfurth, siebenundzwanzig Jahre, Archivarin, arbeitet bei der Stadt. Kathrin Wagner, fünfundzwanzig Jahre, Studentin, Sport und Englisch. Aber das musst du doch alles wissen.«

»Wieso ich?«

»Die beiden haben gesagt, sie wohnten bei dir.«

»Die haben was?«

»Gesagt, dass sie bei dir wohnen.«

»Und da hast du, ganz Freund und Helfer, sie einfach so hergebracht?«

»Ja natürlich. Aus dem Krankenhaus, wo ich sie vernommen habe, mussten sie ja raus. Und da ich sowieso zu dir wollte, konnte ich sie auch gleich mitnehmen. Jetzt hast du sie doch genau da, wo du sie gestern Nacht haben wolltest.«

Georg schaute aufs Bett. Engelchen Kathrin hatte sich frei gestrampelt und schlief oben ohne auf der linken Bettseite, wo normalerweise sein Platz war. Die weißen Flügel lagen schlaff auf dem roten Steinboden. Sandra hatte die Bettdecke bis ans Kinn hochgezogen, schaute die beiden Männer unschuldig an und vertiefte sich wieder in das Buch.

Georg wandte sich an Menden. »Habt ihr über die Tote schon etwas herausgefunden?«

»Ja, wir wissen mit großer Sicherheit, wer sie ist. Magdalena Lenzen, genannt Lena. Dreiundzwanzig Jahre alt. Studentin. Betriebswirtschaft in Köln. Ihr Vater hat sich gemeldet. Josef Lenzen, Tiefbauunternehmer. Er hat sie auf dem Bild im Fernsehen erkannt«, sagte Menden.

»Du meinst, durch das Bild im Fernsehen, das in Wirklichkeit mein Bild aus der Zeitung zeigte.«

»Ja, wenn du es unbedingt so hören willst. Aber die Veröffentlichung war trotzdem nicht in Ordnung. Das wird noch ein Nachspiel haben.«

»Schon passiert. Man hat mir gekündigt, per SMS«, sagte Georg.

»Kündigung per SMS? Mach keine Witze!«, sagte Menden und nahm sich noch einen Espresso.

»Ist kein Witz. Aber das hat Zeit, das bieg ich schon wieder hin. Erzähl mir mehr von der Toten.«

»Es gibt Hinweise, dass die Frau nicht erst um Mitternacht gestorben ist, sondern schon einige Stunden früher. Das am Aachener Weiher war vielleicht so etwas wie eine rituelle Feuerbestattung. Mehr werden wir nach der Obduktion wissen.«

»Habt ihr noch andere Zeugen als uns drei? Von den vielen Gaffern, die da gestern standen, hat von denen keiner was gesehen?«

»Nichts. Eine Frau, die an der Universitätsstraße wohnt, hat uns von einem entsetzlichen Schrei berichtet. Aber das musst du gewesen sein, nicht das Opfer.«

Georg stand auf, ging zum Bett, deckte Kathrin zu, setzte sich wieder an den Tisch. »Ich hatte zweimal das Gefühl, dass uns jemand beobachtet hat, als wir am Tatort waren. Ein großer Schatten. Kathrin hat auch immer gesagt, sie hätte zwei Gestalten gesehen.«

»Es gab noch einen anonymen Anruf«, sagte Menden. »Du warst nicht der Erste, der den Brand gemeldet hat. Die Feuerwehr hatte schon fünf Minuten vor deinem Alarm eine Nachricht bekommen. Ich habe mir die Aufzeichnung angehört. Die Stimme war verstellt, vielleicht hat sich der Anrufer ein Taschentuch vor den Mund gehalten. Er sagte wörtlich: ›Der beste Richter hat sein Urteil vollstreckt. Kommt und seht.‹ Und diesen ersten Teil sprach er feierlich langsam, fast wie ein Gebet. Dann wechselte er den Tonfall und wurde kurz und hart: ›Über dem Aachener Weiher brennt eine Leiche.‹«

»Der beste Richter«, wiederholte Georg. »Das erinnert schon wieder an das Richter-Fenster, das wir bei der Toten gefunden haben.«

Georg holte sein iPhone und zeigte Menden die Bibelstelle von Isaaks Opferung.

Abrahams Gott hatte letztlich die schreckliche Tat verhindert. Wo aber war Gott in dieser Kölner Nacht?

Menden stand auf. »Wir werden den Mörder finden.«

»Was ist mit den beiden Mädels?«, fragte Georg.

Kathrin und Sandra waren Arm in Arm eingeschlummert.

»Du bist doch der Frauenheld hier. Dir wird schon was einfallen«, sagte Menden und verschwand.

4

»Der Polizist fährt gerade weg«, sagte Lukasz leise in sein Handy. »Silberner Ford Mondeo. Ich habe sein Kennzeichen.«

Deutsch war nicht Lukasz' Muttersprache, aber er hatte es schnell gelernt und sprach fast fehlerfrei. Er war nicht so dumm, wie die Deutschen meinten, die von ihren polnischen Gastarbeitern eigentlich gar nichts wussten.

Er sprach wieder in das Handy: »Jetzt sind nur noch der Journalist und die beiden Frauen hier. Soll ich weiter warten?«

»Du bleibst in Ehrenfeld und versuchst rauszubekommen, wer die Frauen sind, wo sie wohnen und so weiter. Um den Bullen kümmern wir uns.«

»Ja, Carlo«, sagte Lukasz. Er war froh, sich nicht mit der Polizei anlegen zu müssen. Das gab immer nur Ärger.

Er stand vor dem Schaufenster einer Bäckerei. Jetzt ein belegtes Brötchen, das wäre nicht schlecht. Er hatte seit Stunden nichts gegessen. Eine Frau starrte ihn aus der Bäckerei heraus durch das Fenster an. Neugierige Person!

Lukasz schnappte sich sein BMX-Rad und fuhr ein paar Meter weiter bis zur nächsten Ecke, wo er sich im Eingang einer Kneipe verstecken konnte. Er sah, wie die neugierige Frau die Bäckerei verließ und in dem Haus verschwand, in dem dieser Journalist wohnte.

Ob der ihn gestern Nacht gesehen hatte? Dann würde er ihn auch wiedererkennen. Das war das Schicksal eines Zwei-Meter-

Mannes, dass er sich nicht verstecken konnte. Trotzdem setzte ihn Carlo immer wieder als Kundschafter ein. Sollte er sich vielleicht gar nicht verstecken, sondern den Beschatteten nur Angst einjagen?

Lukasz mochte Köln, aber er mochte diesen Teil Ehrenfelds nicht besonders. Hier gab es fast mehr Moslems als Christen. Nur ein paar Meter von dem Ort entfernt, an dem er gerade stand, wurde eine Moschee gebaut, eine große und prachtvolle Moschee mit zwei Minaretten, die alle Kirchen in der Nachbarschaft in den Schatten stellen würde.

Dabei war Köln doch eine katholische Stadt, der Dom mit den Reliquien der Heiligen Drei Könige war eine der größten Wallfahrtsstätten der Christenheit. Der Papst, der Nachfolger seines geliebten Johannes Paul II., war ein Deutscher und hatte seine erste große Reise zum Weltjugendtag nach Köln unternommen.

Die Kölner nannten sich Katholiken, aber irgendwie war ihnen, fand Lukasz, der Glaube völlig egal. Ein Kölner, der viele katholische Kirchen gebaut hatte, war Architekt der Moschee und ließ sich dafür auch noch feiern!

Lukasz war froh, dass der Karneval vorbei war, eigentlich ein christliches Fest, die Vorbereitung auf die Fastenzeit. Aber was machten die Kölner daraus? Ein Saufgelage und vielleicht noch Schlimmeres. Und dazu sangen sie blasphemische Lieder wie: »Wir lieben das Leben, die Liebe und die Lust, wir glauben an den lieben Gott und haben auch immer Durst.«

Wenn die Kölner überhaupt an etwas glaubten, dann war es Fußball. Am Karnevalswochenende hatte der 1. FC Köln den großen FC Bayern in München besiegt. Der Kölner Trainer Christoph Daum wurde daraufhin wie ein Götze im Rosenmontagszug durch die ganze Stadt gefahren und angehimmelt. Als Daum seinen ersten Dienst im Kölner Stadion antrat, wurden ihm Babys hingehalten, denen er die Hand auflegen sollte. Das Stadion war immer voll, die Kirchen waren meistens leer. Irgendwann würde man in Kölns Kirchen Fußballspiele zeigen.

Bei Bayern spielte ein Kölner Pole, Lukas Podolski, den sie hier in Köln »Prinz Poldi« nannten und dessen Rückkehr zum

FC sehnlicher erwartet wurde als die Rückkehr des Erlösers durch die Apostel.

Lukasz hatte den wenigen deutschen und vielen ausländischen Kollegen auf der U-Bahn-Baustelle immer wieder erklärt, dass der polnische Vorname Lukasz eigentlich mehr wie »Wukasch« ausgesprochen wird, aber da hatten ihn alle, außer seinen polnischen Landsleuten, ausgelacht und ihm den Spitznamen »Prinz« verpasst.

Lukasz hatte gelernt, dass es besser war, sich den »Prinzen« und anderes gefallen zu lassen. Die Kollegen mochten es nicht, wenn er bei ihren Späßen nicht mitlachen wollte. Dann kam es leicht zum Streit. Nicht dass er Angst vor Streit hatte, im Gegenteil, aber er war manchmal ein bisschen jähzornig. Wenn er zuschlug, dann richtig. Er war nicht nur groß und kräftig, er hatte in seiner Heimat auch Boxen gelernt. Er hätte polnischer Landesmeister werden können, wenn er nicht wegen einer Kneipenprügelei gesperrt worden wäre. Vielleicht hätte er sich wirklich nicht so provozieren lassen sollen, aber seine Zechkumpane hatten den polnischen Papst und die Muttergottes beleidigt. Das konnte er nicht durchgehen lassen.

Weder in Polen noch in Deutschland war bisher jemand an seinen Schlägen gestorben, aber besser machten solche Handgreiflichkeiten das Klima auf der Baustelle auch nicht.

Lukasz arbeitete seit Monaten ernsthaft daran, Prügeleien aus dem Weg zu gehen. Er wollte sich nicht schlagen, hielt das für unfair. Er war Superschwergewicht. Im Boxring gegen gleich Starke anzutreten, das war in Ordnung. Aber im wirklichen Leben hatte er keine gleichwertigen Gegner.

Auf dem BMX-Rad reagierte er seine überschüssige Kraft ab. Er war mit dem kleinen Gefährt in dieser Stadt voller Baustellen fast immer schneller als Autos, Busse und Bahnen. Und er kam damit wirklich überallhin, notfalls auch treppauf, treppab und querfeldein.

In diesem Jahr hatte Lukasz sich erst zweimal geschlagen. Einmal traf es seinen polnischen Arbeits- und Zimmerkollegen Leszek, der behauptet hatte, Lukasz' Frau in Polen hätte einen Liebhaber. Er wusste, dass Maria ihm treu war. Leszek wusste es jetzt auch, sein gebrochenes Nasenbein und der gebrochene Arm würden ihn noch einige Zeit lang daran erinnern.

Das letzte Mal schlug er zu, als drei Jugendliche, Lukasz hielt sie für Türken, in der Straßenbahn ein Schulmädchen anmachten. Was da genau los war, wusste er nicht, aber als die Kleine »Lasst mich!« und »Haut ab!« schrie, war das für ihn das Signal zur Tat. Für jeden der drei brauchte er genau einen Schlag. An der nächsten Haltestelle bugsierte er sie mit Tritten auf den Bahnsteig. Drei Jungs gegen ein Mädchen, bei so etwas konnte Lukasz richtig wild werden.

In der Zeitung war er für seine Tat sogar gelobt worden, er solle sich doch melden, damit man ihm öffentlich für seine Zivilcourage danken konnte. Was war daran Zivilcourage, drei Würstchen in den Hintern zu treten?

Carlo meinte auch, dass Lukasz auf das öffentliche Lob verzichten sollte. Carlo war der Einzige, der ihn wirklich verstand. Er hatte ihm die Wohnung in Deutz besorgt, vier Mann in zwei Zimmern, aber preiswert, und zum Geburtstag hatte er ihm das neue BMX-Rad geschenkt, das viel besser als das alte war. Carlo war wer in Deutschland. Für Carlo würde Lukasz alles tun.

Das Handy klingelte. »Du kannst abbrechen, wir haben jetzt die Namen und die Aussagen. Es sieht so aus, als hätte nur die Blonde was gesehen. Kathrin Wagner. Sportstudentin. Wohnt in Nippes. Adresse schicke ich dir aufs Handy. Du weißt, was zu tun ist.«

»Nein, weiß ich nicht.«

»Sie gehört dir.«

5

Georg war froh, dass die beiden Frauen schliefen. Was sollte er nur mit ihnen anfangen?

Ja, gestern, da war Karneval, da war alles erlaubt. Heute war Aschermittwoch, und es war ein Mord geschehen. Das hatte alles geändert.

Er schaute sich seine Gäste etwas genauer an. Engelchen Kathrin hatte lange Haare, blond, hellblond. Eine Frau hätte sofort gewusst, ob gefärbt oder nicht, er hatte dafür keinen Blick. Teufelchen Sandra hatte rote Haare, rubinrote Haare, die waren ganz bestimmt gefärbt, oder? Rita, seine Ex-Frau, hatte ihm mal gesagt, alle Frauen würden ihre Haare färben.

Kathrin und Sandra lagen eng umschlungen, als seien sie diese Umarmung gewohnt. Schliefen die beiden immer zusammen? Die Möglichkeiten der Freundschaft zwischen zwei besten Freundinnen würden ihm immer ein Rätsel bleiben.

Er nahm eine Dusche, zog sich frisch an und ging rüber zu Frau Odenthal, um zu fragen, ob sie ihm ein paar Brötchen mitbringen könnte.

Frau Odenthal war im Prinzip eine sehr gute Nachbarin, hilfsbereit, freundlich, nur etwas sehr neugierig. Aber das hatte auch seine Vorteile, so erfuhr Georg auch die kleinen und großen zwischenmenschlichen Freuden und Dramen, die nicht in der Zeitung standen.

»Herr Rubin, ich habe das vorhin alles in der BLITZ gelesen«, sagte sie. »Sind das die beiden Frauen, die mit Ihnen die Leiche entdeckt haben?«

»Ja«, sagte Georg. »Und das war vorhin auch wirklich ein Polizeikommissar von der Mordkommission, der sie zu mir gebracht hat. Ich muss auf sie aufpassen und sie sicher nach Hause bringen. Jetzt schlafen die beiden erst einmal.«

Frau Odenthal nickte. »Ja, schlafen, nach allem, was sie erlebt haben. Sie müssen mir das alles ganz genau erzählen, Herr Rubin.«

»Versprochen.«

Als Georg zurück in seine Wohnung kam, war das Badezimmer von Kathrin und Sandra okkupiert. Er hörte sie reden, verstand aber nicht, was sie sagten. Sie standen wohl gemeinsam unter der Dusche.

Das Doppelbett im Wohnzimmer hatten sie gemacht, ihre Kostüme lagen ordentlich gefaltet auf einem Stuhl.

Er deckte gerade den Tisch, als Frau Odenthal klingelte und eine Riesentüte mit Brötchen mitbrachte. »Sie haben bestimmt alle mächtig Hunger. Ich habe auch noch Croissants dabei, die mögen Sie doch so gerne, Herr Rubin.«

Georg bedankte sich und wollte Frau Odenthal freundlich hinauskomplimentieren, aber die hatte sich schon auf einen seiner vier Stühle gesetzt. »Wären Sie so nett, mir einen Espresso zu machen? Der schmeckt bei Ihnen immer so besonders gut.«

Georg warf seine Maschine an und servierte den Espresso.

»Danke, Herr Rubin. Das tut gut«, sagte Frau Odenthal, schlürfte das heiße Getränk. »Sie haben vorhin gesagt, Sie müssten auf die beiden Frauen aufpassen. Ich habe auch aufgepasst.«

»Sie haben was?«

»Ich habe aufgepasst, ob ich etwas Verdächtiges sehe.«

»Und, haben Sie etwas gesehen?«

»Ja. Aber ich weiß nicht, ob das wirklich was Verdächtiges war. Man soll ja niemandem was Schlechtes nachsagen.«

»Frau Odenthal, raus mit der Sprache. Ich sage es auch bestimmt nicht weiter«, sagte Georg.

»Ja, das ist auch mein Motto. Zuhören und schweigen können.«

»Eben, dafür kennt man Sie.«

»Also, da war ein Mann. Der hat durch das Schaufenster in die Bäckerei geguckt, als ich die Brötchen holen war.«

Frau Odenthal nahm noch einen Schluck Espresso.

»Und, was war mit dem Mann? War an dem irgendetwas Besonderes?«

»Ja, der guckte so durchdringend. Und der war groß, fast ein Riese, würde ich sagen. Der müsste sich bücken, wenn er hier durch die Tür wollte. Obwohl er so groß war, hatte er ein ganz kleines Fahrrad dabei. Das sah irgendwie aus wie ein Kinderfahrrad. Damit ist er ein paar Meter weitergefahren und hat sich im Eingang der Kneipe versteckt. Ich habe das aber trotzdem gesehen. Er hat unser Haus beobachtet, Herr Rubin.«

»Das Fahrrad, könnte das ein BMX-Fahrrad gewesen sein?«

»BMX was? Mein Enkel Marc fährt so etwas Ähnliches. Der ist acht Jahre alt. Der macht da immer Kunststücke mit, dass mir angst und bange wird.«

»Frau Odenthal, das war sehr wichtig, was Sie da beobachtet haben. Es könnte sein, dass ich den Mann heute Nacht schon einmal gesehen habe.«

»Sie meinen, dass das der Mörder ...?«

»Nein, das kann ich nicht sagen. Noch nicht. Aber mir ist heute Nacht ein sehr großer Mann mit einem BMX-Rad am Tatort aufgefallen. Der Mann hatte sehr kurze Haare.«

»Genau, das ist er.«

Georg stellte sich an sein Wohnzimmerfenster und spinxte hinüber zur Eckkneipe, die erst am Nachmittag wieder öffnen würde. Er hatte nicht den Eindruck, dass sich da jemand versteckt hatte. »Ich glaube, er ist weg.«

»Ich habe ja auch nur gesagt, was ich vorhin gesehen habe.«

Sandra spazierte aus dem Bad ins Wohnzimmer, nur mit einem weißen Slip bekleidet, und schlug die Hände vor der Brust zusammen, als sie Frau Odenthal entdeckte.

»Kindchen, was sind Sie dünn«, sagte Frau Odenthal. »Sie müssen was essen. Ich habe Brötchen geholt.«

»Danke, das ist sehr nett von Ihnen«, sagte Sandra und setzte sich mit an den Tisch und gab ihren Brustschutz wieder auf. »Ich habe nichts anzuziehen. Georg, hast du irgendetwas in deinem Kleiderschrank, was mir passen könnte?«

»Nein, woher denn? Oder doch. Ich kann euch zwei XL-T-Shirts geben, die wären für euch wie ein Minikleid.«

Er holte zwei schwarze Unterhemden aus dem Schrank, Sandra zog eins gleich über, der Stoff reichte ihr knapp über den Po. Sehr sexy. Georg traute sich nicht wirklich, sie direkt und offensichtlich zu mustern, aber dass sie sehr gut aussah, sehr lange Beine, einen trainierten Körper, aufregende Brüste, viele Sommersprossen, nicht nur im Gesicht, und ein freundliches Lächeln hatte, dass sie eine wirklich schöne Frau war, das hatte er schon mitbekommen.

Sandra drehte sich vor dem Spiegelschrank. »Nicht schlecht. Vielleicht sollte ich mir doch mal ein kleines Schwarzes zulegen.«

Inzwischen hatte auch Kathrin ihren Badezimmeraufenthalt beendet und spazierte völlig nackt zu den anderen dreien ins Wohnzimmer. Kathrin war noch dürrer als Sandra, sportlich durchtrainiert, definierte Muskeln an Armen, Bauch und Beinen. Für Georgs Geschmack war an Kathrin etwas zu wenig dran, obwohl sie mit ihren langen blonden Haaren und dem leicht gebräunten Teint jederzeit als Model durchgehen würde.

»Hier, Georg hat uns sein letztes Hemd gestiftet. Müsstest du auch reinpassen«, sagte Sandra und reichte Kathrin das zweite T-Shirt. Der blonden Kathrin stand Schwarz vielleicht sogar noch etwas besser als ihrer rothaarigen Freundin.

Nur Frau Odenthal schien mit der kleinen Modenschau nicht zufrieden. »Kindchen, so geht das nicht. Ihr holt euch ja den Tod. Es ist Februar. Und untenrum müsst ihr doch auch was anhaben. Sonst macht ihr den Mann auf dem Fahrrad ja gleich noch mal verrückt.«

Georg unterbrach Frau Odenthal und hielt sich den Zeigefinger vor den Mund und schüttelte den Kopf.

»Wie? Was soll ich nicht sagen dürfen? Dass sich die Kindchen ordentlich anziehen müssen? Das wäre ja noch schöner, Herr Rubin, dass Sie mir hier das Wort verbieten. Das kann ich mir lebhaft vorstellen, dass Sie die beiden am liebsten nur nackt sehen würden. Aber dieser Teil der Vorstellung ist vorbei.«

Und an die beiden Frauen gewandt fuhr sie fort: »Ihr frühstückt jetzt erst einmal, und dann kommt ihr zu mir rüber, da könnt ihr euch aus dem Kleiderschrank meiner Nicole bedienen. Da sind Sachen dabei, die euch passen.«

Eine halbe Stunde später und reichlich gestärkt verschwand Kathrin mit Frau Odenthal zur Kleidersuche. Sandra hatte sich mit dem Vorwand gedrückt, Georg beim Spülen zu helfen.

Als die beiden allein waren, fragte Sandra in einem energischen Ton, den er so noch nicht gehört hatte: »So, Georg, und jetzt sagst du mir, warum du Frau Odenthal über den Mund gefahren bist. Was sollten wir nicht erfahren?«

»Wie kommst du denn darauf?«, protestierte Georg.

»Georg, hör auf. Ich könnte dir die Worte von Frau Odenthal Wort für Wort wiederholen. Mein Gedächtnis ist sehr,

sehr, sehr gut. Also, was hat der Mann auf dem Fahrrad zu bedeuten?«

»Mir ist gestern Nacht ein sehr großer Mann mit einem BMX-Rad unter den Gaffern am Tatort aufgefallen. Laut Frau Odenthal lungerte vorhin ein Zwei-Meter-Riese mit BMX-Rad hier rum und beobachtete unser Haus. Das könnte derselbe Mann sein, und das würde ich dann kaum für einen Zufall halten. Ich wollte euch nicht beunruhigen.«

»Und du meinst, es würde uns beruhigen, wenn du uns so etwas verschweigst?«

»Jetzt weißt du es ja.«

»Ich muss dir auch noch was sagen.«

»Ja?«

»Wir waren nicht fair zu dir.«

»Versteh ich nicht.«

»Du meinst vielleicht, du hättest uns gestern abgeschleppt. In Wirklichkeit hatten wir dich ausgeguckt. Kathrin und ich sind ein Paar. Wir hatten einfach mal Lust auf einen Dreier mit einem Mann. Sie hatte gewettet, dass du genau der Typ bist, den wir ins Bett bekommen würden.«

»Gewettet. Du hast dagegen gewettet?«

»Nicht wirklich. Du sahst so ausgehungert nach Zärtlichkeit oder Liebe aus, da konnte man nicht gegen anwetten. Ich habe nur gesagt, wenn wir zu dritt im Bett landen, zahle ich eine Flasche Champagner.«

»Ihr habt die Wette verloren«, sagte Georg cooler, als er sich fühlte.

»Ja, aber ich hätte den Champagner gerne spendiert«, sagte Sandra.

»Und deshalb habt ihr euch von der Polizei herbringen lassen und frech behauptet, ihr würdet bei mir wohnen? Um eine Wette zu gewinnen?«

»Nein. Es gibt einen anderen Grund. Ich wollte dich um Hilfe bitten. Du bist doch Journalist.«

»Journalist, ja, kein Büro für Erste Hilfe. Außerdem habe ich zu tun. Ich möchte nämlich gerne einen Mord aufklären und helfen, einen frei herumlaufenden Mörder einzufangen.«

»Jetzt hör dir wenigstens an, was ich sagen möchte. Dann wirst du uns schon wieder los.«

»Ich höre.«

»Ich arbeite im Historischen Archiv der Stadt Köln.«

Georg schaute Sandra fragend an.

»Du weißt nicht, wo das ist? Dann bist du vielleicht doch nicht der Richtige für diese Story.«

»Weiß ich doch. Schräg gegenüber vom alten Polizeipräsidium am Waidmarkt. Um die Ecke die alte Comedia Colonia. Aber ich muss gestehen, drin war ich noch nie. Ein hässlicher Betonklotz.«

»Ich möchte dich bitten, mich mal im Archiv zu besuchen. Ich möchte dir etwas zeigen.«

»Ich interessiere mich nicht wirklich für alten Kram.«

»Ich will dir ja auch keinen alten Kram zeigen, sondern neue Risse. Das ganze Haus scheint zu erzittern, seitdem in der Straße die U-Bahn gebaut wird. Unsere Chefin hat schon überall Alarm geschlagen, bei der KVB, beim Kulturdezernenten, bei der Bauverwaltung, beim Oberbürgermeister, nichts passiert. Angeblich ist alles unter Kontrolle. Dabei wird alle paar Tage nachgemessen, ob das Haus noch gerade steht oder genauso ins Kippen gerät wie der schiefe Kirchturm in der Nachbarschaft. Ich hab mich mal bei den Arbeitern in der U-Bahn-Grube umgehört. Wusstest du, dass da vorwiegend Polen arbeiten? Da gibt es einige, die haben echte Angst. Einer hat mir erzählt, dass die Grube viel stärker mit Wasser zu kämpfen hat als vorherberechnet. Wenn du da recherchierst, Georg Rubin, BLITZ-Chefreporter, dann passiert da vielleicht mal was.«

Was Sandra erzählte, klang interessant. Vielleicht konnte Georg die Archivrecherche mit der Aufklärung des Nubbel-Mordes verbinden. Hatte Menden nicht erzählt, dass der Vater des Mordopfers Tiefbauunternehmer war? Dann hatte er möglicherweise mit der U-Bahn zu tun.

»Also gut«, sagte er, »ich werde mich drum kümmern. Ich möchte, dass du mir Anfang nächster Woche einen Termin machst mit der Direktorin des Archivs. Sie kann mir dann alles erzählen, was sie für wichtig hält. Wenn du bis dahin noch weitere Unterlagen sammeln kannst, umso besser. Die nächsten Tage brauche ich erst mal für die Mordrecherche.«

»Ja, das verstehe ich«, sagte Sandra. »Wäre Dienstag in Ordnung? Da haben wir um elf Uhr sowieso immer Mitarbeiterbesprechung.«

»Dienstag, elf Uhr, wäre sehr gut.«

»Ich werde dich trotzdem noch mal anrufen und den Termin bestätigen. Wie ist das mit dem Honorar?«

»Was für ein Honorar? Ich lass mich doch nicht von dir bezahlen. Ich werde für meinen Job bezahlt.«

»Ich dachte, weil du mir einen Gefallen tust.«

»Du gibst doch so gerne Champagner aus.«

Sandra lächelte: »In Ordnung.«

Es klingelte, Kathrin und Frau Odenthal, die sich offenbar bestens angefreundet hatten, standen mit einem großen Koffer vor der Tür. Tochter Nicole hatte ihrer Mutter bei ihrem Auszug eine halbe Mode-Boutique hinterlassen, alles bekannte Labels.

»Sie ist in den letzten Jahren auseinandergegangen, körperlich, meine ich«, sagte Frau Odenthal betrübt. »Sie war so ein schönes Mädchen.«

Die Stücke waren etwas aus der Mode gekommen, aber immer noch ansehnlich. Sandra und Kathrin versprachen, die Kleidung demnächst gereinigt zurückzubringen. »Das eilt nicht«, meinte Frau Odenthal.

Georg erklärte sich bereit, die beiden nach Hause zu fahren.

»Nach Nippes«, sagte Kathrin.

»Nach Deutz«, sagte Sandra.

»Ich dachte, ihr wohntet zusammen?«

»Wie kommst du denn darauf?«, fragten beide.

6

Georg hatte Kathrin auf der Neusser Straße in Höhe des Kaufhofs abgesetzt, Sandra war am Deutzer Bahnhof ausgestiegen und dann Richtung Deutzer Freiheit verschwunden. So wusste er zwar nicht, wo sie genau wohnten, aber sie hatten wenigstens Handynummern und E-Mail-Adressen ausgetauscht.

Nippes kannte er einigermaßen, da wohnten einige Freunde von ihm. Deutz gehörte verwaltungsmäßig sogar zum Stadtbezirk Innenstadt, aber es lag auf der anderen Rheinseite, der »Schäl Sick«, und da fühlte sich Georg nicht zu Hause.

Die öffentlichen Bauten in Deutz reihten sich aneinander wie eine Ausstellung des gehobenen Kölner Klüngels. Das äußerlich viel zu große technische Rathaus mit der protzigen Kölnarena, die einen unaussprechlichen Namenszusatz bekommen hatte. Die neuen Messehallen, nebenan die umgebauten Rheinhallen, in die der Fernsehsender RTL einziehen sollte.

Bei vielen Kölner Großprojekten hatte einer der Oppenheim-Esch-Fonds seine Interessen im Spiel. Das Modell war immer dasselbe: Oppenheim-Esch »gewann« eine Ausschreibung, trat als Bauherr auf, vermietete die fertigen Gebäude zu langfristig garantierten Mieten an die Stadt oder stadtnahe Gesellschaften; ein sicheres Geschäft für die reichen Investoren, eine schwere Last für die Kommune. Manchmal, so bei den Messehallen, brauchte Oppenheim-Esch auch keine Ausschreibung, um zum Zug zu kommen. Ob das daran lag, dass ein ehemaliger Oberstadtdirektor dort Beschäftigung gefunden hatte? In Köln hatte daran niemand Anstoß genommen, erst die Europäische Kommission erklärte das Geschäft für anrüchig und drohte mit hohen Strafen, wenn es nicht rückgängig gemacht würde.

Georg kannte die Listen der Reichen, die ihr Geld bei Oppenheim-Esch »zum Wohle der Stadt arbeiten« ließen, veröffentlicht hatte er sie nicht. Sein Verleger, Albert, der Allmächtige, wäre auf einer der Listen aufgetaucht. Ausgerechnet die Boulevard-Konkurrenz aus Hamburg hatte einen Teil der Namen publik gemacht.

Georg parkte unter dem technischen Rathaus und suchte sich ein ruhiges Plätzchen in einem Café gegenüber der Straßenbahnhaltestelle. Er musste sich einen Schlachtplan zurechtlegen. Wie könnte er im Nubbel-Mord weiter vorgehen?

Er bestellte einen Cappuccino und ging dann per iPhone auf

Internetrecherche nach Lena Lenzen und ihrem Vater. Die Suche nach »Lena Lenzen Köln« ergab einen einzigen Eintrag, eine Liste ihrer Abiturientenklasse. Diese dreiundzwanzigjährige Frau hatte in ihrem Leben außergewöhnlich wenige Spuren hinterlassen – jedenfalls im Internet. Nur ein Eintrag, das war so selten, dass es schon fast wieder auffällig war.

Er googelte zur Gegenprobe seinen eigenen Namen, über fünf Millionen Einträge, aber er selbst kam auf der ersten Seite überhaupt nicht vor. So richtig berühmt war er wohl noch nicht.

Über Lenas Vater, Josef Lenzen, fanden sich dagegen jede Menge konkrete Hinweise. Der Mann war gut vernetzt in der Kölner Gesellschaft.

Sein Unternehmen hatte eine eigene Homepage im Internet. Lenzen & Sohn, ein Traditionsbetrieb, mit »Sohn« war Josef Lenzen gemeint, sein Vater hatte das Unternehmen gegründet.

Die Firma war tatsächlich am Bau der Nord-Süd-Stadtbahn beteiligt, wie das nervige Milliardenprojekt vom Dom quer unter der Altstadt durch Richtung Süden im Amtsdeutsch hieß.

Georg würde als Erstes dieser Firma Lenzen & Sohn einen Besuch abstatten und mit dem Vater reden. Keine Voranmeldung per Telefon, Überraschungsvisite vor Ort, das gab die unverfälschten Eindrücke.

Lenzen & Sohn hatten ihr Firmengelände in Ossendorf im Nordwesten der Stadt, unweit des Coloneums, wo weitere Oppenheim-Esch-Bauten standen. Von hier aus belieferte Köln das Land mit Fernseh-Shows wie »Big Brother« oder »Deutschland sucht den Superstar«.

Das Gelände des Tiefbauunternehmens war weiträumiger, als Georg erwartet hatte, viel Platz für große und größte Maschinen, Lastwagen, Lieferwagen, hohe Werkhallen, alles eingezäunt oder durch eine Schranke gesichert. Vor der Schranke ein Fünfziger-Jahre-Flachbau mit der Verwaltung.

Parkplatz Nr. 1 am Haupteingang war leer. »Geschäftsleitung, reserviert«, stand auf einem kleinen Blechschild. Georg machte seinen berüchtigten »Aufmerksamkeitstest« und setzte seinen Mini auf den reservierten Platz und hupte dreimal. Es dauerte exakt siebzehn Sekunden, bis eine Frau mittleren Alters aus der Tür schoss und kreischte: »Der Platz ist besetzt.«

»Ja, weiß ich, ich parke ja hier.«

»Das ist der Platz des Chefs.«

»Der ist nicht da.«

Lenzen schien seinen Laden gut im Griff zu haben. Siebzehn Sekunden waren eine Topzeit. Noch schneller war er nur vom Platz des FC-Präsidenten Wolfgang Overath am Geißbockheim verjagt worden.

Die Begrüßungsfurie, eine resolute Person in den Fünfzigern, lief fuchtelnd und schimpfend zurück ins Büro. Georg stieg aus, folgte ihr, klopfte an die Bürotür, das Namensschild lautete auf Erika Fischer, und trat ein: »Entschuldigen Sie, Frau Fischer, dass ich hier so hereinplatze. Ich bin vom BLITZ, Georg Rubin.«

Auf dem Schreibtisch lag sein Extrablatt mit dem »Nubbel-Mord«.

»Sie waren das?«, fragte Frau Fischer und zeigte auf die Zeitung.

»Ja. Ich möchte mit Herrn Josef Lenzen sprechen.«

»Der ist nicht hier, wie Sie schon richtig festgestellt haben. Finden Sie das eigentlich in Ordnung, was Sie machen? Das arme Kind so abzulichten. Für mich ist das Störung der Totenruhe.«

»Frau Fischer, das Bild hat geholfen, den Namen der Toten zu ermitteln. Ihr Vater, Josef Lenzen, hat sie erkannt und sich bei der Polizei gemeldet.«

»Ich habe sie auch erkannt. Alle, die sie kannten, haben sie erkannt.«

»Bitte, ich möchte Herrn Lenzen finden und mit ihm reden, um den Mörder zu finden. Sie möchten doch auch, dass der Mörder gefunden wird, oder?«

»Ja, natürlich will ich das. Arme Lena. War erst seit Weihnachten wieder hier. So eine schöne junge Frau.«

»Sie kannten Lena gut?«

»Sie hat hier gearbeitet. Seit Anfang des Jahres.«

»Haben Sie irgendeine Idee, wer ihr etwas antun wollte?«

»Nein.«

»Frau Fischer, bitte, helfen Sie mir, wo finde ich Herrn Lenzen?«

»Ich weiß es wirklich nicht. Er ist den ganzen Tag schon unterwegs, war überhaupt noch nicht im Betrieb. Versuchen Sie es auf der U-Bahn-Baustelle am Waidmarkt, da gibt es zurzeit am meisten zu tun.«

»Danke, Frau Fischer. Falls sich Herr Lenzen bei Ihnen melden sollte, sagen Sie ihm bitte, dass ich ihn dringend sprechen möchte. Hier ist meine Karte.«

Georg hatte die Tür schon geöffnet, als Frau Fischer ihn zurückrief: »Warten Sie, junger Mann. Sie haben mich gefragt, ob ich Lena gut kannte.«

»Ja?«

»Ich dachte immer, dass ich sie gut kenne. Ich war schon bei Lenzen & Sohn, als Lena zur Welt kam. Dann hatte sie ja den Streit mit ihrem Vater, und ich habe sie bestimmt ein Jahr nicht gesehen, bis sie letzte Weihnachten plötzlich wieder da war. Aber seitdem war sie völlig anders, war sie nicht mehr die Lena, die ich vorher gekannt hatte. Ich weiß nicht, wie ich es ausdrücken soll. Sie war freundlich, liebenswert, wie früher auch. Aber ihr fehlte die alte Herzlichkeit.«

Sie stockte.

»Ja, Frau Fischer. Was wollten Sie noch sagen?«

»Sie wirkte so – angestrengt. Abwesend. Fast wie eine Puppe. Ich habe mich manchmal gefragt, ob sie Medikamente oder so was nimmt.«

»Sie meinen Drogen?«

»Was weiß ich, wie das Zeugs heißt. Sie sind der Journalist. Auf jeden Fall war sie anders als früher. Da können Sie alle fragen.«

Die U-Bahn-Baustelle am Waidmarkt lag wie ein wucherndes Geschwür auf der Straße. Das Gelände war eingezäunt. Meterdicke blaue Rohre, in denen das Grundwasser Richtung Rhein abgepumpt wurde, spannten sich über den Asphalt.

Der sichtbare Teil der Baustelle wirkte chaotisch und unaufgeräumt. Georg hatte nie verstanden, wie die Stadtverwaltung es hatte zulassen können, dass Köln in seinem Herzen so verschandelt wurde: am Dom, an der Philharmonie, in der Altstadt, am Rathaus, am Heumarkt, am Waidmarkt, in der Severinstraße.

Georg hatte früher geglaubt, dass U-Bahnen unterirdisch gebaut würden. Er war dabei, als die ersten Tunnelbohrmaschinen vorgestellt wurden, sie bekamen lustige Namen wie »Tosca« und »Carmen« wie die »Dicken Mädchen« im Karnevalslied der Höhner. »Tosca« und ihre Schwestern sollten sich Stück für Stück durch den Kölner Boden buddeln, dann würde Beton gegossen, Schienen gelegt, fertig. Ganz so einfach schien es nicht zu sein, jedenfalls nicht in Köln.

Georg entdeckte an den Absperrungen Hinweis- und Warnschilder auf Deutsch und Polnisch. An einer Seite waren Container übereinandergestapelt, dort waren ein Büro und die Umkleiden für die Arbeiter eingerichtet. Er zwängte sich zwischen zwei Gittern hindurch und marschierte zielstrebig auf den nächstgelegenen Container zu.

»Hier nix Zutritt!«, blaffte ihn eine tiefe Stimme an, die aus einem Mund unter einem schmucken weißen Schutzhelm kam. Der zugehörige Mann, Mitte bis Ende dreißig, nicht viel größer als einen Meter siebzig, trug einen maßgeschneiderten grauen Anzug und eine rot gestreifte Seidenkrawatte zu blank geputzten schwarzen Schuhen mit leicht erhöhen Absätzen. Hinter ihm bauten sich drei Bauarbeiter im Blaumann und mit orangefarbenen Helmen als Geleitschutz auf.

»Keine Angst, ich habe gar nicht vor, zuzutreten«, sagte Georg und freute sich über den Doppelsinn seiner Replik. »Ich suche Herrn Lenzen, Josef Lenzen, Frau Fischer hat mir gesagt, ich sollte hier auf der Baustelle Waidmarkt nach ihm fragen. Darf ich mich vorstellen? Georg Rubin. Vom BLITZ.«

»Ach, der Sensationsjournalist«, sagte der Mann und sprach auf einmal leicht schwäbisch angehauchtes Hochdeutsch. »Entschuldigen Sie, dass ich Sie vorhin so angepflaumt habe. Meistens lungern hier irgendwelche Ausländer rum, die um Arbeit betteln. Wir haben genug eigene Leute, denen man vertrauen kann. Ich bin hier der Bauleiter. Carsten Lobenau. Herr Lenzen ist nicht zu sprechen.«

»Was heißt das, nicht zu sprechen?«

»Er ist nicht hier. Er war heute auch noch nicht hier. Wundert Sie das nach dem, was heute Nacht geschehen ist? Ich nehme an, er ist bei der Polizei.«

»Kannten Sie Lena Lenzen?«

Die Frage überraschte Lobenau, aber er fing sich schnell und konterte mit einer Gegenfrage: »Und als Nächstes wollen Sie wohl wissen, ob ich sie ermordet habe?«

»Haben Sie?«

»Kann mich nicht erinnern.«

»Aber Lena kannten Sie?«

»Ja. Natürlich kannte ich Lena. Sie arbeitete für ihren Vater und war ab und zu auf der Baustelle. Was glauben Sie, was bei den Männern in der Grube los war, wenn sie hier aufkreuzte? Lena, die machte schon was her mit ihren blonden Haaren. Dazu noch freundlich und intelligent. Hier haben alle für sie geschwärmt.«

»Sie auch?«

»Was meinen Sie denn? Und abends habe ich meiner Frau, die mit meinen drei Kindern zu Hause in Stuttgart sitzt, von mir und der flotten Lena erzählt? Passt das so ungefähr in Ihr Bild?«

»Ich habe mir noch kein Bild gemacht. Aber eigentlich wollte ich ja auch zu Herrn Lenzen.«

»Ja, armer Josef.« Lobenau stockte eine Sekunde, ehe er fortfuhr: »Haben Sie versucht, ihn übers Handy zu erreichen?«

»Nein, haben Sie die Nummer?«

»Ja. Ich gebe sie Ihnen. Vielleicht haben Sie ja mehr Glück. Ich habe heute schon mehrmals vergeblich versucht, ihn zu sprechen. Seine Leute hier fragen nach ihm.«

Georg notierte die Nummer. Im Hintergrund sah er den tristen Beton des Historischen Archivs. Sandras Geschichte fiel ihm ein: »Lenzens Leute fragen nach ihm? Gibt es irgendwelche Probleme auf der Baustelle?«

»Herr Rubin, auf einer Baustelle wie dieser gibt es immer Probleme. Aber dafür bin ich ja da als Bauleiter, dass diese Probleme gelöst werden.«

»Ist bestimmt kein einfacher Job. Darf ich bei Gelegenheit mal wiederkommen und Sie zum Bau der U-Bahn interviewen?«

»Gerne, Herr Rubin. Aber es ist vielleicht besser, wenn wir darüber erst einmal ein paar Tage vergehen lassen.«

»Ja, da haben Sie recht. Ich bin wahrscheinlich am kommenden Dienstag in der Gegend, darf ich dann wieder vorbeischauen?«

»Was haben Sie denn hier zu tun?«

»Ich bin mit der Direktorin des Historischen Archivs und einer ihrer Mitarbeiterinnen verabredet.«

»Ach, haben die Damen Sie jetzt auch schon mit ihrer U-Bahn-Phobie angesteckt? Dann müssen Sie unbedingt bei mir vorbeikommen, damit ich deren Hirngespinste wieder zurechtrücken kann.«

»Das Angebot nehme ich an. Bis Dienstag also, Herr Lobenau. Und, bitte, wären Sie so nett, falls Sie Herrn Lenzen sehen, ihn zu bitten, sich bei mir zu melden? Hier, meine Karte.«

Lobenau studierte das kleine Stück Pappe. »Chefreporter, ist das mehr als Bauleiter? Hier, nehmen Sie, ich habe nämlich auch eine Visitenkarte. Es wäre gut, wenn Sie mich eine halbe Stunde vor Ihrem Besuch anrufen würden, damit ich mich dann auch wirklich um Sie kümmern kann.«

Lobenaus Visitenkarte war auf Büttenkarton gedruckt und wirkte viel edler als Georgs BLITZ-Karte. Aber der Herr trug ja auch maßgeschneidert.

Lobenau eskortierte Georg bis zur Absperrung und schien sich zu vergewissern, dass er die Baustelle tatsächlich verließ.

Georg ging Richtung Archiv und weiter bis zur Ecke Löwengasse. Als er sich umdrehte, sah er Lobenau noch immer am Zaun stehen. Ihre Blicke trafen sich. Lobenau lupfte seinen Helm wie einen Hut zum Abschied und verschwand zwischen den Baucontainern.

7

Es war inzwischen sechzehn Uhr an diesem Aschermittwoch, Lenzen hatte sich nicht gemeldet. Georg hatte ihm auf die Mailbox gesprochen, ihm eine SMS geschickt, keine Reaktion.

Ein Anruf bei Gerald Menden ergab, dass Lenzen schon am Vormittag das Polizeipräsidium wieder verlassen hatte. Es bestand kein Grund, ihn festzuhalten. Er sei in der Tatnacht zu Hause gewesen, das hätten nicht nur seine Frau, sondern auch Nachbarn in Lindenthal bestätigt. Die Lenzens wohnten am Rautenstrauch-Kanal, dessen Wasser den Aachener Weiher speist. Der Fundort der Leiche war nur wenige hundert Meter vom Wohnort der Eltern entfernt. Lena wohnte nicht mehr bei ihren Eltern, sie hatte eine kleine Wohnung in Bayenthal, nicht weit vom Rhein.

Keine Spur von Vater Lenzen, dafür meldete sich der BLITZ, genauer gesagt meldete sich die Rechtsabteilung des Verlages. Eine kühle Frauenstimme teilte Georg am Telefon mit, die von Chefredakteur Stein per SMS übermittelte Kündigung sei gegenstandslos und in eine Abmahnung umgewandelt worden. Der Text der Abmahnung sei per Boten zu ihm unterwegs. Georg habe am Donnerstag wieder zum Dienst anzutreten. Chefredakteur Stein erwarte ihn um neun Uhr in seinem Büro und würde ihm Arbeitsaufträge für die nächsten Tage erteilen. Die Recherchen im Fall Lena Lenzen seien mit sofortiger Wirkung dem zuständigen Kölner Polizeireporter übertragen worden, Georg dürfe in diesem Fall nicht mehr tätig werden.

Der Hauptvorwurf war nicht mehr das eigenmächtige Erstellen eines Extrablattes, sondern der Verstoß gegen eine konkrete Anordnung der Polizei, nicht freigegebene Bilder vom Tatort zu zeigen. Das sei ein Verstoß gegen den Kodex der Zeitung und die vom Verleger definierte grundsätzliche publizistische Haltung. Bei einem weiteren Verstoß habe er mit einer fristlosen Kündigung zu rechnen.

Georg ließ die Worte aus dem Telefon an sich vorbeirauschen. Was erzählte diese Frau da? Er sollte den Tod von Lena Lenzen nicht mehr aufklären dürfen? Hatte die Frau eine Ahnung, wie es ist, wenn man eine brennende Leiche findet und einen dieser Anblick nicht mehr loslässt?

»Haben Sie alles verstanden?«, fragte die kühle Juristinnenstimme, als auf seinem Handy ein zweiter Anrufer anklopfte. Georg beendete das Gespräch, ohne ihr eine Antwort zu geben, und nahm das Gespräch des unbekannten Anrufers an: »Rubin.«

»Sie wollten mich sprechen«, erklang eine zittrige Männerstimme.

»Herr Lenzen?«

»Ja.«

»Wo sind Sie?«

»Können Sie um fünf Uhr am Kölner Dom sein?«

»Kein Problem, um fünf am Dom.«

»Wie erkennen wir uns?«

»Wir treffen uns genau in der Mitte des Doms, ich habe die Sonderausgabe des BLITZ unterm Arm.«

»Gut, ich bringe ebenfalls einen BLITZ mit.«

Der Dom war voller Menschen, als Georg eintraf. Touristen mit ihren Kameras, aber auch viele Gläubige drängten sich durch das Hauptportal in das gotische Gotteshaus. Georg wusste, dass jährlich rund sechs Millionen Menschen die Kathedrale besuchten, aber er hatte vergessen, was das konkret bedeutete.

Wo genau war die Mitte des Doms, wo er Lenzen treffen sollte? Er kämpfte sich vorsichtig durch eine Gruppe uniformierter junger Asiatinnen, die Kerzen entzündeten vor einem Bild der Jungfrau Maria.

Georg ging weiter durch den Mittelgang des Langhauses Richtung Altar. Schon von Weitem sah er den Mann, der Lenzen sein musste. Er hielt eine Zeitung, eine Ausgabe des BLITZ, wie einen Schirm vor seine Augen und schaute Richtung Süden, von wo ein bunter Lichtteppich in die Kathedrale hineinflimmerte, Licht, das durch das Richter-Fenster mit seinen Tausenden Farbquadraten hindurchflutete und die grauen Mauern der Kathedrale in allen Farben des Regenbogens färbte.

Lenzen war ein stattlicher Mann, nur wenig kleiner als Georg mit seinen ein Meter achtundachtzig. Lenzen trug die Haare überraschend lang, aber sorgfältig nach hinten zurückgekämmt, das junge Gesicht, er mochte Mitte vierzig sein, bekam Konturen durch einen Dreitagebart, die Statur etwas übergewichtig, die Haltung leicht gebeugt.

Georg hielt inne, um Lenzen weiter zu beobachten. Der Mann stand nicht mehr still, sondern führte eine Art Tanz auf, er wand sich in merkwürdigen Bewegungen, als wolle er einen unsichtbaren Angreifer abwehren, dann drehte er sich abrupt um, richtete sich kerzengerade auf und sackte in sich zusammen, als sei er in den Rücken getroffen worden.

Ein Domschweizer in seinem wallenden roten Gewand mit den schwarzen Applikationen näherte sich Lenzen, der aus der Hocke wieder nach oben kam und eine abwehrende Bewegung machte, als wolle er sagen, dass er keine Hilfe benötige, dass alles in Ordnung sei. Der Domschweizer schien ihn zu ermahnen, ging dann aber seines Weges, ohne Lenzen jedoch aus den Augen zu lassen.

Georg fand, dass es an der Zeit war, sich zu offenbaren. Ein Blick auf seine Uhr zeigte ihm, dass es genau siebzehn Uhr war, Georg liebte es, auf die Sekunde pünktlich zu sein.

»Herr Lenzen?«, fragte er leise.

Der Mann schreckte auf, als wäre er völlig überrascht, hier und an diesem Ort von jemandem angesprochen zu werden. Lenzen hatte tiefe Ringe unter rot angelaufenen Augen, als hätte er nächtelang nicht geschlafen, sondern nur geweint.

»Sehen Sie das Licht?«, antwortete er und zeigte in Richtung des Richter-Fensters. »Sehen Sie es? Das ist böses Licht, das alles verschlingt.«

Georg verstand nicht.

»Schauen Sie sich die Menschen hier im Dom an. Wo drängen sich die größten Massen? Hier im grellen Licht dieses Fensters, das die Kirche illuminiert, als wären wir in Las Vegas. Da hinten ist der Schrein der Heiligen Drei Könige. Eines der größten Heiligtümer der Christenheit. Dort sollten die Menschen niederknien und beten. Oder hier am Altar. Aber seit dieses

Fenster alles übertüncht, ist hier alles des Teufels. Der Kardinal hatte schon recht.«

»Kardinal Meisner?«, fragte Georg. »Was hat der mit dem Teufel zu tun?«

»Der Kardinal wollte das Fenster nicht. Man muss sich mal vorstellen, wie weit es in dieser katholischen Kirche gekommen ist! Der Kardinal hat in seiner eigenen Kirche nicht das Recht, über ein Fenster zu bestimmen. Jetzt sieht man die schrecklichen Folgen, oder man will sie nicht sehen. Der Kardinal hat alles vorhergesagt. Er hat gesagt, ich erinnere mich genau, dass dieses Fenster nicht hier in diese gotische Kathedrale gehört, sondern eher in eine Moschee. Wenn wir schon ein neues Fenster bekommen, soll es auch deutlich unseren Glauben widerspiegeln. Und nicht irgendeinen. Jetzt hat hier der Islam Einzug gehalten, der nur ein Ziel kennt, das Christentum zu zerstören.«

Lenzen hatte sich in Rage geredet und war immer lauter geworden. Der Domschweizer kehrte zurück. »Bitte, mein Herr, wahren Sie die Würde dieses Hauses. Ich muss Sie sonst nach draußen bitten.«

Lenzen lachte und schrie dann durch die Stille des Doms: »Ja, mein Herr. Die Würde des Hauses wahren. Wahren Sie die Würde des Hauses.« Das Echo seiner Worte hallte dutzendfach zurück, was ihn anspornte, noch lauter und noch schneller zu schreien. »Die Würde des Hauses wahren. Die Würde des Hauses wahren.«

Die Menge der Dombesucher wurde aufmerksam, der Domschweizer packte Lenzen am Oberarm und zog ihn Richtung Norden, weg vom Richter-Fenster. Georg folgte den beiden. Als der Domschweizer Lenzen durch das Portal zum Hauptbahnhof hinauskomplimentierte und ihm für heute Hausverbot erteilte, sagte Georg: »Ich kümmere mich um ihn.«

Lenzen setzte sich auf die Stufen der Treppe, die vom Bahnhofsvorplatz hoch zum Dom führte. Georg setzte sich neben ihn. Die Steine waren kalt. Im Sommer war das ein beliebter Treffpunkt für die Rucksacktouristen aus aller Welt. Ende Februar würde man sich hier schnell den Tod holen.

»Lenzen, kommen Sie, wir suchen uns ein wärmeres Plätzchen, wo wir reden können.«

Der Mann reagierte nicht auf Georgs Worte. Waren das Tränen? Ja, der Mann weinte. Und dann sagte er: »Sie war ein so gutes Mädchen. Sie müssen ihren Mörder finden. Versprechen Sie mir das?«

»Herr Lenzen, ich bin nicht die Polizei. Ich bin Journalist.«

»Ich glaube nicht an die Polizei. Ich kenne Lenas Mörder. Den wird die Polizei finden. Aber Lena ist zweimal ermordet worden. Den wahren Mörder, den müssen Sie finden.«

»Wie meinen Sie das, Lena ist zweimal ermordet worden?«

»Lena ist schon vor langer Zeit ermordet worden. Sie war schon tot, als sie an Weihnachten plötzlich wieder in Köln auftauchte.« Lenzen stockte, suchte nach Worten. »Haben Sie Zeit? Ich muss Ihnen das erklären.«

»Ja, ich habe Zeit«, sagte Georg.

Lenzen stand auf. »Kommen Sie, wir fahren zu Lena. Dann werden Sie besser verstehen.«

Er hatte seinen schwarzen S-Klasse-Mercedes im Parkhaus unter dem Dom abgestellt. »Ich wollte unbedingt dieses Schwarz, bei Daimler nennen sie es Obsidianschwarz. Es erinnert mich an Lena. Wir waren in Italien, meine Frau und ich. Auf der Insel Lipari. Dort haben wir schwarze Vulkansteine gefunden, glänzend wie Glas. Obsidian eben. In diesem Urlaub ist es passiert. Neun Monate später kam Lena zur Welt.«

Lenzen steuerte den großen Wagen durch das Baustellenlabyrinth, das sich gleich bei der Parkhausausfahrt zur Philharmonie hin erstreckte, fuhr am Rathaus und am Gürzenich vorbei, am Interconti links Richtung Heumarkt, dann weiter über die Rheinuferstraße Richtung Süden unter der Severinsbrücke am Rheinauhafen entlang.

»Meine Tochter hat eine kleine Wohnung in Bayenthal. Wenn Sie die Wohnung sehen, werden Sie begreifen, was ich Ihnen erklären will.«

Lenzen parkte in der Alteburger Straße vor einem Altbau. Lenas Wohnung war im dritten Stock, es gab keinen Aufzug. Lenzen nahm ohne Mühe jeweils zwei Treppenstufen auf einmal, Georg wurde bewusst, dass er mal wieder etwas für seine Fitness tun musste.

»Die Polizei war schon heute Morgen hier«, sagte Lenzen. »Die Wohnung ist wieder freigegeben.«

Die Tür führte in ein großes, helles Wohnzimmer mit hohen Wänden. Georg konnte auf den ersten Blick nichts Ungewöhnliches entdecken. Die Einrichtung war modern und schlicht, weiße Wände, blanke Holzdielen, ein großer Esstisch, eine Sitzecke. Sehr aufgeräumt.

»Das Geheimnis ist hier«, sagte Lenzen und führte Georg in Lenas Arbeitszimmer. Die beiden hohen Fenster waren bunt beklebt mit Farbquadraten wie das Richter-Fenster im Kölner Dom, die Wände waren grau wie das Gestein im Kölner Dom, auf dem Schreibtisch stapelten sich Dutzende Postkarten und Fotografien mit Aufnahmen vom Richter-Fenster. In einem Regal lagen Nachbildungen des Richter-Fensters, wie Georg sie bei der Leiche gefunden hatte, verkleinerte Nachbildungen aus Metall mit bunten Fenstern aus Kunststoff.

»Sie war wie besessen von diesem Fenster«, sagte Lenzen.

»Der Mörder muss mit ihr hier in der Wohnung gewesen sein«, sagte Georg.

»Vielleicht war es so. Vielleicht auch nicht. Lena hatte fast immer irgendeine Abbildung des Richter-Fensters bei sich.«

»Was hat sie denn in dem Fenster gesucht? Haben Sie eine Ahnung?«

»Ja, heute habe ich eine Ahnung. Aber gewusst habe ich das alles nicht. Es mag Ihnen seltsam vorkommen, aber ich war heute Morgen zum ersten Mal hier in Lenas Wohnung. Ich hatte einen Schlüssel, für alle Fälle, aber sie wollte nicht, dass ich hier rumschnüffelte, wie sie sagte. Ich habe das natürlich respektiert. Aber dass sie fasziniert war vom Richter-Fenster, das wusste ich auch so. Wie gesagt, sie hatte fast immer eine Abbildung des Fensters dabei, sogar während der Arbeit. Natürlich habe ich sie mal gefragt, was sie da tue. Sie sagte, sie lese darin. Wie in einem Buch. Die Farben des Richter-Fensters seien wie Buchstaben. Darin sei alles enthalten. Alles. Vor drei Tagen kam sie dann zu mir.«

»Ja, was war vor drei Tagen, Herr Lenzen?«

»Möchten Sie was zu trinken? Lassen Sie uns in die Küche gehen, da spricht es sich leichter.«

Die Küche war groß und hell und nicht so bedrückend wie das Arbeitszimmer mit den dunklen Wänden und dem bunten Licht. Lenzen holte eine Flasche Mineralwasser aus dem Kühlschrank.

»Ist das in Ordnung?«

Lenzen nahm einen Schluck. »Vor drei Tagen, es war Karnevalssonntag, kam Lena zu mir, zu uns nach Hause. Sie wirkte verstört, wirklich verstört. Nicht einfach nur abwesend, wie sonst so oft, nein, irgendetwas war anders. Sie wollte es nicht erzählen, obwohl sie zu uns nach Lindenthal gekommen war. Und das tat sie eigentlich immer nur, wenn sie uns etwas sagen wollte, meiner Frau und mir.«

Lenzen machte wieder eine Pause, als wollte er sich das Bild der Begegnung vom Sonntag noch einmal vergegenwärtigen. »Dann hat sie mir von dem Richter-Fenster erzählt.«

»Was hat sie erzählt, Herr Lenzen?«

»Ich habe das nicht der Polizei gesagt. Noch nicht. Die würden mir nicht glauben. Sie dürfen es auch nicht der Polizei sagen.«

»Was darf ich der Polizei nicht sagen?«

»Vielleicht sollten wir es doch der Polizei sagen.«

»Ja, was denn nun, Herr Lenzen, was sollen wir der Polizei sagen oder auch nicht sagen? Was hat Lena Ihnen gesagt?«

»Sie hat gesagt: Vater, hat sie gesagt, ich habe etwas herausgefunden. Im Richter-Fenster ist eine Drohung versteckt. Eine schreckliche Drohung. Irgendetwas Schlimmes soll geschehen. Und im Richter-Fenster ist die Lösung verborgen. Man müsste es nur schaffen, den Richter-Code zu entziffern.«

»Das klingt doch alles sehr phantastisch. Vielleicht war Ihre Tochter krank? Sie selbst haben gesagt, Ihre Tochter sei seit Monaten wie tot gewesen. Frau Fischer hat mir erzählt, sie hätte das Gefühl gehabt, dass Lena vielleicht Drogen …«

»Unsinn, keine Drogen. Lena war anders, ja. Lena ist ermordet worden. Zweimal. Ja. Wie ich gesagt habe. Das erste Mal, das war eine Art Gehirnwäsche. Das waren dieselben Gestalten, die diese Botschaft in das Richter-Fenster geschrieben haben. Herr Rubin, Sie glauben das vielleicht nicht, aber es gibt böse Menschen. Es gibt teuflisch böse Menschen. Meine Tochter ist in die Klauen dieser bösen Menschen gefallen. Die haben sie ermordet. Helfen Sie mir, diese Mörder zu finden. Ich bezahle Sie. Ich bezahle Sie gut. Sie sind doch Journalist. Sie schaffen das. Meine Tochter hat das nicht geschafft. Ich würde es auch nicht schaffen. Aber Sie, Sie können das.«

Während Lenzen ihn so anflehte, rückte er so nahe an Georg heran, dass es ihm fast unangenehm wurde. Georg stand auf. »Herr Lenzen, ich verstehe Ihre Trauer. Ich verstehe auch, dass Sie etwas mehr über Ihre Tochter herausfinden möchten, warum sie sich so verändert hat. Aber was habe ich damit zu tun? Frau Fischer hat mir erzählt, dass Sie Streit mit Ihrer Tochter hatten. Lena ist danach verschwunden und erst letzte Weihnachten zurückgekehrt. Sie waren seitdem noch nicht mal in ihrer Wohnung. Ich verstehe, dass Sie den Tod Ihrer Tochter verarbeiten müssen. Sie sagten mir, Sie kennen den Mörder Ihrer Tochter. Dann gehen Sie zur Polizei und sorgen Sie dafür, dass der Mörder hinter Gitter kommt. Mehr können Sie für Ihre Tochter nicht tun. Es hilft ihr nicht mehr, wenn Sie irgendwelche Geschichten erfinden. Ich mache da nicht mit.«

Georg schickte sich an, die Wohnung zu verlassen.

»Warten Sie, ich bin noch nicht fertig. Setzen Sie sich, bitte.«

»Ich gebe Ihnen noch drei Minuten«, sagte Georg und blieb an der Tür stehen.

»Ich zahle Ihnen hunderttausend Euro, wenn Sie den Richter-Code entziffern. Hunderttausend Euro. Ich fühle, dass Lena recht hatte. Ich möchte, dass die Welt das erfährt. Damit die Welt erfährt, warum sie wirklich gestorben ist. Sie ist eine Märtyrerin. Und nicht einfach nur das Opfer eines Nubbel-Mordes, zu dem Sie sie gemacht haben. Nubbel-Mord, was für ein schreckliches Wort.«

Lenzen erwartete eine Antwort, aber Georg schaute ihn nur ruhig an.

»Hundertfünfzigtausend«, erhöhte Lenzen.

Georg verspürte keine Lust zu pokern.

»Zweihunderttausend«, sagte Lenzen.

Georg verstand nicht wirklich, was vor sich ging. Glaubte Lenzen, was er da sagte? Konnte was dran sein an der Geschichte mit dem Richter-Fenster? Das waren doch Hirngespinste einer überdrehten Millionärstochter und eines unglücklichen Vaters.

»Herr Lenzen, ich glaube Ihnen nicht.«

»Das ist mir egal. Sie müssen mir nicht glauben. Sie sollen nur herausfinden, ob Lena recht hatte.«

»Sie haben gesagt, Sie zahlen mir das Geld, wenn ich den Richter-Code entziffere. Was ist, wenn es gar keinen Richter-Code gibt?«

»Dann zahle ich Ihnen das Doppelte.«

»Sie sind verrückt.«

»Nein, Rubin. Ich bin nur fest davon überzeugt, dass meine Tochter auf einer richtigen Spur war. Sie wollte ein Unglück verhindern. Lassen Sie uns versuchen, das Unglück zu verhindern. Zweihundertfünfzigtausend.«

Georg zögerte. »Ich möchte mir noch einmal das andere Zimmer ansehen.«

»Kommen Sie«, sagte Lenzen.

Georg zückte seine Kamera und machte Fotos. »Ich würde mir gerne einige dieser Postkarten mitnehmen. Darf ich?«

»Ja, nur zu. Tun Sie, was Sie für nötig halten.«

»Und hier, diese Nachbildungen des Richter-Fensters. Ich würde sie gerne untersuchen lassen.« Georg nahm zwei der Miniaturen an sich.

Lenzen hatte keine Einwände, sondern freute sich sogar über Georgs Interesse.

»Sie übernehmen also den Fall?«

»Ich muss darüber nachdenken«, sagte Georg.

»Ja, tun Sie das. Nachdenken ist gut. Aber nicht zu lange. Wann sagen Sie mir Bescheid?«

»Ich will einmal drüber schlafen, morgen sage ich Ihnen, ob ich mich um den Fall kümmern werde.«

»Sie werden, Rubin. Sie werden«, sagte Lenzen. »Sie lassen sich doch diese Story nicht entgehen. Sie doch nicht, Rubin.«

8

Eine Stunde später saß Georg im Stadtgarten-Restaurant. Er hatte sich von Lenzen zurück zum Dom bringen lassen und war dann zu Fuß durch die kalte, klare Februarnacht Richtung Friesenplatz geschlendert und weiter die Venloer Straße bis zu seinem Lieblingscafé. Hier wartete er jeden Abend auf Mario, der ihm die druckfrischen Zeitungen von morgen bringen würde.

Georg setzte sich an einen der Tische am Fenster, die etwas erhöht auf einem Podium standen, das manchmal als Konzertbühne diente und von dem aus man einen guten Blick auf die Menschen im Café hatte. Er kannte die Betreiber, alt-links-grüne Jazzfreunde, und die Bedienungen, sie kannten ihn, der Stadtgarten war so etwas wie Georgs zweites Wohnzimmer.

Wenn Mario mit seinen Zeitungen kam, dann rief er normalerweise die Schlagzeilen laut aus, um die Kundschaft zu locken. Mario erfand auch schon mal eigene Schlagzeilen, bevorzugt hohe Siege des 1. FC Köln, was den Verkauf spürbar ankurbelte.

Wenn Mario an Georgs Tisch kam, dann sorgte er auch immer dafür, dass alle erfuhren, dass er beim BLITZ arbeitete. »Guter Mann«, sagte Mario, »der beste Mann vom BLITZ«, oder: »Wenn ihr Hilfe von der Zeitung braucht, hier, der Mann, der hilft euch.«

Das war so zum Ritual geworden, dass Georg diese öffentliche Zurschaustellung nicht einmal mehr peinlich war. Er fragte sich, ob Mario das bei jedem BLITZ-Mitarbeiter so hielt, den er in der Stadt traf, aber eigentlich war es ihm egal. Vielleicht hatte er sich Marios Sympathien ja auch wirklich verdient, erstens, weil er zu ihm immer sehr höflich war, zweitens, weil er die Zeitungen abends immer mit Trinkgeldaufschlag bezahlte. Diese Spezialverkäufer bekamen zwar einen festen Anteil von jeder verkauften Zeitung, aber erst die Trinkgelder sorgten für ein ordentliches Einkommen.

An diesem Abend verzichtete Mario auf das laute öffentliche Lob für Georg. Als er ihn an seinem Fenstertisch sitzen sah, kam er mit seinem Zeitungspacken gleich an seinen Tisch und hatte sein breitestes Grinsen aufgesetzt.

»Na, hast du mich gesehen?«, fragte er.

»Ja, ich hab dich gesehen. Toll, wie du es geschafft hast, vor die Kamera zu kommen.«

»Ja, Mario hat eben auch Beziehungen. Ich kenne sie alle, die wichtigen Menschen in dieser Stadt. Die kaufen alle abends bei mir, um nachzusehen, ob sie in der Zeitung stehen. Die Moderatorin des Frühstücksfernsehens ist eine Stammkundin von mir, sie hat gesehen, wie ich mit deinem Kumpel Dietmar diskutierte, hat gefragt, was los ist, und dann hat sie mich vor die Kamera gestellt.«

Während Mario erzählte, nahm Georg sich den BLITZ und den KURIER und suchte nach den Berichten über den Nubbel-Mord. Der BLITZ hatte die Story wieder als Aufmacher, das große Bild auf der ersten Seite zeigte Mario mit dem Extrablatt im Fernsehstudio.

»He, du bist ja heute selbst in der Zeitung«, rief Georg. Dann stand er auf, klopfte mit einem Löffel an sein Bierglas, dass alle auf ihn aufmerksam wurden, und rief in den Saal: »Alle mal herhören. Das hier ist Mario.« Der Zeitungsverkäufer lächelte verlegen.

»Steh auf, Mario«, sagte Georg, »dass dich die Leute sehen. Mario verkauft uns jeden Abend die Zeitungen. Heute steht er selbst in der Zeitung. Mit Bild. Auf Seite eins. Mario, ich gebe heute eine Lokalrunde BLITZ aus. Jeder hier soll eine Zeitung bekommen, ich bezahle das.«

Georgs Rede wurde allgemein bejubelt, nur ein Mann am Nachbartisch moserte: »Ein Kölsch wär mir lieber.«

Mario begann, jedem im Saal einen BLITZ in die Hand zu drücken, Pärchen, die nur eine Zeitung verlangten, bekamen trotzdem zwei Exemplare aufgetischt. Als er »ausverkauft« war, rief er: »Keine Angst, ich hole Nachschub«, und kam wenige Minuten später mit einem neuen Packen Zeitungen zurück.

Georg las inzwischen den BLITZ. Sein Artikel aus dem Extrablatt war unverändert nachgedruckt worden, sogar der Tippfehler »Aaachener Weiher« mit drei »a« war übernommen worden, aber die Fotos vom Tatort fehlten, dafür gab es ein Bild der toten Lena, das aus dem Familienalbum der Lenzens stammte und sie als außergewöhnlich attraktive junge Frau im Büro ihres Vaters zeigte.

Der größte Bericht beschäftigte sich mit der Pressekonferenz, die die Polizei am Nachmittag gegeben hatte. Der Polizeipräsident selbst war erschienen, Menden war mit im Bild, aber das Wort hatte wohl Naumann führen dürfen, der auch im Text erwähnt wurde.

Ein kleinerer Zusatzartikel beschäftigte sich mit Josef Lenzen, dem Vater des Opfers, der zur sogenannten »guten Kölner Gesellschaft« gehörte: CDU-Mitglied, sachkundiger Bürger im Bauausschuss des Stadtrates, Mitglied der Ehrengarde, eines der traditionsreichen Karnevalscorps, Mitglied im Marienburger Golfclub, dem exklusiven Treff der Reichen und Mächtigen.

Der KURIER berichtete über den Mord mehr pflichtgemäß, hielt sich nahezu wörtlich an den Polizeibericht und lieferte das Stück auch erst auf der dritten Seite des Lokalteils. BLITZ und KURIER erschienen zwar im selben Verlagshaus, aber das hieß noch lange nicht, dass sich die Redakteure freundlich gesinnt wären, eher im Gegenteil. Die gute Story der Konkurrenz war ja auch immer ein bisschen eine eigene Niederlage.

Statt mit dem Nubbel-Mord beschäftigte sich der KURIER groß mit der bevorstehenden Kommunalwahl und der Neuwahl des Oberbürgermeisters. Bei der CDU wurde mit der erneuten Kandidatur des Amtsinhabers gerechnet, bei der SPD machten sich teilweise bis zu sieben Kandidatinnen und Kandidaten Hoffnung auf das erste Amt der Stadt.

Noch stand der genaue Wahltermin nicht fest. SPD und Grüne forderten, dass die Kommunalwahl im Herbst zusammen mit der Bundestagswahl stattfinden sollte, weil die Amtszeit der Stadträte und der Bürgermeister ohnehin erst im Oktober beendet sei. Die CDU-FDP-Landesregierung wollte die Kommunalwahl dagegen schon Anfang Juni gemeinsam mit der Europawahl durchführen. Gerichte würden diesen Streit entscheiden müssen.

Georg nahm sich noch einmal den BLITZ vor, um ihn genauer zu lesen. Vorhin hatte er ihn nur schnell durchgeblättert, Überschriften, Texte und Bilder mehr überflogen.

Es stand nichts wirklich Interessantes im Blatt. Der BLITZ kämpfte seit Jahren mit schrumpfender Auflage und sinkenden Erlösen, was dazu führte, dass die Zahl der Mitarbeiter abnahm, dass viele Journalisten nicht mehr als Redakteure beschäftigt wurden, sondern als schlechter bezahlte Reporter oder freie Mitarbeiter.

Die Zahl selbst recherchierter Storys nahm im Laufe der Jahre immer mehr ab, dafür wuchs die Zahl der Berichte über Scheinwirklichkeiten wie Fernsehshows, und die echten und viele vermeintliche Sternchen durften sich im Blatt tummeln, als wären sie wirklich wichtig.

Eine Ausnahme war noch der Sportteil, wo der BLITZ sich eigene Reporter für jeden Bundesligaclub der Region hielt, natürlich den 1. FC Köln, dazu Bayer Leverkusen und Mönchengladbach, die täglich auf der Suche nach exklusiven Geschichten waren. Das war zwar auch eine Art Star-Berichterstattung, aber wenigstens eine mit Tradition. Den Sportredakteuren war höchstens vorzuwerfen, dass sie mehr Fans als kritische Beobachter waren.

Seine Story, das stand für ihn fest, lieferte heute mit Abstand den besten Lese- und Gesprächsstoff. Ein letztes Mal wollte er seinen eigenen Text lesen. Die Überschrift war geändert worden, da stand jetzt: »BLITZ-Chefreporter entdeckte den Nubbel-Mord«. Dann folgte sein Text mit dem Tippfehler – doch dann? Da fehlte doch ein Absatz. Irgendjemand hatte etwas gekürzt. Georg las den Text ein zweites und ein drittes Mal. Dann wusste er, was fehlte: der Absatz über das Richter-Fenster, das bei der Toten gefunden wurde.

Das war doch ein wichtiger Hinweis, das konnte man doch nicht einfach wegkürzen!

Georg las den Artikel über die Pressekonferenz der Polizei noch einmal durch, auch hier kein Hinweis auf das Richter-Fenster. Und wie war es im KURIER? Wieder nichts.

Konnte das alles Zufall sein?

»So, Chef, das macht dreiundachtzig mal sechzig Cent«, rief Mario laut, als er sich wieder an Georgs Tisch setzte.

»Dreiundachtzig? So viele Leute sind doch gar nicht hier«, protestierte Georg.

»Ich war so großzügig und habe auch das Personal hinter der Theke und in der Küche versorgt. Und unten im Club waren auch noch ein paar.«

Georg lachte. »Ist mir jetzt zu kompliziert, das im Kopf auszurechnen. Hier hast du sechzig Euro, der Rest ist Trinkgeld.«

Mario schien noch nicht zufrieden. »Du wolltest einen ausgeben, hast du das vergessen?«

»Ich habe doch gerade eine Lokalrunde BLITZ ausgegeben.«

»Und du meinst, das reicht?«

»Du alter Mafioso, du«, flachste Georg und bestellte einen Prosecco für den Zeitungsboten und einen zweiten für sich.

»Prost«, sagte Georg und hob das Glas.

»Cin cin«, sagte Mario, »auf dein Wohl! Es geht nichts über unseren Prosecco. Vergiss Champagner, vergiss euren Sekt, Prosecco muss einfach sein.«

»Trink nicht so viel, du musst doch noch fahren«, sagte Georg.

»Ich trinke nie. Ein Glas Prosecco zur Feier des Tages. Das ist die absolute Ausnahme. Georg, darf ich dich was fragen?«

»Ja, nur raus damit. Was hast du denn?«

»Stimmt das, was ich gehört habe?«

»Was soll stimmen? Was hast du gehört?«

»Dass Stein dich rausgeworfen hat.«

»Das erzählt man sich?«

»Ja. Alle sagen das.«

»Und du glaubst das?«

»Ich weiß nicht, was ich glauben soll. Aber wenn das wahr ist, gebe ich dir die sechzig Euro zurück.«

»Mario, um die Wahrheit zu sagen, du hast meinen Kopf

gerettet. Stein wollte mich rauswerfen, dann warst du da plötzlich heute Morgen mit meinem Extrablatt im Fernsehen, was der Junior gesehen hat, und der war so begeistert, dass er gleich angerufen hat. Da hat Stein den Schwanz eingezogen und mir nur noch einen bösen Brief geschrieben. Kein Problem. Prost!«

Mario schien mit der Auskunft nicht zufrieden zu sein. »Georg, der Stein ist immer noch stinksauer auf dich. Du musst aufpassen. Sonst bist du wirklich raus. Der hat noch nicht aufgegeben.«

»Woher willst du das wissen?«

»Ich weiß, wo seine Sekretärin abends hingeht. Die ist auch eine Kundin von mir.«

»Uschi? Liest abends schon die frische Zeitung?«

»Ja, und sie weiß sogar Sachen, die nicht in der Zeitung stehen. Übrigens ist sie der Meinung, dass du die Kündigung mehr als verdient hättest. Sie ist voll auf Steins Seite.«

»Mario, du wirst mir unheimlich.«

»Mario ist dein Freund. Salute.«

9

Ein eiskalter Wind fegte durch Köln, als Georg vom Stadtgarten nach Hause Richtung Ehrenfeld ging. Er war kein Wintertyp, er mochte die kalte Jahreszeit nicht, was dazu führte, dass er auch keine Winterkleidung besaß und das ganze Jahr hindurch mehr oder weniger dieselben Klamotten trug: Jeans, Polo-Shirt oder Rollkragenpulli, Cord- oder Lederjacke.

An diesem Aschermittwochabend war er eindeutig zu leicht bekleidet, auch wenn er seine Standardmontur um einen langen roten Schal erweitert hatte. Georg verfiel in einen leichten Trab, um den Weg schneller hinter sich zu bringen.

Diesmal durchquerte er den Grüngürtel an der Vogelsanger Straße. Es war keine vierundzwanzig Stunden her, dass er nur wenige Straßen weiter südlich Lenas brennende Leiche entdeckt hatte.

Was seitdem alles geschehen war! Die Bilder fuhren Karussell in seinem Kopf. Engelchen Kathrin und Teufelchen Sandra. Der Streit mit Gerald Menden. Der Hüne auf dem Fahrrad. Das Extrablatt. Die Fehde mit Chefredakteur Wolfgang Stein. Marios Fernsehauftritt. Der rettende Anruf des Junior-Verlegers. Mendens »Überfall«. Sandras Wettgeständnis und ihre Bitte, in Sachen Stadtarchiv zu recherchieren. Die Suche nach Lenzen in Ossendorf. Frau Fischers Erzählungen über Lena, ihr Verschwinden und den Streit mit ihrem Vater. Der feine Herr Lobenau auf der U-Bahn-Baustelle. Lenzens merkwürdiger Tanz unter dem Licht des Richter-Fensters im Kölner Dom. Lenas Besessenheit und merkwürdige Vermutung, dass im Richter-Fenster eine Botschaft, eine Warnung versteckt sei. Lenzens Angebot, ihm zweihundertfünfzigtausend Euro zu zahlen, wenn er den Richter-Code entschlüssele. Und das Doppelte, sollte er scheitern.

Was wusste er überhaupt von diesem Gerhard Richter und seinem Fenster im Kölner Dom? Nicht viel, musste er sich eingestehen. Gerhard Richter, in Dresden geboren, seit vielen Jahren in Köln, Ehrenbürger, laut Kunstkompass der Zeitschrift Capital einer der teuersten Künstler der Welt.

Georg erinnerte sich an Werke von Gerhard Richter im Museum Ludwig. Bilder, die über eine Fotografie gemalt wurden wie »Ema – Akt auf einer Treppe«. Georg erinnerte sich an den merkwürdigen Namen, dem ein »m« fehlte, er erinnerte sich aber auch an diese nackte blonde Gestalt, die, den Kopf leicht gesenkt, eine Treppe in einem Hausflur hinabging, und er dachte daran, dass dieses Bild älter war als er selbst.

Er erinnerte sich an abstrakte Bilder von Gerhard Richter, Farbtafeln mit Tausenden quadratischen Farbflächen, die als Vorbild für das Richter-Fenster dienten.

Er wusste nicht, was das künstlerisch zu bedeuten hatte, aber er wusste, wer ihm weiterhelfen könnte: Sein reicher Freund Franck von Franckenhorst sammelte moderne Kunst, vielleicht würde der ihm sogar einen direkten Kontakt zu Gerhard Richter vermitteln.

Georg spürte ein wohliges Kribbeln, das er immer dann hatte, wenn er mit sich zufrieden war. In den letzten Monaten hatte es nicht so oft gekribbelt.

Er entkorkte eine Flasche Rotwein, einen Côtes de Blaye, den ihm ein Freund, der an der französischen Atlantikküste ein Haus besaß, regelmäßig und kartonweise mitbrachte, dazu ein Stück Leidener Komijne Kaas, seine ganz persönliche französisch-niederländische Wohlfühlmischung.

Georg legte sich auf seine weiße Couch im Wohnzimmer, ließ seinen iPod Tango spielen und dämmerte vor sich hin. Irgendwie würde er das schon alles gepackt bekommen. Den Ärger mit dem BLITZ. Den Nubbel-Mord. Den Richter-Code. Das Stadtarchiv. Und dann, vielleicht, doch was mit Sandra?

Plötzlich knallte etwas in sein Zimmer, die große Fensterscheibe zerbarst, ein faustgroßer Stein streifte Georgs Kopf, Blut rann ihm über Auge und Nase in den Mund, der Stein flog weiter und zerstörte die Lampe, die an der Wand über der Couch hing, und kullerte schließlich auf dem Boden aus.

Georg sprang auf und rannte in den Vorgarten, um den Übeltäter zu erwischen. Da kam ein zweiter Stein geflogen, Georg verlor das Bewusstsein und sackte im Vorgarten zusammen.

Als er zu sich kam, sah er in das besorgte Gesicht von Frau Odenthal. »Herr Rubin, was machen Sie denn für Sachen? Fallen betrunken durchs Fenster in den Vorgarten. So geht es nicht weiter mit Ihnen.«

Georg hörte, was die gute Frau sagte, aber er begriff es nicht. Er bekam einen Hustenanfall und spuckte das Blut, das sich in seinem Mund gesammelt hatte, der Nachbarin auf die weiße Bluse.

»Entschuldigung«, stöhnte Georg. »Frau Odenthal, ich habe nichts getrunken. Irgendjemand hat mein Fenster eingeworfen. Als ich raussprang und mir den Bengel packen wollte, hat mich noch ein Stein erwischt.«

»Also, Herr Rubin, ich weiß nicht. Die Flasche liegt doch noch auf dem Boden bei Ihnen. Eine ganze Flasche Wein für eine Person. Den Glaser habe ich schon angerufen. Das wird bestimmt teuer um diese nachtschlafende Zeit. Soll ich auch einen Arzt rufen? Ich kenne da jemanden, der stellt nicht viele Fragen.«

Georg nickte. »Ja. Machen Sie mal. Arzt kann nicht schaden.« Er hielt sich den Kopf, der immer noch blutete und schmerzte. Es kostete ihn Mühe, sich zu erheben und ins Bad zu taumeln.

Das Gesicht, das ihn im Spiegel anschaute, sah so aus, als wäre es unter einen Lastwagen geraten. Er drehte den Wasserhahn auf, wartete, bis die Temperatur handwarm war, und wusch sich das Blut, so gut es ging, aus den Haaren und aus dem Gesicht.

Frau Odenthal hatte ihre Hausapotheke geplündert und wickelte einen meterlangen weißen Verband um seinen Kopf, was furchterregend wirkte, aber wenigstens das Blut zum Stillstand brachte.

Das Wohnzimmer war renovierungsreif. Rote Flecken an der weißen Wand und auf dem Terrakottaboden, eine aparte Mischung aus Blut und Wein. Frau Odenthal rückte mit einem Putzeimer an und machte sich daran, den Boden zu reinigen.

»So kann das ja hier nicht bleiben.«

Georg wollte protestieren, aber da hatte seine Nachbarin den größten Teil der Arbeit schon erledigt.

»Die Scherben lasse ich für den Glaser, der bringt einen Spezialsauger mit«, verkündete sie, und mal wieder wurde Georg bewusst, dass Frau Odenthal nicht nur eine neugierige Nachbarin war, sondern auch eine sehr patente Frau.

»Danke«, brachte er schließlich raus. »Wer weiß, was geschehen wäre, wenn Sie nicht da gewesen wären.«

»Dann hätte Sie jemand anders gefunden. Der Knall hat ja das halbe Haus geweckt.«

An seinem Vorgarten stand ein Dutzend Gaffer und wartete, was wohl noch alles geschehen würde. Georg hatte nicht den Mumm, sie zu verjagen.

Eine unangenehme Kälte kroch von der Straße ins Zimmer. Wenn der Glaser nicht bald kam, müsste er das Fenster mit Holz oder Pappe abdichten.

Es klingelte. Frau Odenthal öffnete die Tür.

»Herr Bitterle, schön, dass Sie so schnell kommen konnten.«

Der Mann, besser gesagt das wacklige Männlein, das an Georgs Bett trat, war der von Frau Odenthal alarmierte Arzt.

»Gestatten, Bitterle, Dr. Josef Bitterle«, stellte er sich vor. Seine Stimme war überraschend fest und wohlklingend.

»Danke für Ihre schnelle Hilfe«, sagte Georg.

»Ich habe doch noch gar nichts geholfen«, sagte das Männlein und lachte. »Und wenn ich mir den Verband an Ihrem Kopf betrachte, bin ich sowieso zu spät dran. Was Sie da an Ihrem Kopf haben, ist das ein echter Odenthal?«

Georg verstand nicht, was er meinte.

»Na«, meinte Bitterle, »ein Verband kann das ja nicht sein, also muss es etwas mit Kunst zu tun haben. Leider habe ich gar keine Ahnung von Kunst.«

Georg verstand immer noch nicht.

»Herr Rubin«, sagte Frau Odenthal, »das ist der besondere Humor von Herrn Dr. Bitterle. Er meint, das wäre lustig, was er da so von sich gibt. Dabei hat der nicht nur von Kunst keine Ahnung, sondern auch nicht von Humor. Aber was will man von einem Schwaben in Köln auch schon anderes erwarten.«

Dr. Bitterle nutzte die Zeit, den Verband von Georgs Kopf wieder abzurollen. »Ich muss mich bei Ihnen entschuldigen, Frau Odenthal. Ihr Verband war erstklassig. Das wahre Kunstwerk versteckt sich darunter. Der Kopf von Herrn Rubin. Diese asymmetrische Beule über dem rechten Auge in Kombination mit diesem intensiven Rot. Das hätte Picasso nicht besser hinbekommen.«

Bitterle hantierte mit irgendwelchen Tinkturen, sagte einmal: »Das tut jetzt ein bisschen weh«, aber dann war es auch schon vorbei, und Georg hatte das Gefühl, dass der Mann wusste, was er tat, und dass er bei ihm in guten Händen war.

»So, das hätten wir. Nichts Schlimmes. Dickschädel. Etwas verbeult, aber das gibt sich wieder. Sie sollten nur zusehen, dass Ihnen in den nächsten Tagen niemand auf den Kopf küsst. Das könnte noch schmerzhaft sein.«

»Danke, Herr Doktor«, sagte Georg. »Ich werde mich vorsehen. Was ist mit Duschen?«

»Duschen, mein Freund, ist eine sehr nützliche Angewohnheit. Ich kenne keinen Arzt, der Ihnen das Duschen verbieten würde. Einmal täglich ist völlig in Ordnung.«

»Ich meinte, wegen der Wunden am Kopf.«

»Harmlos. Seien Sie morgen früh ein bisschen vorsichtig, frisches Pflaster drauf und fertig. Ich glaube nicht, dass Sie wegen der paar Kratzer zu einem meiner Dauerpatienten werden. Außerdem fallen Sie auch gar nicht in mein Fachgebiet.«

»Was sind Sie denn für ein Arzt?«

»Frauenarzt.«

»Herr Bitterle, Sie veralbern mich.«

»Nein, ich bin wirklich Frauenarzt. Im Ruhestand. Wenn Ihnen das unangenehm ist, mache ich meine Behandlung gerne rückgängig und binde Ihnen wieder das Odenthal'sche Kunstwerk um den Kopf.«

Georg musste lachen, was ihm allerdings Schmerzen bereitete. »Dr. Bitterle, ist schon in Ordnung. Danke für Ihre Hilfe. Was bin ich Ihnen schuldig?«

»Nichts, junger Mann. Alles Nachbarschaftshilfe. Ich wohne hier in der Nähe. Aber, wie ich an der leeren Flasche sehe, trinken Sie einen guten Roten. Wenn Sie da mal wieder eine Flasche einkaufen, bringen Sie mir eine mit.«

»Herr Doktor, das können wir schneller haben. Von dem guten Tropfen habe ich immer einen Vorrat.«

Georg stand auf, ging zu seiner Küche und holte eine Flasche Rotwein hervor. »Hier, nehmen Sie.«

»Haben Sie auch einen Korkenzieher?«, fragte Bitterle.

»Haben Sie denn keinen Korkenzieher zu Hause?«, fragte Georg.

»Doch, aber ich wollte die Flasche gleich öffnen und mit Ihnen und Frau Odenthal auf die glückliche Rettung anstoßen. In Gesellschaft trinkt's sich besser.«

Die drei saßen gemütlich beim Wein, als der Glaser erschien. »Herr Rubin, Sie haben Glück, ich hab hier im Haus die Fenster eingebaut …«

»Sag ich doch, Scherben bringen Glück«, sagte Dr. Bitterle, schenkte sich noch einmal ein, leerte das Glas mit wenigen Zügen und warf es in hohem Bogen über seinen Kopf nach hinten, dass es auf dem Boden bei den anderen Scherben zersplitterte. »Das wollte ich immer schon mal tun«, sagte Bitterle und strahlte wie ein Kind.

»Das Glas«, sagte Georg, »das Glas war achtzig Jahre alt.«

»Na, dann ist es ja nicht schade drum«, sagte Bitterle.

Mit einem großen Staubsauger säuberte der Glaser den Boden von den Scherben. »Wenn Sie bitte mal aufstehen würden, ich möchte auch unter den Stühlen und der Couch saugen. Sicher ist sicher.«

»Die Couch hat Rollen«, sagte Georg und schob sie zur Seite. Unter der Couch lag der Stein, der durch die Scheibe geworfen worden war. Ein Pflasterstein, wie er neuerdings auf manchen Straßen in Köln wieder verlegt wurde. Um den Stein war ein festes Klebeband gewickelt, darunter klemmte ein Stück Papier. Georg faltete das Papier auf. Es war bedruckt mit einer Abbildung des Richter-Fensters und drei Wörtern: *»Noli me tangere.«*

»Das ist ja interessant«, sagte Bitterle. »Das ist Latein und heißt: ›Rühr mich nicht an‹. Jesus soll das nach der Auferstehung zu Maria Magdalena gesagt haben.«

Frau Odenthal nahm sich das Blatt Papier und musterte es sorgfältig. »Das Bild kenne ich. Das ist dieses moderne Fenster im Kölner Dom. Also, wenn Sie mich fragen, ich finde, das passt da gar nicht hin. Im Dom, da soll man doch Heiligenbilder zeigen und nicht so was.«

Georg spürte, dass Bitterle ihn beobachtete. »Haben Sie eine Ahnung, wer Ihnen diese Botschaft geschickt hat?«

»Ja«, sagte Georg. »Ich glaube, es ist eine Warnung.«

»Fertig«, sagte der Glaser.

Georgs Fenster war mit Brettern zugenagelt. »Da kommt so schnell keiner mehr rein.«

»Aber, Sie sind doch der Glaser. Hatten Sie nicht gesagt …«, stammelte Georg.

»Klar, junger Mann, habe ich. Habe jetzt alles genau ausgemessen. Aber heute Nacht? So schnell geht das nicht. Weil Sie es sind, am Samstag. Samstag früh komme ich vorbei. So um sieben, halb acht. Zahlen Sie bar oder sind Sie versichert?«

»Ich weiß gar nicht, wie das geregelt wird.«

»Na, dann klären Sie das mal. Wir sehn uns«, sagte der Glaser und verschwand.

»Haben Sie noch etwas von dem Wein?«, fragte Bitterle. Georg schenkte nach. Vielleicht keine schlechte Idee, sich zu betrinken.

Donnerstag, 26. Februar 2009

10

Am Donnerstagmorgen saß Georg um Viertel vor neun Uhr in seinem Glasbüro im Pressehaus. Stein war noch nicht da, aber Georg wollte um jeden Preis pünktlich sein. Nur nicht den kleinsten Anlass für eine Rüge geben!

Er sah schlecht und übernächtigt aus und trug ein dickes Pflaster über dem rechten Auge. Die anderen Büros füllten sich langsam. Die Online-Redaktion war gut besetzt, die ersten Sportredakteure waren auch schon da.

Georg nahm sein MacBook Air, das er sich privat gekauft hatte, und machte seine Morgenrunde durchs Internet. Auf Twitter hatte er über tausend sogenannte »Follower«, andere Internetmenschen, die seine Kurznachrichten von maximal hundertvierzig Zeichen abonniert hatten. Auf Facebook, wo man etwas ausführlicher schreiben konnte, hatte er es auf über fünfhundert »Freunde« gebracht.

In alter Gewohnheit legte Georg die Füße auf den Schreibtisch und klickte sich weiter zu neu.de, einer Dating-Plattform, auf der er sich seit einigen Wochen ebenfalls regelmäßig umschaute.

»Ein sympathisches Profilfoto = siebenmal mehr Flirts« begrüßte ihn die Website. Georg war hier unter dem Pseudonym »Kisch« unterwegs, eine Hommage an Egon Erwin Kisch, den großen Journalisten. Irgendwann einmal wollte Georg genauso gut schreiben können wie Kisch, der »rasende Reporter«. Aber jetzt war erst einmal Frauensuche angesagt. Dabei half das Profilfoto des alten Kisch, das Georg als sein eigenes Foto hochgeladen hatte, nicht wirklich weiter. Kisch war kein Frauentyp. Und wenn man nicht wusste, wer Kisch war, dann konnte man das Pseudonym nicht einmal entschlüsseln. Georg würde das ändern müssen.

»Ein Foto = siebenmal mehr Flirts«, so nervte ihn die Flirt-Plattform schon wieder. Und dann folgte noch der gut gemeinte

Hinweis: »Investieren Sie eine Minute in den Upload Ihres Fotos, Sie werden Ihrem Herzklopfen-Date gleich viel näher sein.«

Georg schaute auf die Fotos, die sich auf seinem iPhone angesammelt hatten. Er fand ein Bild von sich als Mönch, das er in den Karnevalstagen aufgenommen hatte. Das Foto sah erbärmlich aus. Sein Kopf verzerrt, weil er viel zu nah vor dem Objektiv gewesen war, die Perspektive unglücklich von unten Richtung Nasenlöcher, die Brille spiegelte, die Augen waren kaum zu sehen, ein Katastrophenschuss. Trotzdem lud er es auf seine Profilseite hoch. Vielleicht standen Frauen ja auf schräge Mönche. Dienstagabend hatte das ja auch gewirkt. Wo mochten Engelchen und Teufelchen jetzt gerade sein?

Georg startete eine Dating-Suchanfrage: Frauen im Alter von einundzwanzig bis fünfunddreißig Jahren im Umkreis von zwanzig Kilometern um Köln. Der Computer zeigte ihm an, dass er vierhundertsiebzehn Seiten mit jeweils zwölf Frauenporträts anbieten konnte. Nicht schlecht.

Die ersten sechs nannten sich »nellikar«, »ryukyU-spirit«, »bengelinchen36«, »ki_ra«, »sterntaler76« und »sonnenscheinfinden«, auf Platz sieben erschien eine »Sandra27«, die Georg sofort auffiel. Keckes Lächeln, kurze rote Haare, siebenundzwanzig Jahre, Wohnort Köln. Sandra wie sein Teufelchen. Und genauso rote Haare. War sie das? Georg war sich nicht sicher.

Er klickte auf Sandras persönliche Profilseite. Sie war interessiert an »Frauen und Männern«, in dieser Reihenfolge, als Hobbys gab sie Lesen, Tanzen und Reisen an.

Georg sah das Signal, dass Sandra online war, und schickte ihr eine Nachricht: »Guten Morgen.«

Plötzlich kippte Georgs Bürostuhl nach hinten, er schrie auf, klammerte sich an den Laptop, der ihm natürlich keinen Halt bot, bis er begriff, dass Wolfgang hinter ihm stand und ihn aus dem Gleichgewicht gebracht hatte. Wolfgang Stein, der Alte, der Chefredakteur.

»Unser Frauenheld, das ist ja interessant«, sagte Stein und ließ den gekippten Bürostuhl endlich los, sodass Georg wieder in die Senkrechte kam.

Zu allem Überfluss stand die halbe Belegschaft in seiner Bürotür oder drückte sich die Nasen an der Glaswand zu seinem Büro platt.

»Wollt ihr wissen, wo unser Chefreporter seine Frauen aufgabelt?«, rief Stein so laut, dass alle es hören mussten, »im Internet.«

Das Lachen der Kollegen, vor allem der männlichen Kollegen, war unüberhörbar. Georg wäre gerne im Boden versunken, aber der zwei Meter große Stein packte ihn am Kragen, zog ihn hoch, stellte ihn wie einen Pappkameraden vor sich hin und sagte: »Um neun in meinem Büro.«

Mit Steins Abgang verschwanden auch die gaffenden Kollegen. Nur Gaby, die Assistentin der Lokalredaktion, traute sich in Georgs Zimmer.

»Zeigst du mir mal, wie das geht, mit dem Internet?«

»Gerne, später«, sagte Georg und schob sie vor sich her aus seinem Zimmer. Ihr Körper fühlte sich gut an. Vielleicht sollte er mal …

Nein, er sollte nicht. Auf keinen Fall im Büro. Und schon gar nicht mit Gaby. Die hatte was Besseres verdient, so nett und naiv, wie sie war.

Ganz anders als Uschi, die Chefsekretärin, die ihn mit bösen Blicken durchbohrte, als er in Steins Büro auftauchte. Sie wollte ihn anmelden, aber Georg ging, ohne anzuklopfen, gleich in Steins Büro durch, das zum Glück keine Glaswand in Richtung der übrigen Büros hatte, sondern nur Fenster mit Blick auf die eher triste Umgebung in Riehl.

Es war neun Uhr, Georg war auf die Minute pünktlich, Pech nur, dass Stein drei Minuten zu früh aufgetaucht war.

Die Wand hinter Steins Schreibtisch schmückten Fotos: Stein mit Willy Brandt, Stein mit Helmut Schmidt, Stein mit Helmut Kohl, Stein mit Hans-Dietrich Genscher, Stein mit wem auch immer, aber immer war er der Größte.

Georg war einen Meter achtundachtzig groß, überragte damit die meisten seiner Mitmenschen, aber neben Stein fühlte er sich wie ein Zwerg, vor allem, wenn der sich zu voller Höhe aufblies. Und das tat er besonders gerne, wenn er wütend war. Wie jetzt.

»Ich hatte angeordnet, dass du um neun Uhr in meinem Büro zu sein hast«, sagte Stein.

»Es ist genau neun Uhr.«

»Du hast stattdessen irgendwelche Frauen im Internet angemacht.«

»Ich habe recherchiert.«

»Du hast was?«

»Ich habe recherchiert. Treffpunkt Internet. Das ist doch ein Riesenthema.«

»Wieder so ein Riesenthema wie der Nubbel-Mord? Ich sage, du warst ganz privat im Internet unterwegs. Und privates Surfen dulde ich nicht.«

»Was ist das denn für ein Spruch? Privates Surfen dulde ich nicht? Ich bin immer im Internet unterwegs, immer. Ich recherchiere, wenn es sein muss, Tag und Nacht. Im Netz oder in der Realität. Privat und beruflich. Das kannst du doch gar nicht unterscheiden. Du solltest lieber den anderen Kollegen langsam mal den Umgang mit den neuen Techniken beibringen. E-Mail alleine ist es nicht. Du bist Chefredakteur, aber ich bin Chefreporter. Ich schleppe die Geschichten an.«

»Und ich entscheide, welche Geschichten gedruckt werden. Das Thema hatten wir gestern Morgen doch schon«, unterbrach ihn Stein. »Das ist mein Job. Und welche Geschichten du zu recherchieren hast, das entscheide ebenfalls ich. Das Thema Frauensuche im Internet gehört nicht dazu.«

Stein unterbrach seine Rede; als Georg nichts antwortete, setzte sich der Chefredakteur in seinen Bürosessel.

Stein hatte noch einen Schreibtisch in der guten alten Größe. Die Redakteure, auch Georg, bekamen nur noch extraschmale Tische, seitdem darauf keine großen Röhrenmonitore mehr standen, sondern Flachbildschirme. Schmalere Schreibtische hatten auch schmalere Büros zur Folge, was weitere Einsparungen ermöglichte.

Georg setzte sich auf den Stuhl auf der anderen Seite des Schreibtischs und wartete.

Stein lehnte sich nach vorne, was bei seiner Länge bedeutete, dass sein Kopf bedenklich nahe an Georg herankam. »Georg«, sagte er, und er sagte es sehr leise. »Damit das klar ist, ich verbiete dir hiermit förmlich privates Surfen im Büro während der Dienstzeit. Du hast gestern eine Abmahnung bekommen, eine letzte Abmahnung. Dass du noch hier bist, hast du allein deinem Freund Konrad zu verdanken. Der hat an dir einen Narren gefressen. Aber ich habe mir Rückendeckung bei Arthur und bei Bernhard geholt. Ich habe freie Hand. Beim nächsten Vorfall fliegst du raus. Sofort und fristlos. Ich habe deine Aufsässigkeit und deine Starallüren satt.«

Georg spürte, wie die Wut in ihm aufstieg. Stein, dieser Sesseljournalist, der den Hintern nicht mehr hochbekam, seitdem er hier Chefredakteur war. Ausgerechnet Stein. Mag ja sein, dass er mal was draufhatte, als die Regierung noch in Bonn war und Stein dort als Parlamentskorrespondent arbeitete. Das war zwanzig Jahre her. Vom BLITZ, vom täglichen Boulevard, hatte er keine Ahnung. Kein Wunder, dass die Auflage sank und sank.

Allerdings: Mit Arthur, dem Gottvater, an seiner Seite und mit Bernhard, Konrads ehrgeizigem Cousin, dem die Hälfte des Verlages gehörte, hatte Stein die Macht auf seiner Seite.

»Ist gut, Wolfgang, ich habe verstanden«, sagte Georg also brav und schickte sich an, zu gehen.

»Nicht so schnell«, sagte Stein. »Ich habe einen Auftrag für dich.«

»Und was soll das sein?«

»Das soll nicht sein, das ist. Ich will von dir eine Geschichte über die Piusbruderschaft in Köln. Gibt es die auch hier? Wie viele Leute sind das? Wie finden sie den deutschen Papst und dass er wieder Gespräche mit der Piusbruderschaft aufnehmen will? Hat der Kardinal was mit ihnen zu tun? Das komplette Programm.«

»Ich soll was? Über die Piusbruderschaft schreiben? Du meinst, das interessiert unsere Leser? Und ich soll das schreiben?«

»Ja, du. Du warst doch Messdiener, oder? Du lieferst die Story. Abgabetermin: nächsten Dienstag, heute in fünf Tagen. Und keinen Tag später. Noch Fragen?«

Georg hatte keine Fragen mehr. »Schönen Tag dann noch«, sagte er und ging ab. In der Tür des Chefbüros drehte er sich noch einmal um. »Ich nehme mir für den Rest des Tages frei vom Büro. Ich will recherchieren – die Piusbrüder.«

Stein nickte und rief ihm nach: »Georg, eins noch. Bleib weg von diesem Nubbel-Mord, bleib weg von der Lenzen-Sache. Damit hast du nichts mehr zu tun. Der Polizeipräsident hat sich persönlich über dich beschwert. Erst bei mir, ich hab ihn dann zu deinem Freund Konrad durchgestellt. Der war dann auch nicht mehr so begeistert. Bis geklärt ist, ob du dich strafbar gemacht hast, hast du absolutes Rechercheverbot in dieser Sache.«

Den Weg zurück an seinen Schreibtisch empfand Georg wie einen Kreuzweg. Die Kollegen hatten sich hinter ihren Bildschirmen vergraben. Nicht der Anpfiff von Stein war ihm peinlich, der holte sich dreimal die Woche jemanden in sein Büro, um seine Macht zu demonstrieren. Peinlich war ihm, dass alle mitbekommen hatten, wie er auf Frauensuche war. Wo er doch so darauf bedacht war, in der Redaktion sein Image als Frauenheld zu pflegen, der jede Frau in Köln ins Bett bekäme, wenn er nur wollte. Er zweifelte, ob sie ihm die Recherchenummer abnehmen würden.

Der Laptop auf seinem Schreibtisch zeigte noch immer die Flirtseite. Das Mailprogramm im Dock meldete, dass er drei neue Nachrichten bekommen hatte. Die Texte waren sehr ähnlich: »lipe22 hat Ihr Profil besucht«, »skorpion238 hat Ihr Profil besucht«, »Sandra27 hat Ihr Profil besucht«.

Sandra? Also war sie es doch?

Georg klickte sich zurück in die Flirtseite und fand dort eine persönliche Botschaft von Sandra: »Guten Morgen. Hast du schon was erreicht?«

11

Lukasz mochte die Baustelle am Waidmarkt nicht. Sie war kalt und feucht, Pumpen liefen Tag und Nacht, trotz Helm und Hörschutz dröhnte sein Kopf.

Die Arbeit war schwer und gefährlich. Der Lohn war in Ordnung, er verdiente in einer Woche so viel wie in Polen in einem Monat, aber die deutschen Chefs, auch Carlo, steckten sich sehr viel mehr Geld ein als die Männer, die unten die Drecksarbeit machten. Und dazu hatte Carlo noch ein paar sehr lukrative Nebengeschäfte.

Immerhin drückte Carlo ein Auge zu, wenn die Arbeiter den Stahl verkauften, der auf der Baustelle übrig blieb. Ein deutscher Kollege war Spezialist darin, »überflüssigen« Stahl ausfindig zu machen. Da wurden statt hundert vorgeschriebener Stahlklammern zuerst nur achtzig eingebaut, dann sechzig, manchmal sogar nur fünfundzwanzig. »Seht ihr«, sagte der Kollege stolz, »alles sicher. Hält auch so.« Von dem Geld, das schwarz kassiert wurde, bekam auch Lukasz einen Anteil, damit er die »Schnauze« hielt.

Lukasz sagte nichts, aber er schrieb auf, was er sah, und er sah eine Menge.

Die Baustelle war wie der Schlund zur Hölle. Es wurde gelogen und betrogen, und die Kölner interessierten sich überhaupt nicht dafür, was in ihrem Untergrund geschah. Kontrollen der Baustelle gab es so gut wie nie, und wenn doch, dann, so glaubte Lukasz, waren es gekaufte Kontrolleure. Sonst hätten die doch etwas melden müssen.

Lukasz wusste, dass am Waidmarkt vier Brunnen genehmigt waren, die das eindringende Grundwasser abpumpen sollten. Aber vier Brunnen waren viel zu wenig. Im letzten August war Wasser in die Baustelle eingedrungen, im September wurden sechs weitere Brunnen gebohrt, die tiefer reichten als die ersten vier, im November und Dezember wurde die Zahl der Brunnen auf fünfzehn erhöht, jetzt, Ende Februar, waren dreiundzwanzig Brunnen Tag und Nacht im Einsatz, pro Stunde wurden siebenhundertfünfzig Kubikmeter Wasser aus der Grube in den Rhein gepumpt, viertausendfünfhundert Badewannenfüllungen jede Stunde.

Lukasz stellte sich vor, was das für den Grund unter der Baustelle bedeutete, welche riesigen Löcher da durch das abfließende Wasser gerissen wurden und welche Erdmassen da vielleicht nachrückten. »Ich habe Angst, dass wir den Boden unter den Füßen verlieren«, schrieb er in seinen Block. »Heilige Maria, schütze uns.«

Die Arbeiter hatten der Bauleitung Fragen gestellt. Ob das denn alles erlaubt und sicher sei. Carlo hatte sie »Memmen« geschimpft. Wenn sie schneller aus der Grube rauskommen wollten, müssten sie nur schneller arbeiten. Im Übrigen sei alles sicher und genehmigt.

Trocken wurde es in der Baugrube aber auch durch dieses massive Abpumpen nicht. Ganz unten, in achtundzwanzig Metern Tiefe, wo die Bauarbeiten beendet waren und wo irgendwann die U-Bahn fahren sollte, hatte Lukasz sich eine kleine Höhle eingerichtet. Eine alte Matratze. Ein Tisch aus einer Werkzeugkiste. Auch eine Lampe hatte er organisiert.

Manchmal, in den Pausen oder nach Feierabend, ging er nicht mit den anderen nach oben ans Tageslicht, sondern verkroch sich in seiner Höhle und träumte.

So wie heute.

Ihm dröhnte Carlos Spruch im Ohr: »Sie gehört dir.« Was meinte er damit? Sollte er dieses blonde Mädchen beseitigen, Kathrin Wagner?

Sie war bei diesem Journalisten gewesen, der die Leiche von Lena Lenzen gefunden hatte. Sie hatte bei der Polizei ausgesagt, sie hätte zwei Männer gesehen. Aber hatte sie wirklich irgendjemanden erkannt?

In den Zeitungen stand nichts, was ihnen gefährlich werden konnte.

Dieser Journalist hatte zwar auch schon auf der Baustelle rumgeschnüffelt, aber er hatte keine Ahnung. Er suchte den alten Lenzen, sonst nichts.

Trotzdem, Carlo würde keine Ruhe geben, bis Kathrin verschwunden war.

Lukasz hatte sie beobachtet. Sie wohnte in einem Altbau in Nippes. Eine schöne Frau. Lange blonde Haare, die ihn an seine Maria erinnerten.

Kathrin war sportlich. Sie sah aus, als wäre sie eine gute Sprinterin, aber gegen seine Kraft hätte sie keine Chance. Er musste schnell wie der Blitz zuschlagen. Er durfte sie nicht entkommen lassen.

Und dann könnte er sie hier in der Höhle verstecken.

12

Als Georg das Pressehaus verließ, drehte sich der Boden unter ihm. Er hielt sich an einer Straßenlaterne fest wie ein Betrunkener nach einer Zechtour. So konnte es nicht weitergehen. Er brauchte Hilfe. Aber wer könnte ihm helfen? Wer würde ihm helfen?

Georg kannte viele Menschen in der Stadt, aber er hatte nur wenige Freunde. Das lag vermutlich an ihm selbst. Georg befürchtete immer, dass er nur wegen seines Jobs bei der Zeitung gefragt war. »Du kannst mich doch in die Zeitung bringen« war der Spruch, den er so hasste.

Er würde zu Franck fahren und ihn um Rat fragen. Franck von Franckenhorst war einer der wenigen, bei denen sich Georg der Freundschaft ganz sicher war. Sie waren alte Schulkameraden. Franck war der Erbe einer Parfümdynastie, alter Kölner Geldadel. Seit einem Jahr war Franck trotz seiner erst einunddreißig Jahre sogar Geschäftsführer des Familienkonzerns, nachdem sein Vater wegen Geldwäsche und Steuerbetruges vor Gericht gestanden hatte und die Führung des Unternehmens aufgeben musste.

Francks Vater war außerdem angeklagt worden, den Mord an Francks damaliger Freundin Stefanie befohlen zu haben. Das konnte ihm vor Gericht jedoch nicht zweifelsfrei nachgewiesen werden, sodass der alte Franckenhorst letztlich mit einer Bewährungsstrafe davonkam.

Francks Urteil über seinen Vater war härter ausgefallen: Schuldig! Schuldig am Mord an Stefanie, schuldig am Tod seines Bruders, der sich in die Luft gesprengt hatte, um Franck die Flucht zu ermöglichen, schuldig an der Verwirrung seiner Mutter, die nach den schrecklichen Ereignissen den Verstand verloren hatte und in einer Klinik darauf wartete, dass ihre Kinder sich friedlich um den Küchentisch versammelten.

Der alte Franckenhorst hatte sich auf einen Bauernhof in den Schweizer Alpen zurückgezogen. In der Familienvilla in Köln-Marienburg wohnte Francks jüngere Schwester Miriam, die mit Gerald Menden, dem Polizeikommissar, befreundet war, der seine kleine Wohnung in Kalk behielt, weil er »nicht in diese Protzgegend Marienburg« hineinpasse.

Franck hatte vor einigen Monaten in der Lichtstraße in Ehrenfeld eine alte Fabrik gekauft und sie mit großem kreativem und finanziellem Aufwand zu einer luxuriösen Herberge und Wohngemeinschaft für sich und einige seiner merkwürdigen Freunde ausbauen lassen.

Die Lichtstraße war alles andere als eine schöne Wohngegend, früher ein reines Industriegebiet, was man den Bauten von außen noch ansah, heute eine interessante Mischgegend. Gegenüber Francks Haus stand die Live Music Hall, in der seit Jahren Konzerte veranstaltet wurden.

An der Vogelsanger Straße residierte das »Underground«, eine Punk- und Party-Location, die wegsaniert werden sollte. Die Adenauer-Familie, die in der Stadt immer noch großen Einfluss hatte, plante auf dem sogenannten Helios-Gelände zwischen Venloer Straße, Ehrenfeldgürtel, Vogelsanger Straße und Heliosstraße eine schicke Neubebauung, was das Ende der »Underground«-Idylle bedeuten würde. Protest war angesagt.

Eine »Kletterfabrik« holte seit Neuestem eine ganz andere Klientel ins Viertel, außerdem hatten sich Werbeagenturen und Filmproduktionen angesiedelt, Architekten, Rechtsanwälte und vor allem jede Menge Internetunternehmer.

Franck von Franckenhorst finanzierte in der Lichtstraße eine Obdachlosenzeitung, die sich »von janz unge« nannte, kölsch für »von ganz unten«. Chefredakteur war ein gewisser Jean Leclerc, ein einbeiniger Krüppel, der noch vor einem Jahr als Bettler auf dem Melatenfriedhof wohnte und der Franck dort gesund pflegte, als der in der Kölner Innenstadt ausgeraubt und zusammengeschlagen worden war.

Das Tor in der Lichtstraße stand Tag und Nacht offen, wusste Georg, doch als er eintrat, wurde er von einer merkwürdigen Gestalt angehalten. Vor ihm stand, als wäre er einem Schwarz-Weiß-Film entsprungen, ein leibhaftiger Butler mit weißen Handschuhen und blitzblanken schwarzen Schuhen, schwarz-grau gestreifter Hose, hellgrauer Weste, darunter ein weißes Hemd mit Krawattenschal, darüber ein Gehrock mit abgerundeten Ecken. Das musste Jakob sein. Franck hatte von ihm erzählt, angeblich hatte er ihn im Dom-Hotel engagiert, aber begegnet war Georg dem Unikum noch nie.

»Der Herr wünschen?«, fragte der Butler.

»Tja, wenn ich einen Wunsch frei habe, dann würde ich gerne zu Franck.«

»Wen darf ich melden?«

»Ist schon gut, wir sind Schulfreunde. Ich brauche keine Anmeldung.«

»Mein Herr, ich habe hier eine Aufgabe, und Sie haben nicht die Befugnis, mir diese Aufgabe zu entziehen. Wen darf ich also melden?«

»Sagen Sie, Georg ist hier. Georg Rubin.«

Der Kauz schlurfte gemessenen Schrittes Richtung Wohnhaus, das im Hintergrund des unübersichtlichen Geländes lag. Georg stand in einem überdachten Hof, in vielleicht dreißig Metern Höhe spannte sich eine Glasabdeckung von Hauswand zu Hauswand. In Kübeln wuchsen Palmen und Platanen und sorgten für mediterrane Stimmung.

In einer Ecke des Hofes surrten zwei moderne Kopier- oder Druckmaschinen, davor auf einem langen weißen Tisch standen einige Computer, alles schicke iMacs, dazu Scanner, Fax und andere Bürogeräte. Das war die Redaktion von »von janz unge«, in der wohl noch niemand arbeitete.

Früher hieß die Obdachlosenzeitung kurz und schlicht »janz unge«, aber nachdem der adlige Franck von Franckenhorst als Finanzier eingestiegen war, erlaubte man sich die Umfirmierung in »von janz unge«. Ob die Leserschaft das jemals bemerkt hatte?

Das Zentrum des großen Innenhofes dominierte ein wuchtiger Buchenholztisch von gut drei Metern Länge, um den ein

Dutzend Holzstühle herumgruppiert waren. Das war vermutlich der Konferenzraum.

Georg entdeckte in einer Ecke noch eine kleine gemütliche Küche mit Kaffeemaschine, Wasserspender und Kühlschrank, davor vier Rattansessel und einen runden Rattantisch mit Glasplatte.

Zwischen zwei kräftigen Platanen schaukelte eine bunte Hängematte, aus der ein Bein herausbaumelte.

»Bringst du mir mal einen Espresso, Georg?«, rief eine Stimme aus der Hängematte, es war Jean, der einbeinige Chefredakteur.

»Jean, du fauler Sack, du sollst deinen Espresso haben«, sagte Georg und machte sich an der Maschine zu schaffen, einem italienischen Fabrikat, das ähnlich funktionierte wie das Modell bei ihm zu Hause.

»Hier, Herr Chefredakteur«, sagte Georg, als er Jean den Espresso an die Hängematte brachte.

Jean richtete sich auf. »Danke, Herr Chefreporter.«

»Bist du als Chefredakteur eigentlich genauso ein Arsch und Sklaventreiber wie mein Chefredakteur?«

»Ist das eine Bewerbung? Willst du hier anfangen?«

»Wer weiß.«

»Was machst du überhaupt um diese Zeit hier? Musst du nicht arbeiten? Und woher hast du die Beule am Kopf? Prügelei?«

»Ich recherchiere.«

»Bei uns.«

»Ja.«

»Und was?«

»Wie ich aus der Scheiße komme.«

»Du sitzt in der Scheiße?«

»Ich glaube, ja.«

»Dann bist du hier richtig. Wir sitzen alle in der Scheiße. Wir lieben das.«

Plötzlich fiel Franck vom Himmel, genauer, mit großem Hallo rutschte er an einer Stange vom obersten Stockwerk des Hauses in den Hof hinab. »Georg, schön dich zu sehen. Was treibt dich denn in diese finstere Gegend?«

Franck trug einen seidenen Morgenmantel und Schutzhandschuhe, die er auszog, als er Georg begrüßte.

»Habt ihr auch Treppen, oder musst du da auch wieder rauf?«, fragte er. »Das sah toll aus.«

»Ich wollte schon als Kind immer die Treppengeländer runterrutschen, was ich natürlich nie durfte. Da hab ich mir hier diese Feuerwehrrutsche einbauen lassen. Macht Riesenspaß. Wenn du willst ...«

»Später vielleicht.«

Franck holte hinter einer Palme eine große Tafel hervor. »Hier, schau mal, hier stehen die Bestzeiten. Wir haben einen hausinternen Wettbewerb, wer am schnellsten von oben nach unten kommt, ohne sich Hals oder Beine zu brechen. Ich bin Zweiter. Aber irgendwann ...«

»Was, irgendwann?«, rief Jean aus seiner Hängematte. »Meine Zeit toppst du nie. Und wenn doch, dann lege ich eben noch was drauf. Gegen mich ist der freie Fall ein Nichts, Herr Einstein.«

»Was hat Einstein denn mit unserer Rutsche zu tun?«

»Der würde dir schon vorrechnen, dass du nie, nie schneller sein kannst als ich.«

»Du müsstest sowieso disqualifiziert werden.«

»Und du bist ein schlechter Verlierer.«

»Disqualifiziert!«

»Warum das denn?«

»Weil du nur ein Bein hast, das dich bremst.«

»Wer bremst, verliert.«

Butler Jakob stellte sich energisch zwischen die beiden Streithähne: »Herr von Franckenhorst, das Arbeitszimmer ist bereit. Ich werde Herrn Rubin dorthin begleiten, während Sie Ihre Kleidung vervollständigen sollten, ehe noch weiterer Besuch erscheint.«

»Erwarten wir jemanden, Jakob?«

»Es schickt sich einfach nicht, verzeihen Sie, halb nackt herumzulaufen.«

Franck lachte. »Jakob, wie halten Sie es den ganzen Tag lang eigentlich mit sich aus?«

»Klare Regeln, klares Leben. Wenn Sie darüber nähere Aufklärung wünschen, was ich verstehen würde, dann bin ich gerne bereit, sie Ihnen zu geben.«

Jakob wandte sich an Georg: »Wenn Sie mir bitte folgen wollen.«

Jakob ging voraus zu einem verglasten Lastenaufzug und drückte auf den Knopf zur fünften Etage. Der Ausblick wurde mit jedem Stockwerk phantastischer, ab Etage vier waren in der Ferne sogar die Spitzen des Kölner Doms zu sehen.

Francks Privatbereich war ein riesiges Penthouse auf dem Dach des Gebäudes. Der Aufzug hatte zwei Ausgänge, einen hinaus auf die weitläufige Dachterrasse, auf der wieder Platanen und Palmen in Kübeln wuchsen, einen anderen in den Flur der Wohnung hinein, die einige hundert Quadratmeter groß sein musste.

Der Boden bestand aus weißem Marmor, die Wände waren weiß gekalkt, die Sitzgarnitur war aus weißem Leder. Hier konnte nur jemand wohnen, der sich eine Putzfrau leisten konnte.

Das Arbeitszimmer war nicht viel kleiner als Georgs komplette Wohnung, hier dominierte die Farbe Schwarz – schwarzes Holz, schwarzes Leder, schwarzes Leinen.

Georg setzte sich in einen schwarzen Ledersessel und blätterte in der Süddeutschen, die bereitlag. In der SZ stand nichts über den Nubbel-Mord. Natürlich nicht. Hatte er sich tatsächlich eingebildet, irgendetwas geschrieben zu haben, was außerhalb Kölns interessierte?

Mit seiner Tätigkeit beim BLITZ hatte er sich wahrscheinlich den Weg zur Süddeutschen oder zur FAZ verbaut. Man konnte zu Bild gehen, vielleicht noch zum Stern und zum Spiegel, zum Fernsehen, ja, auch das war möglich. BLITZ war Boulevard, das Straßenkind unter den Medien.

»Was grübelst du?«, unterbrach ihn Franck.

»Ich denke gerade über den Sinn des Lebens nach. Im Allgemeinen. Und im Besonderen über das Leben eines nutzlosen Boulevardreporters.«

»Was ist los, Georg? Erzähl.«

Es tat gut, sich alles von der Seele reden zu können. Franck war ein hervorragender Zuhörer, der Georg nie unterbrach, aber immer interessiert und konzentriert wirkte und an den richtigen Stellen die richtigen Fragen stellte. Dreißig Minuten, so lange hatten sie seit fünfzehn Jahren nicht miteinander gesprochen. Eine Männerfreundschaft war schon eine komische Sache.

»Was für eine Story!«, sagte Franck, als Georg mit seinem Bericht fertig war. Franck schaute in sein schwarzes Notizbuch, in das er einige Stichworte geschrieben hatte.

»Ich frage mich, ob es wirklich eine Geschichte ist, oder sind es mehrere Geschichten? Fangen wir mal mit deinem Job an. Ich denke, du solltest dir schnell einen Anwalt nehmen. Das läuft auf Kündigung raus. Wenn dein Chefredakteur wirklich die Unterstützung des alten Arthur und von Bernhard hat, dann bist du beim nächsten Anlass fällig.«

»Ich glaube, dass Konrad, der Junior-Verleger, auf meiner Seite ist.«

»Ich kenne Konrad. Netter Kerl. Aber der ist nicht stark genug. Der hat sich schon vom Polizeipräsidenten einwickeln lassen. Konrad will die Welt retten, dabei müsste er erst einmal seinen eigenen Laden in den Griff bekommen. Nein, Georg, das läuft auf fristlose Kündigung raus. Meine Freundin, Christina, ist Anwältin. Wenn du willst, werde ich sie fragen, sie kennt bestimmt jemanden, der dich vertreten könnte. Oder hast du schon einen Anwalt, der sich im Arbeitsrecht auskennt?«

»Nein. Ich hatte einen. Anwalt und SPD-Politiker. Aber der ist gestorben.«

»Ich weiß, wen du meinst. War ein guter Mann. Ich war auf seiner Beerdigung auf Melaten.« Franck nahm einen Schluck Wasser.

»Kommen wir zu den anderen Storys. Da ist erstens der Mord an Lena Lenzen. Ich verstehe, dass du den Fall aufklären willst. Wenn ich die Leiche gefunden hätte, ginge es mir genauso. Aber wenn du weiterrecherchierst, riskierst du deinen Job. Deshalb mein Vorschlag: Lass das die Polizei machen. Über Gerald Menden wirst du alles erfahren, was die Mordkommission herausfindet. Die werden den Mörder schon fangen. Und darum geht es doch letztlich.«

»Die Polizei macht auch schon mal Fehler.«

»Ja, aber nicht so oft in Mordsachen. Du musst dir nicht einbilden, dass du im Alleingang besser als die Polizei sein könntest.«

»Ich dachte, du würdest mir helfen.«

»Klar werde ich dir helfen. Aber die Polizeiarbeit soll schön die Polizei machen. Und du passt auf, dass keine wichtige Spur übersehen wird. Du selbst kümmerst dich stattdessen um ganz andere Dinge.«

»Nämlich?«

»Die Piusbrüder und den Richter-Code.«

»Du meinst, ich soll Steins komischen Rechercheauftrag annehmen? Und was hat der mit dem Richter-Code zu tun?«

»Wenn du Steins Auftrag nicht übernimmst, kannst du auch gleich selbst kündigen. Das kostet dich dann aber eine dicke Abfindung.«

»Und der Richter-Code?«

»Was Lenzen erzählt hat, klingt faszinierend. Vielleicht hat seine Tochter ja nur ein bisschen viel Da-Vinci-Code gelesen und die anderen Bücher von diesem Amerikaner, wie heißt der noch mal?«

»Dan Brown.«

»Ja, den meinte ich. Aber stell dir mal vor, Lena hätte recht mit ihrer Theorie. Was wissen wir von dieser Frau überhaupt? Fast nichts. Keine Spur im Internet. Vor anderthalb Jahren irgendwohin verschwunden. Wo war sie da? Was ist in dieser Zeit passiert, dass sie so völlig verändert zurückkehrte? Das haben sowohl diese Sekretärin als auch Lenas Vater erzählt.«

»Lenzen hat gesagt, sie wäre zweimal ermordet worden.«

»Eine starke Aussage. Da muss man recherchieren. Das Opfer ist interessant. Der Mörder wird sich dann schon finden. Und was war das für ein Streit, den Lena mit ihrem Vater hatte? Nur eine normale Vater-Tochter-Krise oder mehr? Wieso kam sie dann doch zurück und ließ sich im Unternehmen ihres Vaters anstellen? Wieso blieb sie nicht im Büro, sondern ließ sich sogar auf der U-Bahn-Baustelle am Waidmarkt sehen und verdrehte dort den Männern die Köpfe? Übrigens genau am Stadtarchiv, wo dein Teufelchen Sandra arbeitet.«

»Lass Sandra da raus.«

»Warum? Verliebt? Oder nur sauer, dass sie was mit Kathrin hat? So wie du von ihr erzählt hast, habe ich dich noch nie von einer Frau reden hören.«

»Du vergisst, dass ich mal verheiratet war.«

»Lovely Rita. Wie lange wart ihr zusammen, mehr als sechs Monate? Und seit wann bist du jetzt geschieden?«

»Rosa wird bald sieben.«

»Tja, tolle Ehe, in der man schon vor der ersten Geburt auseinandergeht.«

»Hör endlich auf, auf mir rumzuhacken.«

Georg stand auf und schaute aus dem Fenster. Er brauchte eine Pause. Das war alles zu viel in den letzten Tagen. Und jetzt auch noch Franck mit seinen Sandra-Anspielungen. Was war daran falsch, dass er sie interessant fand? Sie wollte doch nur, dass er über die Risse im Archiv berichtete.

»Komm, Georg, setz dich«, sagte Franck. »Lass uns versuchen, den Fall weiter durchzusprechen.«

»Sie ist nicht mein Teufelchen, Sandra.«

»Ist ja gut. Ich will da nicht drauf rumreiten. Es ist mir nur aufgefallen, dass Lenzen was mit dem U-Bahn-Bau zu tun hat und Sandra möglicherweise auch. Das heißt, wenn du dich um Sandras Archiv kümmerst, erfährst du vielleicht auch etwas über Lenzen.«

»Kann sein.«

»Und dann war da auf dieser Baustelle doch dieser geschniegelte Schwabe.«

»Carsten Lobenau.«

»Genau. Wieso läuft der auf einer Baustelle im feinsten Zwirn und handgenähten Schuhen rum?«

»Musst du gerade sagen.«

»Ich bin Milliardär, da gehört teure Kleidung manchmal dazu. Aber doch nicht auf einer Baustelle. Wo hat der Mann die Kohle her, um mal im Baustellenjargon zu bleiben.«

»Schwaben sind sparsam.«

»Schwaben sind geizig. Da schont man den Sonntagsanzug für ganz besondere Gelegenheiten. Dieser Lobenau ist oberfaul. Den würde ich mir an deiner Stelle besonders gut ansehen.«

»Ich bin mit ihm verabredet.«

»Dann sei wachsam.«

»Mir macht dieser BMX-Fahrer viel größere Sorgen.«

»Du musst der Polizei sagen, dass er dein Haus beobachtet hat. Der Mann fällt doch auf, den würde man sicher sehr schnell finden.«

»Ich werde Gerald anrufen.«

»Unbedingt. Bleibt noch der alte Lenzen und sein Richter-Code. Georg, das ist sie, die Story, auf die du gewartet hast.«

»Für mich klingt das wie Spinnerei eines Wahnsinnigen.«

»Der Spinner hat dir zweihundertfünfzigtausend Euro angeboten.«

»Und das Doppelte für den Fall, dass an der Story nichts dran ist.«

»Es gibt mindestens einen Mitwisser, nämlich den, der dir das Fenster eingeworfen hat. Kennst du das Richter-Fenster überhaupt?«, fragte Franck.

»Ich war bei der Einweihung«, antwortete Georg. »Ich war seitdem ein paarmal im Dom. Ich war gestern da und habe gesehen, wie Lenzen auf das Licht reagierte.«

»Du musst dir Zeit nehmen. Einen sonnigen Tag. Dann setzt du dich in den Dom und wartest. Wartest, wie dieses Fenster zum Leben erwacht und die gesamte Kathedrale verändert. Es ist, als ob Gott höchstpersönlich seine Botschaft durch das Fenster schickt. Das Faszinierende sind die Wirkungen, die das Licht aus dem Fenster im Dom selbst auslöst. Die grauen Wände beginnen zu sprechen, Geister und Dämonen leuchten auf und verlöschen wieder. Auf dem gebündelten Licht gleiten deine Gedanken nach oben, und du stellst dir vor, sie kommen irgendwo am Ursprung dieses Lichts an. Ich kenne keinen besseren Platz zum Meditieren als unter dem Richter-Fenster im Dom.«

»Franck, glaubst du an Gott?«

»Was heißt schon glauben? Ich bin katholisch, wie du. Ich weiß nicht alles und kann vieles nicht erklären. Ich kann nicht ausschließen, dass es etwas gibt, das außerhalb meines menschlichen Verstandes liegt.«

»Aber Lenzen, der Mann ist doch völlig durcheinander. Der hat den Tod seiner Tochter nicht verkraftet. Dem kann ich doch kein Geld abnehmen.«

»Warum nicht? Weißt du, wie viel Geld Lenzen hat? Wie er es verdient hat? Kannst du dir leisten, auf eine Viertelmillion Euro einfach zu verzichten? Und, mal ganz abgesehen vom Geld, kannst du auf die Geschichte verzichten? Ist es nicht deine journalistische Pflicht, den Richter-Code zu entschlüsseln und damit vielleicht eine Katastrophe zu verhindern?«

»Was für eine Katastrophe?«

»Eben, das weiß niemand. Aber stell dir mal vor, du gehst dieser Spur nicht nach, und dann passiert etwas Schreckliches.«

»Ich weiß nicht. Es ist mir einfach zu viel. Ich weiß gar nicht, wo ich anfangen soll.«

»Georg, wenn du Hilfe brauchst, ich helfe dir. Und meine Freunde auch. Ich habe schon eine Idee.«

»Danke, deine Hilfe nehme ich gerne an. Aber wie sollen mir deine komischen Freunde schon helfen können? Ein einbeiniger Krüppel. Ein alter Butler.«

»Ich habe noch eine versoffene Hure und einen abgehalfterten Frauenarzt im Angebot.«

»Du meinst doch nicht etwa einen Dr. Bitterle?«

»Doch, genau den. Kennst du ihn?«

»Er hat mich gestern Abend verarztet. Lustiger Vogel. Der wohnt auch hier?«

»Das ist meine Familie. Jean ist mein Bruder. Jakob könnte mein Vater sein. Familie kann man sich nicht aussuchen.«

»Franck, das ist nicht deine Familie.«

»Doch. Das ist sie. Georg, du könntest auch dazugehören. Zieh zu uns, hier ist Platz genug.«

»Danke, aber ich würde das nicht aushalten.«

»Überleg es dir. Das Angebot steht jedenfalls. Und ...« Franck zögerte.

»Ja, was ist?«, fragte Georg.

»Und wenn mich meine Familie mal allzu sehr nervt, dann habe ich ja noch mein Apartment am Brüsseler Platz.«

»Du Gauner, ich hätte dich fast schon für den reinsten Engel gehalten.«

»Bin ich auch. Wirst du schon noch sehen.«

Jakob trat ein, ohne anzuklopfen. »Herr von Franckenhorst, das Essen ist vorbereitet. Wenn Sie bitte ins Esszimmer gehen würden.«

Franck stand auf: »Georg, komm. Das Essen hier ist großartig. Ist noch was, Jakob?«

»Wenn ich Ihr Vater wäre, Herr von Franckenhorst, wenn ich Ihr Vater wäre, würde ich darauf achten, dass Sie vor zwölf Uhr mit der Arbeit beginnen.«

»Jakob, Sie haben gelauscht?«

»Nein, ich habe nicht gelauscht. Ich habe Sie nur gehört.«

Franck beschäftigte offensichtlich auch einen Koch und ein Hausmädchen. Aufgetischt war in einem großen Esszimmer, in dem nur ein riesiger Eichentisch mit Eichenbänken stand. Man saß da fast wie auf einer Bierzeltgarnitur, nur dass Francks Möbel massiv waren.

Die Tafel bot Platz für zwölf Personen, eingedeckt war für sechs Personen, aber außer Franck und Georg hatte nur noch Jean, der einbeinige Chefredakteur, Platz genommen. Jakob hielt sich dezent im Hintergrund, Koch und Hausmädchen blieben in der Küche.

Der gläserne Aufzug meldete seine Ankunft mit einem Glockenschlag. Zwei Frauen und ein Mann stiegen aus, der Mann war Gerald Menden.

»Darf ich vorstellen«, sagte Franck: »Georg Rubin, Kölns bester Journalist. Christina Brandt, Kölns beste Rechtsanwältin. Miriam von Franckenhorst, mein liebstes Schwesterlein.«

»Du hast doch nur eine Schwester«, sagte Miriam und fiel ihrem Bruder um den Hals.

Franck übernahm wieder das Wort: »Danke, dass ihr gekommen seid. Ich dachte, wir könnten hier einmal Kriegsrat halten, um Georg aus der Patsche zu helfen.«

»Georg ist nicht zu helfen«, brummte Menden, »der macht sowieso, was er will.«

Plötzlich klingelte Georgs Handy. Es war Sandra. »Georg, Kathrin ist verschwunden.«

»Wo bist du?«

»Im Stadtarchiv.«

»Ich komme.«

13

Es war kurz vor vierzehn Uhr, als Georg das Stadtarchiv am Waidmarkt erreichte. Zu seiner Schande musste er sich eingestehen, dass er zuvor noch nie in diesem Gebäude gewesen war, diesem hässlichen Betonklotz, in dem angeblich die Schätze der ruhmreichen Vergangenheit Kölns lagerten.

Sandra erwartete ihn am Haupteingang. »Kathrin ist verschwunden. Ich spüre, dass ihr etwas zugestoßen ist.«

Georg nahm sie tröstend in den Arm, Sandra schluchzte an seiner Schulter.

»Wir waren um ein Uhr verabredet. Wir wollten gemeinsam mittagessen. Kathrin hat mich noch nie versetzt.«

»Vielleicht ist ihr etwas dazwischengekommen«, sagte Georg.

»Bestimmt ist ihr etwas dazwischengekommen. Aber das muss etwas Schlimmes sein. Sie hat noch um halb eins angerufen, dass sie unterwegs ist. Du musst irgendetwas unternehmen.«

Georg überlegte, aber ihm fiel nicht ein, was er tun könnte. Er schaute vom Eingang des Stadtarchivs in Richtung der U-Bahn-Baustelle – und entdeckte ein BMX-Rad, das von innen an den Bauzaun angelehnt war. Sollte dieser Zwei-Meter-Hüne schon wieder hinter ihm her sein?

»Sandra«, sagte er, »schau mal, dahinten. Am Zaun der Baustelle. Siehst du das BMX-Rad?«

Sandra konzentrierte sich. »Ja. Ich sehe es. Du meinst …?«

»Ich meine noch gar nichts. Aber ich bin mir fast sicher, dass es dasselbe Fahrrad ist wie das von dem Mann, den ich nach dem Nubbel-Mord gesehen habe und den Frau Odenthal beobachtet hat.«

»Und den du uns verschweigen wolltest.«

»Ich hab mich doch schon entschuldigt. Es war ein Fehler, gut. Hast du noch nie einen Fehler gemacht?«

Sandra stutzte. Sie überlegte einige Sekunden lang, was sie antworten sollte. Dann sagte sie: »Doch, ich mache auch Fehler. Aber nicht viele. Und ich vergesse nie etwas.«

»Komm, sei nicht so nachtragend.«

»Nein, Georg«, sagte Sandra, »das meine ich nicht. Ich meine etwas anderes. Ich habe ein fotografisches Gedächtnis. Ich erinnere mich an alles, was ich jemals in meinem Leben gesehen oder gehört habe. An jedes Detail. An alles.«

»Das muss schrecklich sein.«

»Ich habe mich dran gewöhnt. Leider kann ich die Erinnerung nicht so gut kontrollieren, wie ich es gerne möchte. Aber es hat auch Vorteile. Ich bin die perfekte Zeugin. Oder das perfekte Archiv. Wahrscheinlich habe ich mir deswegen auch den Job hier ausgesucht. Jedes Dokument, das ich einmal gesehen habe, kenne ich auswendig.«

Georg ging vom Eingang des Archivs Richtung Baucontainer. »Komm«, sagte er zu Sandra, »lass uns das mal näher anschauen. Vielleicht finden wir eine Spur.«

Oberirdisch war auf der Baustelle niemand zu sehen. Anders als bei seinem gestrigen Besuch erschien auch kein geschniegelter Aufpasser wie Lobenau, als er sich mit Sandra zwischen zwei Zaunelementen hindurchzwängte, um das BMX-Rad genau zu inspizieren.

»Ja«, sagte er schließlich, »das ist dasselbe Rad. Aber wo ist der Besitzer? Hast du was bemerkt?«

Sandra musterte die Umgebung. »Wieso bist du Journalist, wenn du überhaupt nicht mitbekommst, was um dich herum geschieht?«

»Was soll ich nicht mitbekommen haben?«

»Wir werden beobachtet.«

»Von wem?«

»Da vorn, hinter dem Baucontainer, hat sich jemand versteckt.«

»Unser Zwei-Meter-Mann?«

»Nein, jemand anders. Auch groß, aber keine zwei Meter.«

»Dann will ich mal«, sagte Georg und sprintete in Richtung des Baucontainers. Als er um die Ecke bog, war da niemand mehr. Also noch eine Ecke weiter. Und dann stand er plötzlich vor ihm. »Herr Lenzen, was machen Sie denn hier?«

»Herr Rubin«, sagte Lenzen, »das ist ja eine Überraschung. Haben Sie es sich überlegt? Werden Sie den Fall übernehmen? Sind Sie mir deswegen gefolgt?«

»Ich bin Ihnen nicht gefolgt. Ich dachte im Gegenteil, Sie hätten mich beobachtet.«

»Nein, habe ich nicht. Ich bin auf dem Weg nach unten in die Grube. Wir haben da Probleme mit dem Grundwasser. Ich muss mal nach dem Rechten sehen. Wissen Sie, Rubin, das Leben geht weiter. Ist vielleicht auch besser so. Und wenn ich arbeite, denke ich nicht an Lena.«

»Ja, das verstehe ich«, sagte Georg. »Gehört Ihnen das BMX-Rad da am Zaun?«, fragte er den Bauunternehmer.

»Aber Rubin, aus dem Alter bin ich raus. Sie kennen doch meinen Mercedes. Da werde ich doch nicht Rad fahren. Das könnte einem der Arbeiter hier auf der Baustelle gehören. Da müssen Sie Lobenau fragen. Der weiß so was.«

»Ja, das kann ich mir vorstellen, dass er das weiß. Der weiß wahrscheinlich noch viel mehr«, sagte Georg.

»Wie meinen Sie das?«, fragte Lenzen.

»War nur so ein Eindruck beim letzten Mal. Dass der am liebsten alles unter Kontrolle hat. Im Maßanzug auf der Baustelle.«

»Das ist so eine Marotte von ihm. Der ist tatsächlich immer völlig schick gekleidet. Ich vermute, dass der von zu Hause aus Geld hat. Jedenfalls leidet er nicht an Geldmangel.«

Lenzen blieb stehen und baute sich vor Georg auf. »Ist ja schön, dass Sie mit mir Small Talk machen, um mich von meinem Kummer abzuhalten. Aber was ist jetzt, übernehmen Sie den Fall? Ja oder nein?«

»Ja«, sagte Georg.

»Wunderbar«, sagte Lenzen. »Wenn Sie irgendetwas wissen wollen, fragen Sie mich. Zu jeder Zeit. Auch mitten in der Nacht. Ich schlafe sowieso nicht gut.«

»Erst einmal habe ich nur eine Frage: Wie bekomme ich das Geld? Wir waren bei zweihundertfünfzigtausend, oder?«

»Ja. Zweihundertfünfzigtausend. Wenn ich Ihnen das überweise ...«

»... würde sich meine Bank sehr wundern ...«, sagte Georg.

»Und mein Finanzamt«, sagte Lenzen. »Ich schlage vor, Sie besorgen sich einen Platz, wo Sie zweihundertfünfzigtausend Euro unterbringen können, ich besorge inzwischen die Summe in bar. Ist es Ihnen recht, wenn Sie das morgen bei mir zu Hause abholen? Sagen wir um siebzehn Uhr?«

»Ja«, sagte Georg. »Ich bin einverstanden. Und dann würde ich mir auch gerne ein wenig Ihr Haus ansehen, wenn Sie nichts dagegen haben.«

»Nein, das geht schon in Ordnung. Ich werde meine Frau auf Ihren Besuch vorbereiten. Aber eine Bitte habe ich.«

»Ja?«

»Sagen Sie meiner Frau nichts von unserem Deal.«

»Versprochen.«

»Gut.« Lenzen gab Georg die Hand. Ein fester Händedruck. Dann setzte sich der Bauunternehmer einen Sicherheitshelm auf und verschwand im Untergrund. Georg folgte ihm ein kurzes Stück. Am Eingang zur Unterwelt packte ihn plötzlich jemand an der Schulter. Georg zuckte zusammen. Es war Sandra.

»Du hast mich erschreckt.«

»Du hast mich da einfach so stehen lassen. Was wollte Lenzen?«

»Du kennst ihn?«

»Ich habe dir vorhin erklärt, dass ich nie etwas vergesse. Wir sammeln im Stadtarchiv auch Zeitungen. Lenzen ist kein Unbekannter in der Stadt.«

»Er möchte, dass ich mich weiter darum bemühe, den Tod seiner Tochter aufzuklären.«

»Das machst du doch sowieso.«

»Mein Chefredakteur hat mich von dem Fall entbunden.«

»Was ist mit dem Fahrrad? Wusste Lenzen etwas?«

»Er glaubt, dass es einem Arbeiter hier auf der Baustelle gehört.«

»Und wenn das derselbe Mann ist, der schon seit der Mordnacht hinter dir oder hinter uns her ist? Georg, wir müssen die Polizei verständigen. Über diesen Mann. Und ich muss auch das Verschwinden von Kathrin melden.«

»Ja«, sagte Georg. »Ich rufe Gerald an. Meinen Freund bei der Polizei.«

»Der nette Typ von heute Nacht«, sagte Sandra.

Gerald Menden war nicht zu erreichen, weder über Handy noch in seinem Büro. Er sei unterwegs in »dienstlichen Angelegenheiten«, sagte eine unfreundliche Behördenstimme.

Georg rief Franck an. »Ist Gerald noch bei dir?«

Franck lachte. »Ja, aber der ist gerade unabkömmlich. Private Recherche bei meiner Schwester. Ist es was Dringendes?«

»Ja, verdammt. Hol ihn aus dem Bett. Kathrin ist verschwunden. Sie war mit Sandra verabredet und ist nicht gekommen. Außerdem haben wir eine neue Spur zu diesem BMX-Riesen. Die Polizei muss was unternehmen.«

»Okay. Ich mach mich dann mal bei meinem Schwesterlein unbeliebt. Wo bist du?«

»Mit Sandra im Stadtarchiv. Gegenüber dem alten Polizeipräsidium am Waidmarkt.«

»Georg, ich weiß, wo das Stadtarchiv ist. Da liegen auch Unterlagen aus unserer Firma«, sagte Franck.

»Gut. Er soll sich beeilen.«

»Du solltest trotzdem die 110 wählen. Es macht keinen guten Eindruck, wenn ein BLITZ-Reporter einen Polizeikommissar so einfach antanzen lässt.«

»Dann rufe ich jetzt die 110 an.«

Sandra wunderte sich. »Was ist, will Menden nicht?«

»Doch. Er kommt gleich. Aber er will Verstärkung.«

Zum zweiten Mal innerhalb von nicht mal achtundvierzig Stunden alarmierte Georg die Polizei. »Bitte kommen Sie ins

Historische Archiv in der Severinstraße, gegenüber dem alten Polizeipräsidium. Es geht um einen Vermisstenfall.«

Als Georg seinen Namen nannte, unterbrach ihn der Polizist am anderen Ende der Verbindung: »Georg Rubin, der Journalist. Sie schon wieder? Wir kommen.«

14

Lukasz' Welt war durcheinandergeraten. Er war zur Schicht eingeteilt, musste eigentlich zehn Meter höher arbeiten. Sicherung der Wände und Betonschlitze, damit die Baustelle nicht voll Wasser lief. Stattdessen kauerte er in seiner Höhle am tiefsten Grund der U-Bahn-Baustelle.

Er war nicht allein. Diese blonde Frau lag auf seiner Matratze. Er hatte sie binden und knebeln müssen, damit sie ihn nicht verraten konnte.

So hatte er sich das nicht vorgestellt. Er war zurück von der Mittagspause gekommen, die er am Rhein verbracht hatte, als sie plötzlich vor ihm stand. Sie schaute ihm direkt ins Gesicht. Lächelte ihn an. Da konnte er doch nicht anders. Sie hatte ihn bestimmt erkannt. Oder sie würde ihn wiedererkennen. Da musste er doch etwas tun.

Er streckte sie mit einem einzigen Faustschlag nieder. Sie war sofort bewusstlos. Lukasz packte sie auf die Schulter, sie wog kaum mehr als fünfzig Kilo. Die jungen Frauen von heute aßen viel zu wenig. Seine Maria war genauso.

Er verstaute sie in einem der blauen Müllsäcke, die er stets bei sich trug, weil man in Köln immer etwas fand, was irgendjemand weggeworfen hatte, aber was man noch gut gebrauchen konnte.

Als er mit seiner Fracht die Stahltreppen hinunterstieg, hänselten ihn die Kollegen. »Na, Prinz. Hast du dir heute eine Prinzessin mitgebracht?«

Lukasz verzog sein Gesicht zur Frotzelei, so hatten sie es am liebsten, aber er sagte nichts. Sollten die nur reden. Er musste zusehen, wie er Kathrin unbemerkt in seine Höhle schaffen konnte.

Auf dem Podest zur untersten Treppe blockierte Lobenau ihm den Weg. »Was hast du jetzt schon wieder gestohlen?«

»Pst, Carlo«, flüsterte Lukasz. »Nicht so laut. Du hast doch gesagt, sie gehört mir.«

»Du meinst?«

Lukasz nickte. »Kannst du mir die anderen vom Leib halten?«

Lobenau nickte und verschwand absichtlich polternd nach oben. Lukasz hörte, wie sein Chef irgendwelche Anordnungen brüllte. Die Arbeitskolonne verließ geschlossen seinen Sektor. Endlich Ruhe.

Auch wenn er zu dieser Stunde noch nicht mit dem Damenbesuch gerechnet hatte, hatte er die Höhle doch schon aufgeräumt. Kerzen lagen bereit. Eine Plastikrose stand vor dem Bild mit der Schwarzen Madonna von Tschenstochau.

Er kniete nieder und betete.

»Hehre Königin des Himmels, höchste Herrin der Engel, die du von Anbeginn von Gott die Macht und die Sendung erhalten hast, den Kopf des Satans zu zertreten, wir bitten dich demütig, sende deine heiligen Legionen, damit sie unter deinem Befehl und durch deine Macht die höllischen Geister verfolgen, überall bekämpfen, ihre Verwegenheit zuschanden machen und sie in den Abgrund zurückstoßen.

Erhabenste Gottesmutter, schicke dein unüberwindliches Kriegsheer auch in den Kampf gegen die Sendlinge der Hölle unter den Menschen; zerstöre die Pläne der Gottlosen und beschäme alle, die Übles wollen. Erwirke ihnen die Gnade der Einsicht und der Bekehrung, auf dass sie dem dreieinigen Gott und dir Ehre geben. Verhilf überall der Wahrheit und dem Recht zum Sieg. Amen.«

Lukasz betete einen Rosenkranz und viele Ave-Maria und wartete, bis Kathrin endlich aufwachte. Er hatte nicht gewollt, dass sie sich erschreckte, aber als sie ihn erblickte, zog sie eine Fratze des Entsetzens, als wäre sie vom Teufel besessen. Lukasz blieb nichts anderes übrig, als sie zu fesseln und ihr den Mund mit festem Klebeband zu verschließen.

Lukasz summte ein Wiegenlied, bis sich sein Gast wieder etwas beruhigt hatte. »Glaube mir, ich will dir nichts tun. Aber wenn du mich zwingst ... Du gehörst mir. Weißt du das?«

Kathrin schüttelte den Kopf und wand sich, als ob sie sich befreien wollte. Aber Lukasz hatte sie gut zusammengeschnürt, da machte ihm keiner was vor. Sie würde erst dann freikommen, wenn er es wollte. Aber würde er sie jemals wieder freilassen dürfen? Was würde Carlo sagen?

»Du bist schön. Nicht so schön wie meine Maria. Aber schön. Warum bist du mir gefolgt?«

Kathrin brachte nur ein paar unverständliche Töne hervor.

»Du musst es mir nicht sagen. Ich weiß es schon. Du hast mich ja gesehen, als diese andere junge Frau verbrannt worden ist. Du hast es der Polizei gesagt. Das hättest du besser nicht getan. Und dann hast du auch noch versucht, mich zu verfolgen. Wieso kommst du hierher zu mir auf die Baustelle? Was willst du in meiner Höhle? Ich will dir nichts tun. Heilige Maria, voll der Gnaden, du weißt, was zu tun ist. Bitte, hilf mir.«

Von allen Seiten drangen Geräusche in die Höhle. Lukasz stapelte Bretter und Eimer und Werkzeug und Säcke, dass der Eingang zu seinem Versteck möglichst gut getarnt war. Er musste zurück zu den Kollegen, sonst würden die noch auf die Idee kommen, ihn zu suchen.

»Auf Wiedersehen, meine Schöne. Warte auf mich. Ich werde heute Abend zurückkommen.«

15

»Schön, mal wieder hier zu sein«, sagte der Polizist, der wenig später am Stadtarchiv auftauchte, und zeigte auf das alte Präsidium am Waidmarkt. »Ich habe jahrelang hier gearbeitet.«

Sandras Vermisstenanzeige schien ihn weniger zu interessieren. »Wie lange ist es her, dass Ihre Freundin Sie versetzt hat?«

»Sie hat mich nicht versetzt, sie ist verschwunden.«

»Haben Sie das gesehen?«

»Nein.«

»Dann können Sie das auch nicht behaupten. Was meinen

Sie, wie viele junge Frauen und Männer irgendwann die Schnauze voll haben und für ein paar Tage mal abtauchen. Die wird sich schon wieder bei Ihnen melden.«

Sandra holte ein Foto von Kathrin aus ihrer Tasche, eine Studioaufnahme, und gab das Bild dem Polizisten.

»Das ist sie also? Eine schöne Frau. Nach der würde ich auch suchen.«

»Gut. Dann fangen Sie am besten gleich damit an.«

»Und, junge Frau, wo soll ich da bitte schön anfangen?«

»Da vorn auf der U-Bahn-Baustelle. Da steht ein Fahrrad, das mir verdächtig vorkommt. Der Mann, dem dieses Fahrrad gehört, hat uns seit Tagen verfolgt. Das wäre ein Anfang.«

Der Polizist grübelte. »Fahrrad? Für Fahrräder bin ich eigentlich nicht zuständig. Ich nehme das jetzt mal so auf und mache mich dann schlau, ob wir was unternehmen können. Aber in Vermisstensachen warten wir immer mindestens eine Nacht ab. Oder gab es eine konkrete Bedrohung?«

Georg schien es an der Zeit, sich einzuschalten. »Ja, es gab zumindest eine bedrohliche Lage. Kathrin, also Frau Wagner, ist in der Nacht zu Mittwoch als Zeugin in einer Mordsache vernommen worden. Sie haben doch sicher von der verbrannten Frau am Aachener Weiher gehört.«

»Ach, Sie meinen den Nubbel-Mord?«

»Ja. Wir haben die Leiche gefunden. Und Frau Wagner hat ausgesagt, dass sie zwei Männer gesehen hat. Ich bin ganz sicher, am Tatort einen sehr großen Mann gesehen zu haben, der auf diesem kleinen BMX-Rad fuhr, das Frau Herfurth vorhin erwähnt hat. Und derselbe Mann hat uns beobachtet, als Ihr Kollege von der Kripo, Gerald Menden, bei mir zu Hause in der Sache recherchierte.«

»Menden, interessant«, sagte der Polizist und schien froh zu sein, dass da vielleicht jemand auftauchte, dem er die Arbeit übertragen könnte. »Sie fürchten also, Ihre Freundin könnte ermordet worden sein?«, fragte er.

»Ja. Ich habe Angst«, sagte Sandra.

»Tja, dann ist das eher ein Fall für die Mordkommission.«

Georg war erleichtert, als Menden auf der Bildfläche erschien.

»Mordkommission, schon da. Wo ist die Leiche?«

»Gerald, lass den Quatsch. Kathrin ist verschwunden. Wir haben Angst, dass dieser BMX-Riese sie entführt haben könnte.«

»Was für ein BMX-Riese?«, schnaubte Menden. »Ich weiß nichts von einem BMX-Riesen. Und was soll das überhaupt sein?«

Sandra blitzte Georg an. »Du hast ihm also noch nichts gesagt?«

Menden packte Georg und schüttelte ihn durch. »Was hast du mir nicht gesagt? Was drehst du schon wieder für ein Ding? Hast du schon wieder eine exklusive Story?«

Georg riss sich los. »Rühr mich nicht an. Und hör auf, auf mir rumzutrampeln. Ich wollte es dir ohnehin erzählen. Du kannst Franck fragen.«

»Ich habe Franck gefragt. Er hat es mir erzählt.«

»Dann weißt du ja alles.«

»Ich weiß überhaupt nichts. Jetzt rück endlich raus mit der Sprache, damit ich mir ein Bild machen kann.«

Georg erzählte, was er über den großen Mann auf dem BMX-Fahrrad wusste. Wie er ihn nach dem Nubbel-Mord am Aachener Weiher gesehen hatte. Frau Odenthals Beobachtung vor der Bäckerei an Georgs Haus. Lenzens Vermutung, das Fahrrad könnte einem der Arbeiter der U-Bahn-Baustelle gehören.

Sandra ergänzte Georgs Bericht. »Herr Menden, das kann doch nicht alles Zufall sein. Das Fahrrad ist da vorn am Bauzaun angekettet. Kathrin musste, wenn sie zu mir wollte, genau an dieser Stelle vorbei.«

»Es sind zumindest so viele Zufälle, dass man denen mal nachgehen sollte. Und wenn der Mann zur Tatzeit am Aachener Weiher war, ist er auf jeden Fall ein Zeuge, den ich vernehmen sollte«, sagte Menden.

Zu seinem Kollegen sagte er: »Sie haben alles notiert? Dann sorgen Sie dafür, dass eine Vermisstenmeldung rausgeht. Mit Bild.«

Zu Georg und Sandra sagte er: »Ihr zeigt mir jetzt, welches Fahrrad ihr meint. Und dann nehme ich mir diesen BMX-Riesen mal vor.«

Als sie zur Baustelle kamen, war das Fahrrad verschwunden.

»Mist«, sagte Georg. »Was nun? Wir könnten Lenzen fragen. Der hat das Fahrrad ja auch gesehen. Und der kann uns den Mann zum Fahrrad vielleicht beschreiben.«

»Gute Idee«, sagte Menden.

Lenzen saß an einem kleinen Schreibtisch seines Baucontainers und erschrak sichtlich, als er Georg gemeinsam mit Menden in der Tür erblickte.

»Was wollen Sie hier? Ich hab doch schon alles gesagt, was ich weiß. Und außerdem habe ich keine Zeit. Hier bricht gleich alles zusammen.«

»Herr Lenzen«, sagte Menden, »beruhigen Sie sich. Ich habe nur ein paar Fragen.«

»Was für Fragen?«

»Sie haben Herrn Rubin vorhin gesagt, das kleine BMX-Rad, das oben angekettet war, könnte einem Arbeiter hier von der Baustelle gehören.«

»Was haben Sie alle nur mit diesem Fahrrad? Sollten Sie sich nicht darum kümmern, den Mörder meiner Tochter zu finden?«

»Herr Lenzen, das gehört mit zu den Ermittlungen. Frau Wagner ist verschwunden, eine der beiden Frauen, die bei Herrn Rubin war, als Ihre Tochter gefunden wurde. Es besteht der Verdacht, dass der Mann, dem das BMX-Rad gehört, etwas damit zu tun haben könnte.«

Lenzen ging nervös auf und ab. »Ich bin mir nicht sicher. Es kann sein, dass ich einen der Arbeiter auf so einem Rad hier gesehen habe. Aber es war keiner meiner Leute. Sie müssen Herrn Lobenau fragen. Der kennt alle, die hier im Einsatz sind. Er ist der Bauleiter. Ich bin ja nur ein kleiner Subunternehmer, der immer die ganze Scheiße beseitigen muss.«

Lenzen nahm einen Stapel Papier von seinem Schreibtisch, blätterte in den Unterlagen und warf sie dann auf die Fensterbank. »Sie haben ja keine Ahnung, was es heißt, eine U-Bahn in Köln zu bauen. Wir sind hier an der tiefsten Stelle gut zwanzig Meter unter dem Grundwasserspiegel des Rheins. Solange das hier nicht alles fertig und befestigt ist, müssen wir Tag und

Nacht pumpen, damit die Baustelle nicht den Bach runtergeht. Hier am Waidmarkt ist es besonders schlimm. Seit Wochen werden mehr und mehr Brunnen aktiviert, aber das Wasser bleibt eine ständige Gefahr. Und das Größte ist, ich, der kleine Subunternehmer, soll das hier schuld sein. Dabei bin ich wahrscheinlich der Einzige weit und breit, der ehrlich arbeitet. Wahrscheinlich sollte ich mich mehr um gute Beziehungen zu den Reichen und Mächtigen kümmern, dann ginge es mir auch besser.«

»Ach, der Herr Lenzen«, tönte eine sonore Stimme dazwischen. »Wieder am Jammern? Sie sollten sich mal lieber darum kümmern, Ihren Bauabschnitt trocken zu bekommen.«

Es war Bauleiter Carsten Lobenau. Heute trug er keine Seide, sondern einen Blaumann, aber gebügelt, wie Georg feststellte.

»Und, Herr Lenzen, was Sie über Ehrlichkeit hier am Bau gesagt haben, das buche ich mal auf Ihre Trauer und Verwirrtheit nach dem Tod Ihrer Tochter. So etwas will ich jedenfalls nie wieder hören. Sonst sind Sie raus, und wir sehen uns vor Gericht.«

Lenzen sackte auf seinem Stuhl zusammen, während Lobenau sich mit seinen ein Meter siebzig vor Rubin, Sandra und Menden aufbaute: »Herr Rubin, Sie wollten doch erst am Dienstag wieder erscheinen. Vielleicht sind Sie so nett und stellen mir die anderen Besucher vor? Hier ist nämlich normalerweise ›Betreten verboten‹.«

»Menden, Kriminalkommissar Menden«, ergriff Gerald das Wort. »Herr Lobenau, ich ermittle in der Mordsache Lena Lenzen. Und da wollte ich Sie …«

»Was habe ich damit zu tun?«, sagte Lobenau und zog sich ein, zwei Meter zurück Richtung Ausgang. Sandra verstellte ihm den Weg.

»Und da wollte ich«, fuhr Menden fort, »Sie als Zeugen vernehmen. Sie kannten das Opfer?«

»Ja. Ich kannte Lena Lenzen. Sie ist ab und zu hier erschienen. Arbeit will ich das nicht unbedingt nennen, sie hat sich hier sehen lassen.«

»Sie hat doch für ihren Vater gearbeitet.«

»Ich fand das nicht gut, wie sie hier rumgelungert hat. Viel zu kurze Röcke, viel zu tiefer Ausschnitt. Wenn Fräulein Lenzen hier war, stellte die halbe Belegschaft die Arbeit ein und gaffte. Ich hatte Herrn Lenzen gebeten, seine Tochter nicht mehr mitzubringen. Leider blieb er stur.«

»Sie gehörten also nicht zu ihren Bewunderern?«

»Nein, natürlich nicht. Ich bin glücklich verheiratet.«

»Aber fern von Frau und Familie.«

»Ich bin dran gewöhnt. Für andere hier ist das sicher ein größeres Problem.«

»Herr Lobenau, es gibt Zeugen, die einen sehr großen Mann auf einem BMX-Rad am Tatort am Aachener Weiher gesehen haben. Ein solches BMX-Rad haben Herr Rubin und Frau Herfurth hier auf der Baustelle gesehen. Fährt einer der Arbeiter ein BMX-Rad?«

Lobenau antwortete nicht sofort. »Lassen Sie mich nicht lügen«, begann er, was Georg aufhorchen ließ. Wer so anfing, wollte bestimmt nicht die Wahrheit sagen. Außerdem war das eine kölsche Redeweise, und Lobenau war doch Schwabe.

»Also, BMX-Rad. Sie meinen so ein Kinderfahrrad, mit dem man Kunststücke machen kann?«

»Ja, aber das sind keine Kinderfahrräder. Die gibt es auch für Erwachsene«, sagte Menden.

»Ja«, sagte Lobenau, »die habe ich mal im Fernsehen gesehen. Die fliegen meterweit durch die Luft und machen sogar Überschläge, oder?«

Menden nickte.

»Tja, wenn das BMX-Räder sind, dann habe ich so ein Rad auf unserer Baustelle noch nicht gesehen. Das wäre mir bestimmt aufgefallen.«

Georg Rubin mischte sich ein. »Aber vorhin, vor vielleicht einer guten halben Stunde, da stand ein solches Rad angekettet am Bauzaun. Herr Lenzen hat es auch gesehen.«

Lenzen brummte irgendetwas von seinem Stuhl aus.

»Hat gestanden? Das Rad ist also nicht mehr da?«, fragte Lobenau.

»So ist es.«

»Da, sehen Sie. Da hat wahrscheinlich irgendjemand unseren Bauzaun als Fahrradparkplatz missbraucht. Wahrscheinlich einer der Bengel von der Schule gegenüber.«

»Wo waren Sie eigentlich am Dienstagabend?«, fragte Menden.

»Was soll das denn? Wollen Sie mich jetzt etwa verdächtigen?«, empörte sich der Bauleiter.

»Reine Routinefrage, Herr Lobenau, reine Routine.«

»Ich war zu Hause. Wo denn sonst.«

»Ich dachte, Sie wohnen in Stuttgart?«

»Ich habe auch ein Zimmer in Köln.«

»Darf ich fragen, wo in Köln?«

»Ich wohne im Interconti. Im Hotel. Das ist praktisch. Die Baustellen Heumarkt und Waidmarkt vor der Haustür. Frühstück ans Bett.«

»Ist das nicht ziemlich teuer?«

»Ich habe ganz gute Konditionen ausgehandelt. Ärgerlich ist nur, dass alle Hotelangestellten wissen, dass ich zur Baufirma gehöre. Was glauben Sie, was ich mir für Beschwerden anhören muss über die Belästigungen, die der Bau mit sich bringt. Als ob ich etwas dafürkönnte!«

»Dann hat Sie der Portier oder der Zimmerkellner Dienstagnacht bestimmt gesehen?«

»Ich denke schon. Das ist ein sehr gut geführtes Hotel. Ich glaube nicht, dass man da unbemerkt raus- und reinspazieren kann.«

»Herr Lobenau«, sagte Georg, »das hier ist Frau Herfurth vom Stadtarchiv gegenüber. Sie beklagt sich darüber, dass die Wände des Stadtarchivs Risse haben, die möglicherweise durch den U-Bahn-Bau verursacht sind. Herr Lenzen hat uns vorhin etwas über Wasserprobleme in der Baugrube Waidmarkt erzählt. Was sagen Sie denn dazu?«

»Was ich dazu sage? Alles Geschwätz. Alle Arbeiten sind gründlichst geplant und genehmigt. Jeder Meter der Strecke ist von Gutachtern bewertet worden. Die Pläne und Ausführungsbestimmungen füllen ganze Regalmeter. Da muss das Stadtarchiv demnächst anbauen. Die Firmen, die hier am Werk sind, sind internationale Unternehmen. Kein kölscher Klüngel, wenn Sie so etwas befürchten sollten. Bilfinger Berger baut den Tunnel durch den Gotthard und eine Brücke über den Panamakanal. Da ist so eine Kölner U-Bahn wirklich keine besondere Herausforderung.«

»Und was war mit dem schiefen Turm von Köln? Ist St. Johann Baptist nicht aufgrund der U-Bahn-Bauarbeiten in Schräglage geraten?«

»Was die Kölner Verkehrs-Betriebe da von sich gegeben haben, war nicht immer hilfreich. Aber auch da ist ja letztlich nicht wirklich etwas passiert. Ich hab nie verstanden, warum die Kölner nicht versucht haben, den schiefen Turm als Dauerattraktion zu behalten.«

»Trotzdem, ich werde da weiterrecherchieren. Steht die Einladung noch, dass ich am Dienstag mal länger mit Ihnen über das Thema reden und die Baustelle am Waidmarkt besichtigen kann?«, fragte Georg.

»Ja sicher. Die Einladung steht. Wir haben selbst größtes Interesse daran, dass hier nichts Falsches in die Welt gesetzt wird. Aber dass alles in Ordnung ist, sehen Sie auch schon daran, dass der Rosenmontagszug hier gerade vorbeigegangen ist. Da haben hier Zehntausende Menschen getanzt und geschunkelt. Bestünde auch nur die geringste Gefahr, dann hätte das längst jemand verboten.«

»Mag sein. Wir sehen uns am Dienstag«, sagte Georg.

»Ich glaube diesem feinen Herrn Lobenau kein Wort«, sagte Sandra, als sie mit Georg und Menden wieder das Stadtarchiv erreicht hatte. »Meines Erachtens hat er mehrmals gelogen. Er weiß sehr wohl, wem das Fahrrad gehört. Und wenn ich die Polizei wäre, würde ich auch nachforschen, ob er wirklich Dienstagabend die ganze Zeit im Hotel war.«

»Das wollte ich ohnehin tun«, sagte Gerald. »Und ich denke, es ist keine schlechte Idee, wenn ich ihn mal observieren lasse.«

»Darfst du das denn?«, fragte Georg. »Gegen Lobenau liegt doch gar nichts vor.«

»Der Herr Boulevardjournalist. Willst du mir jetzt etwa vorschreiben, was ich darf und was ich nicht darf?«

»Eigentlich wollte ich meine Hilfe anbieten. Vielleicht kann ich? Oder wie wäre es mit Francks Freunden? Wenn Jean und seine Ex-Pennerkollegen sich um Lobenau kümmern würden, wärst du fein raus, und die Informationen bekämen wir trotzdem.«

16

»Lass mich nicht allein«, bat Sandra, als Menden gegangen war. Georg nahm sie in den Arm. Sie legte ihren Kopf auf seine Schulter.

»Georg, ich habe wirklich Angst«, sagte sie. »Ich spüre, dass Kathrin etwas Schlimmes geschehen ist. Vorhin, als wir bei Lenzen und diesem Lobenau auf der Baustelle waren, hatte ich das ganz starke Gefühl, dass der Boden bebte und dass Kathrin aus der Tiefe heraus um Hilfe rief.«

»Du machst dir zu viele Sorgen«, sagte Georg.

»Ich hoffe, dass du recht hast. Trotzdem, lass mich nicht allein. Nicht, bis Kathrin wieder da ist.«

»In Ordnung. Wann hast du Feierabend?«

»Ich habe schon frei. Ich hab mich bei unserer Direktorin abgemeldet, als ich dich wegen Kathrin alarmiert habe. Ich muss erst morgen früh wieder hier sein.«

»Gut. Dann begleite mich. Ich muss etwas recherchieren. Über die Piusbrüder in Köln. Ich muss die Story bis Dienstag fertig haben.«

»Wenn du etwas über die Piusbrüder in Köln wissen willst, dann frag mich nur.«

»Du kennst dich mit den Piusbrüdern aus?«

»Ich hab es dir doch gesagt: Ich arbeite im Stadtarchiv, und ich behalte alles, was ich jemals gesehen habe.«

»Na, dann sag mir, wo ich die Piusbrüder in Köln finde. Gibt es die hier überhaupt?«

»Leichte Übung. Die Piusbruderschaft ist zwar in Köln nicht

besonders stark vertreten, aber sie hat eine Kapelle in der Innenstadt.«

»Und weißt du auch, wo diese Kapelle ist und wie sie heißt?«

»Ja. Sie ist nach den Heiligen Drei Königen benannt und liegt hinter dem Hauptbahnhof.«

Ausgerechnet »Heilige Drei Könige«, wunderte sich Georg, denn natürlich wusste er, dass der Kölner Dom das offizielle Grab der drei Weisen aus dem Morgenland war, Erzbischof Rainald von Dassel hatte die Reliquien 1164 aus Mailand entführt und nach Köln gebracht. Der Kölner Dom war deshalb eine der wichtigsten Pilgerstätten der katholischen Kirche. Und stand die Piusbruderschaft nicht in erbitterter Gegnerschaft zum Vatikan?

Georg nahm sich vor, die Suche nach der Kapelle »Hl. Drei Könige« der Piusbruderschaft am goldenen Sarkophag der Heiligen Drei Könige im Dom zu beginnen, um sich auf seine Recherche einzustimmen.

Es war kalt, aber sonnig. Georg hakte sich bei Sandra ein und ging mit ihr die Hohe Straße hinauf Richtung Hauptbahnhof. Als sie den Dom erreichten, stoppte Georg.

»Komm, lass uns reingehen, ich will dir was zeigen.«

Georg ging denselben Weg, den er gestern genommen hatte, als er sich mit Lenzen getroffen hatte. Aber diesmal ging er schnurstracks auf das Richter-Fenster zu. Obwohl die Sonne schon tief stand, war die Wirkung des Farbenspiels an diesem Nachmittag noch viel dramatischer als am Vortag. Was für ein Geheimnis mochte da oben versteckt sein?

Sandra schien weniger beeindruckt. Sie dozierte: »Der Künstler hat das Fenster aus zweiundsiebzig unterschiedlichen Farben komponiert, die zufällig angeordnet sind. Die Farben wurden aber nicht willkürlich ausgewählt, sondern sie entsprechen den Farben, die auch in den traditionellen Fenstern des Doms enthalten sind. Wenn du willst, kann ich dir noch mehr Informationen besorgen.«

»Ja«, sagte Georg, obwohl er unter dem Eindruck des Lichtes stand und kaum etwas von Sandras Worten wahrgenommen hatte.

Georg ging langsam am goldglänzenden und edelsteinbesetzten Schrein der Heiligen Drei Könige vorbei, machte die Runde durch den Chor, kam zum Nordquerhaus, wo er noch einen letzten Blick auf das Richter-Fenster werfen konnte, um dann die Kathedrale Richtung Hauptbahnhof zu verlassen. Sandra folgte ihm in einigen Metern Abstand.

Das Sonnenlicht draußen war immer noch blendend. Georg blieb an einem der Domläden stehen und kaufte sich eine Postkarte, die nicht das Richter-Fenster selbst, aber den spektakulären Lichteinfall zeigte, aufgenommen vom Chor aus. Selbst die Fotografie vermittelte noch etwas von dieser ganz besonderen Wirkung. Sandra kaufte sich ein über einen Meter großes Plakat des Richter-Fensters, so wie er es auch in Lenas Arbeitszimmer gesehen hatte. Es war keine Fotografie des fertigen Fensters, sondern der Druck des Fensterentwurfs.

»Und wie kommen wir jetzt zur Kapelle der Piusbrüder?«, fragte er.

Sandra führte ihn durch den ganzen Bahnhof hindurch bis zum Breslauer Platz, wo immer noch das blaue Zelt, manche nannten es den »blauen Müllsack«, als Musical-Theater diente und wo immer noch gebaut wurde und wo wohl auch in Jahren noch gebaut werden würde.

Sie gingen links weiter in die Maximinenstraße, unter den Bahnlinien durch, am Eingang zum Eigelstein vorbei direkt rechts zum Ursulaplatz und nach etwa fünfzig Metern rechts in die kleine Straße Am Salzmagazin. Dort, kurz vor der Eisenbahnunterführung, im Erdgeschoss eines hässlichen Bürogebäudes versteckt, lag die Kölner Filiale der Piusbruderschaft.

Äußerlich erinnerte nichts daran, dass hinter den Betonmauern ein Gotteshaus versteckt sein könnte. Georg sah keine bunten Kirchenfenster, sondern nur moderne Scheiben, die keinen Blick hindurch zuließen. Aber ein goldenes Büroschild rechts neben dem Hauseingang war eindeutig: »Kapelle Hl. Drei Könige, Priesterbruderschaft, St. Pius X.« Hier musste er also sein, der Treffpunkt der Kölner Piusbrüder.

»Ich will erst einmal die Gegend erkunden, um mir ein Bild zu machen«, sagte Georg.

»Dann setze ich mich so lange in den kleinen Park gegenüber«, sagte Sandra.

Das Haus der Piusbruderschaft war das letzte in der Reihe vor der langen dunklen Bahnunterführung. Dazwischen lag ein durch eine Ziegelmauer abgetrennter Hof, der an diesem Donnerstag geöffnet war. Der Hof bildete den Eingang zu einem Gebrauchtfahrradhändler, der sein Geschäft in den Bögen der Bahnlinie betrieb. Seine Schätze, Hundertschaften von Felgen, Rädern, alten und neuen Rädern, waren in den Bögen hinter stacheldrahtbewehrten Metallgittern verstaut. Der Eingang zum Fahrradladen selbst war nicht direkt an der Straße, sondern im Hinterhof. Trotz der abgelegenen Lage schien das Geschäft gut zu laufen. Am Eingang hatte der Herr der Räder eine Art Warnschild aufgestellt: »Bis auf Weiteres haben wir wegen erhöhten Arbeitsaufkommens verkürzte Öffnungszeiten. Mo–Do 16–20, Fr, Sa 12–18. Vielen Dank für Ihr Verständnis.«

Verkürzte Öffnungszeiten wegen erhöhten Arbeitsaufkommens. Georg wollte den Herrn der Räder irgendwann mal fragen, was genau er sich darunter vorzustellen hätte. Jetzt interessierte ihn erst einmal wieder das Haus der Piusbrüder, das zum Hof des Fahrradladens völlig abgeschottet war. Das Gebäude diente nicht nur kirchlichen Zwecken. Die Rückwand war bunt bemalt, blau und orangebraun, ein überlebensgroßer Superman flog auf einen Schriftzug zu: »Hotel M«. Auf der orangefarbenen Fläche war groß eine Telefonnummer aufgepinselt. Ein Hotel in dieser finsteren Hinterhof-Bahnhofsgegend? Ihn würde nicht wundern, wenn die Zimmer hier stundenweise vermietet würden.

Die Wand direkt zum Hof war oben schmutzig grauer Beton, unten hatten sich Straßenkünstler verewigt. »KEHRT UM!« stand da in großen blauen Graffiti-Buchstaben, daneben flog ein kleines schwarz-weißes Männlein mit rosa Bart, Haaren und Heiligenschein durch kleine Wolken, hatte in der linken Hand eine geöffnete Bibel und die rechte Hand mit mahnendem Zeigefinger erhoben, wohl um das »KEHRT UM!« zu unterstreichen. Besonders witzig fand Georg, dass zwischen dem heiligen Männlein und dem »KEHRT UM!« auch noch ein kleines c in einem Kreis auf die Wand gemalt war, das bekannte Copyright-Zeichen. Ob die Piusbrüder selbst diese Graffiti an ihrer Kapelle in Auftrag gegeben hatten?

Aus der Lücke zwischen bemalter Hauswand und dem steinigen Boden des Hofes kletterten Farne, auf der anderen Seite des Hofes, direkt an der Bahnlinie, reckte sich eine Linde noch weit über die Gleise in die Höhe.

Georg wurde bewusst, dass da mehr oder weniger pausenlos Züge in Richtung Hauptbahnhof rollten und für einen Dauerpegel an Lärm sorgten. Das war doch eigentlich kaum auszuhalten. Außer vielleicht von den Menschen, die gleich gegenüber dem Fahrradladen in einem schmucken Ziegelbau mit rundem Turm, der sich aber auch hinter einem Gitter versteckte, arbeiteten: »DB Netz AG, Niederlassung West, Stellwerk FKK, Köln Hbf.«

Nein, die Kapelle der Piusbruderschaft machte von außen wirklich nichts her. Georg schlenderte durch die dunkle Unterführung zur anderen Seite der Bahn und kam zum Gelände der Gaffel-Brauerei, die hier, mitten im Eigelstein-Viertel, tatsächlich noch Kölsch produzierte.

Georg ging zurück Richtung Pius-Kapelle. Im Hauseingang fand er schon mehr Hinweise, dass hier tatsächlich eine Kirche residierte. Über einem Briefschlitz und einer Sprechanlage verkündete ein weißes Schild »Heilige Messen« am Sonntagmorgen und am Mittwochnachmittag.

Links im Eingang hing ein kleiner Holzkasten, in dem die gedruckten Mitteilungen der Gemeinde ausgestellt wurden. Ein Bild zeigte den »Hochaltar der Kapelle«, in der Mitte ein silbernes Kreuz mit der gekreuzigten Jesusgestalt, rechts ein Marienbild. Darunter las Georg gedruckte Mitteilungen über Messen, Kommunionunterricht, Katechismusunterricht, »Ignatianische Exerzitien« und Beichtgelegenheit im »Priorat Christkönig« in Bonn.

Als Georg gerade ein paar Fotos schießen wollte, flog die Tür auf. Georg schreckte zurück. Ein großer, schwergewichtiger Mann sprang aus der Tür und packte Georg mit festem Griff am Oberarm, dass er nicht einmal zurückweichen konnte.

»Was suchen Sie hier? Kann ich Ihnen behilflich sein?« Die Stimme des Kolosses war überraschend sanft, er sprach mit einem osteuropäischen Akzent, das klang fast so wie der polnische Papst.

Der BMX-Riese! Bloß nicht anmerken lassen, dass er den Mann erkannt hatte.

Im Gesicht und an den Händen hatte der Riese frische Schrammen, als ob er gefallen wäre oder sich vor Kurzem geprügelt hätte. Georg schluckte.

»Sie könnten mich bitte loslassen.«

Der Mann lachte. »Entschuldigung. Ist eine dumme Gewohnheit von mir. Wissen Sie, auf dem Bau da verschwinden schon mal Sachen. Wenn man da nicht gleich zupackt.«

Der Mann ließ Georg los, aber der Schmerz im Oberarm hielt noch einige Sekunden an.

»Ist das hier die Kapelle der Piusbruderschaft?«, fragte Georg.

»Ja, da sind Sie richtig. Wir treffen uns hier.«

»Sie sagen ›wir‹. Gehören Sie denn dazu?«

»Das wundert Sie?«, fragte der Koloss.

Hinter ihm erschien ein Mann in Priestergewand in der Tür, der das Gespräch mitgehört hatte. »Irgendwie stellen sich die Menschen unter Piusbrüdern irgendwelche vergeistigten Jüngelchen vor, da passt ein Mann vom Bau nicht ins Bild. Lukasz gehört zum dritten Orden der Bruderschaft.«

Georg verstand nicht, was der Priester sagte. »Dritter Orden, was muss ich mir darunter vorstellen?«

»Dritter Orden heißt die Laienorganisation. Erster Orden sind wir Priester, zweiter Orden sind die Nonnen, dritter Orden heißen die Laienmitglieder. Warum interessiert Sie das?«

»Entschuldigen Sie, ich hatte noch keine Zeit, mich vorzustellen. Ich heiße Georg Rubin, ich bin Chefreporter des BLITZ. Ich möchte eine Story, einen Artikel über die Piusbruderschaft in Köln schreiben.«

»Der BLITZ will über die Piusbruderschaft schreiben? Das soll doch bestimmt eine Krawallgeschichte werden, oder?«

»Nein, kein Krawall. Mein Chefredakteur ist der Meinung, dass das die Leser interessieren würde.«

»Und dann wollen Sie auch wieder aufwärmen, dass die Piusbruderschaft den Holocaust leugnet und dass wir ganz finstere Verschwörer sind. Herr Rubin, entschuldigen Sie, aber dass Sie sagen, Sie wären vom BLITZ, macht Sie für mich nicht zu einem vertrauenswürdigen Journalisten.«

»Was wollen Sie? Ich biete Ihnen an, Sie selbst und die Brüder zu Wort kommen zu lassen. Das können Sie nutzen oder auch nicht. Wenn Sie mir helfen, werde ich das, was ich von Ihnen erfahre, korrekt berichten. Wenn Sie mir nicht helfen, dann werde ich trotzdem recherchieren und schreiben, was ich herausgefunden habe. Ohne Ihre Hilfe. Dann könnte ich zum Beispiel schreiben, dass die Kölner Piusbruderschaft in einem Haus residiert, das offensichtlich Bordelle beherbergt. Oder sollte ich mich da irren?«

»Sie wollen uns doch nur in den Schmutz ziehen«, sagte der BMX-Riese.

Der Priester beruhigte ihn und wandte sich wieder an Georg.

»Herr Rubin, wir kommen hier sehr gut damit zurecht, dass wir nicht so bekannt sind. Und die Nachbarschaft kann man sich nicht immer aussuchen. Gegenüber liegt die alte Kirche St. Ursula, diese Nachbarschaft hätte Ihnen ja auch auffallen können.«

Georg spürte, dass der Priester ihn zwar verbal attackierte, aber innerlich auf dem Rückzug war.

»Ich mache Ihnen einen Vorschlag«, sagte der Priester schließlich. »Ich werde die Brüder fragen, ob sie Interesse haben, mit Ihnen zu sprechen. Ich wäre sowieso kein autorisierter Gesprächspartner, jedenfalls nicht ohne die ausdrückliche Erlaubnis der Brüder.«

»Schön. Ich warte«, sagte Georg.

»Nein, nein, so schnell geht das nicht. Ich kann hier nicht einfach mit einem BLITZ-Reporter ankommen, der seinen Artikel über unsere heilige Bruderschaft in der Nachbarschaft von Fotos von nackten Frauen ansiedeln wird.«

»Sie müssen mir ja nicht helfen. Ich kriege meine Geschichte auch so rund«, sagte Georg.

»Nein, seien Sie doch nicht so ungeduldig. Ich werde die Brüder fragen. Ich werde mich bei Ihnen melden. Sagen Sie mir, wie ich Sie erreichen kann.«

Georg hatte seine Visitenkarten vergessen. In seiner Lederjacke fand er die Postkarte aus dem Kölner Dom mit dem Licht des Richter-Fensters. Auf die Rückseite schrieb er seinen Namen, Mailadresse und Telefonnummer und gab die Karte an den Priester, der sie an Lukasz weiterreichte.

»Schönes Foto«, sagte der Koloss, »aber ich mag das Fenster nicht. Ich finde, der Kardinal hat recht. In einer Kirche sollten Heilige dargestellt werden.«

»Sie hören von uns«, sagte der Priester, der Koloss verschwand hinter ihm im Haus der Piusbruderschaft und schlug die Holztür so schnell hinter sich zu, dass Georg nicht einmal einen Blick ins Innere werfen konnte.

Georg ging zu Sandra, die auf einer der Metallbänke im kleinen Park hinter St. Ursula saß.

»Hast du den Mann gesehen?«, fragte er.

»Ja«, sagte Sandra. »Ich hab Menden schon alarmiert.«

»Du hast was?«

»Ich habe Menden alarmiert und ihm gesagt, wo er den BMX-Riesen finden kann. Das war er doch, oder?«

»Ja. Das war er. Aber woher wusstest du das?«

»Ich habe ihn wiedererkannt. Er war in der Tatnacht am Aachener Weiher. Er stand in der Menge an der Polizeiabsperrung.«

Aus den Augenwinkeln sah Georg, wie ein schwarzer Mercedes vor dem Haus der Piusbruderschaft hielt. Es war der Mercedes von Lenzen. Der Bauunternehmer saß selbst am Steuer. Was ging da vor?

Georg zückte seine Kamera. Lenzen stieg aus. Klick. Klopfte an der Tür zur Kapelle. Klick. Der BMX-Riese erschien. Klick. Setzte sich hinten in den Mercedes. Klick. Lenzen setzte sich ans Steuer und fuhr los. Klick.

»Mist«, sagte Georg, »weg sind sie.«

»Das war doch Lenzen. Was hat er mit dem BMX-Monster zu tun?«, fragte Sandra.

»Das frage ich mich auch.«

Wenig später rollte Menden in seinem Mondeo an.

»Zu spät«, sagte Georg und zeigte ihm die Fotos auf seiner Kamera. »Lenzen hat ihn abgeholt. Ausgerechnet Lenzen, der uns noch erzählt hat, dass er mit diesem Fahrradfahrer nichts zu tun hätte.«

»Großfahndung!« rief Menden in sein Funkgerät. »Gesucht wird ein schwarzer Mercedes S-Klasse. Kennzeichen?«

Georg schaute auf seinen Fotos nach. »Hier.«

»Kennzeichen: K–JL 1. Typisch. Köln, Josef Lenzen, eins. Im Wagen sind zwei Männer. Dieser Josef Lenzen und ein Bodyguard, jedenfalls ein ziemlich kräftiger Kerl. Also Vorsicht. Unbedingt festhalten und zum Präsidium bringen.«

Menden schaute Georg an. »Wenn du noch was zu sagen hast, dann sag es jetzt. Sonst kriege ich dich dran wegen Strafvereitelung oder sonst was. Mir sind das inzwischen etwas sehr viele Zufälle, in die mein Journalistenfreund Georg hier angeblich so ganz zufällig reinstolpert. Was weißt du über Lenzen und dieses Riesenbaby?«

»Nicht mehr als du. Außer dass sie beide irgendetwas mit der U-Bahn-Baustelle am Waidmarkt zu tun haben. Und dass der Riese in der Nacht auf dem Hügel am Aachener Weiher war, wo Lenzens Tochter ermordet wurde.«

»Sie ist nicht da oben ermordet worden. Das habe ich dir doch gestern gesagt, oder? Sie ist da nur beerdigt worden. Den Tatort haben wir noch nicht gefunden.«

»Trotzdem. Ich verstehe nicht, was Lenzen und dieser Riese hier zu suchen haben. Und weißt du, wer mich hierhergeschickt hat? Wolfgang Stein. Mein Chefredakteur. Er hat mich auf die Piusbrüder gehetzt. Und wen finde ich hier? Ausgerechnet Herrn Lenzen, um dessen Fall ich mich nicht mehr kümmern darf, was derselbe Herr Chefredakteur angeordnet hat. Wie passt das zusammen?«

»Vielleicht ist dieser Herr Stein nicht so dumm, wie du glaubst.«

Mendens Funkgerät meldete sich. »Was soll das heißen, verschwunden? So'n dicker Mercedes verschwindet nicht einfach. Schon gar nicht in diesem Gassengewirr hinterm Bahnhof. Der steht wahrscheinlich irgendwo im Stau. Was? Ihr habt nur einen Wagen losgeschickt? Ich hatte Großfahndung gesagt. Es geht um Mord. Vielleicht noch um Entführung. Alles dichtmachen. Ringe. Gürtel. Autobahnring.«

Menden ließ sein Funkgerät sinken. »Ich fürchte, die sind weg.«

»Mag sein. Aber warum sollte sich Lenzen verstecken? Nächste Woche wird seine Tochter beerdigt. Und ich bin morgen mit ihm in seinem Haus in Lindenthal verabredet.«

»Du bist was?«, fragte Menden.

»Ich bin mit ihm verabredet. Er will mir von seiner Tochter erzählen.«

»Franck hat so eine Andeutung gemacht, als ob du irgendwelche Geschäfte mit Lenzen hättest.«

»Er will, dass ich etwas recherchiere, was seine Tochter ihm vor ihrem Tod gesagt hat.«

»Und was soll das sein?«

»Es geht um das Richter-Fenster. Angeblich ist darin eine Drohung versteckt.«

»Ach, du armer Irrer. Lena Lenzen war mit dieser wirren Geschichte schon vor Wochen bei der Polizei. Wir haben das nachgeprüft. Absoluter Unsinn. Und jetzt sollst du da ran? Du hast doch sonst nichts für Spinner übrig.«

»Der Mann will etwas für seine tote Tochter tun. Warum soll ich da nicht helfen? Selbst Franck hat mir zugeraten.«

»Franck«, stöhnte Menden, »mein Schwager in spe. Auch so ein Möchtegern-Sherlock-Holmes. Warum, verdammt, seid ihr dann nicht Polizist geworden, sondern lasst mich immer die Drecksarbeit machen?« Menden brauste los, ohne zurückzublicken.

»Du bist sicher, dass ihr befreundet seid?«, fragte Sandra.

»Männerfreundschaft«, sagte Georg.

17

Eine Stunde später saßen Sandra und Georg in dessen Ehrenfelder Wohnung. Das große Fenster war immer noch mit Holz verbarrikadiert. Durch die beiden anderen Fenster schickte die Sonne die letzten Strahlen vor ihrem Untergang.

»Darf ich bei dir übernachten?«, fragte Sandra.

Georg nickte. Er fühlte sich gut in ihrer Anwesenheit. Sandra legte sich auf die weiße Couch im Wohnzimmer. Sie zog ihren Pullover aus, unter dem sie ein weißes Hemdchen trug. Der BH schimmerte durch den dünnen Stoff.

Georg holte aus dem Schlafzimmer Kissen und Bettdecke und deckte sie sorgfältig zu. Sandra gefiel das. Sie zog sich nackt aus und kuschelte sich in das Bettzeug. Georg stieg aus den Jeans und legte sich in Slip und T-Shirt neben sie, ohne sie zu berühren. Er spürte ihre Wärme, tastete mit seiner Hand vorsichtig nach ihrer Hand. Sie zog ihre Hand nicht zurück.

»Du wohnst also in der Vogelsanger Straße?«, sagte sie.

»Ja. Hier stand früher mal eine Brauerei.«

»Ecke Piusstraße. Ist das derselbe Pius, nach dem sich die Piusbrüder benannt haben?«

»Oh, darüber habe ich noch nie nachgedacht. Aber es gab ja sehr viele Päpste, die Pius hießen. Die Straße heißt zwar Piusstraße, aber so fromm ist es hier gar nicht.«

»Wie meinst du das?«

»Zum Beispiel gegenüber. Da gibt es die Griechentherme.«

»Klingt nach Wellness.«

»Ja. Ist aber eher ein Bordell.«

»Woher weißt du das?«

»Ich bin Journalist. Ich muss so was wissen.«

»Hast du schon mal?«

»Was?«

»Im Puff? Mit einer Nutte?«

»Warum willst du das wissen?«

»Nur so.«

»Nein.«

»Männlein oder Weiblein?«, sagte Georg plötzlich.

»Was meinst du damit, Männlein oder Weiblein?«, fragte Sandra.

»Wir machen ein Spiel: Du musst raten, ob der nächste Mensch, der vor dem Fenster vorbeigeht, männlich oder weiblich ist.«

»Und dann? Was passiert dann?«

»Wenn du richtig geraten hast, hast du gewonnen. Dann darfst du dir etwas wünschen.«

»Und wenn ich falsch geraten habe?«

»Dann darf ich mir was wünschen.«

»Einverstanden«, lachte Sandra. »Weiblein.«

Sie schauten gespannt nach draußen. Es kam niemand. Plötzlich huschte ein Schatten vorbei, ein Junge auf einem Skateboard.

»Verloren«, wollte Georg triumphieren.

»Nein«, protestierte Sandra, »das zählt nicht. Das war ein Kind. Das Spiel heißt doch Männlein oder Weiblein, also müssen es schon Erwachsene sein.«

»Ab wann sind Männer denn erwachsen?«

»Darüber werde ich mit dir nicht diskutieren. Das entscheide ich einfach.«

Eine junge Frau ging auf der gegenüberliegenden Straßenseite vorbei, wahrscheinlich eine der Angestellten der Griechentherme. Georg ließ so etwas wie einen anerkennenden Pfiff hören. Sandra stupste ihn in die Seite:

»Was soll das denn heißen? Hat der Herr Gelüste auf ein erotisches Bad? Kann er haben. Ich habe gewonnen, und ich verlange, dass du dich jetzt sofort für fünf Minuten unter die kalte Dusche stellst.«

»Nein, nicht das. Nicht die kalte Dusche. Alles, was du willst. Aber nicht die kalte Dusche. Außerdem hast du gar nicht gewonnen.«

»Hab ich doch!«

»Hast du nicht.«

»Feigling.«

»Das war kein Weiblein. Das war ein Transvestit.«

»Das war eine Frau.«

»Das war ein Transvestit.«

»Woher willst du das wissen?«

»In Köln weiß man so etwas.«

Sandra sprang aus dem Bett, schnappte sich ein Kissen, hieb auf Georg ein, zog ihm die Bettdecke weg und drohte: »Wenn du jetzt nicht sofort unter die kalte Dusche gehst, wirst du mich nie mehr wiedersehen.«

Georg zog Slip und Hemd aus und lief unter lautem Gejammer ins Bad. Doch als er glaubte, er könne die Strafe abmildern, indem er heimlich warmes Wasser zumischte, sah er sich getäuscht. Sandra stand am Rande der Dusche, kontrollierte die Temperatur und kontrollierte die Zeit und ließ sich durch Georgs Geschrei nicht beeindrucken.

Nach drei Minuten, die Georg endlos lange erschienen, begnadigte sie ihn: »Mein eiskalter Held, ich schenke Ihnen zwei Minuten. Was gedenken Sie mit dieser Zeit anzufangen? Nutzen Sie sie weise, es könnten die letzten Minuten Ihres Lebens sein.«

Georg ließ sich nicht zweimal bitten. Er schnappte sich den Duschkopf und zielte auf Sandra. Die kreischte auf in einer Mischung aus Entsetzen und Entzücken und sprang zu ihm unter die Dusche.

Georg, der sich längst an den kalten Strahl gewöhnt hatte, zog sie an sich, mischte vorsichtig warmes Wasser zu, immer mehr, immer heißer, und dann gönnten sich die beiden eng umschlungen heiße Minuten, streichelten sich, küssten sich, als es an der Tür klingelte.

Sandra schreckte zurück. »Erwartest du jemand?«

»Nein«, sagte Georg.

Sandra schnappte sich ein Badetuch und verschwand wieder Richtung Bett.

Es klingelte schon wieder. Und noch einmal.

»Ich komm ja schon«, rief Georg und stieg halb nass in seine Jeans und sein T-Shirt. Er drückte auf die Sprechanlage und den Türöffner. »Jetzt mach endlich auf!«, schepperte eine Frauenstimme durch den Lautsprecher.

Georg ging in den Hausflur. Rita, seine Ex, musste nicht unbedingt jetzt in seine Wohnung.

Sie drückte ihn einfach beiseite und stürmte herein. Rosa, seine Tochter, strahlte ihn an und sprang in seine Arme. »Papa, du bist ja ganz nass.«

Rita musterte die Holzbretter vor seinem Fenster. »Du kriegst wohl gar nichts mehr geregelt«, motzte sie Georg an. »Wir waren um sechs Uhr verabredet. Du hattest versprochen, Rosa schon heute Abend abzuholen. Es ist dein Wochenende. Du weißt genau, dass ich mit Rolf …«

»Entschuldigung. Ich hatte viel zu tun«, sagte Georg.

»Das sehe ich«, sagte Rita und schickte einen giftigen Blick Richtung Sandra, die auf der Couch lag.

»Bis Sonntag. Um zwölf Uhr bringst du Rosa zurück.« Rita rauschte ab und knallte die Tür hinter sich zu.

Rosa hatte sich hinter Georg versteckt, umklammerte mit ihren Händchen sein linkes Bein.

»Mama hat schlechte Laune. Wer ist das? Ist das deine Freundin?«

»Das ist Sandra«, sagte Georg.

Rosa ging vorsichtig in Richtung der Couch und reichte Sandra eine Hand. »Guten Tag. Ich bin Rosa Rubin.«

»Schöner Name«, sagte Sandra. »Ich bin Sandra Herfurth.«

»Du liegst in meinem Bett«, sagte Rosa. »Wenn ich hier bin, ist das mein Bett. Du kannst Papa fragen. Aber du darfst hierbleiben.«

Sandra lächelte. »Danke, dass ich bleiben darf.«

Rosa zog die Schuhe aus und kletterte auf die Couch. »Meine Mama ist nicht immer böse. Meine Mama hat mich lieb.«

»Und dein Papa hat dich auch lieb«, sagte Sandra.

»Ja«, sagte Rosa. »Hat Papa dich auch lieb?«

»Dich hat er am liebsten«, sagte Sandra.

Kluge Frau, dachte Georg.

Nach dem Abendessen – es gab Pizza vom Pizza-Taxi – spielten sie Georgs altes Tier-Memory. Der Sieger durfte bestimmen, welche Tiere die anderen nachmachen mussten. Sandra ernannte Georg zum Schimpansen.

Als er mitten im Affengebrüll war, sah er, wie Rosas Kopf zur Seite sackte. Er nahm sie und warf sie hoch. »Der kleine Affe muss jetzt ins Bett.«

Rosa jauchzte: »Noch mal.«

Nach dem dritten Mal lag sie erschöpft an Georgs Schulter.

»Ich will aber in mein eigenes Bett. Da lieg ich immer mit Tina«, sagte sie und zeigte auf ihre Puppe.

»Und Sandra?«, fragte Georg.

»Die kann in deinem Bett schlafen.«

Georg sah zu Sandra hinüber. Die lächelte. »Du weißt doch, Frauen haben immer recht.«

Nachdem er Rosa zu Bett gebracht hatte, zog er Sandra ins Schlafzimmer und machte die Tür zu. »War ein langes Vorspiel«, sagte er und bedeckte ihr Gesicht mit Küssen. Sandra öffnete ihren Mund und stöhnte leise.

»Schlaft ihr schon?«, rief Rosa aus dem Wohnzimmer.

»Besser unter die Bettdecke, bevor sie reinkommt«, flüsterte Georg, umkreiste mit der Hand ihre Brust und öffnete ihre Jeans.

»Ich schlafe jetzt«, rief Rosa.

Freitag, 27. Februar 2009

18

Als Georg am Morgen von Rosa geweckt wurde, war es kurz nach sieben Uhr, aber Sandra war schon verschwunden. Auf dem Tisch lag ein Zettel: »Danke. Für alles. Bis Dienstag.«

Rosa ließ ihm keine Zeit zum Nachdenken. »Du musst dich beeilen, ich muss in die Schule. Und du gehst doch freitags auch in die Schule, oder nicht?«

»Ja«, sagte Georg. Freitags ging er zur Schule, obwohl er heute gerne geschwänzt hätte.

Das Vater-Tochter-Wochenende dauerte normalerweise von Freitagmittag bis Sonntagmittag, weil Georg oft Sonntagsdienst in der Redaktion hatte. Diese Woche war Rosa ausnahmsweise schon am Donnerstag gekommen, damit Rita mit ihrem Freund ein extralanges Wochenende in Paris verbringen konnte. Paris, Stadt der Liebe.

Rosa ging in die Grundschule in der Freiligrathstraße in Lindenthal. Wenn er mit seiner Tochter vorfuhr, erntete er meist nur feindliche Blicke der grünen Kampfmütter auf ihren Fahrrädern, die jeden Autofahrer für einen potenziellen Kindermörder hielten. Georg hatte schon manches Wortgefecht austragen müssen, obwohl er in der Tempo-dreißig-Zone allerhöchstens zwanzig Kilometer pro Stunde fuhr und vor dem Zebrastreifen an der Schule immer brav wartete, bis alle Kinder mindestens fünf Meter weit weg waren.

Er küsste Rosa zum Abschied auf die Stirn. »Ich hole dich nach der Schule ab.«

Sie sprang aus dem Mini, winkte ihm zu und lief fröhlich zu ihrer Klasse. Die blonden Haare wippten, sie kam schon sehr nach ihrer Mutter.

Georg fuhr wieder zurück nach Ehrenfeld zur Hauptschule Borsigstraße. Seit einigen Monaten leitete er die »Arbeitsgemeinschaft Zeitungsredaktion«, die die Schulzeitung produzierte. Georg hatte Computer organisiert, seine eigene Digitalkamera gestiftet, Profi-Software wie Photoshop zur Bildbearbeitung zur Verfügung gestellt, und – was das Wichtigste war – er brachte den Kids bei, wie ein Journalist arbeitet, wie er recherchiert, wie er schreibt, wie er seine Artikel umsetzt. Die Schülerzeitung hieß passenderweise »BorsigBLITZ«, da war er als echter BLITZ-Redakteur gerade richtig.

Die Borsigschule war nicht besonders groß, zweihundertzwanzig Schülerinnen und Schüler aus achtzehn Nationen, aber sie war eine sehr aktive Schule. Seit dem Schuljahr 2008/2009 war sie eine Ganztagsschule. Was diese Schule einzigartig machte, waren ihre Projektwochen.

Georg war beim sogenannten »Künstlerprojekt« eingestiegen. Kabarettist Jürgen Becker hatte ihn angesprochen. Becker selbst unterrichtete Film in der 9 b/c, Wilfried Schmickler machte Hip-Hop in der 10 a, Heinrich Pachl und Rolf Bringmann unterrichteten Doku-Film in der 10 b, Ingo Appelt war Lehrer für Comedy in der 8 b.

Das gab natürlich ungeheuer viel Stoff für die Schülerzeitung. Georgs Lieblingsschüler hieß Marvin. Der Junge war inzwischen siebzehn, hatte im letzten Jahr die Schule verlassen und eine Bäckerlehre begonnen. Aber wenn Zeitung auf dem Stundenplan stand, dann kam Marvin immer noch in die Schule. Georg hatte ihn zum »Chefreporter« ernannt, was die anderen Schüler akzeptierten. Marvin war immer noch einer von ihnen.

An diesem Freitag begann der Zeitungsunterricht nach der großen Pause. Marvin kam mit zehn Minuten Verspätung, todmüde, er war um vier Uhr nachts aufgestanden und hatte schon seine Bäckerlehrlingsschicht hinter sich.

»Kein Problem, Alter«, sagte Marvin, »ich kann noch den ganzen Tag schlafen. Was liegt an?«

Georg hatte sich als Unterrichtsthema »Die Kurzmeldung« vorgenommen. Kurze Artikel zu schreiben und darin doch alles Wichtige mitzuteilen war eine schwere Kunst, etwas für Fortgeschrittene. Aber seine Schülerredaktion hatte sich schon ein anderes Thema ausgesucht, den Nubbel-Mord.

Meltem, ein türkisches Mädchen, in der Schülerzeitung eigentlich für Buchbesprechungen zuständig, hatte ein Dutzend Extrablätter vom Mittwoch mitgebracht und an alle verteilt.

»He, wie ist das, Georg, wenn man eine Tote findet? Kannst du noch gut schlafen? Wer hat sie getötet? Was weiß man über die tote Frau?«

Georg setzte sich auf einen der kleinen Tische und war sogleich umringt von seinen Redakteuren. Sollte er mit ihnen wirklich über den Mord sprechen? Was konnte er ihnen sagen? Was durfte er ihnen sagen?

Marvin meldete sich. »Du hast diese Fotos gemacht. Darf man eine Tote fotografieren und das zeigen? Da wird doch die Ruhe der Toten gestört, das kann bestraft werden, oder? Du hast es trotzdem getan. Erklär mal.«

Schlaues Kerlchen, dieser Marvin. Traf genau den wunden Punkt. Eine Schande, dass Hauptschüler so wenig Chancen bekamen.

Meltem ließ nicht locker. »Los, sag mal!«

»Aber ihr dürft darüber nichts in der Schülerzeitung bringen.«

»Machen wir schon nicht«, sagte Meltem, »das hat ja auch nichts mit unserer Schule zu tun.«

»Gut. Wo soll ich anfangen? Dass ich die Leiche gefunden habe, war Zufall. Ich hatte Karneval gefeiert, am Zülpicher Platz, und war auf dem Nachhauseweg. Wer weiß, wo ich wohne?«

Marvin zeigte auf und rief gleichzeitig: »Ich, ich weiß es. In Ehrenfeld. Vogelsanger Straße.«

»Ja. Dahin war ich also unterwegs, als ich die Flammen sah und dann merkte, dass da ein Mensch brannte.«

»Oh Mann«, sagte Meltem.

»Das ist schrecklich«, sagte Georg. »Ich habe geschrien, laut geschrien. Es muss sich fürchterlich angehört haben, hat mir später jemand gesagt. Ich selbst habe daran keine Erinnerung. Ja, Marvin, aber dann habe ich meine Kamera rausgeholt und Fotos gemacht. Viele Fotos. Ich hab da nicht groß nachgedacht, ob das erlaubt oder verboten ist. Ich wollte die Fotos einfach haben.«

Marvin unterbrach ihn. »Ja, hast du immer gesagt. Texte kann man noch später machen, echte Fotos gibt es immer nur live.«

»So ist es, Marvin. Aber das heißt nicht, dass man diese Fotos auch veröffentlichen darf. Meistens darf man es nicht.«

»Und warum hast du trotzdem diese Fotos veröffentlicht?«, fragte Meltem.

»Weil ich unbedingt dieses Extrablatt rausbringen wollte. Ich war so aufgewühlt. Ich war als Erster am Tatort. Ich hatte alle Details. Ich hatte diese exklusiven Fotos. Und es gibt da auch eine Ausnahme: Man darf Fotos von Verbrechensopfern oder auch von gesuchten Tatverdächtigen veröffentlichen, wenn es der Polizei bei der Fahndung helfen kann. Meine Fotos haben geholfen, dass man jetzt weiß, wer die Tote ist.«

»Da hat dich die Polizei bestimmt gelobt«, sagte Meltem.

»Nicht wirklich. Die Polizei hat es lieber, wenn sie es ist, die solche Fotos veröffentlicht und dann die Erfolge für sich verbuchen kann. Normalerweise ist es ja auch nicht Aufgabe von Journalisten, selbst zu ermitteln, sondern nur zu berichten.«

»Hast du den Artikel geschrieben und dann erst die Polizei gerufen?«, fragte Marvin.

»Nein«, sagte Georg. »Ich habe natürlich sofort die Polizei und die Feuerwehr alarmiert. Die Kripo hat mich noch am Fundort der Leiche vernommen. Erst danach habe ich den Artikel für das Extrablatt geschrieben.«

»War das deine erste Tote?«, fragte Meltem.

»Ja. Und ich bin froh, dass ich normalerweise mit Mord nichts zu tun habe.«

»Kannst du noch schlafen?«, fragte Meltem.

»Ich habe seitdem schon geschlafen. Aber der Anblick der Toten spukt mir doch immer wieder im Kopf herum. Außerdem ist in den letzten Tagen noch so viel anderes passiert. Da hättet ihr auch Kopfschmerzen.«

Georg zeigte auf seinen Kopf, wo die Beule zwar abgeschwollen war, aber immer noch ein Pflaster prangte.

»Wo hast du dir das denn geholt?«, fragte Marvin.

»Irgendjemand hat Steine durch mein Fenster geworfen und mich genau am Kopf getroffen. Das tat richtig weh.«

Igor, ein kräftiger Junge aus der Ukraine, hob zögernd die Hand. »Ja, Igor, was ist?«, fragte Georg.

»Entschuldigung«, sagte der Junge und machte gleich wieder eine Pause. »Aber ich wollte dich nicht treffen. Es war nur ein Spaß.«

»Du hast die Steine geworfen?«

»Ja.«

»Was, das kann doch nicht wahr sein!«

»Doch. Ich war es. Ich bin dann schnell weggelaufen.«

»Woher hattest du denn die Steine?«

»Die habe ich bekommen.«

»Von wem?«

»Die hat mir ein Mann gegeben.«

»Welcher Mann? Lass dir nicht alles aus der Nase ziehen.«

»Er hat gesagt, er ist ein Freund von dir. Er wollte dich erschrecken. Nur zum Spaß.«

»Wie sah der Mann aus?« Georg stand auf und packte Igor an beiden Schultern.

»Du darfst mich nicht verprügeln.«

»Mensch, Igor, ich will dich nicht verprügeln. Ich will nur wissen, wer dieser Mann war.«

»Er war nicht groß, nicht größer als ich. Ungefähr so alt wie mein Vater. Er hat Deutsch gesprochen. Ich glaube, er war Deutscher. Bestimmt. Er hatte eine Krawatte an. Eine gelbe Krawatte. Er roch nach Baustelle. Und nach Parfüm.«

Die Klasse johlte. »Der war bestimmt schwul«, rief Marvin.

Igor war die Situation peinlich. »Keine Ahnung. Er war reich. Er hat mir fünfzig Euro gegeben. Und in seinem Portemonnaie hatte er noch viele Scheine.«

»Und du hast gewusst, dass es mein Fenster ist, auf das du zielst?«, fragte Georg.

»Ja. Die ganze Klasse weiß doch, wo du wohnst. Du lässt ja immer die Fenster offen, da kann jeder reingucken. Frag doch Meltem mal, was die alles gesehen hat.«

»Du hast, bei mir, durchs Fenster?«, fragte er Meltem.

»Wieso ich?«, fragte sie schnippisch. »Ich war nur auf dem Bürgersteig. Ich wohne in Ehrenfeld. Aber du, du spazierst nackt durch deine Wohnung und hast nicht mal einen Vorhang oder eine Gardine. Das ist doch wie ‘n Spanner. Das tut man nicht.«

Georg hatte tatsächlich keine Vorhänge. Die Fenster im Erdgeschoss besaßen Außenjalousien, aber wenn er die herabließ, war es stockdunkel im Zimmer. Da hätte er gleich alle Fenster vernageln können. Er konnte nur hoffen, dass niemand von der Schülerzeitung auf die Idee gekommen war, Fotos zu machen.

»Würdest du den Mann wiedererkennen?«, fragte er Igor.

»Ja. Bestimmt.«

»Dann sei vorsichtig. Dann wird er dich nämlich auch wiedererkennen. Ich habe eine Ahnung, wer das gewesen sein könnte. Dem werde ich’s heimzahlen.«

Igor schaute ihn mit großen Augen an und wartete darauf, dass noch etwas geschehen müsste: »Was ist? Bekomme ich keine Ohrfeige? Oder willst du mich anzeigen? Beim Rektor? Bei der Polizei? Dann muss ich vielleicht zurück in die Ukraine.«

»Hättest du früher überlegen sollen«, stichelte Marvin.

»Quatsch«, sagte Georg. »Ich tu dir schon nichts. Aber ich finde, du solltest schon eine Buße bezahlen. Wie wär’s mit fünfzig Euro?«

»Ich hab das Geld nicht mehr«, sagte Igor.

»Wie viel hast du?«

Igor schaute in seinem Portemonnaie nach: »Zweiundvierzig Euro und zwölf Cent.«

»Gut. Die kommen in die Redaktionskasse.«

Es klingelte zur Pause. »Schluss für heute«, sagte Georg. »Bis nächsten Freitag. Igor, du bleibst. Ich würde dich gerne noch etwas fragen. Vielleicht habe ich zu Hause sogar ein Bild von dem Mann, der dir den Stein gegeben hat.«

Georg holte Rosa von der Schule ab und fuhr mit ihr und Igor in seine Wohnung in Ehrenfeld. Auf seinem iMac durchsuchte er die Fotos, die er in den letzten Tagen von seinem iPhone und seinem Fotoapparat überspielt hatte. Wo hatte er ein Foto von Carsten Lobenau? War der feine Bauleiter der Mann, der Igor die Steine gegeben hatte?

»Krass, dein Mac«, sagte der junge Ukrainer. Interessiert beobachtete er Georg bei seiner Suche.

Er stupste Georg an. »Blättere noch mal zurück, das Bild davor, noch weiter zurück, ja, diesen Mann da, den kenne ich.«

Das war Menden, sein Freund Gerald Menden. Was hatte das denn zu bedeuten?

»Ist das etwa der Mann, der dir die Steine gegeben hat?«

»Nein. Der war das nicht. Aber den habe ich auch schon in der Nähe deiner Wohnung gesehen.«

»Das ist wirklich ein Freund von mir. Polizist. Der besucht mich schon mal. Aber wieso weißt du das? Lungerst du etwa den ganzen Tag hier herum?«

»Nein. Aber ich bin öfter hier. Ich gehe gegenüber zur Musikschule.«

»Du spielst ein Instrument?«

»Ja«, sagte Igor schüchtern.

»Was denn für ein Instrument?«

»Ich spiele Geige. Noch nicht sehr gut.«

Georg war beeindruckt. Seine Hauptschüler verblüfften ihn immer wieder. Sicher waren da einige dabei, die von ihren Eltern systematisch auf Hartz IV gepolt wurden und auch keinerlei Neigung zeigten, etwas anderes zu lernen. Aber das waren Ausnahmen. Die meisten Mädchen und Jungs, die Jungen waren auf der Hauptschule in der Überzahl, wollten unbedingt mehr aus sich machen, wenn sie denn nur eine Chance bekämen. Igor gehörte augenscheinlich auch dazu. Geige. Hätte er nicht gedacht.

Georg ärgerte sich, dass er kein Foto von Lobenau auf seinem Rechner hatte. Ob Sandra vielleicht? Sie hatte sich sehr im Hintergrund gehalten, als sie gemeinsam mit Menden in Lobenaus Baustellenbüro waren.

Er schaute auf die Uhr. Zwölf Uhr vierzig. Er ließ sein iPhone Sandras Handynummer wählen. Sie meldete sich ganz formell mit: »Historisches Archiv der Stadt Köln, Herfurth. Was kann ich für Sie tun?«

»Ich bin's, Georg.«

»Schön, dass du anrufst. Aber ich bin im Dienst. Ich habe nicht viel Zeit.«

»Schade, dass ich dich heute Morgen nicht mehr gesehen habe. Du hättest mich ruhig wecken dürfen.«

Rosa schrie aus dem Hintergrund: »Hallo, Sandra. Ich habe den Papa geweckt.«

Sandra musste lachen. »Gib der Kleinen einen Kuss von mir. Du hast eine süße Tochter.«

»Mach ich. Ich rufe dich aus einem bestimmten Grund an. Hast du auf der Baustelle Fotos gemacht? Von Lobenau? Vielleicht auch von Lenzen?«

»Klar. Hab ich.«

»Kannst du mir die so schnell wie möglich schicken?«

»Kein Problem. Ich setze mich sofort an den Computer. Sind in fünf Minuten bei dir.«

Es entstand eine Pause. »Georg?«, sagte sie dann leise.

»Ja, Sandra.«

»Ich habe noch immer nichts von Kathrin gehört. Die Polizei hat sich auch nicht gemeldet. Können wir nicht irgendetwas tun? Kannst du nicht eine Meldung in die Zeitung setzen?«

»Hat denn die Polizei keine Fahndungsmeldung rausgegeben?«

»In den Zeitungen habe ich nichts gesehen.«

»Gut. Das mach ich sofort. Hast du ein gutes Foto von Kathrin?«

»Ja. Schicke ich dir mit.«

»Danke.«

»Georg. Ich wollte dir noch etwas sagen.«

»Ja?«

»Das war ein sehr schöner Abend mit dir und Rosa.«

»Und mit dir.«

Fünf Minuten später meldete Georgs Computer den Eingang neuer E-Mails. Es waren die angekündigten Fotos. Sandra hatte insgesamt sechs Dateien geschickt, je zwei Fotos von Kathrin, Lobenau und Lenzen.

»Da, das ist er!«, sagte Igor und zeigte auf ein Bild von Lobenau. »Das ist der Mann, der gesagt hat, er ist dein Freund. Der mir das Geld gegeben hat. Und die Steine.«

»Bist du ganz sicher?«, fragte Georg.

»Ganz sicher. Aber …?«

»Was für ein Aber? Bist du dir nun sicher oder nicht?«

»Ich bin mir sicher bei diesem Mann.« Er zeigte wieder auf Lobenau. »Aber der andere Mann, da bin ich mir nicht sicher. Zeig noch mal.«

Georg holte die Fotos von Lenzen in den Vordergrund.

Igor zögerte. »Ich glaube, diesen Mann habe ich auch gesehen. Ich weiß nicht genau, wo. Vielleicht vor deiner Wohnung. Vielleicht an der Moschee-Baustelle auf der Venloer Straße. Irgendwo hier in der Gegend auf jeden Fall.«

»Waren die beiden Männer zusammen?«

»Ich habe die nicht zusammen gesehen.«

Georg klopfte Igor auf die Schulter. »Danke. Du hast mir sehr geholfen.«

»Na ja. Danke zurück. Dass du mich nicht verprügelt hast.«

»Hier«, sagte Georg und holte aus seinem Portemonnaie einen Fünfzig-Euro-Schein.

»Nein. Das habe ich nicht verdient. Das Geld will ich nicht.«

»Gut. Dann gehen die fünfzig Euro auch in die Redaktionskasse.«

Als Igor gegangen war, kletterte Rosa auf Georgs Schoß. Er saß immer noch vor seinem Computer und schrieb die Suchmeldung für Kathrin Wagner. Dann nahm er sich noch einmal die von Sandra geschickten Fotos vor, um eins von Kathrin auszuwählen, das er an die Redaktion weiterleiten wollte.

Das Bildbearbeitungsprogramm öffnete alle sechs Fotos nebeneinander wie in einem Fotoalbum.

Rosa tatschte mit ihren kleinen Fingern auf den Bildschirm. »Das ist Onkel Josef.«

Es war Lenzen. »Du kennst den Mann auf dem Foto?«

»Klar. Das ist Onkel Josef. Der gibt mir immer Süßigkeiten. Das darfst du aber nicht Mama sagen.«

»Nein, versprochen. Aber wann gibt er dir immer Süßigkeiten?«

»Eigentlich immer.«

»Und wann war das letzte Mal?«

»Zu Hause.«

»Bei dir zu Hause und bei Mama?«

»Ja.«

»Rosa, weißt du denn noch, wann das war? Schon lange her? Oder ganz kurz her?«

»Ganz kurz.«

»Gestern?«

»Gestern habe ich doch bei dir geschlafen. Da war Onkel Josef nicht dabei. Aber davor.«

»Also am Mittwoch?«

»Es war schon dunkel. Ich musste bald ins Bett. Aber Onkel Josef hat mir ein Stück Schokolade gegeben. Gibt er dir auch immer Schokolade?«

»Nein. Die hebt er sich wohl für dich auf. Aber was hältst du davon: Ich bin gleich mit Onkel Josef verabredet. Kommst du mit?«

»Klar. Außerdem darfst du mich auch gar nicht allein lassen.«

Lenzen, schon wieder Lenzen. Und was hatte er mit Georgs Ex-Frau und Rosa zu schaffen?

19

»Die Polizei ist hinter dir her«, sagte Carlo. »Nimm dein Fahrrad und lass dich hier nicht mehr blicken.«

»Aber«, protestierte Lukasz, »das Mädchen. Ich muss mich um das Mädchen kümmern.«

»Nein«, befahl Carlo, »jetzt nicht mehr. Ich brauche dich für das große Ziel. Du musst dich vor der Polizei so lange verstecken, bis wir vollendet haben, was uns aufgetragen ist.«

Lukasz traute sich nicht, Carlo zu widersprechen. Aber wo sollte er hin? Außer seiner Wohnung, die ihm Carlo auch verboten hatte, kannte er nur noch die Kapelle der Piusbrüder als möglichen Zufluchtsort in Köln. Aber selbst da war er nicht sicher. Dieser neugierige Journalist stand auf einmal vor der Tür und behauptete frech, er wolle einen Artikel über die Gemeinschaft der Piusbrüder in Köln schreiben.

Das BMX-Rad versteckte er beim Fahrradhändler, der im Hinterhof der Kapelle, in den Bögen der Eisenbahn, sein Geschäft betrieb. Unter den Hunderten gebrauchten Rädern würde sein Rad jedenfalls nicht auffallen.

Per Telefon informierte er Carlo. Wenige Minuten später rollte Lenzen mit seinem dicken Mercedes vor und holte Lukasz ab.

»Wo fahren wir hin?«, fragte Lukasz.

»Zur Polizei«, sagte Lenzen.

»Wieso Polizei? Ich will nicht zur Polizei.«

»Lobenau hat seine Meinung geändert. Du musst aussagen. Als Zeuge. Über Mittwoch. Dann gibt die Polizei, was dich angeht, sicher Ruhe. Er will nicht, dass noch mehr auf der Baustelle rumgeschnüffelt wird. Willst du das etwa?«

»Nein«, sagte Lukasz. Carlo würde schon wissen, was er tat.

Die Vernehmung im Polizeipräsidium war viel kürzer, als Lukasz befürchtet hatte. Der Beamte, ein Kriminalhauptkommissar Naumann, nahm Lukasz' Personalien auf und wollte wissen, was er in der Nacht zu Mittwoch gesehen hatte.

Lukasz sagte nicht viel. »Ich habe die blauen Lichter der Polizei und der Feuerwehr gesehen. Dann bin ich mit meinem Rad den Hügel hinaufgefahren und habe mich in die Menge gestellt. Dann bin ich nach Hause gefahren.«

»Und wenn Sie nichts gesehen haben, warum kommen Sie dann freiwillig zur Polizei?«, fragte Naumann.

»Mein Chef, Herr Lobenau, hat mir gesagt, dass die Polizei nach mir sucht. Und da ich keine Probleme mit der deutschen Polizei haben möchte, bin ich gekommen. Herr Lenzen, den ich auch von der Baustelle kenne, hat mich hierhergebracht.«

»Gut, dass Sie auf Ihre Chefs hören. Danke, Herr Wisniewski. Gefällt es Ihnen in Deutschland?«

»Ja«, sagte Lukasz, »hier gibt es gutes Geld.«

Lenzen, der vor dem Vernehmungszimmer gewartet hatte, fuhr mit ihm von Kalk Richtung Innenstadt und hielt in der riesigen

Tiefgarage unter dem Rheinauhafen. Die Stellplätze waren farbig markiert, »Museen im roten Bereich«, stand auf Hinweisschildern. Carlo erwartete sie am Ausgang zum Sport- und Olympiamuseum.

Lukasz stieg in Carlos Wagen um, einen Audi. Carlo befahl Lenzen, als Erster die Tiefgarage zu verlassen. Er wollte wohl verhindern, dass Lenzen ihn verfolgte.

Carlo wartete gut fünf Minuten ab. »Aussteigen«, sagte er dann zu Lukasz. »Ich hab es mir anders überlegt.«

Sie gingen einige hundert Meter zu Fuß durch die riesige Garage nach Süden. Als sie nach draußen stiegen, befanden sie sich am sogenannten »Siebengebirge«, sieben alten Speicherhäusern, deren Fassaden zumindest noch erhalten blieben in dieser futuristischen Kölner Neubaulandschaft am Rhein.

An einem der Neubauten stoppte Carlo. »Ich habe hier die Schlüssel zu einer Wohnung. Da kannst du erst mal bleiben. Und rühre dich nicht vom Fleck, ehe ich es dir erlaube.«

»Warum soll ich mich verstecken? Ich war bei der Polizei. Ist doch alles in Ordnung«, sagte Lukasz.

»Nichts ist in Ordnung. Die werden weiter rumschnüffeln, und dann lassen Sie dich nicht so schnell wieder laufen. Und wer weiß, was du dann alles erzählst.«

Die Wohnung war nicht sehr groß, zwei Zimmer, Küche, Diele, Bad, aber luxuriös und modern eingerichtet. Und mit Rheinblick!

Lukasz hatte nicht den Eindruck, dass hier jemand wohnte. Nirgendwo fand er auch nur den kleinsten Hinweis auf den Besitzer. Vielleicht war das ein Hotel? Eine Musterwohnung? Oder eine Absteige?

Aus seinem Rucksack, der einzigen Habe, die er bei sich trug, holte er ein kleines Bild der Schwarzen Madonna von Tschenstochau hervor. Auch die Kölner hatten eine schwarze Muttergottes. In der Kupfergasse. Die Kölner beteten dort für ihren 1. FC Köln. Fußball, die Ersatzreligion, wenn nicht gerade Karneval war.

Lukasz war manchmal in dieser kleinen Kapelle gewesen. Er hatte ein Gebet der Kölner Madonna auswendig gelernt.

»Breite weit aus den Mantel deines mächtigen Schutzes und decke damit, du Gnadenvolle, alle, die hier zu dir ihre Zuflucht nehmen. Sei du den Betrübten Trost, den Kranken Heil, den Sündern Zuflucht und Hilfe allen Christen. Amen.«

Die deutsche Madonna war weich und schwach. Seine polnische Madonna war stark und kämpferisch.

»Himmlische Mutter, dir empfehlen wir unsere Kinder. Sei du ihr täglicher Schutz gegen die Nachstellung der sichtbaren und unsichtbaren Feinde. Nimm sie an deine Hand, leite und führe sie durch alle Gefahren des Leibes und der Seele hin zu deinem göttlichen Sohne Jesus.

O Maria, stark wie ein Heer, verleihe den Sieg unseren Scharen. Wir sind so gebrechlich, und unsere Feinde wüten mit solchem Übermut. Aber unter deinem Banner sind wir sicher, dass wir siegen; er kennt die Kraft deines Fußes, er fürchtet die Majestät deines Blickes.

Rette uns, o Maria, schön wie der Mond, herrlich wie die Sonne, stark wie ein geordnetes Schlachtheer, das sich nicht auf Hass stützt, sondern auf die Flammen der Liebe.

Amen.«

Das Gebet gab ihm Kraft. Kraft, die er benötigte. Für den großen Kampf.

Carlo hatte recht. Sie mussten es tun.

Aber durfte er diese junge Frau in seiner Höhle sterben lassen? Vielleicht war sie längst tot. Ohne Wasser. Seit vielen Stunden. Den Mund verklebt. Arme und Beine gebunden.

Lukasz fühlte, dass er etwas Unrechtes getan hatte. Lena, diese andere junge Frau, hatte er nur beerdigt. Sie war schon tot gewesen. Kathrin hatte er auch beerdigt. Aber sie lebte noch. Er musste versuchen, zu ihr hinabzusteigen.

»O Maria, leite mich, dass ich den richtigen Weg gehe.«

20

Josef Lenzen wohnte am Rautenstrauch-Kanal in Köln-Lindenthal, eine der sehr guten Wohnlagen. Das Haus war nicht so groß wie andere Reichenvillen im Hahnwald oder auf der Marienburg, es strahlte gediegene Wohlhabenheit aus, wie sie zu einem Tiefbauunternehmer passte.

Die Rautenstrauchstraße war zweigeteilt, in der Mitte der Kanal und Wege, die von den Fahrradfahrern und Joggern eifrig benutzt wurden, an jeder Seite des Kanals eine asphaltierte Fahrbahn für Autos, auf denen sogar geparkt werden durfte. Auch wer hier drei Autos besaß, musste keine Parkplatznot befürchten.

Georg war pünktlich. Um genau siebzehn Uhr klingelte er an Lenzens Pforte. Rosa war ganz aufgeregt. »Ob Onkel Josef mir wieder Schokolade gibt?«

Als Lenzen das Mädchen sah, stutzte er, fing sich aber sehr schnell wieder. »Das ist aber eine Überraschung, dich hier zu sehen. Ich wusste gar nicht, dass du mitkommst.«

»Heute ist Papawochenende«, sagte Rosa und sprang neugierig ins Haus hinein.

Georg hatte seine große Sporttasche mitgebracht. Er hatte keine Ahnung, wie groß ein Paket sein musste, das zweihundertfünfzigtausend Euro in bar enthielt. Er wollte auf Nummer sicher gehen.

Lenzen bat Georg ins Haus. Er führte ihn ins Wohnzimmer, das hinaus in den Garten zeigte. Trotz der großen Fenster war der Raum ziemlich dunkel.

Die Einrichtung war schlicht. Georg fand weder einen Fernseher noch eine Stereoanlage, aber ein Klavier. Im Zentrum des Raumes stand ein eichener Esstisch, der Platz für zwölf Personen bot. Zum Fenster hin war eine Sitzgruppe aus zwei schweren Ledersesseln und einer gewaltigen Ledercouch aufgebaut, davor ein Metalltisch, der mit einem Mosaik unter Glas geschmückt war. Das Motiv zeigte wohl den auferstandenen Jesus mit Maria Magdalena.

Lenzen bat Georg, sich zu setzen. »Darf ich Ihnen etwas anbieten? Wasser? Tee? Kaffee?«

»Bitte einen Kaffee«, sagte Georg.

Lenzen verließ das Zimmer.

Georg hörte aus dem ersten Stock Rosas helle Stimme und

eine traurige Frauenstimme, die ihr antwortete. Er verstand nicht, was sie sagten.

Lenzen kam zurück mit einem Tablett, auf dem zwei Tassen Kaffee und zwei Gläser mit Wasser standen.

»Nun, haben Sie in unserer Angelegenheit schon etwas erreicht?«, fragte Lenzen.

Georg nippte an seinem Kaffee. »Nein. Noch nicht.«

»Verstehe. Sie wollen erst das Geld …«

»Das ist es nicht. Ich hätte noch ein paar Fragen.«

»Bitte.«

»Woher kennen Sie meine Ex-Frau und meine Tochter?«

Lenzen stand auf und ging zu einem Schrank, der hinter dem Esstisch stand. Er holte ein Buch heraus, ein Fotoalbum.

»Hier. Sehen Sie sich das an.«

Lenzen hatte das Album irgendwo aufgeschlagen. »Toskana 2007« stand da, darunter und daneben Ferienfotos. Er erkannte Rita. Sie sah unverschämt gut aus in ihrem Minikleid. In der Mitte stand Rolf, ihr jetziger Freund. Waren die beiden schon so lange zusammen? Neben ihm eine junge Frau.

»Ist das Ihre Tochter?«

»Ja. Das ist Magdalena. Sie war mit Ihrer Frau, Ihrer Ex-Frau, befreundet. Sie kannten sich aus dem Tennisclub. 2007 sind sie gemeinsam in Urlaub gefahren. Es war der letzte Sommer, in dem Lena, wie soll ich sagen, noch normal und glücklich war. Ich wollte wissen, warum sie sich so verändert hat. Deshalb habe ich Kontakt zu Ihrer Ex-Frau aufgenommen. Ich wollte alles wissen über diesen Urlaub, alles, was ihr aufgefallen war. Leider konnte sie mir nicht wirklich weiterhelfen. Magdalenas Wandlung bleibt mir ein Rätsel.«

»Haben Sie meine Ex auch über mich ausgefragt?«

»Wir haben auch über Sie gesprochen.«

»Und, was hat Sie gesagt?«

»Beruflich wären Sie ein Ass.«

»Und sonst?«

»Mehr wollte ich nicht wissen.«

»Wie rücksichtsvoll von Ihnen.«

»Keine Ursache.«

»Ich bin mit meinen Fragen noch nicht am Ende. Wieso haben Sie diesen BMX-Riesen, nach dem ich und die Polizei suchen, abgeholt und versteckt?«

»Ich verstehe Sie nicht«, sagte Lenzen.

»Sie waren an der Kapelle der Piusbruderschaft und haben mit Ihrem Mercedes einen Mann abgeholt. Den BMX-Riesen, wie ich ihn immer genannt habe.«

»Ach, Sie meinen Lukasz. Lukasz Wisniewski. Das ist der Mann, den Sie suchen? Er ist einer der polnischen Arbeiter auf der Baustelle. Und er gehört zur Piusbruderschaft in Köln. Ich bin übrigens ebenfalls Mitglied des dritten Ordens der Piusbruderschaft, aber das haben Sie sicher schon herausgefunden.«

Georg nickte, obwohl ihm bewusst wurde, dass er gar nichts wusste.

»Lukasz rief mich an, ob ich ihn abholen könnte. Er hatte in der Kapelle irgendetwas repariert, was länger gedauert hatte. Er wollte zur Polizei. Herr Lobenau hatte ihn darüber unterrichtet, dass die Polizei ihn als Zeugen vernehmen wollte. Lobenau hatte zu tun, da habe ich Herrn Wisniewski mit meinem Wagen abgeholt und zum Polizeipräsidium gefahren. Unter Glaubensbrüdern hilft man sich. Und vielleicht hatte Lukasz, Herr Wisniewski, ja wirklich etwas gesehen, was der Polizei helfen kann.«

»Natürlich«, sagte Georg. Wieso aber hatte es für ihn so ausgesehen, als wäre Lukasz geflohen? Und wieso hatte ihm Chefredakteur Stein ausgerechnet den Auftrag erteilt, bei den Piusbrüdern zu recherchieren? Wusste der Alte etwas, von dem er, Georg, keine Ahnung hatte?

»Und dann haben Sie ihn also zum Polizeipräsidium gefahren?«

»Erst zum Polizeipräsidium, dann zum Rheinauhafen. Dort wartete Herr Lobenau auf ihn, der einen neuen Auftrag für Lukasz hatte.«

Lenzens Frau trat ins Zimmer, ganz in Schwarz gekleidet. Sie hatte Rosa auf dem Arm und sah traurig aus. Georg erschien sie sehr jung. Lena Lenzen war dreiundzwanzig Jahre alt, ihre Mutter sah aus wie ihre große Schwester. Wenn sie gesagt hätte, sie wäre sechsunddreißig, hätte er es sofort geglaubt. Lenzen war vierundvierzig, das wusste er. Wie alt mochte Martha Lenzen sein?

Sie setzte sich mit Rosa auf die Couch. »Am Montag ist die Beerdigung, Herr Rubin. Auf Melaten. Wir würden uns freuen.«

»Tante Martha ist traurig«, sagte Rosa und streichelte ihr die Tränen aus dem Gesicht.

»Wir haben noch etwas zu besprechen, Martha«, sagte Lenzen.

Die Frau erhob sich sofort und ging mit Rosa wieder hinaus.

»Haben Sie eine Idee, wie Sie mit dem Geld umgehen wollen?«, fragte Lenzen.

»Ich habe einen guten Freund, Franck von Franckenhorst, der wird das Geld für mich auf einem Konto einzahlen. Hoffe ich wenigstens. Er weiß noch nichts von seinem Glück.«

»Franckenhorst. Das ist auch so ein trauriger Fall. Sagen Sie Franck einen Gruß von mir. Ich hoffe, er hat inzwischen alles verkraftet.«

»Ja«, sagte Georg, »ich habe den Eindruck, dass es ihm gut geht. Er lebt in Ehrenfeld in einer ziemlich schrägen Wohngemeinschaft, gemeinsam mit Pennern und was weiß ich. Er hat seine soziale Ader entdeckt.«

»Dann passen Sie auf, dass er Ihre Viertelmillion nicht unter die Leute bringt.«

»Wird er schon nicht.«

»Na, dann wollen wir mal«, sagte Lenzen. Er ging wieder zu dem Schrank, aus dem er das Fotoalbum geholt hatte, und kam mit einem kleinen Paket zurück, nicht länger als ein kleines Taschenbuch, aber dicker, etwa so dick wie eine Hand.

»Bitte«, sagte Lenzen.

Georg nahm das Päckchen. »Sind das, sind das etwa zweihundertfünfzigtausend Euro?«

»Bitte, zählen Sie nach. Sie finden darin fünf Bündel à hundert Scheine, alles Fünfhunderter, macht zusammen zweihundertfünfzigtausend Euro. Alles druckfrisch.«

»Ich dachte, das wäre viel mehr. Ich habe extra meine Sporttasche …«

»Ja«, schmunzelte Lenzen, »ich hab's gesehen. Groß genug ist sie ja.«

Georg war fassungslos. Das Päckchen wog auch nicht viel mehr als ein Pfund. Und das waren zweihundertfünfzigtausend Euro, ein Vermögen.

»Ich denke, ich muss nicht nachzählen. Das wird schon in Ordnung sein. Wollen Sie eine Quittung?«

»Selbstverständlich. Hier, habe ich schon vorbereitet.«

Georg unterschrieb zwei DIN-A4-Blätter, auf denen er den Empfang von zweihundertfünfzigtausend Euro bestätigte. Als Grund für die Zahlung war »freiberufliche Beratung« angegeben.

»Können Sie das von der Steuer absetzen?«, fragte er.

»Weiß ich nicht. Das wird mein Steuerberater klären.«

»Das heißt, ich muss das Geld versteuern?«

»Ja, sicher. Wenn Sie gesetzestreu sind. Und wir tun hier ja nichts Verbotenes.«

Georg nickte. »Wie lange habe ich Zeit für den Auftrag?«, fragte er.

»Wenn Sie nicht zu spät kommen wollen, müssen Sie sich beeilen. Eine Woche? Einen Monat? Was halten Sie von Karfreitag? Spätestens Karfreitag erstatten Sie mir Bericht.«

»Einverstanden.« Georg verstaute das Päckchen in seiner Sporttasche und begrub es unter einem Handtuch. »Ich hätte da noch eine Frage: Ich soll einen Artikel über die Piusbruderschaft in Köln schreiben. Würden Sie mir dazu Auskünfte geben?«

»Das hat sich Stein ausgedacht, oder?«

»Ja, mein Chefredakteur. Sie kennen ihn?«

»Klar. Der will uns schon seit Jahren was anhängen. Und jetzt sollen Sie diesen Job erledigen? Das hat er sich fein ausgedacht. Fragen Sie mich, was Sie wollen. Aber Sie müssen mir eines zusagen.«

»Ja.«

»Dass ich Ihren Artikel vorher zu lesen bekomme. Ich will sicher sein, dass die wörtlichen Zitate, die Sie von mir bringen, auch das sind, was ich gesagt habe.«

»Ich bin ein seriöser Journalist«, sagte Georg.

»Ach was, Sie sind beim BLITZ. Die schreiben doch, was sie wollen. Wenn Sie wirklich seriös wären, hätten Sie sich längst was anderes gesucht. Außerdem: Jetzt kümmern Sie sich erst einmal um das Richter-Fenster.«

»Herr Lenzen, ich habe noch einen Wunsch. Ich möchte mir das Zimmer Ihrer Tochter noch einmal genauer ansehen.«

»Ich fahre Sie gerne wieder hin.«

»Danke. Aber ich möchte das lieber allein tun. Ganz ungestört und sorgfältig. Würden Sie mir den Schlüssel geben?«

»Wenn Sie meinen, dass Sie da noch was finden können, dann tun Sie es.«

21

Georg rief Franck an. »Ich muss dich dringend sehen. Heute noch.«

»Kein Problem. Komm mit zum Fußball. Der FC spielt heute Abend gegen Bielefeld. Das wird ein Fest nach dem Sieg letzte Woche gegen die Bayern. Ich habe Platz in meiner Loge. Menden kommt auch«, sagte Franck.

»Ich habe Rosa bei mir. Ich kann sie nicht allein lassen«, sagte Georg.

»Dann bring sie doch mit. Ich schicke dir die zwei Logentickets rüber und einen Parkausweis. Dann kannst du direkt in die Tiefgarage unterm Stadion fahren. Zufahrt von der Junkersdorfer Straße. Aber das weißt du ja alles.«

»Gut. Aber falls es nicht klappt, dann käme ich nach dem Spiel gerne bei dir vorbei. Wann bist du denn zu Hause?«

»Heute Nacht bin ich mit Christina am Brüsseler Platz verabredet. Da wollten wir mal ganz allein sein. Wenn es nicht Zeit bis morgen hat, musst du wirklich versuchen, ins Stadion zu kommen. Bis nachher.«

Zum Glück gab es Frau Odenthal. Ja, sie würde sehr gerne auf die kleine Rosa aufpassen. Wenn Herr Rubin noch arbeiten müsste. Außerdem sei Rosa ja so ein liebes Mädchen. »Ganz die Mutter«, schloss Frau Odenthal ihre Rede.

Hoffentlich nicht, dachte Georg. Aber er war froh über die Babysitterin aus der Nachbarschaft. Jetzt kam der schwierige Teil, würde Rosa auch einverstanden sein? Die junge Dame, so brav sie seit gestern Abend war, konnte ganz fürchterlich schreien, wenn ihr etwas nicht passte.

»Rosa«, sagte Georg und näherte sich vorsichtig.

»Ich weiß schon, was du willst«, sagte sie.

»Morgen, das verspreche ich dir, morgen machen wir was zusammen. Den ganzen Tag lang.«

»Darf ich fernsehen?«, fragte sie.

»Ja. Warum nicht.«

»Zu Hause darf ich fast nie fernsehen. Höchstens eine halbe Stunde.«

»Gut. Dann darfst du heute mal ...«

»Eine Stunde?«, rief sie.

»Ja, gut. Eine Stunde. Frau Odenthal, haben Sie gehört? Rosa darf eine Stunde lang fernsehen.«

Die Nachbarin nickte nur. Ihr war viel wichtiger, dass der Kühlschrank nicht gut gefüllt war. »Herr Rubin, Sie müssen doch was essen. Kochen Sie eigentlich nie richtig?«

»Keine Zeit, Frau Odenthal. Ich geh essen. Meistens.«

»Und was soll die Kleine kriegen?«

»Pommes frites, Pommes frites«, rief Rosa. »Und Fischstäbchen. Die krieg ich immer von Papa.«

»Da wird man doch krank von. Ich mach dem Kind mal was Ordentliches.«

»Danke, Frau Odenthal«, sagte Georg.

»Und du«, sagte er zu Rosa, »mach Frau Odenthal keinen Kummer. Ich hab dich lieb.«

Im Stadion herrschte beste Stimmung. Der 1. FC Köln krebste zwar, wie immer in den letzten Jahren, in der unteren Tabellenhälfte rum, aber letztes Wochenende hatte man in München gewonnen. Ein Sieg bei den Bayern, für die Kölner war das der Ersatz für eine deutsche Meisterschaft. Dumm nur, dass man vor ein paar Jahren schon einmal bei den Bayern gewonnen hatte – und danach abgestiegen war. Aber heute dachte daran niemand. Mit Christoph Daum war der Messias als Trainer zurück, mit Lukas Podolski würde zur neuen Saison auch der verlorene Sohn wieder für Köln spielen.

Franck hatte eine der VIP-Logen im RheinEnergiestadion gemietet. Georg war schon ein-, zweimal dort gewesen. Auf dem Weg nach oben traf er Konrad Berger, den Junior-Verleger. Der Verlag hatte natürlich auch eine Loge im Stadion, Konrad war sogar Mitglied des Verwaltungsrates des Clubs, in dem ansonsten Sponsoren und der Oberbürgermeister vertreten waren.

Der OB hatte seinen Stadion-Stammplatz im Windschatten von Präsident Wolfgang Overath und dessen Anhang.

Francks Loge lag sehr zentral fast auf Höhe der Mittellinie. Der Raum war nicht sehr groß, bot Platz für zehn Personen. Eine Hostess kümmerte sich um das leibliche Wohl, tischte Speisen auf, sorgte für Getränke. In der Loge lief auf einem Fernseher die Direktübertragung des Spiels.

Vor der Glaswand, die die Loge vom Stadion trennte, waren zehn Sitzplätze für die Logenbesucher reserviert. Der VIP-Bereich war traditionell die Stimmungsbremse im Stadion, an der so manche La Ola zerbrach.

Heute Abend waren nur private Freunde von Franck da, seine Freundin Christina, seine Schwester Miriam mit Kommissar Gerald Menden, der einbeinige Jean und Jakob, der alte Butler, an diesem Abend außer Dienst und in Zivil.

Das Stadion sang die FC-Hymne:

»Mer schwöre dir he op Treu un op Iehr:
Mer stonn zo dir, FC Kölle.
Un mer jon met dir, wenn et sin muss, durch et Füer.
Halde immer nur zo dir, FC Kölle!«

Franck versorgte Georg mit Fanmütze und Fanschal und beorderte ihn nach draußen. »Los. Mitsingen. Das ist das Beste vom Spiel.«

Die fünfzigtausend Fans hielten ihre FC-Schals stolz gen Himmel und sangen inbrünstig laut, als hinge davon das Seelenheil ab. Der Text stammte von den Höhnern, einer Kölner Karnevalskapelle. Die Musik war von der schottischen Volksweise »Loch Lomond« entliehen, aber das änderte nichts daran, dass die Kölner das Lied zu ihrer Fußballhymne erkoren hatten. Die Kölner waren schon immer gut darin, sich Fremdes zu eigen zu machen.

Georg fühlte sich nicht wohl. Er hatte den Umschlag mit den zweihundertfünfzigtausend Euro in einer Außentasche seiner Lederjacke verstaut. Sie war zwar mit Reißverschluss und Klettband doppelt gesichert, aber im Fußballgedränge konnte so viel passieren. Er hätte das Geld nicht mitnehmen sollen. Aber er konnte es ja auch nicht zu Hause bei der neugierigen Frau Odenthal lassen.

Das Match begann und entwickelte sich zu einem Grottenkick. Da spielten zwei potenzielle Absteiger gegeneinander. Nicht zum Aushalten.

Georg brauchte nicht viel Überredungskunst, Franck in die Loge zu locken. »Du musst mir helfen. Ich habe das Geld.«

»Was für Geld?«

»Lenzen. Hab ich dir doch erzählt.«

»Wie viel?«

»Alles.«

»Glückwunsch.«

»Ich hab es bei mir.«

»Du bist völlig verrückt.«

»Ich wollte es dir geben.«

»Was soll ich damit?«

»Franck, unterbrich mich nicht immer. Hilf mir. Ich kann doch nicht mit fünfhundert Fünfhundert-Euro-Scheinen zur Sparkasse gehen und das auf mein Konto einzahlen. Die rufen sofort die Polizei. Wenn du ein Konto eröffnest …«

»Ach, das meinst du. Klar. Kann ich machen. Jetzt ist Freitagabend, vor Montag früh geht da nichts.«

»Hast du keinen Safe zu Hause?«

»Doch. Am Brüsseler Platz.«

»Dann nimm das Geld. Hier.«

»Ist mir zu gefährlich. Komm mit. In die Garage.«

Sie gingen durch den VIP-Bereich mit seinen Bars, die gut umlagert waren, obwohl die erste Halbzeit noch lief. Der Lift führte in die Tiefgarage, wo Franck seinen BMW geparkt hatte. Georg gab ihm das Paket, Franck räumte seinen Erste-Hilfe-Kasten leer und steckte das Geld hinein. Mit Pflaster und Mullbinden wurde das Paket zugedeckt, was nicht mehr hineinpasste, wickelte er in eine orangefarbene Warnweste ein.

Franck schaute, ob sie beobachtet wurden. Niemand zu sehen. Aus dem Stadion schallte Jubel.

Als sie wieder in der Loge erschienen, stand es 1:0, Petit, ein Portugiese mit französischem Namen, hatte für die Kölner getroffen. Sprechchöre feuerten die Kölner an. Die Fans, auch die männlichen, sangen:

»Denn mer sin kölsche Mädcher,
han Spetzebötzjer aan.
Mer lossen uns nit dran fummele,
mer lossen keiner dran.«

Georg sang mit, obwohl er nie verstanden hatte, wieso ausgerechnet dieser Karnevals-Oldie zum Fußballhit geworden war. Aus der Nachbarloge winkte ihm Junior-Verleger Konrad Berger zu. Auch Junior sang das Lied vom Spitzenhöschen.

Die Stimmung kippte kurz vor der Halbzeit. Kölns slowenischer Verteidiger Brecko führte den Ball in der eigenen Hälfte, hatte fünf freie Mitspieler zur Auswahl, aber er wollte die Kugel über fünfunddreißig Meter zu seinem Keeper zurückspielen. Richtig dumm bei dieser Idee war, dass dazwischen noch der brasilianische Kollege Geromel stand, dem er das Ding ans Schienbein ballerte. Die Kugel rollte quer vor dem 16er entlang, Katongo, Bielefelder Stürmer aus Sambia, erkannte die Situation sofort und zog den Ball ins lange Eck vorbei an Kölns kolumbianischem Keeper Mondragón. Eines der dämlichsten Gegentore der Bundesligageschichte.

Nach der Halbzeitpause blieben Franck, Gerald und die anderen in der Loge. Was sie zu besprechen hatten, war allemal interessanter als das Geschehen auf dem Rasen.

Gerald berichtete vom Stand der Ermittlungen. »Wir kennen jetzt die Todesursache: Lena ist erdrosselt worden. Das Verbrennen, das Messer, alles Inszenierung. Der Fundort war nicht der Tatort. Als Georg sie gefunden hat, war sie bereits fünf bis zehn Stunden tot. An ihrem weißen Kleid haben wir deutliche Erdspuren gefunden, eine Mischung, wie sie im Baumarkt als Gartenerde verkauft wird. Das Interessanteste kommt aber noch: Wir wissen, wo Lena Lenzen im letzten Jahr war. Sie war nicht, wie Lenzen erzählte, in Neuseeland. Sie war in Pakistan. Wir haben Hinweise, dass sie zum Islam übergetreten ist oder mindestens übertreten wollte. Sie hat es sich dann aber wohl anders überlegt.«

»Was meinst du mit Pakistan? War sie dort in einem Terrorcamp?«, fragte Georg.

»Unsere Geheimdienste halten das für die wahrscheinlichste Version. Es gibt Hinweise.«

»Und wieso glaubt ihr, dass sie es sich anders überlegt hat? Vielleicht ist sie nur zurückgekehrt, um hier einen Anschlag vorzubereiten.«

»Sie ist nach ihrer Rückkehr von sich aus zur Polizei gegangen und hat eine ausführliche Aussage gemacht. Dadurch sind wir überhaupt erst auf sie aufmerksam geworden. Warum hätte sie das tun sollen, wenn sie einen Anschlag plante? Nein, ihre Abkehr vom Islam war echt. Sie wollte sich da als Frau nicht so unterordnen.«

Miriam, Francks Schwester, meldete sich zu Wort: »Das kann ich mir lebhaft vorstellen. Lena hat schon immer gegen ihren Vater aufbegehrt. Lenas Vater ist erzkatholisch. Er gehört irgendeiner Sekte an, glaube ich.«

»Der Piusbruderschaft«, ergänzte Georg.

»Das war der Horror bei denen zu Hause«, sagte Miriam. »Wir waren Klassenkameradinnen auf dem Gymnasium. Ich glaube, ich war die Einzige, die zu ihr nach Hause durfte. Ihre Eltern haben sogar versucht, mich zu missionieren.«

»Du und streng katholisch«, flachste Franck, »da sind die Lenzens sicher gescheitert.«

»Ich erinnere mich noch gut an eine Predigt, die mir Lenas

Vater gehalten hat. Ich dachte immer, die Zehn Gebote seien genug, aber bei den Lenzens kamen noch jede Menge anderer Gebote dazu:

Jeden Morgen und jeden Abend musste gebetet werden.

Jeden Tag musste der Rosenkranz gebetet werden.

Jeden Tag sollte sie zur Messe gehen, und es musste die lateinische Messe sein.

Alle zwei Wochen zur Beichte.

Alle zwei Jahre Exerzitien.

Totales Fernsehverbot.

Enthaltung von jeder unanständigen Lektüre.

Übung der Mäßigkeit, was auch immer das bedeuten sollte.«

Franck wunderte sich: »Miriam, das hast du alles behalten? Das ist doch Jahre her.«

»Bruderherz, du hast es vielleicht nicht mitbekommen, aber ich habe sogar ein paar Wochen lang versucht, diese Regeln einzuhalten. In den Schulpausen habe ich mit Lena gemeinsam gebetet. Lena hatte beim Direktor die Erlaubnis eingeholt, einen Klassenraum für die Gebete nutzen zu können. Und dann haben wir Aushänge gemacht und andere zum Mitbeten eingeladen.«

»Wie alt wart ihr da?«, fragte Georg.

»Ich denke, wir waren in der Zehn oder Elf. Also etwa sechzehn Jahre alt.«

»Und wie lange ging das so?«

»Nicht lange. Vielleicht drei Monate. Dann kam Lena eines Tages heulend an und sagte, das sei alles gelogen, was ihre Eltern über ihren Glauben erzählten. Sie wären selbst die größten Heuchler.«

Miriam trank einen Schluck Wasser. »Mir war das ganz recht. Ich hatte ohnehin Probleme, so fromm wie sie zu tun. Ich hatte auch kein Problem damit, das Leben sofort wieder richtig zu genießen, mit allem, was dazugehört. Lena wurde dann auch viel lockerer, aber tief im Innern war sie wohl noch immer sehr religiös.«

»Hat sie irgendwann mal etwas erzählt, warum sie ihre Eltern für Heuchler hielt?«

»Nicht direkt. Aber ich habe da meine Theorie. Der alte Lenzen hatte ihr absolut verboten, mit Jungen auch nur zu reden. Schon Gucken galt als unkeusch oder was weiß ich. Die Frau müsse sich für die Ehe aufsparen. Dieser ganze Quatsch. Und irgendwann ist Lena drauf gekommen, dass ihre Mutter höchstens siebzehn Jahre alt gewesen sein kann, als ihr Vater sie geschwängert hat. Geheiratet haben sie zwei Wochen vor der Geburt. Lenas Mutter war da gerade achtzehn, ihr Vater war einundzwanzig. Einmal hat Lena mir gesagt, dass sie ihre Eltern verpetzen würde, wenn sie sie weiter so traktierten. Seit dieser Zeit jedenfalls ließ sie sich von ihren Eltern nichts mehr sagen, schon gar nicht, was sie zu glauben und wie sie zu leben hätte.«

Franck nahm Miriam in den Arm. »Schwesterlein, soll ich dir ein Kloster kaufen?«

»Lass den Unsinn, Franck. Lena ist tot.«

»Gerald«, mischte sich Georg ein, »wenn Lena in Pakistan war, wenn sie sich vom Islam losgesagt hat, wenn sie euch über ihren Aufenthalt dort erzählt hat, schwebte sie dann hier nicht in höchster Lebensgefahr? Habt ihr sie beschützt?«

»Sie hat nicht wirklich viel erzählt. Sie hat niemanden verraten. Sie hat uns einmal bestätigt, was wir ohnehin wussten, als sie einen islamischen Kämpfer als Deutschen wiedererkannt hat. Das war alles.«

»Und ihr habt sie also nicht beschützt?«

»Sie sagte, das sei nicht nötig.«

»Und damit wart ihr zufrieden?«

»Nein.«

»Was, nein?«

»Sie wurde nicht beschützt, aber überwacht.«

»War das zulässig?«, fragte Christina Brandt, Francks Freundin und Rechtsanwältin.

»Wir hatten eine richterliche Genehmigung eingeholt, Frau Rechtsanwältin«, sagte Menden.

»Was heißt überwacht in diesem Fall?«, fragte Georg.

»Das Übliche. Computer. Bankkonto. Telefon.«

»Das heißt, ihr wisst längst, wer die Mörder sind?«

»Leider nein. Sie war sehr vorsichtig. Wir haben kaum brauchbares Material.«

»Habt ihr was über das Richter-Fenster gehört?«, insistierte Georg.

»Ach, diese Geschichte. Ja. Darüber hat sie oft gesprochen. Wirres Zeug. Sie war deswegen sogar einmal persönlich auf dem Präsidium und hat uns ihre Theorie vorgestellt. Aber da ist nichts dran. Wir haben das überprüft. Es ist völlig unmöglich, dass das Bild manipuliert worden sein könnte. Das ist auch der Grund, warum wir die Presse gebeten haben, dieses Detail nicht mehr zu erwähnen.«

»Und was ist jetzt? Sie wurde ermordet? Bekommst du da gar keine Zweifel, dass die Behörden vielleicht etwas unterlassen haben?«

»Nein. Was willst du überhaupt damit sagen? Ich habe sie jedenfalls nicht umgebracht. Natürlich ermitteln wir auch in diese Richtung. Aber es sieht so aus, dass sie seit ihrer Rückkehr keinerlei Kontakt mehr zu islamischen Freunden hatte.«

Im Stadion wurde es noch einmal laut, als das Spiel abgepfiffen wurde. Es war beim 1:1 geblieben, sie hatten nichts verpasst.

»Mit wem hatte sie denn dann Kontakt?«, fragte Georg.

»Sie lebte sehr zurückgezogen. Sie hielt Kontakt zu ihren Eltern. Einigen Kollegen in der Firma ihres Vaters. Sie war manchmal auf der Baustelle. Sie hat mal eine Einladung zum Abendessen von diesem Herrn Lobenau angenommen. Die beiden haben anschließend getrennt geschlafen. Das war es schon. Ein ziemlich langweiliges Leben.«

»Vielleicht führte sie zwei Leben?«, sagte Franck.

»Was ist mit den Spuren vom Tatort? Was wisst ihr über das Messer? Ihre Kleidung? Welche Spuren auch immer.«

»Wir haben nichts wirklich Entscheidendes. Das Messer war ein Allerweltsmesser, wie es leider überall zu kaufen ist. Fingerabdrücke gab es nicht. Die Kleidung gehörte wirklich Lena Lenzen. Wir haben leider überhaupt keine Aussagen darüber, wie die Leiche an den Aachener Weiher gekommen ist. Es steht jedenfalls fest, dass sie dort nicht ermordet worden ist. Das muss einige Stunden früher und an einem anderen Ort geschehen sein.«

»Ich denke, ihr habt sie überwacht?«, sagte Georg.

»Aber doch nicht Tag und Nacht.«

»Was ist mit ihrem Handy?«

»Haben wir überprüft.«

»Und?«

»Es lag bei ihr zu Hause. Ausgeschaltet. Es ist seit Rosenmontag nicht mehr benutzt worden.«

»Apropos Handy«, rief Georg, »was ist mit dem Handy von Kathrin Wagner? Habt ihr da irgendetwas unternommen? Wieso hat die Polizei keine Suchmeldung rausgegeben?«

»Wir haben keinen Hinweis auf ein Verbrechen. Frau Wagner ist erwachsen, sie kann hingehen, wo sie will.«

»Keinen Hinweis auf ein Verbrechen? Sie ist Zeugin im Mordfall Lena Lenzen. Ihr müsst da doch was unternehmen.«

»Reg dich ab, Georg. Wir tun, was wir können. Aber der Hinweis auf ihr Handy ist eine Möglichkeit. Hast du ihre Nummer?«

»Ja. Hier.«

»Ich lass das sofort überprüfen«, sagte Menden.

Die Hostess in der VIP-Loge räumte Teller und Gläser ab. Franck gab ihr ein großes Trinkgeld.

»Waidmarkt«, sagte Menden ins Telefon. »Seid ihr sicher?«

Der Kommissar wandte sich wieder an Georg und Franck: »Das ist merkwürdig. Kathrin Wagners Handy ist wie vom Erdboden verschluckt. Das letzte Gespräch, das sie geführt hat, war gestern Mittag um zwölf Uhr vierunddreißig mit Frau Herfurth.«

»Die beiden wollten sich um ein Uhr am Stadtarchiv treffen«, sagte Georg.

»Ja. Das kommt hin. Das Handy wurde danach auch nicht ausgeschaltet. Wir haben seine Spur bis zum Waidmarkt. Das letzte Signal kam um zwölf Uhr fünfzig.«

»Aber dann war sie ja fast am Ziel«, sagte Georg.

»Ja. Um genau zu sein: Das Handy war am Waidmarkt. Ob Frau Wagner auch dort war, wissen wir natürlich nicht. Aber wir können es annehmen.«

»Und«, sagte Georg, »was schließt du daraus? Was wollt ihr unternehmen?«

»Ich schließe erst einmal nur, dass das Handy ausgeschaltet wurde. Es gibt Menschen, die so etwas tun. Ich weiß, Georg, dass du nicht zu dieser Spezies zählst. Aber es gibt Menschen, die ohne Telefon leben können.«

»Hör auf, Gerald. Kathrin war auf dem Weg zu Sandra. Sie war nicht im Konzertsaal, sie war nicht im Restaurant. Sie war draußen unterwegs. Da lässt man sein Handy an. Vielleicht stellt man es stumm und auf Vibrationsalarm, falls man jemanden trifft, mit dem man sich ungestört unterhalten will. Aber man schaltet das Handy nicht ab.«

»Ich denke, dass du recht hast«, sagte Menden.

»Na also. Und was willst du unternehmen?«

»Noch einmal vor Ort fragen, ob sie jemand gesehen hat. Auf der Baustelle. In der Schule gegenüber. Vielleicht auch Sandras Kollegen im Stadtarchiv. Die Kollegen von der Telefonüberwachung haben etwas Komisches gesagt, worauf ich mir keinen Reim machen kann. Das Signal des Handys sei nicht abrupt beendet worden, sondern es sei schwächer und schwächer geworden. Nicht der Normalfall jedenfalls.«

»Das klingt, als ob der Akku keinen Saft mehr hatte«, meldete sich Miriam.

»Ja. Das wäre eine Möglichkeit«, sagte Gerald.

»Dann bleibt uns also nichts anderes, als noch einmal vor Ort zu fragen.«

»Halt mich auf dem Laufenden«, sagte Georg.

Menden nickte.

»Kommt ihr Sonntagabend zu meiner Party?«, fragte Franck.

»Was gibt es denn zu feiern?«, sagte Georg.

»Ich habe ein Bild gekauft, das ich am Sonntagabend feierlich enthüllen wollte. Georg hat mich da auf eine Idee gebracht.«

»Ich?«

»Ja. Du. Es ist ein Bild von Gerhard Richter. Der Künstler hat versprochen, am Abend dabei zu sein. Vielleicht bist du interessiert, ihn kennenzulernen?«

»Und ob. Ich habe aber Dienst beim BLITZ. Vor neun Uhr werde ich da nicht rauskommen.«

»Gut, dann plane ich die Enthüllung des Kunstwerkes für zehn Uhr abends.«

»Was hat dich das Bild denn gekostet? Richters Werke sind doch unglaublich teuer.«

»Was heißt gekostet? Ich sehe das eher als Geldanlage. Richter notiert auf dem Kunstmarkt sehr stabil. Und wenn es mit der Wirtschaft wieder bergauf geht, dann steigen die Preise seiner Werke auch wieder an. Insgesamt hat sich Richter in den letzten Jahren am Markt viel besser entwickelt als der DAX. Mach dir um mein Vermögen keine Sorgen. Ich muss mich schon sehr bemühen, mehr Geld auszugeben, als ich verdiene. Da darf es auch schon mal ein Gerhard Richter sein.«

Jean, der einbeinige Krüppel, hatte bisher nur zugehört. Plötzlich sagte er vernehmbar laut: »Kapitalistenschwein.«

»Meinst du mich?«, fragte Franck.

»Fühlst du dich angesprochen? Nein. Ich meine diesen Lobenau.«

»Was weißt du von diesem Lobenau?«, fragte Georg.

»War es nicht deine Idee, dass ich und meine Freunde sich um den Mann kümmern sollten? Haben wir getan. Und jetzt möchte ich endlich loswerden, was wir herausgefunden haben, nachdem hier jeder seinen Senf absondern durfte.«

Jean war schlecht gelaunt und setzte sich auf den Tisch in der VIP-Loge.

»Red schon«, sagte Franck.

»Kurzfassung oder Langfassung?«, fragte Jean.

»So kurz wir möglich, so lang wie nötig«, sagte Georg, »alte Journalistenregel.«

»Gut. Dann also kurz. Menden hat vom Stadtarchiv aus bei Franck angerufen und gebeten, ob ich und meine Pennerkollegen ein Auge auf Lobenau haben könnten. Das haben wir getan. Franck war so großzügig, uns allen Taxis zu bezahlen. Hast du der Taxi-Zentrale auch noch was bezahlt?«

»Klar«, sagte Franck. »Taxifahrer kann man immer gebrauchen.«

»Lobenau wohnt im Interconti. Dort in der Tiefgarage parkt er auch eines seiner Autos, einen dunkelblauen Audi A6. Nachdem ihr die Baustelle verlassen hattet, ist Lobenau ziemlich zügig auf seinem Hotelzimmer verschwunden. Vom Waidmarkt bis zum Interconti sind es ja nur ein paar Meter.«

»Du musst uns nicht den Kölner Stadtplan erklären«, sagte Franck.

»Wenn ich aufhören soll …«

»Mach weiter«, sagte Georg.

»Lobenau ist eine halbe Stunde später mit seinem Audi auf Stadtfahrt gegangen. Ziel: Hahnwald. Das Haus von Burkhard Röbel. Professor Dr. Burkhard Röbel.«

»Der Bundestagsabgeordnete?«, fragte Menden.

»Ist der nicht gerade von seinen Ämtern zurückgetreten?«, fragte Georg.

»Eine richtige Luxusvilla. Mauer drum herum. Kapitalistenburg. Lobenau ist da gut anderthalb Stunden geblieben. Röbel hat ihn persönlich vor der Tür verabschiedet. Die beiden schienen gute Geschäfte miteinander gemacht zu haben.«

»Wie kommst du darauf?«

»Ich hatte den Eindruck.«

»Und, weiter.«

»Lobenau fuhr dann – viel zu schnell – auf die Rheinuferstraße Richtung Innenstadt und steuerte das Parkhaus unter dem Rheinauhafen an. Er parkte seinen Audi und ging zu Fuß weiter bis zum Ausgang zu den Museen. Schokomuseum und Sportmuseum. Dort wartete er. Wenig später fuhr ein dicker schwarzer Mercedes vor. Lenzen saß am Steuer. Ein sehr großer Mann zwängte sich aus dem Wagen, vermutlich Georgs BMX-Riese. Lenzen fuhr allein weg. Lobenau und dieser Riese nahmen nicht das Auto, sondern gingen zu Fuß zurück. Irgendwo am Kap am Südkai stiegen sie nach oben. Da haben wir ihre Spur verloren.«

»Lobenau und Röbel. Was hat ein schwäbischer Bauleiter mit einem Kölner Politiker zu tun?«, sinnierte Menden.

»Röbel ist nicht nur Politiker. Der ist Rechtsanwalt, Unternehmer, einer der gewieftesten Strippenzieher im Lande«, sagte Franck. »Es gibt wahrscheinlich kein Geschäft, in dem er nicht seine Finger drin hat. Unglaublich, woran der überall mitverdient. Am Messeneubau. Am Flughafen. Angeblich wollte er den Kölner Flughafen an die Frankfurter verscherbeln. Dann hat er einen Millionen-Beratervertrag mit der Sparkasse, für den er, wie Betriebsprüfer feststellten, aber keinerlei Gegenleistung erbrachte. Alles hochverdächtig. Aber Röbel ist noch nie irgendetwas Verbotenes nachgewiesen worden.«

»Aber seine Partei hat ihn abgesägt«, sagte Georg.

»Quatsch, abgesägt«, sagte Franck. »Röbel war längst wieder als Kandidat für die Bundestagswahl im Herbst aufgestellt. Er ist zurückgetreten, weil der Beratervertrag mit der Sparkasse seine Partei ins Gerede gebracht hat. Außerdem gab es ja noch die Affäre um Röbels guten Freund, den Vizebürgermeister. Der hatte auch einen Beratervertrag, fürs Nichtstun, und für diesen Beratervertrag wurde sogar die Sparkasse Düsseldorf eingespannt, die das Geld an den Vize auszahlte und es sich dann von der Kölner Sparkasse wieder zurückholte. Das gab alles schlechte Schlagzeilen. Dieses Jahr sind vier Wahlen: Europawahl, Kommunalwahl, Neuwahl des Oberbürgermeisters und im Herbst die Bundestagswahl. Und im nächsten Frühjahr wird der Landtag gewählt. Und da hat Röbel ihnen den Gefallen getan.«

»Sollte er nicht sogar aus der Partei ausgeschlossen werden?«, fragte Menden.

»Ja«, sagte Franck. »Aber der Kreisvorstand hat den Antrag nicht einmal angenommen. Röbel ist immer noch ein mächtiger Strippenzieher. Und, wie gesagt, dem Mann ist trotz aller Affären noch nie wirklich etwas Strafbares nachgewiesen worden. In der Müllaffäre sah es lange schlecht für ihn aus, aber das Verfahren wurde gegen eine Geldauflage von fünfundvierzigtausend Euro ohne Schuldfeststellung eingestellt.«

»Wahrscheinlich, weil die Kölner Justiz ihrem Juristenkollegen Röbel nichts Böses will. Hier jagt man eher die Penner vom Friedhof, als dass man sich um Betrüger und korrupte Politiker kümmert, die sich mit Steuergeldern die fette Wampe mästen«, empörte sich Jean. »Ich sag dir, überall, wo öffentliche Aufträge vergeben werden, wird geschmiert und betrogen. Warum wird das denn immer doppelt so teuer wie geplant? Weil man die

Schmiergelder noch obendrauf legen muss. Und weil man noch die Schmarotzer und Schnarcher von Politikern bezahlen muss, die in den Vorständen oder Aufsichtsräten der Unternehmen untergebracht und bezahlt werden müssen. Und weil man natürlich auch die noch bezahlen muss, die wirklich die Arbeit machen. Das kostet. Aber mit uns kann man's ja machen. So blöd, wie dieses Volk ist. Regt sich über ein paar arme Hartzer auf, die zehn Euro zu viel bekommen, und bejubelt oder wählt sogar die Gauner, die Milliarden Staatsknete abzocken und sich dafür noch als Wohltäter feiern lassen. Röbel hat doch bestimmt das Bundesverdienstkreuz. Wie viel muss man denn verdient haben, um das zu bekommen?«

Jean hatte sich in Rage geredet. Die Tür zur VIP-Loge stand offen, von draußen schauten neugierige Gesichter herein, eines der Gesichter gehörte Junior-Verleger Konrad Berger. Er grüßte freundlich, als er Georg erkannte. »Ich höre, Stein hat Ihnen ein paar Tage freigegeben. Ich hoffe, Sie genießen das. Heute Abend das Spiel war ja nicht so besonders. Aber wir kriegen das schon hin.«

Georg fragte sich, was Junior meinte mit »Wir kriegen das schon hin«. Den 1. FC Köln? Die Zeitung? Seine Abmahnung? Bevor er etwas sagen konnte, war Junior verschwunden.

22

Lukasz wartete bis neun Uhr abends, ehe er sich aus dem Haus am Rheinauhafen schlich. Am Ubierring stieg er in die U-Bahn Richtung Innenstadt. Irgendwann würde »seine« U-Bahn diese Linie ersetzen. Fast eine Milliarde Euro ließen sich die Kölner den Neubau kosten, aber dann sollte die U-Bahn wenige Meter vor der viel befahrenen Rheinuferstraße wieder aus der Erde kommen, womit ein Dauerstau von Bahn und Autos so sicher wie das Amen in der Kirche war.

Wenn man den Tunnel ein paar Meter weiter unter der Rheinuferstraße durchführte, wäre das Problem gelöst. Das würde ein paar Millionen mehr kosten, aber der U-Bahn-Bau ergäbe wenigstens einen Sinn. So produzierte man für eine Milliarde Euro systematisch den täglichen Stau. Wer so etwas plante, musste daran unglaublich verdienen und darauf hoffen, durch die spätere Reparatur noch einmal richtig absahnen zu können.

Wie viel verdiente Carlo an dieser U-Bahn? Irgendwann abends hatte er neben Lukasz am Rhein gesessen und den Schiffen nachgeschaut. »Lukasz«, sagte er, »schau dir gut an, wie das in Deutschland läuft. Dann wirst du in Polen irgendwann ein reicher Mann.«

Lukasz verstand ihn nicht, aber Carlo erklärte es ihm: »Wenn du ein Unternehmen hast, musst du vor allem sehen, dass du an öffentliche Aufträge kommst. So was wie den U-Bahn-Bau. Oder Flughäfen. Oder Messen. Das sind immer sehr teure Projekte. Und da sie aus Steuermitteln bezahlt werden, kümmert sich nie jemand wirklich darum, ob das nicht auch günstiger geht. Die Firmen, die sich bewerben, wissen genau, was sie zu tun haben. Sie planen vergleichsweise preiswert, sagen wir, nur doppelt so teuer, wie es sein müsste. Alles kein Problem, der Steuerzahler hat's ja. Wenn man den Auftrag hat, wird alles noch einmal doppelt so teuer. Da kannst du dir alle öffentlichen Projekte ansehen, das ist in Deutschland inzwischen akzeptiert wie ein Naturgesetz. Das macht am Ende ungefähr drei Viertel Profit und ein Viertel echte Ausgaben. Da bleibt ganz schön was hängen, von den schönen Spesen mal ganz abgesehen. Klar, dass man davon etwas abgeben muss. An Politiker, Beamte, Anwälte, Mitwisser aller Art. Und an Menschen wie mich, die so etwas einfädeln, die Kontakte herstellen, Geld überbringen und ohne die das alles so nicht laufen würde.«

»Aber«, sagte Lukasz, »ist das nicht Diebstahl? Erpressung? Betrug? Sünde?«

»Ach Lukasz«, sagte Carlo, »ich tu das doch nicht für mich. Ich tu das doch für unser großes Ziel. Für den Triumph unseres Glaubens. Amen.«

»Amen«, sagte auch Lukasz. Aber durfte man für den Glauben sogar morden? Warum war Lena getötet worden? Ja, sie war abtrünnig geworden, aber sie war doch keine Sünderin. Sie war zurückgekehrt. Sie glaubte an denselben Gott und die Jungfrau Maria. Sie sah so unschuldig aus, als er sie auf dem Hügel über dem Aachener Weiher dem Feuer übergab.

Zweifel überfielen Lukasz. War Kathrin, die in seiner Höhle lag, nicht auch unschuldig? Am Rudolfplatz stieg er um in eine Bahn bis zum Heumarkt, von da ging er zu Fuß weiter. An einem Kiosk kaufte er ein paar Flaschen Wasser, etwas Brot und Käse und eine Tafel Schokolade.

Die Baustelle am Waidmarkt lag dunkel da in diesem ziemlich toten Viertel. Lukasz wusste, wie er alle Sperranlagen umgehen konnte. Er holte Helm und Taschenlampe aus seinem Rucksack und stieg hinab in die Tiefe.

Lukasz fand den Eingang zu seiner Höhle unverändert vor, niemand hatte versucht, das Gerümpel wegzuräumen, mit dem er den Eingang versperrt hatte. Es war dröhnend still in der Tiefe, man hörte das Surren der Pumpen und das Rauschen des Wassers.

Kathrin lag regungslos auf der Matratze. Lukasz überfiel die Angst, sie könnte gestorben sein. Er nahm ihre Hand und war froh, als er den Puls fühlte. Er riss ihr das Klebeband von den Lippen. Sie schrie auf, schreckte hoch, sog dann die Luft ein, als habe sie vierundzwanzig Stunden lang nicht atmen dürfen, weinte und schlang dann sogar ihre Arme um Lukasz' Hals.

»Danke«, hauchte sie.

Lukasz löste ihre Fesseln. Kathrin reckte sich, sie versuchte aufzustehen, ihre Beine versagten. Sie fiel zurück auf die Matratze.

Lukasz öffnete eine Flasche Wasser und gab sie ihr. Kathrin nahm einen Schluck, dann begann sie, sich mit dem Wasser zu waschen. Kathrin sah in der Ecke einen Eimer stehen.

»Wie heißt du?«, fragte sie.

»Lukasz.«

»Bitte, gib mir den Eimer und schau weg.«

Lukasz tat, was sie wünschte.

Sie begann sich auszuziehen. Lukasz ahnte, was sie vorhatte, und drehte sich um zum Bild der Muttergottes.

Kathrin warf ihre Jeans und ihren Slip auf den Boden und wickelte sich in eine Decke ein. »Ich brauche etwas zum Anziehen«, sagte sie.

Er überlegte. Er konnte Kathrin einen Blaumann holen, wie ihn die Kollegen während der Arbeit trugen. Sein eigener wäre viel zu groß für sie. Welcher Spind wäre offen? Konnte er riskieren, nach oben zu gehen und sie allein hier unten zu lassen? Würde sie fliehen? Aber wollte er sie nicht ohnehin freilassen? Dann könnte er sie doch mit nach oben nehmen.

»Ich will dir nichts Böses tun«, sagte er. »Aber ich habe Angst, dass du mich verrätst.«

»Ich werde dich nicht verraten«, sagte Kathrin. »Ich verspreche es dir.«

»Hier, ich habe etwas zu Essen mitgebracht«, sagte er und gab ihr die Schokolade, das Brot und den Käse. Kathrin nahm die Schokolade, aß die Tafel zur Hälfte auf, brach einen Riegel ab und gab ihn Lukasz.

»Danke«, sagte er. »Ich könnte dir etwas zum Anziehen holen. Du musst hier warten und darfst nicht fort. Es würde dir sowieso nichts helfen. Du kommst hier nicht raus. Ich würde dich immer finden. Wenn du hier auf mich wartest, bis ich zurück bin, lasse ich dich frei.«

»Ja«, sagte Kathrin. »Ich werde warten. Und dann lässt du mich frei.«

Lukasz verließ seine Höhle und verdeckte sie nur notdürftig. Er wartete, ob Kathrin ihr Wort hielt. Er hörte, wie sie wieder etwas Wasser trank.

Lukasz kletterte die Treppen nach oben und ging zum Container, in dem sich die Arbeiter umzogen. Das Vorhängeschloss hatte er im Nu aufgebrochen, bei den Spinden war es noch einfacher, sein Kumpel Leszek hatte seinen Spind nicht verriegelt. Lukasz holte seinen Block aus dem Rucksack und schrieb eine kleine Notiz an seinen Landsmann und Zimmerkollegen. Er solle sich keine Sorgen machen, wenn Lukasz ein paar Tage verschwunden sei. Und die Arbeitskluft habe er sich nur geliehen, Leszek bekäme sie bald zurück.

Als Lukasz zurück in die Baugrube kletterte, sah er, dass aus der untersten Etage Licht nach oben drang. Hatte Kathrin sich etwa doch auf die Flucht gemacht?

Er beschleunigte seinen Abstieg. Der Eingang zu seiner Höhle war frei geräumt, er stürmte hinein, Kathrin war noch da. Sie stand nackt vor dem Marienaltar, hatte die Hände erhoben und starrte mit entsetzten Augen auf die gegenüberliegende Wand.

»Guten Abend, Lukasz«, sagte eine Männerstimme.

Lukasz drehte sich um. Da stand Carlo und hatte eine Pistole in der Hand.

Samstag, 28. Februar 2009

23

Rosa riss Georg aus dem Schlaf.

»Papa. Aufstehen. Du hast gesagt, dass wir heute etwas zusammen machen.«

»Es ist mitten in der Nacht.«

»Nein. Es ist morgens. Mama steht immer auf, wenn der große Zeiger der Uhr ganz oben und der kleine Zeiger ganz unten steht. Sechs Uhr heißt das.«

»Es ist Samstag, und wir haben heute beide frei. Lass mich noch ein bisschen im Bett liegen. Bitte.«

»Aber du hast es versprochen.«

»Ja. Habe ich. Und ich halte das auch.« Georg überlegte eine Sekunde, ehe er fortfuhr: »Hättest du was dagegen, wenn Sandra mit uns geht?«

»Papa ist verlie-iebt. Papa ist verlie-iebt«, sang Rosa.

»Rosa ist fre-ech, Rosa ist fre-ech«, lachte Georg. Dann balgten sich Vater und Tochter im Bett. Eines hatte sie geschafft: Er war wach.

Wenig später klingelte es Sturm an der Wohnungstür. Georg hörte Frau Odenthal und zwei Männerstimmen. Diesmal war es kein freundschaftlicher Polizeiüberfall, sondern der Glaser. Den hatte er ganz vergessen.

Die Demontage der Holzabdeckung und der Einbau des neuen Fensters gingen viel schneller, als Georg angenommen hatte. Die Handwerker waren beinahe schon fertig, als er vom Bäcker mit Brötchen und Samstagszeitungen zurückkam.

In KURIER und BLITZ keine Zeile über den Nubbel-Mord. Nur eine Meldung über Röbel. Der CDU-Politiker verteidigte noch einmal seinen Beratervertrag mit der Sparkasse. Natürlich habe er wichtige Leistungen erbracht. Gegen ihn werde eine durchsichtige Kampagne des politischen Gegners geführt. Wie absurd die Vorwürfe seien, sei allein schon dadurch ersichtlich, dass der Sparkassenchef, mit dem er den Vertrag abgeschlossen habe, SPD-Mitglied gewesen sei. Von Parteienfilz könne also gar keine Rede sein.

Aber von kölschem Klüngel, dachte Georg.

Sandra ging nicht ans Telefon. Er sprach ihr eine Nachricht auf die Mailbox. Sie möge zurückrufen, er habe Neuigkeiten von Kathrin.

Was sollte er mit Rosa bloß unternehmen? Einen ganzen Tag mit Zoo oder anderem Kinderkram zu verplempern, dazu hatte er keine Zeit.

»Gehst du mit mir in den Kölner Dom?«, fragte er schließlich.

»O ja«, rief Rosa, »da wollte ich immer schon mal hin. Kletterst du mit mir auf die Türme hoch? Mama war das zu anstrengend. Sie hat gesagt, du solltest das mit mir tun.«

»Hat sie, ja?«, sagte Georg.

Georg schaute im Web auf www.koelner-dom.de nach den Öffnungszeiten der Kathedrale und war überrascht: Die Kirche öffnete morgens um sechs Uhr. Zum Glück war die Dombesteigung erst ab neun Uhr möglich. Fünfhundertdreiunddreißig Stufen aufwärts. Fünfhundertdreiunddreißig Stufen abwärts. Wenn das kein gutes Training war.

Georg nahm den Wagen in die Stadt und stellte seinen Mini im Parkhaus unter dem Dom ab. Auf der Domplatte war um diese frühe Stunde nur wenig Betrieb. Es war kalt, aber die Sonne schien.

Am Richter-Fenster fiel das Licht schräg ein und färbte den grauen Stein in zweiundsiebzig Farben. Georg versuchte, das Farbenspiel zu fotografieren, die Ergebnisse befriedigten ihn nicht. Was suchte er? Was wollte er finden?

Rosa stand neben ihm, den Hals hochgereckt, und zählte laut: »Eins, zwei, drei, vier, fünf, sechs, sieben, acht, neun.«

»Toll, dass du schon so gut zählen kannst.«

»Stör mich nicht«, sagte sie und fing noch einmal an: »Eins, zwei, drei, vier, fünf, sechs, sieben, acht, neun, zehn, elf. Da sind immer elf Farben oben und neun Farben nach unten«, sagte Rosa stolz.

Georg verstand sie nicht.

»Guck mal, Papa. In der Mitte des Fensters, da sind Felder. Und in jedem Feld sind elf Farben nebeneinander. Und wenn du nach unten guckst, sind das neun.«

Neun und elf. 9/11. 11. September.

Georg sah die Zahl vor sich. Er sah die beiden Flugzeuge, die in die Türme des World Trade Centers in New York flogen, er sah die Türme in sich zusammensinken, er dachte an die Tausenden Toten.

Elf und neun. Hatte Rosa das Rätsel gelöst? Aber wie wäre das zu deuten? Dass dem Dom mit seinen zwei Türmen das gleiche Schicksal drohte wie den Zwillingstürmen von New York?

Die Sonne stieg höher, das Licht des Fensters senkte sich und ließ ein in Stein gehauenes Gesicht rot erglühen. Für eine Sekunde glaubte Georg, das Gesicht brenne und schreie sein Leid in die Kathedrale hinab. Das Bild vermischte sich mit der Erinnerung an die brennende Lena. Es fröstelte ihn wie damals in der Nacht am Aachener Weiher.

»Komm«, sagte Georg und packte Rosa bei der Hand. »Wir klettern jetzt auf den Dom.«

Sonntag, 1. März 2009

24

Am Sonntag um fünf Minuten vor zwölf Uhr stand Georg mit seinem Mini vor Ritas Haus. Er wollte bis exakt zwölf Uhr warten. Es war Zeit, von Rosa Abschied zu nehmen.

Sie war am Morgen erst um neun Uhr aufgewacht, so müde hatte sie der Samstag gemacht. Obwohl sie höchstens die Hälfte der Stufen auf den Kölner Dom hinauf selbst gegangen war, den Rest der Strecke hatte Georg sie getragen, was in dem engen Gang gar nicht so einfach war.

Nach einer großen Mittagsportion Spaghetti bei »Bepi« in der Breite Straße war Rosa endgültig erledigt. Sie hatte keine Einwände, als er zurück nach Ehrenfeld fuhr. Sie verwandelte seine Couch in eine Puppenstube, Georg wurde gleich mit in die Phantasielandschaft eingebaut, sein Knie war der Puppenberg, der einstürzte, als das Handy klingelte und Georg aufstand, um es vom Tisch zu nehmen.

Während Rosa ihre Puppen unter den Trümmern der Bettdecke barg, klagte Sandra am Telefon, dass er immer noch nichts erreicht und sich außerdem nicht gemeldet hätte. Sie hatte offensichtlich ihre Mailbox noch nicht abgehört.

»Ich habe dich heute Morgen angerufen. Die Polizei hat neue Informationen zu Kathrin. Ihr Handy war bis zehn Minuten vor ein Uhr auf Sendung. Sie war schon fast bei dir, nämlich am Waidmarkt, als das Handy immer schwächer funkte und endlich ganz verschwand. Als ob der Akku leer war.«

»Das glaube ich nicht.«

»Was glaubst du nicht?«

»Dass der Akku von Kathrins Handy leer war. Sie war geradezu besessen davon, dass ihr Handy aufgeladen war. Sie hatte sogar einen Ladeanschluss im Auto installiert.«

»Manchmal gehen Handys auch kaputt«, sagte Georg.

»Manchmal werden Handys auch zerstört«, sagte Sandra.

»Lass uns nicht streiten. Das bringt doch nichts.«

»Ich will mich ja gar nicht streiten. Ist die Kleine noch bei dir?«

»Ja.«

»Ich habe etwas Kuchen besorgt. Für drei. Wenn du nichts dagegen hast, würde ich den gerne bei euch essen.«

»Ich freue mich. Wann bist du da?«

»Ich stehe vor der Tür.«

Rosa war begeistert, als sie Sandra sah. Der Kuchen schmeckte großartig. Und auch die Nacht war wunderbar.

Am Morgen erst hatte Georg Sandra von Rosas 9/11-Entdeckung erzählt und von Lena Lenzens Pakistanreise. Sandra war wie elektrisiert.

»Ich fahre sofort ins Archiv und besorge alles Material, das ich über das Richter-Fenster kriegen kann. Und über die Piusbruderschaft. Und über deutsche Islam-Konvertiten und Rückkehrer.«

»Ich habe nachher Dienst beim BLITZ. Bin dort bestimmt bis acht, neun Uhr eingespannt. Danach wollte ich zu Franck. Er hat ein Bild von Gerhard Richter gekauft. Es soll heute Abend enthüllt werden. Der Künstler wird anwesend sein.«

»Gerhard Richter persönlich?«, fragte Sandra.

»Ja«, sagte Georg. »Ich würde mich sehr freuen, wenn du mich begleitest.«

»Du meinst, ich kann da einfach so mit hingehen?«

»Ja. Gar kein Problem. Bitte.«

»Ich werde dabei sein. Ist das okay, wenn ich hier auf dich warte?«

»Ja. Das ist sehr okay.« Georg gab ihr einen Zweitschlüssel für seine Wohnung.

Punkt zwölf klingelte er an Ritas Tür. Rosa verabschiedete sich mit einem Kuss und lief an ihrer Mutter vorbei ins Haus.

»Wenigstens bist du heute pünktlich«, sagte Rita und wollte die Tür wieder schließen.

»Warte«, sagte Georg, »ich muss dich was fragen.«

»Was ist denn noch?«

»Du warst doch mit Lena Lenzen befreundet?«

»Ja. Bin ich noch.«

»Du hast es also noch gar nicht gehört?«

»Nein. Was denn?«

»Lena ist tot. Ermordet und verbrannt. Ich habe ihre Leiche gefunden.«

»O nein.«

Rita bat Georg in ihre Wohnung, was sonst nie vorkam. Rolf saß im Wohnzimmer und las die Sonntagszeitung, die F.A.S., wie Georg registrierte.

Rolf sah auf und begrüßte Georg: »Welch seltener Besuch, was verschafft uns die Ehre?«

»Lena ist tot. Georg hat ihre Leiche gefunden.«

Georg erzählte in kurzen Sätzen, was seit Dienstagnacht geschehen war. »Lenzen hat mir Fotos gezeigt, ihr und Lena im Toskana-Urlaub.«

»Das war mit dem Tennisclub. Lena war gerade einundzwanzig. Sie hatte sich mit ihren Eltern verkracht. Wir waren so etwas wie die Ersatzeltern für sie.«

»Wisst ihr, was der Grund für den Streit mit ihren Eltern war?«

»Die Alten spinnen, wenn du mich fragst«, sagte Rolf. »Die sind völlig abgedreht und auf dem Jesus-Trip. Lena durfte zu Hause nicht mal fernsehen. Und wenn sie im Tennisröckchen auf dem Platz stand, hielt ihr der Vater anschließend eine Predigt über Sodom und Gomorrha. Ist doch klar, dass Lena sich auflehnte. Hätte ich auch gemacht.«

»Wusstet ihr, dass sie zum Islam übertreten wollte und nach Pakistan gegangen ist?«

»Nein«, sagte Rolf.

»Doch«, sagte Rita.

»Du hast mir nie etwas gesagt«, sagte Rolf.

»Lena hatte mich drum gebeten. Ich wusste es. Ich hatte Kontakt mit ihr. Übers Internet. Alle paar Wochen bekam ich eine Nachricht von ihr.«

»Was hat sie geschrieben?«, fragte Georg.

»Es muss die Hölle gewesen sein. Erst war sie ja ganz begeistert. Sie fand, dass der Islam die Religion noch wirklich ernst nimmt und nicht so heuchelt wie das Christentum. Aber das kippte sehr schnell um. Sie merkte, dass sie es mit Fanatikern zu tun hatte, mit Islamisten, vielleicht sogar Terroristen. Und als Frau wollte sie sich auch nicht unterdrücken lassen.«

»Warum ist sie trotzdem ein ganzes Jahr lang geblieben?«

»Das habe ich sie auch gefragt, als sie letzte Weihnachten plötzlich wieder auftauchte.«

»Und, was hat sie gesagt?«

»Dass es lebensgefährlich gewesen wäre, einfach aus dem Camp abzuhauen. Ihr Freund hatte es versucht. Er kam nicht weit. Er wurde an einen Jeep gebunden und über Stock und Stein ins Camp zurückgeschleppt. Blutig und zerschunden, wie er war, banden sie ihn dann an einem Baum im Lager fest. Und haben ihn vor aller Augen geköpft. Lena sagte mir: ›Ich durfte nicht weinen, sonst wäre ich als Nächste dran gewesen.‹ Und irgendwann bekam sie mit, dass Anschläge in Deutschland verübt werden sollten. Sie wurde auserwählt, da mitzumachen. Sie hat sich darauf eingelassen, sagte sie, um so zurück nach Deutschland zu kommen und den Anschlag eventuell verhindern zu können. Sie war völlig fertig. Suchte ständig nach irgendwelchen Hinweisen und Spuren, Verfolgern und was weiß ich. Ich habe versucht, sie zu beruhigen, aber sie war wie besessen.«

»Hat sie dir etwas über das Richter-Fenster erzählt?«

»Ja. Es gab für sie ja überhaupt keine Sekunde mehr ohne dieses Fenster. Sie hat versucht, die Farbquadrate wie Buchstaben zu lesen.«

»Und, hat sie eine Botschaft gefunden?«

»Ich glaube nicht«, sagte Rita. »Mir hat sie davon jedenfalls nichts erzählt.«

»Rosa hat im Fenster etwas entdeckt. Ein Nine-Eleven-Muster, eine Anspielung auf das Attentat in New York.«

»Jetzt spannst du schon unsere Tochter für deine Recherchen ein. Bist du wahnsinnig?«, rief Rita.

»Nein. So war es nicht. Wir waren im Dom. Wir sind sogar auf den Dom hinaufgeklettert. Das heißt, ich bin geklettert, sie ließ sich tragen. Und als wir im Dom waren, am Richter-Fenster, da begann sie plötzlich zu zählen und entdeckte, dass in den rechteckigen Fensterflächen jeweils elf mal neun Farbquadrate zu sehen sind. Das kann Zufall sein. Das kann aber auch bedeuten, dass der Dom nach dem Vorbild des 11. Septembers zerstört werden soll.«

25

Lukasz besuchte die Sonntagsmesse in der Drei-Königs-Kapelle der Piusbrüder. Die Gemeinde war vollzählig erschienen, sogar Lenzen und seine Frau waren da. Carlo saß wie immer in der ersten Reihe.

Lukasz liebte die Messe in der traditionellen Form, in der die Liturgie lateinisch gehalten wurde. Sobald der Priester das erste »Dominus vobiscum« sagte und die Gemeinde mit »Et cum spiritu tuo« antwortete, fühlte er sich glücklich wie in seiner Kindheit. In seiner Messdienerzeit hatte er manche Formeln nur gemurmelt, weil er die wirkliche Bedeutung noch nicht kannte, heute aber ließ er seine Stimme laut und vernehmlich hören.

In der lateinischen Messe war er nirgendwo auf der Welt ein Fremder, aber das Zweite Vatikanische Konzil hatte den alten Ritus mehr oder weniger abgeschafft. Wer weiter nach dem lateinischen Ritus die Messe feiern wollte, benötigte eine besondere Erlaubnis, die nur selten erteilt wurde. Erst Benedikt XVI., der deutsche Papst, hatte dem alten Ritus wieder zum Recht verholfen.

An diesem Sonntag war Lukasz nicht wirklich bei Gott. Er würde beichten müssen, er würde so vieles beichten, was in der letzten Woche geschehen war.

Ob Lenzen ahnte, warum seine Tochter sterben musste? Carlo hatte gesagt, Lena sei ihnen zu nahe gekommen. Das große Ziel war in Gefahr. Aber war es Recht, deshalb die Tochter eines Glaubensbruders zu töten? Oder musste dieses Opfer gebracht werden?

Lenzen und seine Frau sahen sehr traurig aus. Morgen sollte Lena beerdigt werden. Sie hatten Carlo und ihn, Lukasz, zur Trauerfeier eingeladen. Konnte er dort so einfach hingehen?

Was Lukasz noch größere Sorgen machte, war Kathrin, die junge Frau in seiner Höhle. Carlo hatte recht gehabt, er konnte sie nicht freilassen. Selbst wenn sie am Aachener Weiher nichts gesehen hatte, war sie nach der Entführung in die Höhle zu gefährlich geworden.

»Schau sie dir an«, hatte er gesagt.

Kathrin versuchte, mit ihren Händen die Brüste und ihre Scham zu verdecken, aber Carlo befahl: »Hände hoch, habe ich gesagt.«

Kathrin hob ihre Hände wieder über den Kopf und wirkte so noch verletzlicher.

»Siehst du ihre Brüste?«, fragte Carlo.

Lukasz sah ihre Brüste. Schöne Brüste.

»Fass sie an«, befahl Carlo.

Lukasz zögerte.

»Fass sie an, hab ich gesagt«, rief Carlo und zielte auf Lukasz.

Lukasz ging auf die junge Frau zu. Sie war zu schwach, um zu schreien. Aber ihre Augen baten ihn um Gnade.

Mit der rechten Hand fasste er ihre linke Brust an. Sie war weich und warm.

»Sie gehört dir, Lukasz«, sagte Carlo.

Lukasz nahm jetzt auch seine linke Hand und streichelte Kathrin. Sie wand sich, wich zurück, aber die Wand mit dem Bild der Schwarzen Madonna versperrte ihr den Weg.

»Nicht so ängstlich, Lukasz«, befahl Carlo, »sie gehört dir, habe ich gesagt. Dann erwarte ich auch, dass du sie benutzt. Schau sie dir an. Sie ist nur eine nackte Hure.«

Irgendwann musste Carlo nichts mehr befehlen. Lukasz packte Kathrin, trug sie zur Matratze, warf sich auf sie. Es dauerte keine drei Minuten, bis er erschöpft über ihr zur Ruhe kam.

Carlo riss ihn an den Haaren. »Steh auf. Ich bin dran.«

Lukasz schaute sich die Vergewaltigung nicht an. Er kniete sich vor das Bild der schwarzen Muttergottes und betete. Er fürchtete, dass sie ihm nicht vergeben werde.

»Was meinst du, Lukasz«, sagte Carlo, »soll ich ihr den Gnadenschuss geben?«

»Nein«, schrie er.

»Gut. Sie gehört dir. Aber dann musst du dafür sorgen, dass sie hier nie wieder rauskommt«, sagte Carlo.

»Sie gehört mir«, sagte Lukasz. »Ich werde auf sie aufpassen.«

Carlo untersuchte Kathrins Sachen. »Die Klamotten nehme ich mit. Die braucht sie ja nicht mehr«, sagte er und lachte. Er packte Kathrins Kleider in einen blauen Plastiksack. Den Inhalt von Kathrins Handtasche kippte er über ihrem nackten Körper aus. »Hast du gesehen, Lukasz?«, fragte er. »Lippenstift. Kondome. Pille. Diese Schlampe hat es nicht anders verdient.« Einen Schlüsselbund und Kathrins Handy steckte Carlo ein.

Er nahm noch einmal seine Pistole und zielte auf Kathrins Kopf. »Überleg es dir, Lukasz. Wenn ich jetzt schieße, sind wir die Sorge für immer los.«

»Nein, Carlo. Nicht.«

»Willst wohl noch deinen Spaß haben, was? Kann ich verstehen. Aber wenn sie jemals wieder unter Menschen auftaucht und uns verrät, dann ist diese Kugel für dich.«

»Du kannst dich auf mich verlassen«, sagte Lukasz.

»Das will ich hoffen«, sagte Carlo und verschwand.

Lukasz nahm die zitternde Kathrin in den Arm. »Du hast gehört, was er gesagt hat. Ich kann dich jetzt nicht weglassen. Später vielleicht. Aber jetzt nicht. Ich muss dich leider wieder knebeln und fesseln.«

Kathrin wehrte sich nicht. War sie einverstanden? War sie zu schwach? Wie lange würde sie in der Höhle überleben können? Ohne etwas zu essen? Ohne Wasser? Vielleicht war sie schon tot?

Lukasz schreckte auf, er hatte gar nicht mitbekommen, dass es Zeit für die heilige Kommunion war. Carlo stand neben ihm und packte ihn an der Schulter. »Aufwachen, Herr Wisniewski, der Leib Gottes wartet.«

26

Georg mochte den Sonntagsdienst im BLITZ. Er war dann »Nachrichtenchef«, das heißt, dass er für die Themen auf Seite eins verantwortlich war.

Die Ressorts waren nur zur Hälfte besetzt, ausgenommen der Sport, der in der Montagsausgabe immer besonders viel Platz bekam. Die Kollegen von der Kultur hätten auch viel Platz benötigt, um alle Premieren des Wochenendes besprechen zu können, aber gegen die Fußball-Lobby hatte die Kultur keine Chance.

»Kultur ist, wenn Karajan der Kronleuchter auf den Kopf fällt«, hatte der erste Chefredakteur in der Geschichte des BLITZ mal gesagt. Der Satz war als geflügeltes Wort bei den BLITZ-Machern auch vierzig Jahre später noch präsent.

Das Ressort »Vermischtes« behalf sich an Sonntagen oft damit, die großen TV-Sendungen des Samstags nachzuerzählen, Kritiken wurden nur noch höchst selten geschrieben.

Normalerweise hatte Georg eine eigene Geschichte im Gepäck, wenn er Seite-eins-Dienst hatte. Heute hatte er nichts vorbereitet. Heute war er auch nicht mit dem gewohnten Engagement bei der Sache.

Die Kollegen vom Sport spekulierten nach dem dürftigen 1:1 des FC gegen Bielefeld darüber, ob Trainer Christoph Daum überhaupt noch Lust auf diesen Verein habe. Angeblich liege ihm ein sehr lukratives Angebot aus der Türkei vor. »Daum in die Türkei?« – damit konnte man in Köln allemal die Zeitung aufmachen.

Die Kollegen verzichteten netterweise darauf, Georg auf seinen Streit mit Chefredakteur Stein anzusprechen. Oder wurde er schon geschnitten?

Nur Uschi, Steins Sekretärin, die an diesem Sonntag auch für Georg zuständig war, ließ ihn ihre Feindschaft spüren. Sie empfand es wohl tatsächlich als Zumutung, dass Georg sich an der Kaffeemaschine der Chefredaktion bediente und sie es ihm nicht verbieten konnte.

»Nehmen Sie ruhig, Herr Rubin«, sagte sie einmal sogar spitz,

»ist ja das letzte Mal. Ich glaube nicht, dass Sie noch lange unserem Unternehmen angehören.«

Sie sagte tatsächlich »unserem Unternehmen«. Hatte sie was mit dem Chefredakteur? Oder sogar mit dem Verleger? Aber doch nicht Uschi. Nein, sie war wahrscheinlich nur eine wirklich loyale Chefsekretärin alter Schule, die ihren Vorgesetzten mit Bissen und Krallen verteidigte.

Aber unsympathisch war sie Georg trotzdem.

Georg saß an seinem Computer und kontrollierte die Meldungen der Nachrichtenagenturen. Nichts Aufregendes dabei. So hatte er immer wieder Zeit, seine E-Mails zu lesen. Sandra hatte ihre Recherchen zum Richter-Fenster aufgenommen und schickte ihm kurze Meldungen über das, was sie gefunden hatte:

»Zweiundsiebzig Farbtöne, jeder zweiundsiebzigmal im Stock vorhanden, aus dem der Computer per Zufallsanordnung die Anordnung der Töne bestimmte, mit denen eine Hälfte des Domfensters gefüllt wurde, die andere Hälfte ist die Spiegelung davon«, so hatte Gerhard Richter selbst einmal sein Projekt beschrieben.

Aus einer Palette von achthundert Farben wählte Richter zweiundsiebzig aus, die in den mittelalterlichen Farbfenstern des Doms und denen des 19. Jahrhunderts verwendet worden waren.

Insgesamt hundertdreizehn Quadratmeter Fensterfläche.

11.263 Farbquadrate von 9,6 mal 9,6 Zentimetern.

Per Zufallsgenerator wurden die Farbquadrate verteilt. Vorgegeben waren Wiederholungen und Spiegelungen, die Bahnen eins und drei, zwei und fünf sowie vier und sechs spiegelten sich.

Georg nahm die Nachbildung des Richter-Fensters zur Hand, die er in Lenas Zimmer gefunden hatte. Die Spiegelung der Bahnen war ihm zuvor nicht aufgefallen. Und eigentlich war es ja auch eine verschachtelte Spiegelung, zweimal nur eine Bahn Abstand zwischen zwei Spiegelungen, einmal zwei Bahnen Abstand. Da hatte also nicht nur der Zufall gewaltet, wie es auf den ersten Blick den Anschein hatte.

Gespannt wartete er auf Sandras nächste Mail:

Dreihundertsiebzigtausend Euro Herstellungskosten wurden durch etwa tausendzweihundert Spender gezahlt, Gerhard Richter selbst arbeitete kostenlos für den Dom.

Das Domfenster knüpfte an Richters Werk von 1974 an, »4096 Farben«.

Das Fenster wurde gegen den ausdrücklichen Willen von Kardinal Meisner durchgesetzt. Meisner plädierte dafür, deutsche Märtyrer des 20. Jahrhunderts wie Edith Stein und Maximilian Kolbe darzustellen und so an den Holocaust zu erinnern. Erste Entwürfe in dieser Richtung wurden aber abgelehnt.

Die Dombaumeisterin hatte, mit Wissen des Weihbischofs, Kontakt zu Gerhard Richter aufgenommen und den Künstler um einen eigenen Vorschlag gebeten. Das Metropolitankapitel, dem als Hausherr des Doms die alleinige Entscheidung vorbehalten war, entschied sich schließlich für den Entwurf von Gerhard Richter.

Kardinal Meisner blieb bei seiner Ablehnung und machte sie sogar öffentlich. Er erschien nicht zur offiziellen Einweihung des Fensters im Dom und kritisierte stattdessen über die Medien: »Das Fenster passt eher in eine Moschee oder ein anderes Gebetshaus. Wenn wir schon ein neues Fenster bekommen, soll es auch deutlich unseren Glauben widerspiegeln. Und nicht irgendeinen.«

Georg fragte sich, ob das nicht geradezu eine Aufforderung an Moslems war, den Dom in Besitz zu nehmen. Sollten Fundamentalisten das als Einladung verstanden haben?

Gegen achtzehn Uhr erschien Sandra. Georg holte sie beim Pförtner ab. Sie trug ein eng anliegendes schwarzes Kleid, ziemlich kurz, aber hochgeschlossen. Die roten Haare standen wild und doch irgendwie künstlerisch gestaltet vom Kopf ab. Sandra hatte sich vorgenommen, auf der Party wahrgenommen zu werden.

Sie drehte sich einmal vor Georg, sodass er mitbekam, dass das Kleid einen schmalen, langen Rückenausschnitt hatte, der vom Hals bis zur Taille reichte und durch den man erkennen konnte, dass sie nichts drunter trug. Vielleicht etwas kalt für die Jahreszeit, aber sexy.

Die Kollegen aus den anderen Glasbüros lugten neugierig bis wohlwollend, Chefsekretärin Uschi strafte Sandra mit Nichtbeachtung. Besser so, dachte Georg, als dass sie spitze Bemerkungen machte.

Sandra hatte noch weitere Unterlagen über das Richter-Fenster mitgebracht. »Ich habe keinerlei Anhaltspunkte dafür gefunden, dass in dem Fenster eine Botschaft versteckt sein könnte«, sagte sie. »Richter selbst hat alles unternommen, erkennbare Muster zu verhindern. Deshalb gab es auch nicht nur einen Entwurf, sondern viele Entwürfe. Basis für das letztlich realisierte Fenster war Entwurf Nummer 36.«

Sandra zeigte ihm verschiedene Aufnahmen. Was der Zufallsgenerator ausgespuckt hatte, war tatsächlich sehr unterschiedlich. Mal dominierten Blautöne, und das Fenster wirkte kalt wie in einem Badezimmer, mal dominierte ein aufdringliches Rot, mal erschien das gesamte Fenster viel zu dunkel.

»Was interessant ist«, sagte Sandra, »der Zufallsgenerator wurde nicht von Gerhard Richter selbst bedient.« Sie hatte ein Buch mitgebracht, »Gerhard Richter – Zufall«. Sie las vor: »Der Münsteraner Meisterdrucker Mike Karstens und sein Mitarbeiter Klaus Hagemeister hatten für Gerhard Richter ein Computerprogramm entwickelt, das die Aufgabe des Zufallsgenerators übernahm und die Anordnung der Farbtöne maschinell bestimmte. Karstens produzierte anschließend zahlreiche großformatige Offsetdrucke, die einen Eindruck von der möglichen Erscheinungsweise und Wirkung der farbigen Strukturen vermitteln sollten und als Grundlage für die Realisierung des Fensters dienten.«

Sandra zeigte ihm einige Abbildungen. »Vielleicht ist ja dieser Computer in Münster manipuliert worden.«

»Ja«, sagte Georg, »das ist eine Möglichkeit. Das müsste man überprüfen. Was hast du noch herausgefunden?«

»Nun, eine weitere Manipulationsmöglichkeit gab es natürlich beim Einbau des Fensters selbst. 11.263 Farbquadrate einkleben, da wäre es ja fast ein Wunder, wenn dabei keine Fehler passiert wären. Die Glasscheiben in den zweiundsiebzig verschiedenen Farbtönen wurden von der Glashütte Lamberts in Waldsassen mundgeblasen und flachgewalzt. Die Derix Glasstudios in Taunusstein haben die Quadrate mit einem speziellen Silikon-Gel auf farblose Trägerscheiben aufgeklebt und in das Maßwerk des Fensters im Dom eingepasst. Das traditionelle Netz der Bleiruten wurde im Richter-Fenster durch schwarzes Silikon ersetzt, das nur zwei Millimeter breit ist und somit aus der Ferne nicht sichtbar ist. So entstand die ganz besondere Farbwirkung. Bei diesen Arbeiten konnte natürlich auch noch einmal Einfluss auf das tatsächliche Fenster genommen werden.«

Georg war beeindruckt. »Sandra, das ist wirklich toll, was du alles herausgefunden hast. Du solltest Journalistin werden.«

»Nein, nein. Das wäre mir zu hektisch. Ich bin und bleibe Archivarin. Du glaubst gar nicht, wie spannend es ist, die Kölner Geschichte zu erforschen. Da liegt noch so viel vergraben.«

27

Als Georg und Sandra in der Lichtstraße auftauchten, war die Party in vollem Gange. Der Innenhof war in buntes Scheinwerferlicht getaucht. Als Hintergrundmusik liefen gregorianische Choräle. Im Vordergrund drängte sich die Kölner Kunstschickeria.

Werner Kayser, der Kunstbuchhändler, klammerte sich an ein Glas Champagner. Sein Bruder Kuno, der Museumsdirektor, hielt sich an Kölsch. Bruno, Francks Malerfreund, machte Jagd auf eine Galeristin.

Richter, der große Künstler, war wohl noch nicht erschienen oder saß mit dem Hausherrn irgendwo in dessen Residenz und genoss den exklusiven Blick über die Dächer.

Butler Jakob dirigierte das Servicepersonal, das aus Pennern und Bettlern bestand. Ein paar Junkies waren auch dabei. Da hatte Franck wohl den einbeinigen Jean beauftragt, seine alten

Freunde zu rekrutieren. Die rüpelten fleißig durch die fein gekleidete Festgesellschaft, die die Penner für verkleidete Künstler hielt und das Ganze für eine Inszenierung irgendeines großen Regisseurs, der sicher nachher gemeinsam mit dem Hausherrn und Gerhard Richter erscheinen würde.

Georg erkannte Dr. Bitterle, diesen Frauenarzt, der ihn nach dem Steinwurf verarztet hatte. Konrad Berger, der Junior-Verleger, stand etwas abseits in einer Ecke des Hofs und diskutierte mit einer Comedy-Berühmtheit, früher einmal BLITZ-Redakteur, heute gemeinsam mit Junior Mitglied eines Clubs reicher junger Männer, der sich »Die Goldenen Jungs« nannte.

Georg hatte keine Lust auf ein Gespräch mit seinem Verleger. Er zog Sandra hinter sich her durchs Gedränge und stoppte erst, als er Jean entdeckte.

»Herr Chefredakteur, darf ich dir Sandra Herfurth vorstellen?«

»Ach, das Teufelchen. Nettes Teufelchen«, sagte Jean und drückte Sandra einen Kuss auf die Wange. »Machen Sie Georg ruhig die Hölle heiß, der braucht das manchmal.«

»Sie kennen ihn besser als ich«, konterte Sandra.

»Was habt ihr überhaupt für ein Volk heute eingeladen?«, ging Georg dazwischen.

»Das ist Francks Kunstverteiler. Galeristen. Kunsthändler. Kulturpolitiker. Ein paar reiche Freunde. Und ein paar echte Freunde. Aber genau genommen hat er das alles für dich inszeniert. Damit du die Chance bekommst, Gerhard Richter kennenzulernen. Wenn Franck sich in den Kopf gesetzt hat, einem Freund zu helfen, dann kann ihn nichts aufhalten. Komm, ich zeig dir was.«

Jean leitete Georg und Sandra ins Haus. »Ich habe mein Zimmer im Erdgeschoss. Durfte ich mir aussuchen. Hier, das wollte ich euch zeigen.«

Aus einem Schrank holte Jean ein merkwürdiges Gebilde aus Stahl und Holz oder Kunststoff. »Das ist eine Laufprothese. Irrsinnig teuer. Franck hat sie mir geschenkt. Einfach so. Ich laufe damit schneller als früher, als ich noch beide Beine hatte. Ich könnte mich über vierhundert Meter für die Olympischen

Spiele in London qualifizieren. Das IOC lässt Sportler mit Prothesen nicht antreten. Scheiße. Aber man kann nicht alles haben.«

Jean packte die Prothese wieder in den Schrank. »Vielleicht läufst du mit mir mal 'ne Runde«, sagte er zu Georg.

»Kannst du damit denn auch langsam laufen?«

Im Innenhof drängte sich inzwischen eine Hundertschaft vorwiegend junger und schöner Menschen. Jeans Penner-Kollegen hatten ihren Service weitgehend eingestellt und bedienten sich lieber selbst am Büfett und am Getränkestand.

Ein Drogenmädchen kotzte Museumsdirektor Kayser aufs Sakko, Francks Schwester Miriam und seine Freundin Christina Brandt stürzten herbei, um den Schaden in Grenzen zu halten. Jean humpelte hinzu, packte das Mädchen und hievte es in seine Hängematte. Fast unglaublich, wo dieser einbeinige Krüppel die Kraft und die Balance hernahm. Dr. Bitterle fühlte dem Drogenmädchen den Puls, unternahm aber nichts weiter.

Butler Jakob schlug einen großen chinesischen Gong, der Gläser und Fenster klirren ließ. »Meine Damen und Herren, ich bitte um Ihre Aufmerksamkeit.« Dabei zeigte er auf ein großes Leinentuch, das einen Teil des ersten Stockwerks verhüllte.

Ein Scheinwerferspot stieg in den Abendhimmel und erfasste Franck, der oben auf dem Dach seines Hauses stand, ganz in Weiß gekleidet, und sich die Feuerwehrstange hinabschwang. Als er das Laken im ersten Stock erreichte, löste er es und nahm es mit sich auf den weiteren Weg nach unten.

Der Scheinwerferspot verharrte im ersten Stock, das Licht fiel auf ein großes quadratisches Bild, es zeigte, dicht an dicht, bunte Farbquadrate, man konnte meinen, es handele sich um einen Ausschnitt des Richter-Fensters im Dom. Beifall brandete auf.

Jakob reichte Franck ein drahtloses Mikrofon. »Ich bin sehr stolz, dass es mir gelungen ist, dieses Bild zu erwerben. Es heißt schlicht ›256 Farben‹. Es stammt aus dem Jahre 1974. Lack auf Leinwand. Hundertfünfzig mal hundertfünfzig Zentimeter. Ich freue mich sehr, Ihnen dieses Bild heute nahebringen zu können. Und es ist mir eine besondere Ehre, den Künstler zu begrüßen, Professor Gerhard Richter.«

Der Künstler erschien im ersten Stock in einem Fenster neben seinem Werk, hoch über der Menge, die klatschte und bewundernde »Ahs« und »Ohs« hören ließ.

Richter, ein hochgewachsener Mann, ließ sich keine größere Gemütsbewegung anmerken. Er war nicht dafür bekannt, sich besonders auffallend zu inszenieren, das hier musste Francks Idee gewesen sein. Richter nickte kurz nach unten und zog sich dann wieder zurück ins Innere des Hauses.

Jakob öffnete den Haupteingang. »Sie sind jetzt herzlich eingeladen, das Werk aus der Nähe zu betrachten.«

Franck eilte der Menge voran. »Kommt mit«, rief er zu Georg und Sandra, die sich nicht zweimal bitten ließen.

Im ersten Stock war ein großer Saal ausgeräumt worden, um nur dieses eine Kunstwerk zu zeigen. Franck holte das Bild vom Balkon und hängte es an den vorgesehenen Platz an einer fensterlosen Wand. Wie in einem Museum waren auf das Parkett weiße Streifen geklebt, die die Grenzen anzeigten, die Bewunderer nicht überschreiten sollten.

»Georg, du bist schuld, dass ich mich um dieses Bild bemüht habe«, sagte Franck und holte Georg und Sandra zu sich in die erste Reihe der Betrachter.

»Wie haben Sie das nur geschafft, in drei Tagen ein Richter-Bild zu kaufen? Die liegen doch nicht einfach so rum. Und wie schafft man es, dazu auch noch den Künstler persönlich zur privaten Einweihungsparty zu bekommen?«, fragte Sandra.

Franck lachte nur und rieb Daumen an Zeigefinger.

Georg war vertieft in das Bild. »Die Wirkung erinnert verblüffend an das Fenster im Dom.«

»Aber das Bild ist viel kleiner und enthält zweihundertsechsundfünfzig Farben«, sagte Sandra, »in diesem Bild gibt es jeden Farbton nur ein einziges Mal. Im Domfenster gibt es nur zweiundsiebzig Farben, aber jede Farbe kann vielfach auftreten.«

»Richter hat seit vielen Jahrzehnten mit solchen Farbtafeln gearbeitet. Wenn ich es richtig behalten habe, dann sind ähnliche

Farbtafeln schon 1966 entstanden. Ihr könnt ihn gleich fragen, wenn es euch interessiert.«

»Wo ist der Künstler überhaupt?«, fragte Georg.

»Er mag keinen Trubel um seine Person«, sagte Franck. »Er sitzt oben in meinem Arbeitszimmer. Er ist aber einverstanden, mit dir, mit euch zu sprechen. Ich nehme an, du bist Sandra?«

Franck duzte Georgs Begleiterin, die hatte nichts dagegen und gab ihm die Hand. »Ja, ich bin Sandra Herfurth. Georg hat Ihnen von mir erzählt, wie ich weiß. Trotzdem hätte er mich vorstellen können.«

»Darf ich vorstellen«, sagte Georg beleidigt: »Graf Franckenhorst, Franck von Franckenhorst, Herr der edlen Düfte. Sandra Herfurth, Herrin der Unterwelt.«

»Angenehm«, sagte Franck und küsste Sandra die Hand, als sehe er sie zum ersten Mal.

»Ganz meinerseits, Graf«, sagte Sandra und deutete einen Hofknicks an.

Georg gefiel das nicht. Er war doch nicht etwa eifersüchtig?

Gerhard Richter empfing Sandra und Georg in Francks schwarzem Arbeitszimmer. Der Mann war fast achtzig Jahre alt, aber er strahlte Kraft aus. Er trug eine dunkle Strickjacke mit Reißverschluss, darunter ein offenes Hemd. Der Sieben-Tage-Bart schimmerte silbern, zwei deutliche Denkerfalten auf der Stirn leiteten zu seinen freundlichen Augen, die hinter einer hellen Brille leuchteten.

»Sie interessieren sich also für meine Kunst«, sagte er. Seine Stimme war klar und fest. »Ich habe gehört, dass Sie Herrn von Franckenhorst auf die Idee gebracht haben, eins meiner Werke zu kaufen. Wie haben Sie das angestellt? Die von Franckenhorsts haben noch nie ein Bild von mir erworben. Dabei erzielen meine Bilder schon seit vielen Jahren höchste Preise. Für die Franckenhorsts zählt nämlich nur Kunst, die wirklich teuer ist.«

»Ich habe ihm von einem Besuch im Kölner Dom erzählt und von der phantastischen Wirkung, die das Licht Ihres Fensters in der Kathedrale entfaltet«, sagte Georg.

»Das hat Ihnen gefallen?«

»Ja. Außerordentlich. Mit dem Lauf der Sonne setzt das Licht Ihres Fensters die gesamte Kathedrale in Bewegung.«

Richter schaute Georg an. »Ich habe schon bemerkt, dass inzwischen viele Fotos erschienen sind, die gar nicht mehr mein Werk zeigen, sondern nur noch das Farbenspiel, das es auf den Mauern oder auf dem Boden des Doms hinterlässt.«

»Aber diese Wirkung hatten Sie doch einkalkuliert, oder?«

»Mein junger Freund, ich habe sehr viele Tests gemacht. Wir haben in meinem Atelier Probefenster eingebaut. Wir haben im Dom selbst Verschiedenes ausprobiert. Aber was dann am Ende daraus entstanden ist, dieses Zusammenspiel, zweiundsiebzig Farben, das Sonnenlicht, die Steine der Kathedrale und – nicht zu vergessen – die Betrachter, diese unendlich vielen unterschiedlichen Bilder und Eindrücke, die habe ich so nicht vorhergesehen.«

»Herr Richter«, schaltete sich Sandra ein, »stand die Größe der Farbquadrate von vornherein fest?«

»Nein. Auch da wurde experimentiert, zunächst mit Scheiben von zwölf Zentimetern Seitenlänge, die erschienen mir viel zu groß. Dann haben wir mit viel kleineren Scheiben operiert. Schließlich landeten wir bei Scheiben von 9,6 Zentimeter Kantenlänge.«

»Haben Sie jemals gezählt, wie viele Farbquadrate sich jetzt in einem Feld des Fensters befinden?«

»Nein, junge Frau. Ich weiß nur, dass wir insgesamt über elftausend Scheiben eingesetzt haben.«

»In den Feldern, die in den großen Bahnen des Fensters sichtbar sind, sind jeweils elf Scheiben horizontal und neun Scheiben vertikal gebündelt. Nine-eleven oder Elfter-Neunter. Ein merkwürdiger Zufall.«

»Ich verstehe nicht, was Sie damit sagen wollen.«

»Herr Richter«, sagte Georg, »es gibt Behauptungen, dass in Ihrem Domfenster eine Botschaft versteckt sein soll. Möglicherweise eine Warnung vor einem Anschlag wie am 11. September 2001 auf die Türme des World Trade Centers in New York.«

»So ein Unsinn«, wehrte Richter ab. »Die Größe der Farbquadrate wurde so ausgesucht, dass die beabsichtigte künstlerische Wirkung erzielt wurde.«

Richter stand auf. Georg befürchtete, der Künstler würde sie gleich hinauskomplimentieren. Aber Richter sah nur aus dem Fenster und dachte nach. Dann drehte er sich um und sagte: »Was Sie im Domfenster sehen, ist das Ergebnis eines vierzigjährigen Prozesses. Die ersten Farbtafeln, 1966, waren aus dem Malergeschäft. Sechs schöne Gelb. Oder die ganze Skala für die Gartenmöbel. Oder Bootslacke. So fing es an. Und dann, weil es ja drei Grundfarben gibt, Rot, Gelb und Blau, habe ich die gemischt, drei mal drei mal drei, aufgespaltet zu Hell und Dunkel und zum nächsten Farbton, da habe ich dann Tafeln mit hundertachtzig Farben gemacht. Das hatte schon was mit dem Zeitgeist zu tun, mit der Pop-Art, dass man solche banalen Motive entdeckte. Und dann habe ich das weiterentwickelt, systematischer. Erst war jede Farbe von der anderen getrennt durch einen Steg, weil ich selbst dachte, man kann die nicht zusammenstoßen lassen, das sieht einfach furchtbar aus. Und dann war es ein Schritt, man kann fast nicht mehr verstehen, dass es ein Schritt sein sollte, aber es war einer, dass es geht: Man kann jede Farbe mit jeder anderen zusammenstoßen lassen, es passt immer. Und das ist so schön. Anarchisch.«

Sandra füllte etwas Wasser in ein Glas und reichte es Richter: »Hier, nehmen Sie.«

»Danke«, sagte der Künstler. »Ich habe schon oft darüber nachgedacht, ob in meinem Bild eine Botschaft versteckt sein könnte. Wissen Sie, selbst wenn Sie das dem Computer überlassen und dem Zufallsgenerator, die Gegenständlichkeit ist als Möglichkeit immer drin. Bei den Exzillionen Möglichkeiten der Anordnung würde ja auch einmal, was weiß ich, ein Bild erscheinen. Würden alle Bilder erscheinen, die vorstellbar sind.«

»Sie haben«, sagte Sandra, »nicht Ihren eigenen Computer benutzt, sondern den eines Grafikers in Münster.«

»Gut recherchiert, junge Frau. Wissen Sie, ich bin Künstler und kein Programmierer. Ich habe die Spielregeln vorgegeben. Und die Farben. Das ist schon mein Werk.«

»Sicher, das bezweifle ich nicht«, sagte Sandra. »Haben Sie den Computer irgendwie korrigiert? Haben Sie einzelne Farbquadrate verändert? Wollten Sie verhindern, dass erkennbare Muster entstehen?«

»Die Auswahl der Farbtöne war sehr wichtig. Wir haben versucht, Farbtöne zu benutzen, die schon in anderen Domfenstern verwendet wurden. Manche sehr helle Farbtöne haben wir ausgetauscht, in der direkten Sonneneinstrahlung des Südfensters wirkten die zu grell. Weiß kommt deswegen in der Farbpalette überhaupt nicht vor, dafür einige sehr dunkle Farbtöne, die eine überraschend schöne Wirkung entfalten. Erst nach der Farbauswahl kam der Computer ins Spiel. Ich habe unzählige Entwürfe errechnen lassen, sicher drei Dutzend. Dann haben wir eine Version ausgewählt. Irgendwann habe ich entschieden, dass sich Bahnen des Fensters spiegeln sollten. Damit wollte ich mehr Ruhe erreichen. Es sollte keine Farbwüste entstehen, sondern ein strukturiertes Ganzes. Trotzdem war es ein Abenteuer.«

Richter trank wieder einen Schluck, ehe er fortfuhr. »Ich hatte lange Zeit Angst, ob die angestrebte Wirkung erreicht würde. Wir haben Musterscheiben herstellen lassen. Die wurden auf dem Dach meines Ateliers im Hahnwald montiert. Als die ersten Proben kamen, war ich erschrocken. Über das Durcheinander. Die Buntheit. Und dann ist es durchsichtig und ändert sich mit dem Licht. Und dann sieht man ein paar Quadratmeter und kann sich nicht wirklich vorstellen, wie es letztlich in hundertfacher Größe im Dom wirken wird. Und man fragt sich: Ist der Entwurf robust genug, all dies zu ertragen?«

»Haben Sie beim Einbau alle Farbfelder einzeln nachkontrolliert?«, fragte Sandra.

»Nein«, sagte Richter, »das hätte ich nicht geschafft. Das war aber nicht nötig. Ich habe mich darauf verlassen, dass alle mit der größtmöglichen Sorgfalt arbeiteten.«

»Herr Richter«, sagte Frank, »Sie haben gesagt, ihr Bild könnte prinzipiell alle Bilder enthalten, die möglich sind.«

»Herr Rubin«, fragte Richter zurück, »wie viele Buchstaben enthält das Alphabet?«

»Sechsundzwanzig.«

»Wie viele Bücher kann man mit diesen Buchstaben schreiben?«

»Alle Bücher. In allen Sprachen.«

»Sehen Sie. Mein Bild im Dom hat zweiundsiebzig Farben.«

»Dann halten Sie es also für möglich, dass in Ihrem Fenster tatsächlich eine Warnung versteckt sein könnte?«

»Nein. Ich halte das objektiv gesehen sogar für ausgeschlossen. Aber subjektiv? Die Dombaumeisterin sieht das Bild ganz anders als der Kardinal. Vielleicht ist Ihr Blickwinkel zu eng. Vielleicht müssten Sie versuchen, an Ihr Rätsel aus einer ganz anderen Sicht heranzugehen.«

Richter wartete keine Antwort ab. Er nickte freundlich und verließ das Arbeitszimmer. Georg hörte Franck sagen: »Danke, dass Sie mit den beiden gesprochen haben. Ich schleuse Sie an der Meute vorbei, wenn es Ihnen recht ist.«

»Ein interessanter Mann«, sagte Sandra. »Interessant fand ich auch seine Frage: Wie viele Buchstaben hat das Alphabet?«

»Das hat mich an eine Aussage von Lenzen erinnert«, sagte Georg. »Der sagte mir in Lenas Wohnung, seine Tochter habe versucht, in dem Bild wie in einem Buch zu lesen, weil die Farben für Buchstaben stehen könnten.«

»Vielleicht steckt die Botschaft gar nicht im Bild selbst, sondern in irgendetwas anderem, was sich auf das Bild bezieht«, sagte Sandra.

»Wie meinst du das?«

»Das habe ich irgendwo mal gelesen. Wenn ein Pärchen Geheimbotschaften austauschen wollte, haben sie zum Beispiel vereinbart, die Bibel als Hilfsmittel zu nehmen. Schrieb dann der eine die Zahlenkombination 333-21, dann konnte das heißen: Gehe auf Seite dreihundertdreiunddreißig und suche das einundzwanzigste Wort, das gehört zu meiner Nachricht. So ähnlich könnte doch das Richter-Fenster zur Entschlüsselung genutzt werden, wenn jede Farbe zum Beispiel einem Buchstaben entsprechen würde.«

»Ja, das wäre eine Möglichkeit«, sagte Georg.

»Dann müssten wir nicht so sehr im Fenster selbst suchen, sondern irgendetwas anderes«, sagte Sandra.

»Sandra, das könnte es sein! Die Unmengen Abbildungen des Richter-Fensters, die Lena bei sich zu Hause hatte. Einige habe ich dir schon gezeigt. Vielleicht ist darin die Botschaft versteckt.«

»Das sollten wir auf jeden Fall überprüfen.«

»Ich habe die Schlüssel zu Lenas Wohnung. Sollen wir jetzt dorthin fahren?«, fragte Georg.

»Ja. Unbedingt. Wir dürfen keine Zeit verlieren.«

Plötzlich meldete sich Sandras Handy, ein Piepston verkündete, dass sie eine SMS bekommen hatte. Sie klappte ihr Handy auf und wurde blass: »Von Kathrin. Ich soll nicht nach ihr suchen.«

Sandra kamen die Tränen. Sie hatte so auf ein Lebenszeichen ihrer Freundin gehofft, aber doch nicht auf so eins.

Georg nahm sie in den Arm. »Willst du wissen, wo sie ist?«, fragte er. »Man kann das Handy orten. Die Polizei kriegt das raus.«

»Nein«, sagte Sandra trotzig. »Will ich gar nicht mehr wissen.« Sie wischte sich die Tränen ab. »Lass uns zu Lenas Wohnung fahren.«

28

Sonntags kurz vor Mitternacht war wahrscheinlich die beste Zeit, um ohne Stau durch Köln zu fahren. Georg und Sandra legten den Weg von der Lichtstraße in Ehrenfeld bis zur Alteburger Straße in Bayenthal in knapp zehn Minuten zurück, sogar die ewige Kreisverkehr-Baustelle am Chlodwigplatz konnte sie nicht aufhalten. Georg versuchte, seine Mitfahrerin zu unterhalten, aber Sandra saß abweisend und schweigend in ihrem Ledersitz.

Als Georg seinen Mini vor Lenas Haus parkte, machte Sandra keine Anstalten auszusteigen.

»Wir sind da«, sagte Georg.

»Ich denke nach«, sagte Sandra.

»Worüber?«

»Über Kathrin. Ich bräuchte jetzt eine beste Freundin, um alles zu besprechen, aber dann müsste ich ja mit Kathrin reden. Und das geht ja nun überhaupt nicht. Und du, du bist alles schuld.«

»Was soll das denn? Was soll ich denn schuld sein?«, fragte Georg.

»Wir haben uns über dich gestritten«, sagte Sandra. »Als wir am Mittwochmorgen bei dir waren. Sie war eifersüchtig. Weil ich was Nettes über dich gesagt habe. Aber dass sie dann einfach so verschwindet. Ohne mir etwas zu sagen. Ohne Abschiedskrach. Das passt eigentlich gar nicht zu ihr.«

»Was hast du denn Nettes über mich gesagt?«

»Vergiss es.«

Das war wieder so ein typischer Frauenspruch, den Georg nicht verstand. Wieso sollte er etwas vergessen, was sie ihm gerade als Zückerchen hingelegt hatte?

Er verstand ja ihren Kummer über Kathrins Verschwinden, aber hatte sie nicht vorhin gesagt, dass sie das gar nicht interessiert? Als er sie in den Arm nahm und trösten wollte? Und jetzt saß sie neben ihm, verstockt, als ob er schuld daran sei, dass Kathrin weg war. Nein, er war ja tatsächlich schuld, hatte sie doch gerade gesagt.

»Ich geh jetzt nach oben«, sagte Georg und stieg aus dem Mini aus. Sandra blieb sitzen.

Georg ließ sich Zeit mit dem Aufstieg in den dritten Stock. Das alte Haus schien zu schlafen. Als er die Tür zu Lenas Wohnung aufschloss, schlug ihm ein muffiger Geruch entgegen. Er öffnete ein Fenster im Wohnzimmer, das zur Straße lag. Er sah, wie Sandra aus dem Mini stieg.

Es klingelte. Georg drückte auf den Türöffner. Als Sandra oben ankam, wollte er sie in den Arm nehmen. Sie schob ihn zur Seite.

»Wo ist das Zimmer?«

Georg hatte keine Lust, sich so wegschubsen zu lassen. Er ging in die Küche, machte zwei Tassen Kaffee und schmollte.

Sandra erforschte auf eigene Faust die Wohnung. Irgendwann, Georg kam es wie eine Ewigkeit vor, stand sie in der Küche.

»Ist ja völlig irre, das Zimmer.« Sie nahm die Tasse, die Georg für sie hingestellt hatte. »Der Kaffee ist kalt«, sagte sie, schluckte die Brühe aber trotzdem runter.

Georg sagte nichts.

Sandra setzte sich auf einen Küchenstuhl. »Ich glaube«, sagte sie, »ich habe etwas gefunden.«

Georg schaute sie weiter stumm an.

»Hat der Herr die Sprache verloren? Was soll das? Mensch, krieg dich ein. Nur weil ich mal was Nettes über dich gesagt habe und das nicht ständig wiederholen will, führst du dich auf, als hätte ich dich betrogen. Dabei bin ich doch wohl die Betrogene. Aber das tut jetzt nichts zur Sache. Der Richter-Code ist wichtiger. Deshalb, noch einmal: Ich glaube, ich habe etwas gefunden.«

»Bei Gelegenheit sage ich auch etwas Nettes über dich«, sagte Georg, der sich offenbar wieder gefangen hatte. »Was hast du herausgefunden? Spann mich nicht so lange auf die Folter.«

»Komm mit in Lenas Arbeitszimmer. Ich zeige es dir.«

Die Wirkung des Zimmers auf Georg war nicht so stark wie beim ersten Besuch, vermutlich weil es draußen dunkel war und so kein Licht durch die Fenster fiel, die wie das Richter-Fenster mit Farbquadraten beklebt waren.

Sandra hatte die Postkarten und die Nachbildungen des Richter-Fensters auf dem Schreibtisch in vier Stapel sortiert. »Die Postkarten sind meiner Ansicht nach uninteressant. Überwiegend handelt es sich um Fotos des fertigen Richter-Fensters im Dom. Spannender sind diese Metallnachbildungen mit den bunten Kunststofffenstern. Fällt dir etwas auf?«

Sandra reichte ihm zwei der Metallfenster. »Ein ähnliches Fenster habe ich bei der toten Lena gefunden.«

»Ja. Aber fällt dir sonst nichts auf? Denke an das, was uns Gerhard Richter über die Farben im Fenster gesagt hat. Warte, du musst die Fenster mal gegen eine Lampe halten, damit das Licht hindurchfällt.«

Georg sah das Richter-Fenster, was sollte er sonst noch sehen?

»Hier«, zeigte Sandra, und sie deutete mit einem Stift auf ein sehr helles Farbfeld. »Was ist das für eine Farbe?«

»Weiß, würde ich sagen.«

»Und hier?« Sandra zeigte auf eine andere Stelle.

»Auch Weiß.«

»Und?«, fragte Sandra.

»Weiß kommt laut Gerhard Richter in seinem Domfenster nicht vor«, sagte Georg.

»Und, was schließt du daraus?«

»Dass diese Nachbildungen nicht besonders gut sind und kleine oder größere Fehler enthalten. Souvenirkitsch eben.«

»Bist du blind, oder was? Das ist doch kein Souvenirkitsch. Das ist erstklassige Handwerkerarbeit. Und, was ich geradezu sensationell finde, von den über zwölftausend Farbquadraten sind 99,9 Prozent völlig exakt in der richtigen Farbtönung an der richtigen Stelle angeordnet. Wenn es Fehler gibt, dann sind es immer nur die weißen Felder.«

»Woher willst du denn wissen, dass nur die weißen Felder falsch sind und alle anderen richtig? Nicht mal Gerhard Richter hat das nachkontrolliert, aber du, du weißt das.«

»Ja, ich weiß das. Ich habe dir doch gesagt, dass ich ein fotografisches Gedächtnis habe. Du warst dabei, als ich mir nach unserem Dombesuch das Plakat vom Richter-Fenster gekauft habe. Das hängt bei mir zu Hause. Ich habe es mir eingeprägt. Ich kenne jedes Farbfeld auswendig.«

»Du solltest bei Wetten, dass..? auftreten.«

»Hier, nimm diese Miniatur. Frag mich ab.«

»Zweite Bahn, vorletztes Feld des Hauptfensters, erste Reihe, drittes Farbquadrat?«

»Gelb, zwischen Rot und Orange«, sagte Sandra.

»Und welche Farbe liegt darunter?«

»Auch ein Gelb, etwas heller.«

»Das ist sensationell. Sandra, du hast das Rätsel geknackt.«

»Nein, habe ich nicht. Wir wissen noch nicht, wie der Code funktioniert.«

»Aber das kriegen wir jetzt raus. Ich weiß auch schon, wie, ich kenne da jemand beim Geheimdienst. Kannst du eine Liste aller weißen Felder und der Farbfelder machen, die da eigentlich zu finden sein müssten?«

»Kein Problem.«

»Dann müssten wir versuchen, die Farben Buchstaben zuzuordnen, und könnten die Botschaft entschlüsseln.«

»Falls deine Theorie stimmt, dass die Farben Buchstaben sein könnten.«

»Aber das liegt doch wirklich nahe. Lena hatte diese Vermutung. Richter hat in diese Richtung gewiesen, als er mich nach der Zahl der Buchstaben im Alphabet fragte und sagte, dass sein Bild alle Bilder der Welt enthalten könnte. Und du hast jetzt den Beweis gefunden. Du bist großartig.«

»Danke. Tut gut. Du bist auch nicht übel.«

Montag, 2. März 2009

29

Lenas Beerdigung auf Melaten war für elf Uhr angesetzt. Georg und Sandra, die die halbe Nacht über den Miniaturen des Richter-Fensters gebrütet hatte, gingen zu Fuß von Georgs Wohnung in Ehrenfeld zum nahen Friedhof.

Es war eine kleine Trauerfeier im engsten Familien- und Bekanntenkreis. Josef Lenzen und seine Frau Martha saßen gefasst in der ersten Reihe der Trauerhalle. Sie hatten für ihre Tochter einen weißen Sarg ausgesucht, der mit weißen Lilien geschmückt war, Symbol für Reinheit, Schönheit und den Tod.

Frau Fischer, Lenzens Sekretärin, versteckte ihr verheultes Gesicht unter einem wagenradgroßen schwarzen Hut mit Schleier.

Rita, Georgs Ex, war ohne ihren neuen Freund Rolf erschienen, aber mit Tochter Rosa. Die Kleine lief auf Georg zu und setzte sich neben ihren Vater. Widerwillig nahm Rita den Platz neben Rosa ein.

Lobenau, sehr elegant, schwarzer Kaschmirmantel, hatte in seinem Schlepptau den BMX-Riesen, von dem Georg inzwischen den Namen wusste: Lukasz Wisniewski, ein polnischer Bauarbeiter. Georg traute ihm nicht, obwohl er inzwischen mit Lenzen zur Polizei gefahren war und ausgesagt hatte.

Die Kripo war durch Gerald Menden vertreten, der sich ebenfalls noch zu Georg in die Bank setzte, neben Sandra, die er freundlich begrüßte. Sein Kollege Naumann hielt sich im Hintergrund.

Der Priester, der die Trauerrede hielt, war derselbe, den Georg am Haus der Piusbruderschaft getroffen hatte. Der Mann sprach ein paar tröstende Worte für Lenas Eltern, die ihre Tochter im wahren Glauben erzogen hätten, dann sprach er von Lenas Versuchung, der sie erlegen sei, von ihrer »schrecklichen Verirrung zum Islam«. Sie habe nicht gewusst, dass »Mohammed mit einem Mädchen geschlechtlichen Umgang gepflegt hat, mit einem Mädchen von acht oder neun Jahren. Das bezeichnet man nach der heutigen Terminologie als Kinderschänder.«

Die Trauergemeinde wurde unruhig, aber der Priester ließ sich in seinem Vortrag nicht beirren, sondern sprach nur noch lauter. Vom angeblichen Kinderschänder Mohammed kam er zu seinem Mitbruder, Bischof Richard Williamson, der den Holocaust leugnete. »Ich teile diese Auffassung nicht. Aber wenn man mich fragt: Kann jemand, der den Holocaust leugnet, noch Glaubensbruder sein?, dann sage ich: Solange er die katholischen Dogmen anerkennt, ja natürlich.«

Deshalb sei die Rücknahme der Exkommunikation der vier Bischöfe der Piusbruderschaft von Papst Benedikt XVI. nur folgerichtig: »Es ist dringend notwendig, denn der Glaube ist sehr, sehr verwässert, und wir leben in einer neuheidnischen Gesellschaft.«

Es gehe darum, den reinen katholischen Glauben zu verbreiten, nicht darum, sich mit dem Islam oder dem Judentum zu arrangieren. »Christus hat seine Apostel ausdrücklich hinausgesandt in alle Welt, um alle Völker, einschließlich der Juden, zu ihm zu bekehren.«

Lena habe ihren Irrweg erkannt und sei umgekehrt. »Sie ist als Märtyrerin für den wahren Glauben gestorben. Gott kennt die Mörder. Er wird sie strafen. Amen.«

»Amen«, tönte es aus der Trauergemeinde zurück, Georg erkannte die Stimmen von Josef Lenzen und von Lukasz, dem Polen.

Er fragte sich, warum er hergekommen war. Die Gedanken der Predigt waren ihm völlig fremd, diese Mischung aus Hass und Intoleranz verbunden mit Selbstgerechtigkeit. Wie konnte man nur so leben? Was wurden da für Menschen herangezogen?

Am liebsten hätte er lautstark protestiert, aber er wollte die Trauergemeinde nicht stören. Sandra zu seiner Linken und Rita zu seiner Rechten fühlten sich offensichtlich genauso unwohl wie er. Als die kleine Rosa einmal laut »Hallo, Onkel Josef« rief, nahm Rita das zum Vorwand, die Trauerhalle zu verlassen.

Rita war auch nicht zu sehen, als sie hinter dem weißen Sarg, der von sechs Arbeitern aus Lenzens Firma getragen wurde, die Trauerhalle verließen und zur Grabstätte gingen, die im neueren Teil des Friedhofs lag, nördlich der sogenannten »Millionenallee«.

Georg und Sandra reihten sich in die kleine Schlange derer ein, die Erde und Blumen, wieder weiße Lilien, auf den Sarg warfen und den Eltern ihr Beileid aussprachen. Vor ihnen gingen Carsten Lobenau und Lukasz Wisniewski, hinter ihnen die Kripoleute Menden und Naumann.

Martha und Josef Lenzen ließen die traditionelle Zeremonie an sich vorüberziehen, ohne besondere Gefühlsregungen zu zeigen. Nur als Lobenau und Wisniewski Erde und Lilien auf den Sarg warfen, der Pole sprach auch noch ein kleines Gebet, schien es Georg, als blitzten Lenzens Augen auf und als zuckte seine Hand, die er zur Faust verkrampft hatte.

»Ich habe eine SMS von Kathrin bekommen«, sagte Sandra zu Gerald Menden, als sie gemeinsam vom Grab zurück zur Trauerhalle gingen. »Die Polizei kann die Suche einstellen.«

»Das ist ja mal eine gute Nachricht«, sagte der Kommissar. »Wenigstens ist dieser Fall gelöst. Wenn wir jetzt noch den Mörder finden würden. Für Naumann und den Polizeipräsidenten ist aber auch der Fall Lena so gut wie geklärt. Al-Qaida. Sie wurde ermordet, weil sie sich vom Islam wieder losgesagt hat. Ist doch logisch, oder?«

»Du scheinst nicht so überzeugt?«, sagte Georg.

»Woher auch. Es gibt keinerlei Beweise. Es gibt keine Täter. Es gibt nichts. Außer wilden Spekulationen.«

»Es gibt Beweise, dass Lena in Pakistan war«, sagte Georg.

»Ja. Die gibt es. Und sie hat bei der Polizei über die Zeit in Pakistan ausgesagt. Sogar, dass sie Anschläge befürchtete.«

»Dann war sie doch bestimmt in Gefahr.«

»Ja, das war sie. Und deshalb wurde sie ja auch von uns observiert. Man könnte auch sagen, aus der Ferne bewacht.«

»Aber du hast selbst gesagt, dass diese Überwachung nicht lückenlos war.«

»Natürlich war die Überwachung nicht lückenlos. Kannst du mir mal sagen, wie die Polizei das hinbekommen soll? Die Politik hält wunderbare Fensterreden, in Berlin wie in Düsseldorf, aber die Mittel werden ständig gekürzt und die Anforderungen ständig erhöht. Trotzdem wissen wir sehr genau, mit wem Lena Kontakt hatte. Die technische Überwachung lief einwandfrei. Wenn da jemand aus Pakistan oder Afghanistan aufgetaucht wäre, das hätten wir schon mitbekommen.«

»Hast du denn irgendeine andere Spur?«, fragte Georg.

»Nein. Woher denn auch? Wenn sich alles auf al-Qaida stürzt, wird doch woanders gar nicht mehr ermittelt. Außerdem macht sich das doch gut, die Kölner Polizei jagt al-Qaida. Das bringt uns zwar dem Mörder nicht näher, aber ganz bestimmt einen Bericht in der Tagesschau.«

»Und noch einen Aufmacher im BLITZ«, sagte Georg.

»Ich kann auf beides verzichten. Mich interessiert die Wahrheit.«

»Wann geht die Polizei mit ihrer al-Qaida-Theorie denn an die Öffentlichkeit?«, fragte Georg.

»Das ist für morgen Nachmittag geplant. Aus Pietätsgründen sollte die Beerdigung abgewartet werden, ehe wir über Lenas Pakistanaufenthalt im Terrorcamp berichten.«

»Wie rücksichtsvoll. Gibt es denn überhaupt keine verwertbaren Hinweise? Seit dem Mord sind fünf Tage vergangen, da muss doch was zusammengekommen sein.«

»Wir haben nicht eine heiße Spur. Wir suchen immer noch den tatsächlichen Tatort. Wenn wir den finden, wären wir einen sehr großen Schritt weiter. Aber mit jedem Tag, der vergeht, wird es schwieriger, brauchbare Spuren zu finden.«

»Dann ist al-Qaida für die Polizei also eine sehr praktische Lösung. Man hat einen Bösewicht, das Volk ist beruhigt, denn dieser Bösewicht ist weit, weit weg. Aber was, wenn der Bösewicht nicht weit weg ist? Wenn Lena recht hatte, dass im Richter-Fenster des Doms eine Warnung versteckt ist? Wenn der Bösewicht schon dabei ist, seine böse Tat auszuführen?«

»Georg, wie schon gesagt, wir haben keinerlei Hinweise darauf, dass da irgendetwas dran sein könnte.«

»Wer ist wir? Die Polizei? Gilt das auch für alle Geheimdienste?«

»Wir heißt, wir von der Polizei. Wir haben keine Hinweise, auch keine Hinweise von den Geheimdiensten.«

»Aber wir haben Beweise«, sagte Georg.

»Wer ist wir?«, fragte diesmal Gerald Menden.

»Wir, das sind Sandra und ich. Sie hat etwas entdeckt. Eine Botschaft. Sie besteht aus dreiundsechzig Buchstaben.«

»Ja«, pflichtete Sandra ihm bei, »dreiundsechzig.«

»Und«, fragte Gerald, »was steht drin in dieser Botschaft von dreiundsechzig Buchstaben?«

»Das wissen wir leider nicht, noch nicht«, sagte Georg. »Wir benötigten noch etwas Hilfe von Dechiffrierungsexperten. Ich kenne da jemand beim Verfassungsschutz, der nachher bei mir vorbeikommt und sich das mal ansehen wird. Aber vielleicht hat die Polizei Interesse daran, uns bei der Lösung des Rätsels zu helfen?«

»Georg, bastelst du dir wieder eine deiner phantastischen Geschichten zurecht, um die nächste große Schlagzeile zu produzieren?«

»Nein, Gerald. Es stimmt alles, was ich gesagt habe. Komm mit, dann zeigen wir dir, was wir gefunden haben.«

Auf Georgs Computertisch lagen die Nachbildungen des Richter-Fensters säuberlich nebeneinander. An der Wand hing das große Plakat des Richter-Fensters, auf dem die Tausenden Farbflächen besonders gut zu erkennen waren. Die Postkarten hatte Sandra weitgehend aussortiert, die Qualität sei nicht gut genug.

»Schau hier«, sagte Georg zu Menden, »jeweils elf Farbquadrate horizontal nebeneinander und neun Farbquadrate vertikal übereinander angeordnet. Meine Tochter Rosa hat das entdeckt. Elf zu neun, nine-eleven, 11. September.«

»Ach, und das ist deine unglaubliche Entdeckung? Dass deine Tochter bis elf zählen kann? Georg, du stiehlst mir meine Zeit.«

»Sei nicht so ungeduldig. Ich will nur, dass du das Bild etwas besser verstehst. Wir, Sandra und ich, haben mit Gerhard Richter gesprochen. Franck hat ein Bild von ihm gekauft …«

»Ja, weiß ich, ich war auch auf der Party.«

»Aber du warst nicht bei dem Gespräch mit Gerhard Richter dabei. Das Fenster nutzt zweiundsiebzig Farben, überwiegend die gleichen Farbtöne, die auch in den traditionellen Domfenstern vorkommen. Aber eine Farbe ist nicht dabei, nämlich Weiß.«

Gerald schaute sich das große Plakat jetzt etwas genauer an. »Gut, kein Weiß. Ist ja auch ein buntes Fenster.«

Sandra nahm vorsichtig eine der Metallnachbildungen und hielt sie vor das Fenster. »Gerald, komm, schau dir das hier an.«

»Fühlt sich gut an. Sieht nett aus. Wer so was mag.«

»Das ist eine fast perfekte Nachbildung«, sagte Sandra. »Von den über zwölftausend Farbquadraten stimmen nur dreiundsechzig nicht mit dem Original überein. Und was unterscheidet diese dreiundsechzig Quadrate vom Original? Sie sind weiß.«

»Gerald, verstehst du jetzt?«, fragte Georg. »Jedes der Farbquadrate im Richter-Fenster könnte für einen Buchstaben stehen. Sandra hat heute Nacht akribisch diese dreiundsechzig weißen Felder herausgesucht und mit den Originalfarbtönen verglichen.«

»Insgesamt stehen die weißen Felder für sechzehn verschiedene Farbtöne«, fuhr Sandra fort. »Ein Farbton kommt zehnmal vor, der zweithäufigste Farbton ist siebenmal vertreten, dann gibt es noch zwei weitere, die je sechsmal vorhanden sind.«

»Sechzehn verschiedene Werte, das könnte tatsächlich für Buchstaben aus dem Alphabet stehen«, sagte Gerald. »Wo bleibt denn dein Entschlüsselungsexperte? Und wie steht es mit euren Sprachkenntnissen? Wenn eure 9/11-Theorie stimmen sollte, müsste hier noch jemand Arabisch können.«

»Wir sind hier in Ehrenfeld«, sagte Georg, »wenn wir jemanden benötigen sollten, der Arabisch kann, muss ich nur in die Nachbarschaft.«

Der Mann vom Verfassungsschutz hatte sich als Jogger verkleidet und tauchte auf in einer Kluft mit drei Streifen. Dazu passte allerdings überhaupt nicht, dass er einen Laptop mit sich schleppte.

»Du hast mir nicht gesagt, dass du nicht allein bist«, motzte er. »Ich arbeite nicht so gerne in der Öffentlichkeit. Für heute heiße ich Klaus, falls ihr unbedingt einen Namen benötigt.«

»Das ist hier nicht die Öffentlichkeit. Das ist Sandra, Archivarin und Spezialistin für optische Identifizierung, und das ist Gerald von der Kriminalpolizei. Mordkommission.«

»Optische Identifizierung? Was soll das sein? Adlerauge?«, lästerte Klaus.

»Sandra hat die entscheidende Entdeckung gemacht«, sagte Georg.

Sandra erklärte dem Mann vom Verfassungsschutz, was sie herausgefunden hatte. Klaus hörte interessiert zu und baute in der Zwischenzeit seinen Computer auf.

»Gut. Das klingt bis hierhin alles plausibel. Dann will ich mal sehen, ob Emma uns weiterhilft. Emma«, dabei tätschelte er seinen Laptop, »weiß alles über Kryptografie und Dechiffrierung. Hier könnten wir es mit der Verteilung der Buchstabenhäufigkeit probieren. Dreiundsechzig Buchstaben sind allerdings nicht sehr viel Masse, erst bei längeren Texten stimmen die statistischen Werte. Im Deutschen ist ›e‹ der häufigste Buchstabe, der über siebzehn Prozent jedes Textes ausmacht. Dann folgt das ›n‹ mit fast zehn Prozent, auf Platz drei liegt das ›i‹ mit siebeneinhalb Prozent vor ›s‹ und ›r‹ mit auch noch über sieben Prozent. Falls hier jemand mitgerechnet hat: die fünf häufigsten Buchstaben machen fünfzig Prozent eines deutschen Textes aus. Damit kann man schon was anfangen. Diese Häufigkeitsverteilung betrifft übrigens nur die Gesamtheit von Texten. Am Wortanfang etwa ist ›d‹ der häufigste Buchstabe, was mit den Artikeln ›der, die, das‹ zusammenhängt. Am Wortende ist das ›n‹ die Nummer eins, was mit dem Infinitiv und den Pluralformen zusammenhängt. Wenn wir also auch noch Wortgrenzen erkennen können, haben wir weitere Anhaltspunkte.«

Klaus ließ seinen Computer Emma eine Tabelle von acht mal acht Zellen erzeugen. In die Zellen schrieb er von links oben nach rechts unten Zahlen von 01 bis 16, die die sechzehn ersetzten Farben repräsentierten, 01 stand für die am häufigsten ersetzte Farbe, die Reihenfolge bestimmte sich nach der Anordnung im Richter-Fenster. Das letzte Feld der letzten Reihe blieb leer.

Sandra passte auf, dass Klaus kein Fehler unterlief.

»Wir müssen davon später noch Variationen erzeugen, da wir auf den Plätzen drei und vier und auf den Plätzen fünf bis neun dieselben Häufigkeiten im Quelltext haben. Auch die Ränge elf und zwölf sowie vierzehn bis sechzehn sind gleich häufig vertreten. Für Emma ist das aber alles kein Problem, die berechnet uns das.«

Klaus' erste Liste sah schließlich so aus:

05	01	02	12	01	07	03	02
05	01	02	12	10	04	06	01
08	01	04	07	09	06	09	11
08	01	04	10	04	11	04	13
01	03	02	15	03	08	07	01
10	01	03	02	05	04	06	09
12	06	03	16	13	03	05	02
11	02	14	01	08	09	07	

Der Geheimdienstler schien mit dem Ergebnis zufrieden. »Wie gesagt, die Zahlen stehen für die sechzehn Zeichen in der Botschaft. 01 kommt am häufigsten vor, 16 am seltensten. Wir können ja probeweise mal die deutschen Buchstaben einsetzen.«

Klaus ließ Emma wieder etwas arbeiten, sie spuckte im Bruchteil einer Sekunde folgendes Ergebnis aus:

R	E	N	C	E	T	I	N
R	E	N	C	U	S	A	E
D	E	S	T	H	A	H	L
D	E	S	U	S	L	S	G
E	I	N	O	I	D	T	E
U	E	I	N	R	S	A	H
C	A	I	B	G	I	R	N
L	N	M	E	D	H	T	

»Also, Deutsch ist es nicht. Oder erkennt da irgendeiner etwas? Ich sehe zweimal die Folgen ›REN‹, ›DES‹ und ›EIN‹, aber einen Sinn ergibt das für mich nicht«, sagte Georg.

»In der zweiten Zeile erscheint ›USA‹, in der vierten noch einmal ›US‹«, meine Sandra.

»Ich versuche es mal mit den nötigen Variationen, die sich aus gleichen Häufigkeiten im Quelltext ergeben«, sagte Klaus.

Die Resultate waren nicht besser als der erste Durchlauf.

»Welche Sprachen soll ich jetzt ausprobieren? Englisch, Französisch, Spanisch, alles kein Problem für Emma.«

»Versuche es mal mit Latein«, sagte Georg.

»Wieso Latein? Das spricht doch heute keiner mehr.«

»Warum nicht Latein? Wir haben es mit einem Kirchenfenster zu tun, das den Schlüssel liefert. Außerdem habe ich vor ein paar Tagen mal eine schmerzhafte Warnung erhalten, die auf Latein war: *Noli me tangere*. Rühr mich nicht an. Gerade deswegen sollten wir Latein probieren.«

»Dann also Latein«, sagte Klaus und ließ Emma wieder arbeiten. »Ich setze erst einmal nur die drei häufigsten Buchstaben I, E und A an ihre Stelle, dann sehen wir weiter.«

	I	E		I		A	E
	I	E					I
	I						
	I						
I	A	E		A			I
	I	A	E				
		A			A		E
	E		I				

»Kann hier jemand Latein?«, fragte Klaus.

Sandra und Georg meldeten sich. »Der Anfang könnte ›DIES IRAE‹ heißen, Tag des Zorns«, sagte Georg.

»Ja. Das klingt gut. Das ist ein Hymnus, der sich auf das Jüngste Gericht bezieht«, sagte Sandra.

»Gut«, meinte Klaus. »Dann könnten wir ein paar Buchstaben ersetzen. ›05‹ am Anfang wäre dann ein ›d‹ und für ›12‹ könnten wir ›s‹ schreiben. Und ›07‹ hätten wir auch noch als ›r‹. Mal sehen, was das dann ergibt.«

D	I	E	S	I	R	A	E
D	I	E	S				I
	I		R				
	I						
I	A	E		A		R	I
	I	A	E	D			
S		A			A	D	E
	E		I			R	

»Der Anfang sieht gut aus. Dies irae, dies ... aber dann fehlt noch sehr viel«, sagte Georg.

»Emma ist aber schon sehr zufrieden«, sagte Klaus. »Sie meldet, dass der Text zu über fünfzig Prozent entschlüsselt wäre. Das ist doch nicht schlecht. Außerdem können wir, wenn wir bisher nichts falsch gemacht haben, zwei Dinge mit großer Sicherheit feststellen: Es handelt sich tatsächlich um Latein, und der Originaltext enthält kein Zeichen für Wortzwischenräume. Die sechzehn Zeichen stehen also vermutlich tatsächlich für Buchstaben. Mit diesen Angaben können wir das Weitere getrost Emma überlassen. Sie setzt jetzt für jede noch nicht dechiffrierte Zahl einen der möglichen Buchstaben ein und sie vergleicht die Ergebnisse mit ihrem Wörterbuch. Emma kann nämlich auch Latein. In spätestens zehn Minuten sollten wir ein Ergebnis sehen.«

Sandra und die drei Männer saßen mit großen Augen vor dem Bildschirm, über den in unglaublicher Geschwindigkeit Buchstaben flimmerten. Manchmal blieben einzelne Buchstaben an festen Positionen stehen. Georg erinnerte das Schauspiel an Anzeigetafeln in Flughäfen oder auf Bahnhöfen, wo die einzelnen Buchstaben so lange umgeklappt wurden, bis das neue Ziel angezeigt wurde.

Emma machte es spannend. Nach sieben Minuten und elf Sekunden beruhigte sich die Anzeige, stattdessen stand da zu lesen: »Ergebnis festgestellt. Möchten Sie das Ergebnis sehen?«

»Na, mach schon«, schimpfte Georg, »was soll dieser Unsinn?«

»Der Programmierer wollte wahrscheinlich die Spannung erhöhen«, sagte Klaus. »Ich drücke dann mal hier auf ›Ergebnis anzeigen‹«.

Emma baute ihre Lösung Buchstabe für Buchstabe auf, und sie ließ sich Zeit, nur ein Buchstabe pro Sekunde. Erst nach gut einer Minute hatte sie ihre Botschaft enthüllt:

D	I	E	S	I	R	A	E
D	I	E	S	C	O	M	I
T	I	O	R	U	M	U	L
T	I	O	C	O	L	O	N
I	A	E	P	A	T	R	I
C	I	A	E	D	O	M	U
S	M	A	G	N	A	D	E
L	E	B	I	T	U	R	

Georg und Sandra machten sich daran, die Wörter zu isolieren, als sich Emma mit einer neuen Botschaft meldete: »Ergebnis in sinnvoller Darstellung anzeigen?«

Klaus hämmerte auf die Eingabetaste. Emma löschte das Tabellengitter, schob die Buchstaben aneinander, fügte Zwischenräume ein, sortierte alles in drei Zeilen und präsentierte schließlich folgende Darstellung:

DIES IRAE DIES COMITIORUM
ULTIO COLONIAE PATRICIAE
DOMUS MAGNA DELEBITUR

»Kann das jemand übersetzen?«, fragte Gerald.

»Tag des Zorns, Tag des … ›Comitiorum‹, müsste ich nachschlagen«, sagte Georg. »›Ultio‹ weiß ich auch nicht. ›Coloniae‹ könnte für Köln stehen. ›Patriciae‹ könnte Patrizierin heißen. Vielleicht wird darauf angespielt, dass Köln von der Patrizierin Agrippina gegründet wurde. Der letzte Satz ist klar: Das große Haus wird zerstört werden.«

»Emma bietet auch eine Übersetzung an«, sagte Klaus.

TAG DES ZORNS TAG DER VERSAMMLUNG
RACHE FÜR COLONIA PATRICIA
DAS GROSSE HAUS WIRD ZERSTÖRT WERDEN

Sandra recherchierte an Georgs Computer. »›Colonia Patricia‹ könnte für Córdoba stehen, so hieß die Stadt bei den Römern.«

Georg schrieb das Ergebnis auf ein DIN-A4-Blatt:

TAG DES ZORNS TAG DER VERSAMMLUNG
RACHE FÜR CORDOBA
DAS GROSSE HAUS WIRD ZERSTÖRT WERDEN

Sandra fuhr fort: »›DOMUS MAGNA‹ heißt natürlich wirklich das große Haus, aber es könnte, gerade in Köln, natürlich auch den Dom meinen. Das Wort Dom kommt ja vom lateinischen ›domus‹.«

Georg schrieb auf ein neues Blatt:

TAG DES ZORNS TAG DER VERSAMMLUNG
RACHE FÜR CORDOBA
DER DOM WIRD ZERSTÖRT WERDEN

»›Rache für Córdoba‹ finde ich merkwürdig«, sagte Gerald. »Mich erinnert das an die Fußballweltmeisterschaft 1978. In Córdoba verlor der amtierende Weltmeister Deutschland ausgerechnet gegen Österreich mit 2:3. Beide Mannschaften schieden aus dem Turnier aus. Was soll das hier in dieser Warnung?«

Sandra hatte wieder etwas Neues gefunden: »Das Spiel fand an einem 21. Juni statt. Vielleicht ist das ein Hinweis auf den Tag des Anschlags?«

»Vielleicht. Ich denke, es bedeutet etwas anderes. Das Córdoba, das hier gemeint ist, liegt in Südspanien und nicht in Argentinien. Wart ihr schon mal in Córdoba?«, fragte Georg.

Gerald und Klaus verneinten.

Sandra nickte und sagte: »Ich ahne, was du meinst. In Córdoba ließen die Mauren eine gigantische Moschee errichten, die sogenannte Mezquita. Ein phantastisches Bauwerk mit einem

Wald aus Säulen, die von rot-weißen Hufeisenbögen gekrönt sind. Ein majestätisches Bauwerk von eindrucksvoller Schönheit. Als die Christen Córdoba zurückeroberten, erbauten sie inmitten dieser Moschee eine gotische Kathedrale. Dafür wurden im Zentrum Säulen entfernt. Ich habe dazu was im Internet gefunden. Als Kaiser Karl V. das Ergebnis, das er selbst angeordnet hatte, sah, soll er gesagt haben: ›Ich wusste nicht, um was es sich hier handelte. Denn wenn ich es gewusst hätte, hätte ich nicht erlaubt, dass man Hand an das alte Gebäude legt. Ihr habt getan, was möglich war, etwas erbaut, was es andernorts schon gibt, und dafür habt ihr etwas zerstört, was einmalig in der Welt war.‹ Noch heute, wenn man die Mezquita besucht, empfindet man die Schönheit der alten Moschee, gegen die die ganze Pracht der christlichen Kathedrale verblasst. Vielleicht heißt ja Rache für Córdoba: So, wie ihr aus der Moschee eine Kathedrale gemacht habt, wollen wir aus der Kathedrale eine Moschee machen.«

»Was laut Kardinal Meisner mit dem Einbau des Richter-Fensters ja schon geschehen ist«, sagte Gerald.

»Was machen wir jetzt mit diesen Informationen? Hältst du das immer noch für Unsinn? Oder müssen die Behörden das nicht ernst nehmen?«, fragte Georg.

»Unbedingt. Wer informiert Polizei und Geheimdienste?«, fragte Klaus.

»Ich dachte, du machst das. Du gehörst doch dazu«, sagte Menden.

»Nein. Das muss anders laufen. Ich bin privat hier. Außerdem bin ich beim Verfassungsschutz. Die Polizei soll die nötigen Schritte einleiten. Innenminister informieren, das muss jetzt ganz offiziell werden und zu den zuständigen Behörden, die sich mit dem Thema Terrorismus befassen.«

»Dann also Ihr Auftrag, Kriminalkommissar Menden.«

»Mein Präsident wird begeistert sein«, sagte Menden.

»Wer mag hinter dieser Botschaft stecken?«, fragte Georg, als Gerald und Klaus gegangen waren und er allein mit Sandra in seiner Wohnung war.

»Und wann ist der Tag der Versammlung?«, sagte Sandra.

»Ich rufe mal jemand an der Uni an. Eine alte Studienkollegin. Vielleicht kann die uns den Begriff ›comitiorum‹ etwas besser erläutern«, sagte Georg.

Er hatte Glück und erreichte Monika, die als Dozentin am Institut für Altertumskunde arbeitete. Georg erklärte ihr sein Anliegen, Monika versprach, ihm noch heute eine Antwort per Mail zu schicken.

Franck meldete sich. Das Geld liege ordentlich verbucht auf einem Konto mit Francks Namen. Zu dem Konto gehöre eine spezielle Karte, mit der Georg täglich bis zu zehntausend Euro abheben könne. Wenn er mehr Geld benötige, müsse Franck das für ihn erledigen. Die Karte und das zugehörige Passwort könne sich Georg jederzeit bei Franck abholen.

Zweihundertfünfzigtausend Euro. Schnell verdientes Geld. Wann sollte er Lenzen Bescheid geben, dass der Richter-Code entziffert war? Durfte er das Geld wirklich behalten? Musste er Sandra nicht die Hälfte abgeben?

Sandra hatte ihr schwarzes Beerdigungskostüm gegen Jeans und Pullover ausgetauscht. »Ich muss zur Arbeit. Wir sehen uns dann morgen früh im Stadtarchiv. Unsere Direktorin ist schon ganz aufgeregt. Endlich mal jemand von der Presse, der sich unsere Sorgen anhört.«

»Du könntest heute Nacht gerne wieder bei mir bleiben«, sagte Georg.

»Danke. Ein andermal. Ich muss die Sache mit Kathrin noch verarbeiten. Wir sehen uns morgen. Elf Uhr. Bitte sei pünktlich.«

»Morgen elf Uhr«, sagte Georg und küsste sie zum Abschied auf die Stirn.

Den Nachmittag verbrachte er damit, seine Story über die Piusbruderschaft in Köln zu schreiben. Dieser komische Priester heute Morgen hatte ihm noch einige Vorlagen geliefert. Er packte seine Beschreibung der Kapelle »Hl. Drei Könige« mit der ominösen Nachbarschaft hinter dem Bahnhof dazu. Der Artikel war wirklich kein Glanzstück, aber Stein sollte wenigstens keinen Vorwand bekommen, ihn rauszuwerfen. Er würde ihm den Artikel geben, wenn er nach seinem Gespräch im Stadtarchiv in die Redaktion käme.

Georg fragte sich, wieso Stein ihn zu dieser Pius-Arbeit verdonnert hatte. Was wusste Stein, das Georg nicht wusste? Konnte es sein, dass die Piusbrüder das Attentat im Dom planten?

Immerhin war es Lobenau, der zu den Piusbrüdern gehörte, der den Stein mit dem Richter-Fenster in Georgs Wohnung werfen ließ. Oder war das nur ein makabrer Spaß, weil Lobenau wusste, wie manisch Lena Lenzen hinter dem Richter-Fenster her war?

Aber warum sollte Lobenau so etwas tun? Das passte doch gar nicht zu diesem feinen Herrn. Aber irgendwie passte dieser feine Herr ja auch nicht auf die U-Bahn-Baustelle. Und war es nicht auch verdächtig, dass Lobenau sich so um Lukasz kümmerte, der feine Bauleiter und der polnische Hilfsarbeiter?

Georg erinnerte sich daran, dass er morgen mit Lobenau verabredet war. Nach dem Archivbesuch sollte er in die Baustelle Waidmarkt kommen. Dann würde er sich diesen feinen Herrn noch einmal ganz genau ansehen. Und Stein müsste auf den Artikel über die Piusbrüder eben noch eine Stunde länger warten. Kein Problem, dachte Georg, Stein hatte als Abgabetermin den Dienstag genannt und keinen Tag später. Da konnte er ihn ruhig auch noch etwas zappeln lassen.

Am Abend rief Gerald Menden an. Er hatte die Erkenntnisse über den Richter-Code weitergegeben.

»Die Kölner Polizei ist da weitgehend raus. Der Fall wird jetzt von der Bundesanwaltschaft verfolgt. Die da oben werden schon das Richtige tun.«

»Die da oben, das klingt aber nicht sehr überzeugend.«

»Ich fürchte, dass die Regierung kein Interesse daran hat, irgendetwas Bedrohliches an die Öffentlichkeit zu lassen. Wahrscheinlich, weil an den Drohungen wirklich etwas dran ist. Es gibt Videos im Internet, in denen ganz konkret Anschläge auch in Deutschland angekündigt werden. Und der Kölner Dom wird darin sogar namentlich als mögliches Ziel erwähnt. Entsprechend groß ist die Nervosität. Aber außer diesen Videos gibt es keine weiteren Spuren. Und dann kommt ihr beiden daher und liefert etwas ab, was ziemlich bedrohlich klingt. Zwei Zivilisten blamieren Polizei und Geheimdienste. Das mögen die hohen Herren und Damen gar nicht gern. Es soll doch wenigstens so aussehen, als hätte der Staat alles im Griff. Ich denke, wir hätten schon anders reagieren müssen, als Lena die Polizei das erste Mal alarmierte.«

»Lena ist tot. Das müsste doch Anlass genug sein, dass alles unternommen wird, ein Attentat zu verhindern.«

»Das geschieht ja auch. Die Bewachung rund um den Dom und im Dom selbst soll verschärft werden. Da sind demnächst mehr Geheimdienstler als Gläubige vor Ort. Etwas Weihrauch und Weihwasser kann den Kollegen nicht schaden.«

»Habt ihr an den Fensterminiaturen schon irgendwelche Spuren entdeckt?«

»Ja. Jede Menge Fingerabdrücke. Aber die sind alle ganz frisch, stammen also wahrscheinlich von Sandra und von dir.«

»Ärgerlich.«

»Apropos Sandra, ich hab noch was Neues von ihrer verschwundenen Freundin. Als ich den Kollegen sagte, dass sie die Suche einstellen könnten, Kathrin habe eine SMS geschickt, haben die Kollegen sicherheitshalber noch einmal nachgefragt, wo das Handy in den letzten Tagen gewesen ist. Überraschung: Die SMS kam am Sonntagmittag noch aus Köln, aber das Handy funkt inzwischen aus Stockholm. Kein Wunder, wenn sich die Freundschaft abgekühlt hat.«

»Danke, Gerald. Ich weiß gar nicht, ob ich Sandra das sagen soll.«

»Musst du entscheiden«, verabschiedete sich Gerald.

Kurz vor zehn Uhr abends kam auch noch die Mail von Monika vom Institut für Altertumskunde.

»›Comitiorum‹ ist der Genitiv des lateinischen Wortes ›comitia‹, das ›Versammlung‹ oder ›Volksversammlung‹ bedeutet. In den römischen Komitien wurden auch Entscheidungen zur Rechtsprechung gefällt, Beamte gewählt, und es wurde über Krieg und Frieden entschieden. Das Wort ›Komitee‹ erinnert an das alte lateinische Wort. Im modernen Sprachgebrauch kann

›comitia‹ auch für ›Wahl‹ oder ›Wahlen‹ stehen, aber auch für jede Art von religiöser oder feierlicher Versammlung.«

Wahlen würde es in diesem Jahr wahrlich genug geben. Für den 7. Juni war die Wahl zum Europaparlament angesetzt, am 27. September würde die Bundestagswahl stattfinden. Der Termin der Kommunalwahl in Nordrhein-Westfalen und der Wahl der Oberbürgermeister stand noch nicht fest, es sprach aber vieles dafür, dass die Kommunalwahl irgendwann im Sommer sein würde.

Bis zum 7. Juni waren immerhin noch vier Monate Zeit. Genug Zeit, um Schutzmaßnahmen zu ergreifen. Es sei denn, die Attentäter hatten eine andere Versammlung im Sinn. Wie hatte Monika gemailt: Auch »jede Art von religiöser oder feierlicher Versammlung« könnte gemeint sein. Wenn das wahr wäre, dann könnte es mehr oder weniger jeder Tag sein.

Dienstag, 3. März 2009

30

Lukasz wusste endlich, was er zu tun hatte. Er würde Kathrin befreien. Er hatte zur Muttergottes gebetet, und sie war ihm erschienen, hatte direkt zu ihm gesprochen. Sie hatte ihm gesagt, dass sein Seelenheil noch nicht verloren war. Sie hatte ihn ermahnt. Er müsste Kathrin retten.

Ja, er würde sie retten. Er würde nicht fliehen, er würde ins Gefängnis gehen. Das wäre sein Fegefeuer. Aber dann würde Maria beim Allmächtigen für ihn um Gnade bitten. Und der Allmächtige würde ihn aufnehmen.

Maria trug ihm als weitere Buße auf, den Mörder von Lena Lenzen den weltlichen Behörden zu übergeben. Lukasz wusste, dass dieser Kampf der gefährlichste sein würde. Aber mit Marias Hilfe würde er auch diesen Kampf gewinnen.

Nach dem Gottesdienst am Sonntag hatte Carlo ihm ein Handy gezeigt: »Das ist das Telefon von deiner Höhlenschlampe. Ich habe ihrer Freundin eine Botschaft geschickt. Und dann schicken wir das Handy auf große Reise.«

Carlo war mit ihm zum Hauptbahnhof gegangen. Die Reisenden drängten sich vor dem Informationsschalter. Carlo musterte die Menschen, drei junge blonde Frauen weckten sein Interesse. Er drängte sich etwas nach vorn und rempelte die größte der drei Frauen an. »Entschuldigung«, sagte Carlo. Die große Blonde lächelte ihn nur an und sagte nichts.

»Geschafft«, sagte Carlo, als er zurückkam. »Die Leute sind ja so unvorsichtig. Ich hätte ihr den halben Rucksack ausräumen können, und sie hätte nichts gemerkt. Jetzt hat sie ein Handy mehr im Gepäck und wird sich irgendwann den hübschen Kopf zerbrechen, wem sie das aus Versehen gestohlen haben könnte. Und das Gesicht der Polizei möchte ich sehen, wenn sie die blonde Kathrin suchen und stattdessen eine völlig andere Blondine finden. Bin ich nicht genial?«

Lukasz hatte genickt. Aber seit Maria in der Nacht nach

Lenas Beerdigung mit ihm gesprochen hatte, wusste er, dass Carlo sein Feind war. Und vor dem Feind musste man vorsichtig sein.

Es war noch dunkel an diesem Dienstagmorgen. Lukasz musste als Erster in der Baustelle am Waidmarkt sein, um Kathrin auf die Rettung vorzubereiten. Den Tag über musste sie noch aushalten unten in der nassen Grube. Aber heute Nacht würde er ihr die Freiheit schenken.

Sie zeigte kaum ein Lebenszeichen, als er zu ihr hinabstieg. Er reichte ihr Wasser, sie war zu schwach, den Becher zu halten. Er flößte ihr die Tropfen in den Mund. Sie gab ein paar Töne von sich. Lukasz wertete dies als Dank. Er würde sie von ihren Fesseln befreien. Sie war zu schwach, um allein zu fliehen. Sie war auch zu schwach, um Hilfe zu rufen. Wenn sie nicht wenigstens etwas trinken und essen könnte, würde sie den Tag nicht überleben.

»Es ist jetzt früh am Morgen«, sagte er zu ihr. »Hörst du mich? Verstehst du mich?«

Kathrin nickte, aber selbst diese kleine Bewegung bereitete ihr Schmerzen.

»Heute Abend, wenn die Arbeiter wieder weg sind, werde ich dich befreien. Ich werde dich pflegen, bis du wieder völlig gesund bist. Dann darfst du gehen und tun, was immer du tun willst.«

Kathrins Augen schienen zu lächeln. Oder war das nur das Flackern der Kerze, das sich in ihren Augen spiegelte?

Lukasz gab ihr noch etwas Wasser und stellte ihr dann einen gefüllten Becher ans Lager. »Hier, ich habe dir wieder etwas zu essen gebracht. Schokolade. Magst du doch.«

Kathrin nahm einen Schluck Wasser, diesmal gelang es ihr, den Becher an die Lippen zu führen.

»So ist es gut«, sagte Lukasz und füllte den Becher noch einmal auf und stellte die noch halb volle Flasche in ihre Reichweite.

Dann kniete er sich vor dem Bild der schwarzen Muttergottes nieder und sprach ein Gebet:

»Sei gegrüßt, o Königin,
Mutter der Barmherzigkeit,
Zu dir rufen wir verbannte Kinder Evas;
zu dir seufzen wir trauernd und weinend
in diesem Tal der Tränen.
Wohlan denn, unsere Fürsprecherin,
wende deine barmherzigen Augen uns zu,
und nach diesem Elend zeige uns Jesus,
die gebenedeite Frucht deines Leibes.
Amen.«

Er bekreuzigte sich und ging zurück an Kathrins Lager. Sie sah ihn aus großen Augen ängstlich an.

»Nur noch dieser eine Tag«, sagte Lukasz. »Die heilige Maria soll dich beschützen. Heute Abend, ich verspreche es, heute Abend komme ich dich holen. Sag doch etwas. Sag, dass du mir verzeihen wirst. Sogar die heilige Maria hat mir verziehen.«

Kathrin bewegte den Kopf. Hieß das Ja? Oder Nein? Lukasz konnte es nicht deuten. »Bis heute Abend, mein Engel.«

31

Georg ließ sich Zeit an diesem Dienstagmorgen. Der Wecker klingelte um acht, draußen schien schon die Sonne von einem klaren blauen Himmel. Er öffnete das Fenster. Die Luft roch zum ersten Mal in diesem Jahr nach Frühling.

Sein iPhone meldete, dass die Sonne um sieben Uhr zwei aufgegangen war und erst um achtzehn Uhr dreizehn untergehen würde. Die Tageslänge betrug genau elf Stunden und elf Minuten. Wenn das kein gutes Omen für Köln war!

Er freute sich auf das Wiedersehen mit Sandra. Was wäre, wenn erst heute ihre Bekanntschaft beginnen würde, wenn die ganze letzte Woche nicht geschehen wäre?

Er parkte seinen Mini gegenüber dem alten Polizeipräsidium und ging an der U-Bahn-Baustelle vorbei zum Stadtarchiv. Sandra erwartete ihn am Eingang, sie strahlte ihn an.

Das Stadtarchiv war wirklich ein hässlicher Zweckbau. Innen nicht schöner als außen. Frau Müller-Kampmann, die Direktorin, empfing ihn in ihrem bescheidenen Büro.

»Schön, dass Sie sich unsere Sorgen anhören wollen, Herr Rubin. Ich schlage schon seit Jahren Alarm, aber niemand scheint uns ernst zu nehmen. Der Kulturdezernent nicht. Der Oberbürgermeister schon gar nicht. Die Gebäudewirtschaft, die wohl zuständig wäre, wiegelt ab, die KVB weiß von gar nichts, dabei wackeln hier die Wände. Und das nicht, weil wir hier etwa wilde Partys feierten.«

Georg lachte. Sandra gab ihrer Direktorin einen Packen Papiere. »Wir sind ein Archiv, hier geht nichts verloren«, sagte die Direktorin. »Frau Herfurth war so freundlich, eine Liste mit den Vorkommnissen und unseren Eingaben zu erstellen. Sie werden sehen, dass das mehrere Jahre zurückreicht.«

Georg blätterte in den Papieren. Sandras Liste begann mit Warnzeichen an anderen Gebäuden, die aber an derselben U-Bahn-Strecke lagen wie das Historische Archiv.

Im September 2004 neigte sich der Turm von St. Johann Baptist um achtzig Zentimeter zur Seite, der berühmte »Schiefe Turm von Köln«.

Im November 2004 wurden Risse in der katholischen Kirche St. Maria im Kapitol festgestellt.

Im Stadtarchiv wurden im Jahre 2006 die ersten Risse festgestellt. Mitarbeiter klagten zunehmend über Vibrationen.

Im Januar 2007 der erste gravierende Vorfall: Die Feuerlöschanlage des Archivs wurde undicht, Kohlendioxid trat aus, das Gas erstickte das Feuer und schonte so das Archivmaterial, es verdrängte dabei aber den Sauerstoff und war deshalb für Menschen lebensgefährlich.

»Für uns war schon damals klar, dass das mit den Bauarbeiten der U-Bahn vor unserer Haustür zusammenhing. Die Feuerlöschanlage reagierte auf Erschütterungen aus dem Untergrund und löste deshalb den Löschalarm aus. Leider wurden unsere Warnungen nicht gehört. Man schob den Vorfall lieber allgemein auf den schlechten Zustand des Hauses. Es soll ja irgendwann einen Neubau geben, aber bis dahin müssen wir doch auch noch Sicherheit schaffen, Sicherheit für die großen Schätze, die hier lagern, aber auch Sicherheit für die Menschen, die hier arbeiten.«

Im August 2007 gab der Rathausturm um sieben Millimeter nach. Da spürte dann auch der Oberbürgermeister zum ersten Mal, dass die U-Bahn seinen Schreibtisch ins Wackeln brachte.

Im Januar 2008 wurden die Risse im Keller des Archivs beunruhigend groß. Handgroße Stücke brachen aus der Decke, Türrahmen verzogen sich.

»Es gibt Mitarbeiter, die mir sagen, das Haus stehe schief und neige sich in Richtung der U-Bahn-Baustelle. Ich bin keine Bauexpertin, aber ich kann Ihnen die Risse zeigen«, sagte Frau Müller-Kampmann. »Und ich habe immer wieder gebeten, dass man sich ernsthaft mit der Lage unseres Hauses beschäftigt. Am 18. Dezember, also vor gut zehn Wochen, hat eine Begehung stattgefunden. Leider wieder ohne zufriedenstellendes Ergebnis. Ein Ingenieur aus Leverkusen befand das Haus für ›ausreichend standsicher‹. Sicherungsmaßnahmen müssten nicht getroffen werden. Die Rissbildung deute auf ein unterschiedliches Setzverhalten der einzelnen Gebäude hin. Ich war mit dieser Aussage nicht einverstanden. Im Januar hat derselbe Ingenieur sein Gutachten dann ergänzt: Man solle einen anerkannten Sachverständigen für Bauwerksschäden einschalten, um eine genaue Ursache für das unterschiedliche Setzungsverhalten herauszufinden und um eventuell weitere Schäden am Gebäude zu vermeiden. Ich habe mehrmals darauf gedrängt, dass dieses Gutachten wirklich eingeholt wird, aber das ist bislang irgendwo in der Verwaltung versickert.«

»Ich muss meiner Direktorin jetzt mal beispringen«, ergriff Sandra das Wort, »und etwas sagen, was hier alle denken, aber was sie in ihrer Position vielleicht nicht aussprechen darf: Wir haben den Eindruck, dass es Leute in der Stadtverwaltung gibt, die das hier alles verdrängen und nicht wahrhaben wollen. Vor allem, wenn es um die KVB geht, die ja auch eine städtische Gesellschaft ist, wird abgeblockt. Man weiß ja, wer in der KVB-Spitze sitzt. Das ist alles Politik. Und der Oberbürgermeister will auch nur vermeiden, dass sein ehemaliger Parteichef, den man zum gut bezahlten KVB-Funktionär gemacht hat, ins Gerede kommt.«

Die Direktorin wiegelte ab: »Das war jetzt nicht die offizielle Stellungnahme des Historischen Archivs, Herr Rubin. Das können Sie nicht als meine Meinung zitieren. Aber als Stimmungsbild der Mitarbeiter dürfen Sie das ruhig so nehmen. Die Verärgerung und die Angst sind schon sehr groß. Kommen Sie mit, ich zeige Ihnen mal die schlimmsten sichtbaren Schäden.«

Die Direktorin ging voraus durch das riesige Archivgebäude. »Wir haben hier unglaubliche Schätze. Die Länge der Regale in den sechs Stockwerken des vorderen Hochbaus beträgt dreißig Kilometer. Unsere älteste Urkunde stammt aus dem Jahre 927. Wir haben Handschriften von Albertus Magnus, kaiserliche Urkunden, aber auch wichtige Dokumente der Neuzeit wie den Nachlass des Kölner Literaturnobelpreisträgers Heinrich Böll. Viele Kölner wissen gar nicht, welche Schätze ihrer großartigen Geschichte hier lagern. Und viele Politiker, die es vielleicht wissen, lassen diese Schätze einfach verkommen.«

Die Direktorin stoppte. »Hier, an der Nahtstelle des Hochbaus zum flachen Verwaltungstrakt, ist es besonders schlimm.«

Georg sah einen handbreiten, meterlangen Riss. Keine Frage, der große Betonklotz aus den siebziger Jahren entfernte sich Stück für Stück von seinem Anbau. Georg schoss Fotos und machte sich Notizen.

»Bitte, Herr Rubin. Schreiben Sie darüber. Hier muss endlich etwas getan werden. Es kann doch nicht sein, dass die Stadt Köln ihre wichtigsten kulturellen Einrichtungen so verlottern lässt. Das mit Schauspiel und Oper ist schon schlimm genug, aber hier ist es noch schlimmer. Leider stehen wir nicht so im Mittelpunkt«, sagte die Direktorin.

Es war kurz vor ein Uhr. »Herr Rubin, ich muss mich verabschieden. Ich erwarte Besuch. Aber ich denke, Sie haben genug Material für einen Artikel. Helfen Sie uns. Falls Sie noch mehr sehen wollen, Frau Herfurth wird Ihnen gerne alles zeigen.«

»Eine patente Frau«, sagte Sandra. »Leider hört niemand auf sie. Ich glaube, die Männer in der Verwaltung und in der Politik halten uns alle für eingebildete Angsthäschen. Du hast gesehen, was hier los ist. Du warst auf der Baustelle und hast auch von den Bauarbeitern gehört, dass es massive Wasserprobleme gibt.«

»Bauleiter Lobenau sagt, alles sei sicher.«

»Ja, der feine Herr Lobenau. Der macht ja auch seine Geschäfte auf unsere Kosten. Noch letzte Woche fanden hier Untersuchungen statt. Innerhalb von vierundzwanzig Stunden hat sich das Archiv um sieben Millimeter gesenkt. Aber deswegen den Rosenmontagszug absagen, der hier vorbeigegangen ist? Doch nicht in Köln. Du lässt dich von den Lobenaus dieser Welt doch wohl nicht einwickeln?«

»Nein. Natürlich nicht. Ich schreibe die Story. Wie wär's, zeigst du mir noch ein bisschen mehr von dem, was ihr hier aufbewahrt? Wo liegt zum Beispiel das Material über die Piusbrüder in Köln?«

»Komm mit«, sagte Sandra.

Georg merkte schnell, dass es eine ziemlich langweilige Besichtigungsrunde würde. Das Historische Archiv der Stadt Köln war nun mal kein Museum, sondern eine Verwahranstalt für altes Papier. Abgesehen von wenigen Ausstellungsstücken in Wandvitrinen auf den Gängen bestand das Archiv aus endlosen Regalen mit in Kartons oder Kisten lichtdicht verpacktem Archivmaterial.

»Was willst du wissen?«, fragte Sandra.

»Was habt ihr über die Piusbrüder?«

»Da muss ich an verschiedene Quellen. Lass uns in den Lesesaal gehen, ich bringe dir das Material dann dorthin.«

Der Lesesaal lag im Erdgeschoss, und er gehörte zu den eingeschossigen Anbauten mit Büros und Restaurierungswerkstatt, die sich hinter dem Magazinhochbau um vier Innenhöfe gruppierten.

Im Lesesaal herrschte diese ganz besondere Stille, die man so nur in Bibliotheken und Archiven findet. Die Studenten, die hier arbeiteten, hatten im ersten Semester die Kunst des lautlosen Umblätterns gelernt.

Sandra hatte auf die Schnelle nur ein paar Zeitungsartikel über die Piusbruderschaft finden können. Die Kölner Niederlassung war überraschenderweise dem Priorat Christkönig der Piusbruderschaft in Bonn zugeordnet, das 1980 in der ehemaligen Kapelle der Rheinischen Landesklinik eröffnet wurde. Georg fügte dieses Detail noch in seinen Artikel ein. Es war Zeit, das Werk bei Chefredakteur Stein abzuliefern. Um zwei Uhr würde er das Archiv verlassen und Richtung BLITZ fahren.

Georg schaute auf die Uhr. Es war ein Uhr achtundfünfzig. Plötzlich erschütterte ein unheimliches Knacken den Lesesaal. Es kam aus dem Lastenaufzug des Hochbaus, eindringlich und so erschreckend, dass die Archivmitarbeiterin, die die Aufsicht im Lesesaal hatte, laut schrie: »Raus hier. Raus! Raus!«

Georg, Sandra und alle Studenten und Wissenschaftler im Lesesaal sprangen auf, packten ihre Unterlagen zusammen und hasteten durch das immer lauter aufstöhnende Haus Richtung Severinstraße.

Georg und Sandra liefen am Hauptausgang nach rechts Richtung U-Bahn-Baustelle. Erst nach etwa fünfzig Metern hielten sie an und drehten sich um. Sie sahen noch, wie das fast fünfzig Meter lange und über zwanzig Meter hohe Haus nach vorn Richtung Straße kippte und dann in Sekundenschnelle in einem Krater versank, der sich wie der Höllenschlund in der Straße geöffnet hatte.

Der Lärm der krachenden Trümmer wich einer gnadenlosen Stille, die erst nach Sekunden durch Hilfeschreie durchbrochen wurde. Aus dem Loch, das das Stadtarchiv verschlungen hatte, stieg eine staubige Wolke. Wie viele Menschen würden dort begraben sein?

Sandra stand stumm und wie versteinert und starrte in die Leere, wo eigentlich ihre alte Arbeitsstelle stehen müsste. Aber da war nur Staub und das Nichts. Georg hielt sie fest.

Er sah Lukasz, den polnischen Bauarbeiter, der sich mit seinen Kollegen aus der Grube retten konnte. Lukasz schien außer sich. Immer wieder wollte er hinab in die Trümmer. Er schrie, er drohte, Georg verstand nicht, was er sagte.

Lobenau stand im Kreise seiner Männer, dirigierte, ordnete an, die Männer verteilten sich, nur Lukasz blieb stehen. Der polnische Riese packte Lobenau, hob ihn in die Luft, als wollte er den Bauleiter hinab in die Grube stürzen, hielt dann doch noch ein, brüllte wie ein angeschossener Bär und stellte Lobenau zurück auf die Füße.

Ein KVB-Bus der Linie 133 stand auf der Straße. Brocken des einstürzenden Archivs hatten ihn getroffen. Der Fahrer konnte gerade noch bremsen, sonst wäre sein Bus mit allen Fahrgästen von dem einstürzenden Bau zerquetscht worden.

Links neben dem Platz, an dem vorhin noch das Stadtarchiv gestanden hatte, klaffte eine offene Häuserwand. Aus dem Haus, nein, aus dem Trümmerhaufen, der einmal ein Haus war, kamen Schreie. Der Busfahrer kletterte über einen Trümmerberg aus Brettern, Fenstern und Möbeln und fand fünf verwirrte Menschen. Helfer waren dem Busfahrer gefolgt, gemeinsam brachten sie die Einsturzopfer in Sicherheit.

Die ersten Wagen von Polizei und Feuerwehr waren da. Die Direktorin des Stadtarchivs stand auf der Straße und gab Anweisungen, wo eventuell verschüttete Mitarbeiter zu bergen waren. Ihre Beine drohten wegzuknicken, zwei Frauen drückten ihr eine Flasche Wasser in die Hand. Sie trank und kam wieder zu Kräften. Sie wollte die Alarmkette der Stadtverwaltung auslösen, aber in der Aufregung hatte sie die Nummer vergessen. Stattdessen erreichte sie das Büro des Oberbürgermeisters. Sie stammelte nur: »Das Archiv ist eingestürzt. Alarmieren Sie alle.«

Georg erkannte unter den Feuerwehrleuten Harald Schmitz, der vor einer Woche als Erster am Tatort am Aachener Weiher erschienen war und ihn mit der Decke versorgt hatte. Schmitz war auch im Chaos vor dem Stadtarchiv ruhig und konzentriert. Er nahm sein Funkgerät: »Stadtarchiv – Kompletteinsturz. Unbekannte Anzahl an Personen verschüttet. Brauchen Unterstützung.«

Georg holte seine Kamera und machte Aufnahmen. Schmitz sah ihn: »Sie schon wieder.«

Schmitz organisierte seine Männer. Wer brauchte Hilfe? Wo war noch jemand gefährdet? Wer kam nicht allein zurecht? Wo musste man zuerst eingreifen?

Ein Zugführer der Feuerwehr ließ den Rand der Trümmer

absuchen, vielleicht lag da ja noch ein Verschütteter. Einer der Wehrmänner entdeckte eine ältere Dame, die im Haus Nummer 232 hilflos hinter einem Fenster stand. »Nicht lange überlegen. Rein und die Frau rausholen.«

Immer noch keine Toten, immer noch keine Schwerverletzten. Der Kranführer der U-Bahn-Baustelle meldete sich beim Einsatzleiter: »Ich habe gesehen, dass viele Menschen ins Stadtarchiv hineingegangen sind, aber ich habe niemand rausrennen sehen. Da müssen dreißig Menschen unter den Trümmern liegen.«

Ein anderer Bauarbeiter beruhigte ihn: »Wir haben das Unglück in der Grube frühzeitig gespürt. Wasser schoss ins Loch, manche sagen, es kam aus der Wand, andere sagen, es kam von unten. Fest steht, dass es sehr schnell kam. Wir haben, glaube ich, alle Kollegen aus der Grube rausgebracht. Und wir haben auch noch im Archiv Alarm geschlagen.«

Schmitz beriet sich mit dem leitenden Notarzt, der inzwischen vor Ort war. Gemeinsam lösten sie den Alarm aus, der den größtmöglichen Notfalleinsatz nach sich ziehen würde: »MANV« – »Massenanfall von Verletzten«.

Die gespenstische Ruhe am Unglücksort wich dem Lärm der vielen Helfer, die im Minutentakt anrückten. Berufsfeuerwehr mit schwerem Gerät, freiwillige Feuerwehr, Technisches Hilfswerk, die Rettungshundestaffel des Deutschen Roten Kreuzes, Rettungswagen, Hubschrauber. Kaum weniger klein war der Ansturm der Medienvertreter mit Kamerateams und Übertragungswagen.

Georg schaute dem Treiben fassungslos zu. Der dritte Artikel des Kölner Grundgesetzes hatte an diesem Tag seine Gültigkeit verloren: Et hätt noch immer jot jejange – es ist noch immer gut gegangen. Nein, diesmal war es nicht mehr gut gegangen.

Die Retter vor Ort hatten andere Sorgen. Gab es noch irgendwelche Möglichkeiten, in die Grube hinabzusteigen, um nach Verschütteten zu suchen? Feuerwehrmann Schmitz diskutierte mit Lobenau und dem Kranführer der Baustelle. Schließlich wurde ein gefährliches Manöver in Angriff genommen: Die Feuerwehr organisierte einen Korb, den der Kranführer an den

Haken nahm. Zwei Feuerwehrmänner ließen sich durch eine Öffnung in der Betondecke in die Zwischenetage absenken, bis sie zehn Meter unter dem Straßenniveau nach Überlebenden suchen konnten. Aber auch hier nichts.

In der alleruntersten Etage, da, wo später die U-Bahn-Gleise verlegt werden sollten, war ohnehin nichts zu sehen. Dort stand das Grundwasser meterhoch.

Georg protokollierte das Unglück und die Rettungsaktion und schickte seinen Bericht in Portionen von maximal hundertvierzig Zeichen über Twitter in die Welt. Dem BLITZ schickte er einen längeren Bericht mit Fotos über seinen Laptop hinterher.

In einem nahe gelegenen Hotel wurde eine Rettungs- und Informationszentrale eingerichtet. Sandra fand hier ihre Direktorin wieder, und irgendwann am Abend stand fest, dass alle Mitarbeiter das Stadtarchiv körperlich unversehrt verlassen hatten. Welche seelischen Schäden sie erlitten hatten, das würde sich erst in den nächsten Monaten zeigen.

Auch die Zahl der vermissten Anwohner sank stündlich. Zuletzt wurden nur noch zwei Menschen vermisst, die im Haus Nummer 230 wohnten, das vom Stadtarchiv mit in die Tiefe gerissen wurde. Es handelte sich um einen vierundzwanzigjährigen Designstudenten, der sich am Vormittag krankgemeldet hatte, und einen siebzehnjährigen Bäckerlehrling, der sich nach seiner frühen Arbeitsschicht schlafen gelegt hatte.

Georg musste an seinen Chefreporter von der Schülerzeitung denken. Marvin, siebzehn Jahre alt, Bäckerlehrling. Wohnte der hier in der Severinstraße?

Georg sah Lobenau, der es genoss, im Mittelpunkt der Aufmerksamkeit von Presse, Funk und Fernsehen zu stehen. Wie Napoleon dirigierte er eine schier endlose Armee von Betonlastern, die ihre Fracht in die Grube kippten.

»Lobenau, was tun Sie da? Wenn Sie das alles mit Beton zuschütten, gibt es doch gar keine Chance mehr, da unten reinzukommen und die Ursachen des Unglücks zu klären.«

»Herr Rubin, haben Sie überhaupt irgendeine Ahnung, was hier los ist? Hier kann jeden Augenblick alles einstürzen. Zum

Beispiel die Schule gegenüber. Wollen Sie das riskieren? Und Feuerwehrleute und Bergungskräfte können auch erst wirklich sicher arbeiten, wenn wir das hier stabilisieren. Kümmern Sie sich um Dinge, von denen Sie was verstehen, falls es da etwas geben sollte. Außerdem ist das alles abgesprochen. Also lassen Sie mich meine Arbeit machen.«

»Hatten Sie mir nicht erzählt, hier wäre alles sicher?«

»Sicher, Herr Rubin, ist nur der Tod.«

Am Abend hatte sich der Staub des Archiveinsturzes auf die Trümmer gelegt, dafür wurden in Worten gewaltige neue Staub- und Nebelwolken produziert. Georg nahm Sandra mit zu den Pressekonferenzen.

Niemand war schuld, aber natürlich werde alles getan, eventuelle Schuldige zu finden. Obwohl das Archiv bereits um zwei Uhr mittags eingestürzt war, ließ sich der Oberbürgermeister auch am Abend noch nicht vor Ort sehen. Er sei im Urlaub, werde aber so schnell wie möglich zurückkehren, hieß es.

Statt des Stadtoberhauptes musste der Stadtdirektor abwiegeln, der eine Pressemitteilung verlas: »Zur Ursache des Unglücks gibt es noch keine abgesicherten Hinweise. Die Untersuchungen laufen. Nach dem bisherigen Kenntnisstand hat ein Erdrutsch in dem Gleiswechselbauwerk unterhalb des Archivs dazu geführt, dass das Gebäude eingestürzt ist.«

Im Saal entstand Unruhe. Der Oberstadtdirektor setzte seine Vorlesung mit erhobener Stimme fort: »Mitte 2007 entstanden im Historischen Archiv im Zuge des Schildvortriebs im Rahmen der Bauarbeiten für die U-Bahn Risse im Bereich einer Gebäudedehnungsfuge. Es erfolgte eine Begutachtung durch ein unabhängiges Sachverständigenbüro, das Schäden feststellte, aber zu dem Ergebnis kam, diese seien statisch nicht relevant. Es wurde vereinbart, das Schadensbild unter Beobachtung zu halten. Ein zusätzlich eingeschalteter unabhängiger Statiker kam bei einer Begehung im Dezember 2008 ebenfalls zu dem Ergebnis, dass keine Gefahr für das Gebäude bestehe. Das Ergebnis des Gutachtens: Die entstandenen Risse sind unbedenklich. Das Gebäude ist im jetzigen Zustand in statischer Hinsicht ausreichend standsicher. Sicherungsmaßnahmen müssen nicht getroffen werden.«

Irgendjemand aus der Reportermenge rief: »Was für ein Hohn! Das Stadtarchiv ist eingestürzt.«

Der Oberstadtdirektor ließ sich auch durch den Zwischenruf nicht aus der Ruhe bringen: »Ein unabhängiger Sachverständiger resümierte, dass nach derzeitigem Kenntnisstand die damals begutachteten Schäden nicht ursächlich für das heutige Unglück gewesen sein können.« Es folgten noch ein paar Anmerkungen zu den laufenden Rettungsmaßnahmen und Hinweise zur Verkehrsregelung rund um die Unglücksstelle.

Sandra war entsetzt. »Hast du gehört, wie sie nur die Dinge berichtet haben, die ihnen in den Kram passten? Seit 2007 waren die gewarnt. Wenigstens das haben sie jetzt zugegeben. Aber getan haben sie nichts.«

»Komm, ich spendiere eine Cola in der Hotellobby«, sagte Georg und hoffte, sie würde sich beruhigen. Sie trank einen Schluck, aber sie blieb wütend: »Du hast auch nichts getan. Am Mittwoch habe ich dich um Hilfe gebeten. Heute erst bist du gekommen, wo alles zu spät ist.«

»Ich musste mich um Lenas Tod kümmern. Und um den Richter-Code. Das hatten wir so besprochen. Und du warst es doch, die für heute den Termin mit deiner Direktorin gemacht hat.«

»Weil du nicht früher wolltest. Du hättest diese Katastrophe verhindern können, Georg. Mit diesem Vorwurf wirst du leben müssen.« Sandra erhob sich aus dem Hotelsessel. »Ich gehe dann.«

»Nein, bitte«, sagte Georg. »Geh nicht. Komm mit zu mir. Lass uns alles noch einmal besprechen.«

Sandras Handy meldete sich mit dem Song »Allein, allein« von einer Band namens Polarkreis 18. Sandra schaute auf die Nummer, die im Display erschien. »Das ist Kathrin«, sagte sie aufgeregt. »Hier. Nimm du. Ich will nicht mit ihr reden.«

Georg nahm das Telefon. Wie erwartet meldete sich eine Frauenstimme, aber es war nicht Kathrin, sondern jemand, der Englisch mit skandinavischem Akzent sprach. Die Anruferin entschuldigte sich mehrmals, Georg begriff nicht, was sie wollte. Er war schon dabei, die Anruferin abzuwimmeln, als Sandra protestierte, das sei ganz bestimmt Kathrins Handy. Die Frau im Handy wurde inzwischen etwas konkreter. Sie hatte das Telefon wahrscheinlich aus Versehen irgendwo eingesteckt. Und jetzt hatte sie die letzte Nummer gewählt, die in der Anrufliste angezeigt wurde. Wo sie denn mit ihrem Anruf gelandet war, wollte sie wissen. Und wohin sie das Telefon schicken sollte.

»Köln, Cologne«, sagte Georg.

Ja, sagte die Frauenstimme, das könne sein. Sie sei am Sonntag in Köln gewesen und habe von dort aus den Zug Richtung Stockholm genommen.

Georg wiederholte das, was die Anruferin sagte, jeweils auf Deutsch, sodass Sandra das Gespräch mitverfolgen konnte.

»Lass mich mal«, sagte sie und nahm das Handy. Sandra ließ sich die Geschichte ein zweites Mal erzählen. Sandra hörte zu, nur ganz am Schluss sagte sie: *»Not necessary. Keep it.«*

»Was ist nicht nötig, was soll die Frau behalten?«, fragte Georg.

»Das Handy. Was ändert das schon? Soll es doch in Stockholm bleiben oder am Nordpol. Kathrin ist für mich gestorben. Komm, wir fahren zu dir.«

Mittwoch, 4. März 2009

32

Georgs Wecker klingelte um sechs Uhr morgens. Sandra und er hatten am Abend beschlossen, so früh wie möglich wieder am Unglücksort zu sein. Sandra würde bei der anlaufenden Bergung des Archivmaterials helfen, Georg weiter für den BLITZ berichten. Um zwölf Uhr wollten sie miteinander telefonieren, um den weiteren Tag zu besprechen.

Während Sandra ihre Direktorin suchte, ging Georg ins provisorische Lagezentrum. Feuerwehrmann Schmitz begrüßte ihn ausgesprochen freundlich: »Dankc, dass Sie unsere Arbeit so fair beschrieben haben.«

»Sie haben es verdient«, sagte Georg, dabei hatte er überhaupt noch nicht gelesen, was der BLITZ aus seinen Berichten und den Beiträgen der Kollegen gemacht hatte.

»Es ist fast ein Wunder, dass wir keine Toten gefunden haben und nur noch zwei Menschen vermisst werden«, sagte Schmitz. »Die Ärzte sagen, dass es keine Chance mehr gibt, Lebende unter den Trümmern zu finden. Deshalb werden wir erst wieder Leute reinschicken, wenn wir das Gelände stabilisiert haben.«

»Sie haben also die ganzen Betonlaster angefordert?«

»Ich weiß nicht, wer die Idee hatte. Ich glaube, der Bauleiter hat das vorgeschlagen. Tüchtiger Mann. Ich bin ja nicht der Bauexperte.«

Georg spinxte auf den BLITZ, den Schmitz neben vielen anderen Zeitungen auf dem Tisch hatte. Die Redaktion hatte großflächig berichtet und alle Fotografen und Reporter in einem gemeinsamen Kasten namentlich erwähnt. Das war so in Ordnung. Intern wusste man ja, wer mehr oder wer weniger beigetragen hatte. Georgs Informationen vom Unfallort waren jedenfalls gut vertreten.

Stark gekürzt hatte man seinen Bericht über den Besuch bei der Direktorin mit all den Vorwürfen gegen die Stadt. Das konnte Absicht sein, es konnte aber auch daran liegen, dass man am Tag einer solchen Katastrophe mehr Platz für Augenzeugenberichte und Fotos benötigte.

Georg selbst hatte gestern gar nicht mitbekommen, wie die Lehrer und Schüler des Friedrich-Wilhelm-Gymnasiums gleich gegenüber dem Stadtarchiv den Einsturz erlebt hatten.

Die Kölner Verkehrs-Betriebe sahen in einer ersten Stellungnahme keinerlei Anlass, den Bau der U-Bahn zu überdenken oder auch nur zu unterbrechen.

»Kommen Sie, Rubin«, sagte Schmitz. »Der OB hat sich angesagt. Den wollen wir doch nicht verpassen.«

Statt des so lange am Unglücksort vermissten Oberbürgermeisters sah Georg zuerst einmal jede Menge Fernsehkollegen. Das Frühstücksfernsehen war live auf Sendung. Letzten Mittwoch hatte er mit seinem Extrablatt vom Nubbel-Mord für einen außerplanmäßigen Programmpunkt gesorgt, jetzt warteten die Stadt und der Erdkreis auf den ersten Bürger Kölns.

Oberbürgermeister Hermann Gürtler hatte das Ausmaß der Katastrophe und das Ausmaß des Medieninteresses offensichtlich unterschätzt. Georg war entsetzt, wie sich der sonst immer so kontrollierte Politiker an diesem Morgen präsentierte.

Es hieß, der OB sei nachts aus seinem Urlaubsort in Österreich mit dem Wagen nach Köln zurückgefahren und gleich an den Unglücksort geeilt. Das konnte einiges erklären. Auf Georg wirkte er übernächtigt, vielleicht sogar verkatert.

Er trug eine Lederjacke mit Fellkragen, einen blauen Pullover mit V-Ausschnitt, darunter ein offenes Hemd, die Haare waren ungekämmt. Das optische Bild, das der OB lieferte und das die Kameras in die Wohnzimmer übertrugen, war das eines ungepflegten Mannes in Räuberzivil, der viel zu spät an dem Ort erschien, wo zwei Menschen starben und wo die Selbstachtung einer ganzen Stadt in Trümmern versunken war.

Gürtler wirkte erschüttert. »So was darf einfach nicht mehr passieren«, sagte er in die Mikrofone. »Und wir müssen uns grundsätzlich Gedanken machen, ob wir so etwas in einer bewohnten Altstadt, wie Köln es ist, zukünftig noch machen können. Also ich meine damit den U-Bahn-Bau ganz grundsätzlich.«

Schwor der OB da gerade dem U-Bahn-Bau ab, den er selbst und seine Parteifreunde in den letzten Jahren so energisch betrieben hatten? Übernahm er jetzt sogar ein Stück weit die Verantwortung? Nein, das nicht, die Schuld- und Verantwortungsfrage betreffe ihn nicht. Die Stadt sei ja eigentlich raus aus diesem Geschehen.

»Herr Gürtler, Herr Oberbürgermeister«, rief Georg, weil er nachfragen wollte, als er einen schmerzhaften Schlag in der Hüfte spürte. Detlev Dick, der Fiesling aus der Lokalredaktion.

»Du bist raus, Rubin. Das ist mein Fall«, pöbelte ausgerechnet sein Lieblingsfeind.

»Leg dich wieder hin«, spielte Georg den Coolen.

»Spar dir deine Sprüche. Du bist raus, Rubin. Gekündigt. Fristlos. Du wirst schon wissen, warum. Ich soll dir von Stein ausrichten, dass du bis spätestens zwölf Uhr deinen Schreibtisch zu räumen hast. Schlüssel abgeben. Codekarte abgeben. Alles, was dazugehört. Also, schleich dich.«

Dick schob Georg mit der Kraft seiner zwei Zentner auf die Seite. Georg bekam noch mit, dass der OB ihm nachschaute, wahrscheinlich, weil er auf seine Frage wartete. Aber Georg hatte andere Sorgen, als der weiteren Selbstdemontage eines Politikers beizuwohnen.

Aus dem Auto heraus telefonierte Georg mit Franck. »Stein hat mir mal wieder gekündigt. Ich soll bis zwölf Uhr mein Büro räumen. Darf der mich einfach so rauswerfen?«

»Mach dir keine Sorgen, Christina wird das regeln.«

»Ich reiße mir den Arsch auf, wühle im Dreck des Stadtarchivs nach Leichen, lasse mir die Trümmer auf den Kopf regnen, schreibe darüber für den BLITZ, und dieser Arsch …«

Franck unterbrach ihn: »Georg, reg dich ab. Mach ja keine Dummheiten. Komm vor allem nicht auf die Idee, deinen Chefredakteur zu beleidigen. Das bringt nichts. Du darfst jetzt keine Fehler machen. Lass Stein die Fehler machen. Was ist denn der Kündigungsgrund?«

»Ich weiß es noch nicht. Ich habe aber eine Ahnung.«

»Sag schon.«

»Die Geschichte über die Piusbrüder. Ich hab sie am Montagabend geschrieben und am Dienstagmittag noch ergänzt. Ich hatte ja von Stein den Auftrag, die Geschichte bis Dienstag zu liefern.«

»Aber?«

»Stein hat die Story nicht bekommen. Ich habe sie ihm nicht geschickt. Das Stadtarchiv kam dazwischen.«

»Vor Gericht mag das als Entschuldigung ein paar Euro bringen. Aber Stein hast du damit genau den Anlass geboten, den er gesucht hat. Georg, deine BLITZ-Karriere geht heute zu Ende. Du kannst bei mir als Chefreporter anfangen. ›Von janz unge‹ könnte etwas journalistischen Input brauchen.«

»Was zahlst du?«

»Einheitslohn tausend Euro. Aber du hast ja was auf dem Konto, wie ich weiß. Und eine fette Abfindung werden wir für dich auch noch aushandeln.«

»Ich überleg's mir«, sagte Georg. »Aber schon mal danke für den Rechtsbeistand.«

»Den Dank gebe ich an Christina weiter.«

Am Pressehaus wurde er vom Pförtner bereits erwartet. »Herr Rubin, ich habe Anweisung, Sie nicht ins Haus zu lassen. Ich muss Herrn Stein anrufen, der Sie dann abholen lässt.« Der Pförtner rief in Steins Büro an und schrieb für Georg einen Besucherzettel. »Den müssen Sie bitte von Herrn Stein unterschreiben lassen und bei mir wieder abgeben«, sagte der Pförtner. Und dann sagte er leise: »Tut mir wirklich leid, Herr Rubin. Sie waren immer so ein netter Kollege. Nicht so eingebildet wie die anderen Herren.«

Ausgerechnet Uschi, Steins Sekretärin, nahm ihn in Empfang. Ihr Lächeln hatte etwas Triumphierendes. Wahrscheinlich hatte sie sich selbst für den Dienst an der Front gemeldet.

»Guten Tag, Herr Rubin, Herr Stein erwartet Sie«, sagte sie so förmlich, als hätte sie ihn noch nie gesehen. Oder sollte das heißen, sie wollte ihn nie wieder sehen?

Ruhig bleiben, sagte sich Georg. Nur keinen Fehler machen. Im Aufzug hielt Uschi, warum sagte eigentlich niemand Frau

Königsdorf, den größtmöglichen Abstand. Als die BLITZ-Etage erreicht war, machte Georg höflich Platz und sagte: »Nach Ihnen, Frau Königsdorf«, was sie nicht kommentierte.

Stein hatte seine langen Beine auf dem Schreibtisch, und er nahm sie auch nicht runter, als Georg in seinem Büro erschien. »Ich hatte angeordnet, dass du mir bis gestern einen Artikel über die Piusbruderschaft in Köln lieferst. Heute ist heute, und der Artikel ist immer noch nicht da. Da liegt deine Kündigung. In doppelter Ausfertigung. Bitte bestätige mir auf einem Exemplar, dass du das Schreiben in Empfang genommen hast. Das andere Exemplar ist für dich.«

Georg las die Kündigung. »Da steht zwar was von fristloser Kündigung, aber es fehlt die Begründung«, sagte Georg.

»Das Vertrauensverhältnis ist zerstört«, sagte Stein.

»Ich werde gegen die Kündigung klagen«, sagte Georg.

»Dann verpass die Fristen nicht«, sagte Stein und griff zum Telefon. »Uschi, Sie können Herrn Rubin jetzt in sein Büro und dann nach draußen begleiten. Denken Sie daran, sich alle Schlüssel und Zugangskarten aushändigen zu lassen. Und stellen Sie sicher, dass Herr Rubin nur persönliche Dinge mitnimmt.«

Georg verließ das Zimmer des Chefredakteurs, während der noch telefonierte, ging wortlos an Uschi vorbei zu seinem Büro. Als er am Glaskasten der Lokalredaktion vorbeikam, machte er einen kleinen Abstecher zu Gaby, wenigstens von ihr wollte er sich persönlich verabschieden.

Gaby strahlte ihn an, als wartete sie darauf, dass er sie gleich zum Essen einladen würde.

»Danke für alles«, sagte Georg nur, »wenigstens eine nette Kollegin hier.« Gaby stand auf und umarmte ihn.

»Mach's gut, Georg. Falls du mal eine Assistentin brauchst, du weißt ja, wo du mich findest.«

Uschi beäugte die beiden mit sichtbarem Misstrauen. Was war mit den anderen Kollegen? Keiner da, der ihm noch was sagen wollte? Schon ein Trauerspiel, was aus dieser Redaktion geworden war. Aber irgendwie auch wieder nicht so verwunderlich, weil viele der Kollegen überhaupt keine Redakteursverträge mehr hatten. Einige waren wenigstens noch fest angestellt, in den

Autorenzeilen stand dann: »Von unserem Reporter«, was dem kundigen Leser aber auch signalisierte, dass es sich nicht um einen Redakteur handelte.

Neben den »Reportern« liefen immer mehr freie Mitarbeiter in der Redaktion rum. Das waren nicht immer die schlechtesten, aber immer die, die am schlechtesten bezahlt wurden.

Georg wunderte sich, dass in seinem Büro schon jemand aufgeräumt hatte. Alles, was nicht abgeschlossen in seinem Schreibtisch war, lag ordentlich auf zwei Päckchen verteilt, ein großes Päckchen mit Material, das der BLITZ beanspruchte, da fanden sich unter anderem der Fernseher und das Radio, der Computer, Schreibblöcke, Kugelschreiber, Büroklammern, ein Kalender, Telefonbücher, ein Locher, Tesaband, Visitenkarten, ein Duden.

»Der Duden gehört mir«, sagte Georg und legte das gelbe Buch auf den kleinen Packen mit seinen persönlichen Sachen. Da war nicht viel, eine Bürotasse mit seinem Namen, ein BLITZ-Karnevalsorden, den ihm Junior bei der großen Zeltparty an Weiberfastnacht umgehängt hatte. Er legte den Karnevalsorden auf die andere Seite und nahm sich stattdessen den Kalender.

Im abgeschlossenen Teil des Schreibtischs hatte er zum Glück auf CD gebrannte Kopien seiner Adressdatenbank, so ungefähr das wichtigste Utensil eines Journalisten, ein paar private Briefe und Einladungen, die letzten Gehaltsabrechnungen und ein halbes Dutzend schwarzer Notizbücher, die er bei seinen Recherchen vollgeschrieben hatte. Alles in allem passte seine komplette BLITZ-Karriere problemlos in eine schlanke Aktentasche. So gesehen war es ein leichter Abschied.

»Codekarte und Schlüssel«, sagte Uschi.

»Quittung«, sagte Georg.

Er warf einen letzten Blick in die Redaktionsräume. Auf dem Fernseher in der Lokalredaktion flimmerte das Bild des übernächtigten Oberbürgermeisters an den Trümmern des Stadtarchivs. Bei einem Kameraschwenk war auch Georg im Bild, bis Detlev Dick sich vor ihn drängte.

Tschüs, BLITZ!

33

Georg fuhr zurück in die Innenstadt. Normalerweise parkte er im Geschäftszentrum, das an der Stelle des alten Pressehauses in der Breite Straße entstanden war. Heute zog er das Parkhaus in den Opernpassagen vor. Er hatte keine Lust, den Verlag weiter zu bereichern.

Bei Bepi bestellte er sich ein Viertel Chianti. Er setzte sich an den kleinen Tisch ganz vorn am Eingang und schaute auf die Fassade gegenüber, die entfernt noch an das alte Pressehaus erinnerte.

Hinter diesen Mauern hatte Georg mit seinem Vater erste Presseluft schnuppern dürfen. Was würde Paul zu seiner Kündigung sagen? Er könnte ihm erzählen, dass er als Chefreporter bei einer Pennerzeitung einsteigen würde.

Bepi war Pauls Stammlokal gewesen. Nach der Schicht gab's Pizza oder Rahmschnitzel, für Georg, wenn er seinen Vater abholte, gab's ein Eis. Heute servierte Bepi kein Eis mehr, und das Rahmschnitzel gab's mit Kartoffelgratin statt Spaghetti, aber Georg zog es trotzdem immer wieder hierhin.

Georg rief seinen Vater an. »Junge, was ist passiert?«

»Ich sitze bei Bepi und denke an dich«, sagte Georg.

»Das ist lieb von dir, Junge. Trink ein Glas auf mich.«

»Habe ich schon.«

»Gibt's was zu feiern?«

»Wie man's nimmt. Ich bin fristlos entlassen.«

Paul ließ sich Zeit mit einer Antwort. Dann sagte er: »Junge, du bist zu gut für die. Da weht schon lange nicht mehr der alte Geist. Wenn du Geld brauchst …«

»Vater, mach dir wegen Geld keine Sorgen. Ich habe ordentlich was auf der Kante.«

»Jetzt sag mir nicht, dass du gespart hast?«

»Nicht direkt gespart. Aber gut verdient. Wenn du Geld brauchst …«

»Lass man, Junge. Lass dich nicht unterkriegen. Schön, dass du an mich gedacht hast. Und lass dich mal sehen.«

Es war kurz vor zwölf Uhr, er musste Sandra anrufen. Er

fragte, ob sie Zeit hatte, zu Bepi zu kommen. Sie sagte »Ja«, er sollte auf sie warten.

Ein älterer Herr, den er nicht kannte, setzte sich an Georgs Tisch. »Entschuldigen Sie«, sagte er, »aber Bepi hat mir gesagt, dass Sie von der Presse sind.«

Georg nickte.

»Ich muss Ihnen was zum Stadtarchiv erzählen. Das ist eine ganz große Sauerei.«

Georg nickte noch einmal, was sein Gegenüber ermunterte, zu einer großen Rede auszuholen.

»Wissen Sie, dass der U-Bahn-Bau am Waidmarkt eigentlich ganz anders geplant war? Da sollte mit einer besseren Methode gebaut werden. Aber irgendwem war das zu teuer. Dann hat man das System mit den Schlitzwänden gewählt. Das ist viel gefährlicher, aber auch viel billiger. Und dann gab es genaue Vorgaben, wie viel Stahl und wie viel Beton benötigt wurde, um das sicher zu bauen. Und welche Qualität der Beton haben musste. Und jetzt schauen Sie da mal nach, was da wirklich verbaut wurde. Sie werden viel zu wenig Stahl und schlechten Beton finden. Und warum hat das keiner gemerkt? Weil die, die bauen, sich selbst kontrollieren dürfen, weil Berichte gefälscht wurden, weil die, die eigentlich verantwortlich sein sollten, Stadt, KVB, Politiker, sich das Wegschauen teuer bezahlen ließen. Der Abgrund an Korruption ist mindestens so groß wie das Loch auf der Severinstraße.«

Der Mann machte eine Pause und wartete auf Georgs Reaktion. »Interessant, was Sie da erzählen. Haben Sie dafür Beweise?«

»Beweise? Die liegen in der Erde. Sie müssen die nur ausgraben. Da gibt es noch einen Kontrolleur, den alle jetzt vorschieben. Der gute Mann saß in München und hat nicht ein einziges Mal vor Ort wirklich nachgesehen, ob das stimmt, was man ihm aus Köln gemeldet hat. Wie finden Sie das?«

»Woher haben Sie Ihre Informationen?«, fragte Georg.

»Sagen wir mal so. Ich bin einer von denen, die die bessere Bauweise vorgeschlagen haben und nicht zum Zuge gekommen sind. Da habe ich etwas nachgeforscht, warum das für mich schiefgelaufen ist.«

»Und jetzt soll ich für Sie den Rächer spielen? Warum gehen Sie nicht zur Polizei?«

»Was soll ich bei der Polizei? Meinen Sie denn, ich hätte nicht auch versucht, dieses Spiel zu spielen? Ich habe nur zu wenig geboten. Aber es geht ja gar nicht um die Polizei. Es geht um Verantwortung, die man übernehmen muss, wenn man ein Spiel verloren hat. Jetzt haben die anderen verloren, jetzt müssen sie Verantwortung übernehmen. Fragen Sie doch mal, bei wem der Herr Oberbürgermeister angeblich mit seiner Frau Urlaub gemacht hat? Und warum der Herr Oberbürgermeister trotz der schrecklichen Katastrophe erst so spät wieder in Köln war? Und warum er jetzt schon wieder auf dem Weg nach Österreich ist? Angeblich, um seine Frau abzuholen. Ein Oberbürgermeister. Mit Dienstwagen und Fahrer.«

»Was wollen Sie damit sagen?«

»Ich habe genug gesagt. War mir ein Vergnügen.«

Mit diesen Worten verschwand der Mann, ohne seinen Namen genannt zu haben, und setzte sich an einen Tisch tief im Inneren des schmalen Restaurants.

34

Lukasz hatte seit dreißig Stunden nicht mehr geschlafen. Sein Kopf dröhnte von Kathrins Todesschrei, den er nicht gehört hatte, aber der deswegen nur umso lauter in seinem Kopf widerhallte.

Als das Wasser in die U-Bahn-Baustelle am Waidmarkt einschoss, hatte er versucht, die junge Frau aus der Höhle zu retten. Er hatte es nicht geschafft, sich gegen die Wassermassen durchzusetzen.

Lukasz fragte sich, ob es nicht besser gewesen wäre, wenn auch er unter den Trümmern begraben worden wäre. Seine Kollegen hatten ihn regelrecht rausprügeln müssen. Nur Sekunden bevor das Archiv einstürzte, erreichte er die rettende Straße.

Aber war es seine Rettung? War es nicht viel mehr sein Tod?

Er hatte der Madonna geschworen, Kathrin zu retten. Er hatte es nicht geschafft. War er zur ewigen Hölle verurteilt?

Lukasz verstand nicht, wie kalt Carlo mit der Situation umging. »Ich hatte dir zwar gesagt, dass du dafür sorgen musst, dass sie nie wieder ans Licht kommt. Aber dass du gleich das ganze Stadtarchiv einstürzen lässt.«

Dass Carlo sogar inmitten der noch qualmenden Trümmer zu Späßen aufgelegt war, machte Lukasz wütend. Er schnappte sich den Bauleiter, stemmte ihn mit beiden Händen hoch über seinen Kopf und hatte Lust, ihn in die brodelnde Grube zu werfen. Dann sah er, dass er beobachtet wurde. Dieser Journalist war schon wieder da! Und er stellte Carlo wieder auf die Füße.

Carlo blitzte ihn an: »Tu das nie wieder«, und war anschließend nur noch damit beschäftigt, den eifrigen Retter und Beschützer der Feuerwehr zu spielen. Er schaffte es sogar, die Einsatzleiter davon zu überzeugen, die Grube mit Tausenden Kubikmetern Beton zuzuschütten.

Betonmischer um Betonmischer rollten seitdem an und füllten Kathrins Grab meterhoch auf. Dass da ein Leichnam lag, würde man in Jahrzehnten nicht feststellen. Und Hinweise auf mögliche Baufehler, die zum Unglück geführt haben könnten, wurden gleich mit einbetoniert.

»Man wird herausfinden, dass wir in den Wänden zu wenig Stahl eingebaut haben«, sagte Lukasz.

»Wer soll das herausfinden?«, sagte Carlo. »Alle meine Berichte und Protokolle sind perfekter als perfekt. Das Unglück ist doch ganz wunderbar für uns, da können wir Trümmer wegräumen und noch einmal bauen und noch einmal abrechnen, und natürlich muss das jetzt viel teurer werden, damit die Sicherheit aber auch wirklich tausendprozentig gewährleistet ist. Und länger dauern wird es auch. Da ist auch dein Job für mindestens zwei weitere Jahre gesichert.«

»Ich will diese Arbeit nicht mehr.«

»Lukasz«, sagte Carlo, »du darfst eines nie vergessen: Ich tu das alles nur für unsere heilige Kirche. Das Geld, das ist doch nicht für mich. Dafür habe ich die Waffen gekauft und die Bomben. Wie heißt es bei den Moslems? ›Der beste Wochentag bei Allah ist der Freitag.‹ Glaube mir, der Tag der Versammlung ist nah. Am nächsten Freitag wird die Welt auf Köln schauen, und unsere Muttergottes, ein Weib, wird über Mohammed triumphieren. Der Einsturz der Kathedrale wird das Ende des Islams in Europa einläuten. Amen.«

»Amen«, sagte Lukasz, wie er immer »Amen« sagte, wenn ein Priester oder Vorgesetzter es verlangte. Aber die Glut und die Wut, die er früher verspürte, wenn Carlo vom großen Ziel sprach, waren in ihm abgestorben. Seit Kathrins schrecklichem Tod fühlte er sich nur noch schwach und elend, und nicht einmal Beten hatte ihm helfen können.

Lukasz hatte Carlo am Mittwochmorgen um ein paar Freistunden gebeten. Er wollte sein BMX-Rad zurückholen, das er vor Tagen in der Werkstatt neben der Pius-Kapelle zurückgelassen hatte. Wenn er endlich wieder durch die Straßen reiten könnte, käme er vielleicht auf andere Gedanken.

Er schwang sich in den Sattel und spürte, wie neue Kraft in seinen Körper einzog. Vom Salzmagazin fuhr er auf die belebte Nord-Süd-Fahrt, versuchte, mit den Autos mitzuhalten, schaffte es, raste in den für Fahrräder verbotenen langen Tunnel, kletterte hinter dem WDR-Archivhochhaus wieder ans Tageslicht, um nach dem Offenbachplatz und der Oper noch einmal unter dem sogenannten »Weltstadthaus« auf der Schildergasse abzutauchen, ehe er am Blaubach schließlich Kurs auf den Waidmarkt nahm, ohne auf Gegenverkehr und rote Ampeln zu achten.

Lukasz trat in die Pedale, als wäre der Leibhaftige hinter ihm her. Aber es war nur ein Streifenwagen, der die Verfolgung aufnahm. Lukasz sah das Blaulicht. Er würde sich nicht fangen lassen. Noch nicht.

Lukasz ließ das alte Polizeipräsidium rechts liegen, fuhr nicht, wie geplant, zur Unglücksstelle, sondern raste die leicht abschüssige Straße geradeaus weiter Richtung Rhein, drehte sich um, ob er noch verfolgt wurde, geriet ins Schleudern, war zu schnell für die nächste Linkskurve und knallte in einen Lieferwagen, der ihm aus dem Filzengraben entgegenkam.

35

»Ich brauche Ruhe. Ich habe mir für den Rest der Woche Urlaub genommen«, sagte Sandra, als sie endlich bei Bepi erschien, wo Georg das zweite Viertel Chianti und den dritten Espresso getrunken hatte.

»Ich habe auch den Rest der Woche frei. Genau genommen habe ich sogar den ganzen Monat frei«, sagte Georg.

»Das ist ja toll«, sagte Sandra.

»Ich bin entlassen worden.«

»Oh.«

Georg erzählte, was am Vormittag geschehen war, während Sandra mit einer großen Portion Spaghetti Carbonara kämpfte, weil sie die langen, schlanken Nudeln allein mit der Gabel meistern wollte. Mal schlürfte Sandra die Nudeln aus dem Teller, dass die helle Soße spritzte, mal biss sie die Nudeln in Stücke, sodass der Teil der Nudeln, der noch nicht im Mund angekommen war, zurück auf den Teller fiel, mal wickelte sie die Nudeln perfekt und mundgerecht um die Gabel und verschlang sie mit hörbarem Genuss, aber immer wirkte sie dabei so entspannt und lustig, wie Georg sie noch nie gesehen hatte, was ihn schließlich selbst zum Lachen anstiftete, obwohl er doch gerade von seiner fristlosen Kündigung berichtete.

Auf der Breite Straße humpelte Jean vorbei. Früher, als der einbeinige Krüppel sein Geld noch als Bettler auf der Straße verdiente, hatte er hier sein bestes Jagdrevier. Meistens saß er vor Karstadt, vor sich seinen Hut für die Spenden, und wenn die Geschäfte nicht gut liefen, dann packte Jean seinen Spezialtrick aus, stellte einem Passanten ein Bein, brachte ihn zu Fall und schrie dann laut um Hilfe: Was dem Menschen einfiele, ihn zu treten, ihn, einen einbeinigen Krüppel, der hilflos am Boden sitze. Angeblich hatte er so auch die Bekanntschaft mit Franck von Franckenhorst gemacht und zweihundert Euro Schadenersatz kassiert.

Jean sah Georg und Sandra bei Bepi sitzen und gesellte sich zu ihnen. »Gut, dass ich euch treffe. Ich habe Neuigkeiten. Von Lobenau.«

»Bist du etwa immer noch hinter dem her?«, fragte Georg.

»Ja, was meinst du denn? Das schwäbische Kapitalistenschwein ist doch hochverdächtig. Und jetzt, nach dem Einsturz des Stadtarchivs, besteht noch mehr Anlass, sich um ihn zu kümmern. Außerdem hast du selbst den Observationsauftrag erteilt und bis heute nicht zurückgenommen.«

»Stimmt«, sagte Georg. »Also, was gibt's Neues?«

»Zwei meiner Kumpel sind beim Technischen Hilfswerk. Die sind seit gestern im Einsatz an der Einsturzstelle des Stadtarchivs und haben es sich nicht nehmen lassen, dabei auch ein wenig auf unseren Freund Lobenau zu achten. Der spielt da den großen Mann und macht sich überall wichtig.«

»Da sagst du was«, stimmte Sandra zu.

»Lobenau kommandiert seine Leute unglaublich rum. Nur einmal, sagen meine Leute, war er ziemlich leise, als er abseits vom Trubel mit diesem polnischen Riesen stritt, diesem Lukasz. Der Pole ist seit dem Unglück völlig von der Rolle, aber irgendwie gelingt es Lobenau immer wieder, ihn für sich einzuspannen. Einer meiner Leute hat sich das Gespräch der beiden etwas näher angehört und mir davon berichtet. Ziemlich wirres Zeug. Vielleicht könnt ihr damit etwas anfangen. Die wichtigsten Stichwörter habe ich aufgeschrieben.«

Jean fingerte ein Exemplar seiner Pennerzeitung »von janz unge« heraus und versuchte zu entziffern, was er auf die Ränder geschrieben hatte. »Hm, ich hatte schon in der Schule immer eine Fünf in Schönschreiben. Dann also aus der Erinnerung. Mein Mann sagte, die beiden hätten über Religion gesprochen. Es ging aber ziemlich durcheinander. Mal sprachen sie von der Heiligen Muttergottes, mal von Mohammed und dem Islam. Lobenau, da ist mein Mann ganz sicher, hat die Wörter ›Waffen‹ und ›Bomben‹ gebraucht, leider hat mein Mann da den Zusammenhang nicht verstanden. Aber eins hat er ganz genau verstanden, Lobenau und der Pole haben sich für kommenden Freitag verabredet. Lobenau hat das irgendwie sehr geschwollen ausgedrückt. Wartet, das habe ich mir ganz bestimmt deutlicher aufgeschrieben, ja, hier steht es. Lobenau hat gesagt: ›Der beste Wochentag bei Allah ist der Freitag.‹ Und dann noch: ›Glaube mir, der Tag der Versammlung ist nah.‹ Das Gespräch ging noch weiter, aber mein Mann musste zurück zu seiner THW-Kolonne. Könnt ihr damit was anfangen?«

»Dies irae, dies comitiorum«, sagte Sandra.

»Tag des Zorns, Tag der Versammlung«, übersetzte Georg. »Der Freitag ist für Moslems der Tag der Versammlung. Am Freitag soll es geschehen. Es ist Lobenau, den wir suchen. Und dieser Pole. Ich hätte das schon viel früher wissen können. Lobenau hat mir die Botschaft buchstäblich an den Kopf geworfen, und ich hab's nicht sofort begriffen. Wir müssen Gerald alarmieren. Das ist ein Fall für die Polizei.«

36

Als Lukasz zu sich kam, lag er fest verschnürt in einem hellen Zimmer. Wo war er? Er spürte seine Arme und seine Beine, aber er konnte sie nicht bewegen. Sein Kopf dröhnte, aber er konnte ihn nicht drehen. Seine Augen nahmen Licht wahr, aber er sah nicht mehr als eine Neonlampe an einer weißen Decke.

Das Zimmer roch nach Krankenhaus. Aus seinem Körper traten Schlangen aus, nein, es waren Schläuche, die in summenden Apparaturen verschwanden. Aus der Ferne hörte er Stimmen, die Worte ergaben für ihn keinen Sinn.

Die schwarze Madonna trat an sein Bett und legte ihre Hand auf seine brennende Stirn. Lukasz lächelte die schwarze Madonna an und begann ein Gebet:

»Ave Maria, gratia plena,
Dominus tecum.
Benedicta tu in mulieribus,
et benedictus fructus ventris tui, Iesus.
Sancta Maria, Mater Dei,
ora pro nobis peccatoribus
nunc et in hora mortis nostrae.
Amen.«

Die schwarze Madonna betete mit ihm, aber sie sprach den heiligen Text auf Deutsch:

»Gegrüßet seist du, Maria, voll der Gnade,
der Herr ist mit dir.
Du bist gebenedeit unter den Frauen,
und gebenedeit ist die Frucht deines Leibes, Jesus.
Heilige Maria, Mutter Gottes,
bitte für uns Sünder
jetzt und in der Stunde unseres Todes.
Amen.«

Ein schwarzer Mann, nein ein weißer Mann in einem schwarzen Gewand trat an Lukasz heran, tropfte etwas auf seine Stirn und sagte: »Durch diese heilige Salbung und seine mildreichste Barmherzigkeit lasse dir der Herr nach, was immer du gesündigt hast. Amen.«

»Amen«, hauchte Lukasz.

»Er hat Amen gesagt«, sagte die schwarze Madonna.

»Ja«, sagte der Mann im schwarzen Gewand. »Ich habe es auch gehört. Ich will versuchen, ihm die Beichte abzunehmen.«

Lukasz erkannte, dass es ein Priester war. »Ja, beichten«, sagte er.

Die schwarze Madonna verließ das Zimmer. Er war jetzt allein mit dem Priester.

»Vater, ich habe gesündigt«, sagte Lukasz. »Ich bin schuld am Tod einer Frau. Ich habe sie missbraucht. Ich habe sie im Stich gelassen. Ich bin schuld, dass sie lebendig begraben ist.«

»Bereust du, mein Sohn?«

»Ja, ich bereue.«

»Sprich weiter, mein Sohn.«

»Ich habe einem Mörder geholfen, das Opfer zu verbrennen.«

»Du selbst aber hast nicht gemordet?«

»Nein, Vater.«

»Wer hat gemordet?«

»Fragen Sie Lenzen.«

»Wer ist das?«

»Der Vater. Und Carlo.«

»Heißt der Vater Carlo?«

»Nein. Carlo.«

»Was ist mit Carlo?«

»Freitag. Carlo. Carsten Lobe…«

Lukasz sah, wie der Kopf des Priesters plötzlich ganz nah an seinen Kopf heranrückte, und dann erkannte er ihn. Er sah, dass Carlo das Ende eines Kabels in der Hand hielt, und dann spürte er nichts mehr …

Als Georg das Krankenzimmer in der Notaufnahme der Uniklinik betrat, war Lukasz tot. Eine afrikanische Krankenschwester wachte an seinem Bett. »Er ist friedlich eingeschlafen«, sagte sie. »Ich habe mit ihm das ›Ave Maria‹ gebetet. Er hat sogar noch die Beichte abgelegt und die Krankensalbung bekommen. Als er starb, war der Priester an seinem Bett. Das wird ein Trost für ihn gewesen sein.«

»Bestand denn gar keine Überlebenschance?«, fragte Georg.

»Er war sehr schwer verletzt. Arme und Beine zertrümmert. Das Rückgrat gebrochen. Schweres Schädeltrauma. Er hing an allen Apparaturen, die wir hier haben. Vielleicht war der kleine Aussetzer göttliche Fügung und die Erlösung für ihn.«

»Was für ein kleiner Aussetzer?«

»Der Arzt meinte, dass es kurzfristig zu einem Stromausfall der Systeme gekommen sein könnte. Der Priester hat aber nichts Auffälliges festgestellt«, sagte die Krankenschwester.

»Wieso haben Sie ausgerechnet mich zu dem Kranken gerufen? Ich kannte ihn, ja, aber wir waren nicht wirklich befreundet.«

»Er hatte eine Postkarte bei sich, die an Sie adressiert war. Sogar Ihre Telefonnummer stand darauf. Der Arzt meinte, ich sollte Sie benachrichtigen. Danke, dass Sie so schnell gekommen sind«, sagte die Schwester.

»Zu spät«, sagte Georg.

»Das liegt in Gottes Hand. Hier. Nehmen Sie. Die Postkarte. Ist ja für Sie.«

Die Postkarte zeigte das Richter-Fenster im Kölner Dom. Es war die Postkarte, die Georg diesem Priester an der Kapelle der Piusbrüder gegeben hatte. Außer Georgs Namen, Anschrift und Telefonnummer standen nur drei Wörter auf der Karte: »Lenzen«, »Carlo« und »Freitag«.

37

»Tut mir leid«, sagte Kommissar Gerald Menden, »aber das Bundeskriminalamt hält eure Geschichte vom Richter-Code für Unsinn. Es wird deshalb auch keinen zusätzlichen Schutz für den Dom geben. Jedenfalls nicht, bevor es andere Beweise gibt. Und das müssten schon Beweise sein, die konkret auf islamistische Terroristen in Deutschland hindeuten.«

Es war neun Uhr am Mittwochabend, und Gerald hielt seine Rede vor einer sehr gemischten Gruppe in Franck von Franckenhorsts Wohnfabrik in der Lichtstraße in Ehrenfeld. Georg Rubin hatte zum »Kriegsrat« eingeladen, um die Strategie für den entscheidenden Kampf festzulegen.

»Aber wir haben doch neue Beweise«, sagte Georg. »Wir wissen nicht nur, dass ein Anschlag auf den Dom geplant ist, wir wissen sogar, wer ihn ausführen will. Und wir kennen den Tag. Freitag. Übermorgen. Und übermorgen beginnt in siebenundzwanzig Stunden.«

Jean pflichtete Georg bei: »Meine Leute haben das gehört. Dieser Lobenau hat Bomben und Waffen besorgt und sich für Freitag mit diesem Polen, Lukasz, verabredet. So war's doch, Jupp, oder?«

Jupp, ein kräftiger Mann Mitte dreißig, stand auf: »Ja. Das kann ich beschwören. Das habe ich mit meinen eigenen Ohren gehört.«

»Mag ja alles sein«, sagte Gerald, »aber der Pole ist tot. Der wird also keine Bombe mehr im Dom legen. Und Lobenau ist auch kein islamistischer Terrorist, soweit ich weiß.«

»Lukasz hat mir eine Botschaft hinterlassen. ›Lenzen‹, ›Carlo‹, ›Freitag‹«, sagte Georg und hielt die Postkarte mit dem Richter-Fenster hoch. »Da steht auch klipp und klar: ›Freitag‹. Wir müssen davon ausgehen, dass an diesem Freitag etwas geschehen soll.«

»Da stehen noch zwei weitere Wörter«, schaltete sich Christina Brandt, Rechtsanwältin und Francks Freundin, ein. »Was ist mit ›Lenzen‹ und ›Carlo‹?«

»›Lenzen‹ steht entweder für die ermordete Lena Lenzen oder ihren Vater Josef Lenzen«, sagte Georg. »Lukasz wusste, dass ich in dieser Mordsache recherchierte. Aber was er mir mit dem Namen sagen wollte, keine Ahnung. Und ›Carlo‹ sagt mir auch nichts.«

»›Carlo‹ ist doch einfach«, ertönte Sandras Stimme.

»Ich weiß es«, sagte Franck.

»Weiß doch jeder«, feixte der einbeinige Jean.

»Und warum weiß ich es dann nicht?«, ärgerte sich Georg.

»›Carlo‹ steht für Carsten Lobenau«, sagte Sandra.

Georg fasste sich mit der rechten Hand an den Kopf. »Dann wäre das also auch geklärt. Carlo Carsten Lobenau hat am Freitag was Böses vor. Mit Lenzen? Gegen Lenzen?«

»Wir wissen nicht, wann Lukasz die drei Wörter auf die Postkarte geschrieben hat«, sagte Franck. »Aber so oder so, wir werden uns sowohl um Lobenau als auch um Lenzen kümmern müssen. Wie steht es mit der Beschattung?«

»Lobenau ist uns leider entwischt. Er war heute Vormittag noch auf der Einsturzstelle am Waidmarkt, seitdem haben wir ihn nicht mehr gesehen«, sagte Franck.

»Ich könnte meine Männer alarmieren«, sagte ein hagerer Mann, der sich in einen der Rattansessel zurückgezogen hatte.

»Wer sind Sie denn?«, fragte Georg.

»Sebastian Nelles, Kölner Taxiruf«, sagte der Mann.

»Habe ich eingeladen«, sagte Franck.

»Sandra, du hast Bilder von Lobenau. Hast du die noch auf einem Handy?«, fragte Georg.

»Ja«, sagte Sandra.

»Wir können das Foto ausdrucken und an die Taxifahrer verteilen«, sagte Jean und humpelte schon los zu seinen Computern in der Redaktionsecke der Pennerzeitung.

»Wir müssen davon ausgehen, dass Lobenau sich tarnt«, sagte Menden.

»Und was hilft uns das?«, sagte Georg. »Fällt der Polizei nichts anderes ein, als hier rumzumeckern?«

»Na dann«, sagte Menden, stand auf und ging.

Miriam, Francks Schwester, hielt ihn fest. »Du kannst uns doch jetzt nicht im Stich lassen. Wir brauchen dich. Ohne deine Hilfe kriegen wir das nie hin.«

»Ihr habt doch Georg. Der weiß doch alles«, sagte Menden und setzte sich wieder.

Georg verschwand in die Kaffeeecke und machte sich einen Espresso. Wie sollten sie jemals einen vernünftigen Plan aufstellen können?

Er ging zurück zu dem großen Buchenholztisch in der Mitte des überdachten Hofes. Franck war aufgestanden und verteilte an jeden ein kleines Päckchen, das mit dem Namen des Beschenkten beschriftet war.

»Ich spiele jetzt mal den Weihnachtsmann«, sagte Franck.

»Wir haben März«, sagte Miriam.

»Liebstes Schwesterlein, ich hab nicht gesagt, es ist Weihnachten, sondern ich spiele den Weihnachtsmann. Der wird doch wohl auch im März arbeiten dürfen.«

»Wow, ein iPhone«, sagte Jean. »Kann ich mir nicht leisten.«

»Aber ich«, sagte Franck. »Diese iPhones sind alle auf die gleiche Art und Weise vorbereitet. Drückt mal alle links unten auf das grüne Telefonzeichen. Habt ihr? Und jetzt in der Mitte unten auf ›Kontakte‹.«

»He, da steht ja mein Name in der Liste«, sagte Jean.

»Und meiner auch«, stellte Sandra fest.

»Ja«, sagte Franck. »Alle, die hier am Tisch sitzen, können so schnell und direkt in Kontakt miteinander treten. Wichtig ist noch, dass das Nummern sind, die außer uns niemand kennt. Keine echten Geheimnummern, aber eben doch unbekannte Nummern. Die Telefone sind alle auf meinen Namen angemeldet, sodass also nicht einmal der Netzbetreiber weiß, wer jetzt die ganzen Handys benutzt. Ich bin für die jetzt eine multiple Persönlichkeit.«

Jean und sein Kumpel Jupp hantierten sofort an dem iPhone herum. Francks Handy meldete sich mit »Help« von den Beatles.

»Ich habe jedes Handy mit einer besonderen Melodie versehen. Wenn also zum Beispiel Jean jemand anwählt, erklingt »Help«. Wenn ihr eure Kontakte bearbeitet, könnt ihr die ausgewählten Klingeltöne sehen. Es wäre schön, wenn ihr sie erst ändert, wenn unsere Aktion vorbei ist. Sonst hilft uns das nicht.«

»Nette Spielerei«, sagte Miriam. »Wofür soll das gut sein? Ich hab schon ein iPhone.«

»Ich will hier niemand ärgern, ich will mithelfen. Außerdem haben unsere iPhones noch eine Besonderheit.«

Jean lachte. »Jetzt kommt Q«, sagte er, »und erklärt Mr. Bond die Geheimwaffe. Wo steckt der Flammenwerfer? Und wie schieße ich mit dem Telefon?«

Franck lachte auch. »Kein Flammenwerfer, auch keine Pistole im Telefon. Aber Geheimwaffe ist gar nicht so verkehrt. Ich habe auf den iPhones eine App installiert, die gerade erst in den USA erschienen ist. Sie heißt ›Foursquare‹, was eigentlich ›viereckig‹ bedeutet. Komischer Name, aber eine interessante Erfindung. Foursquare weiß genau, wo man ist, man kann seinen Standort auf dem iPhone markieren, und, was das Beste ist, alle anderen Foursquare-Nutzer können genau sehen, wo die anderen sind.«

»Danke, Q«, sagte Jean. »Ich wusste, Sie lassen mich nicht im Stich. James Bond rettet die Welt. Ich bin gerührt, nicht geschüttelt.«

»Ist das schlimm, wenn ich das nicht sofort begriffen habe?«, fragte Bitterle.

»Lieber Doc, das ist überhaupt nicht schlimm«, sagte Franck. »Wir werden das nämlich alle gleich noch trainieren. Aber erst müssen wir einen Plan haben. Und wie dieser Plan aussieht, das wird uns jetzt Georg erzählen.«

»Ich? Warum ich?«, fragte Georg.

»Weil du uns das eingebrockt hast«, sagte Franck.

»Gut. Mein Plan ist es, die Polizei einzuschalten. Was hiermit geschieht. Gerald Menden, Kommissar Menden, du hast das Wort.«

Gerald stand auf, schien etwas zu suchen, ging in die Redaktionsecke und kam mit einem Flipchart wieder. »Dann wollen wir mal. Unterstellt, ihr habt recht, dass am Freitag ein Attentat auf den Kölner Dom stattfinden soll und dass Lenzen und Lobenau die Täter sind, dann ist die Aufgabe klar. Wir müssen den Dom sichern und Lobenau und Lenzen unschädlich machen, möglichst bevor sie ihr Attentat ausführen können.«

Gerald schrieb drei Wörter auf das Flipchart, »Dom«, »Lobenau«, »Lenzen«, im Dreieck angeordnet mit dem Dom als Spitze.

»Klar«, sagte Jean.

»Aber«, sagte Gerald, und er zog dieses »Aber« so lang, dass jeder gespannt war, was jetzt kommen würde: »Warum sollten sie es tun? Wo ist das Motiv?«

Gerald schrieb das Wort »Motiv« als viertes Wort auf das Flipchart. »Lenzen und Lobenau sind jedenfalls keine islamistischen Terroristen.«

»Aber sie sind auch religiöse Fanatiker«, sagte Georg. »Sie sind Laienmitglieder der erzkonservativen Piusbruderschaft, die in starker Opposition zur römisch-katholischen Kirche steht.«

»Und deshalb wollen sie den Dom zerstören? Das glaubst du doch selbst nicht. Papst Benedikt XVI. hat gerade erst die Piusbruderschaft rehabilitiert, und das, obwohl einer ihrer Bischöfe öffentlich den Holocaust leugnete. Kein Piusbruder würde diese Annäherung gefährden wollen. Die Piusbruderschaft will die Kirche übernehmen, nicht zerstören.«

»Was willst du uns damit sagen?«, fragte Georg.

»Dass wir noch zu wenig wissen. Es gibt kein Verbrechen ohne Motiv.«

»Was war denn das Motiv beim Mord an Lena Lenzen?«, fragte Georg.

»Wissen wir leider auch nicht. Aber wenn wir den Mörder finden, dann werden wir auch das Motiv finden.«

»Na dann. Lass uns die Attentäter finden. Hast du eine Idee, wie wir das anstellen?«, fragte Jean.

»Lass uns noch einen Moment nach einem möglichen Motiv

suchen. Was haben Lenzen und Lobenau gemeinsam? Wem fällt da was ein?«

Sandra meldete sich: »Sie bauen gemeinsam an der U-Bahn. Sie haben das Stadtarchiv einstürzen lassen.«

»Sie standen beide in Verbindung mit Lena Lenzen«, sagte Georg, »und die ist ermordet worden.«

Gerald schrieb »U-Bahn/Archiv« und »Lena« auf das Flipchart in die Reihe unter das Wort »Motiv«.

»Noch jemand eine Idee?«

»Sie gehören beide zur Piusbruderschaft«, sagte Georg.

Gerald schrieb neben Lena noch »Pius X«.

»Wir sollten dann auch Lukasz nicht vergessen«, sagte Gerald, schrieb dessen Namen in die Reihe und setzte hinter den Namen ein Kreuz: »Lukasz †«. Auch hinter Lena setzte er ein Kreuz.

»Du könntest eigentlich auch noch ›Georg‹ darunterschreiben«, sagte Franck. »Beide hatten zuletzt auch Kontakt mit ihm.«

»Dann musst du mich auch dazuschreiben. Und ›Kathrin‹«, sagte Sandra.

Gerald schrieb eine letzte Zeile auf das Flipchart: »Georg/Sandra/Kathrin«. Hinter Kathrin setzte er ein Fragezeichen. »Gibt es eigentlich irgendetwas Neues über Kathrin?«, fragte der Kommissar.

»Ihr Telefon hat angerufen, aus Stockholm«, sagte Sandra.

»Wie, ihr Telefon hat angerufen?«, fragte Gerald.

»Es war ihr Telefon, aber es war nicht Kathrin«, sagte Georg. »Es war eine Schwedin, die sagte, sie hätte das Handy versehentlich eingesteckt. Deshalb habe sie die letzte Nummer gewählt, die in der Anrufliste stand. Das war Sandra.«

»Versehentlich eingesteckt«, wiederholte Menden. »Oder absichtlich zugesteckt? Vielleicht ist Kathrin doch etwas geschehen.«

»Ich habe drüber nachgedacht«, sagte Sandra. »Sie hätte mich nie so kommentarlos verlassen. Wir sind beste Freundinnen. Wir erzählen uns alles. Sie hätte mir auch erzählt, wenn sie irgendjemand anderen getroffen hätte.«

»Ich denke, wir nehmen die Fahndung nach Kathrin wieder auf«, sagte Menden. »Wir könnten auch nach Lobenau polizeilich fahnden, wegen des Verdachts, am Mord an Lena Lenzen beteiligt gewesen zu sein. Ja, das ginge. Aber Lenzen können wir auf keinen Fall festnehmen.«

»Aber beschatten können wir Lenzen. Das wäre doch was für unsere Taxifahrer. Lenzens dicker Mercedes fällt schnell auf.«

»Machen wir«, sagte der Mann vom Taxiruf.

»Was hältst du davon, Gerald, wenn ich selbst morgen noch mal zu Lenzen gehe und ihn zur Rede stelle? Ich habe ihm noch nicht berichtet, dass wir den Richter-Code entschlüsselt haben.«

»Aber dann ist er gewarnt«, sagte Jean.

»Nein. Nicht unbedingt. Ich muss ihm ja nur die Geschichte von den weißen Feldern im Richter-Fenster erzählen, wie Sandra dahinter die Farben und später die Buchstaben entschlüsselt hat, und den Text der Botschaft, den wir gefunden haben.«

»Das große Haus wird zerstört werden«, sagte Sandra.

»Das große Haus ist schon zerstört worden«, wiederholte Miriam. »Vielleicht war der Einsturz des Stadtarchivs gemeint?«

»Aber das ging ohne Bomben und Waffen ab, die sollen erst am Freitag zum Einsatz kommen«, stellte Georg fest.

»Ich denke«, übernahm Menden wieder, »dass es eine gute Idee ist, wenn Georg zu Lenzen geht und ihm erzählt, was er über den Richter-Code herausgefunden hat. Vielleicht verrät Lenzen versehentlich noch etwas, was uns weiterhelfen könnte. Ich schlage vor, dass Georg nicht allein geht, sondern noch jemanden mitnimmt. Als Zeugen. Und zur Sicherheit.«

»Dann komm du doch selber mit«, sagte Georg.

»Keine gute Idee. Wir von der Polizei haben Lenas Geschichte nie geglaubt. Das würde Lenzen nur stutzig machen. Ich werde irgendwo in der Nähe sein, aber nicht mit ins Haus gehen.«

»Ich gehe mit«, sagte Sandra. »Ich habe mit Georg Lenzens tote Tochter gefunden. Er hat uns auf der Baustelle am Waidmarkt auch schon zusammen gesehen. Ja, ich gehe mit.«

»Das ist zu gefährlich«, sagte Georg.

»Warum? Ist es für dich weniger gefährlich? Ich gehe mit.«

»Regelt das untereinander«, sagte Menden. »Ich wäre einverstanden, wenn Sandra Georg begleitet. Lobenau scheint mir sowieso der schwierigere Fall. Was wissen wir, wo er sich aufgehalten hat? Er hat ein Zimmer im Interconti. Er hatte ein Büro in der U-Bahn-Baustelle am Waidmarkt und müsste da eigentlich morgen früh wieder auftauchen, um bei den Rettungsmaßnahmen zu helfen.«

»Er hatte Kontakt zu diesem Röbel«, sagte Jean.

»Er gehört zur Piusbruderschaft in Köln, die ein Haus in der Salzgasse hat«, sagte Georg.

»Er kennt sich gut aus in der Tiefgarage am Rheinauhafen, sonst wäre er uns da nicht entwischt«, sagte Jean.

»Interconti, Waidmarkt, Pius-Kapelle, Röbel, Rheinauhafen«, zählte Menden auf. »Gut, das sind fünf Anhaltspunkte. Interconti und Waidmarkt können wir polizeilich schnell abklären. In der Tiefgarage Rheinauhafen sind Kameras, die werten wir aus, auch kein Problem. Das Pius-Haus in der Salzgasse lasse ich überwachen. An Röbel gehen wir besser nicht ran.«

»Das ist wieder typisch«, schimpfte Jean.

»Bleibt noch der Dom«, setzte Georg fort. »Wer überwacht den Dom?«

»Ich kann ein paar meiner uniformierten Kollegen bitten, da verstärkt Streife zu gehen«, sagte Menden.

»Den Rest übernehmen wir, meine Kumpels und ich. Ein paar Penner und Gaukler mehr oder weniger vor dem Dom fallen überhaupt nicht auf«, sagte Jean.

Butler Jakob, der ganz gegen seine Gewohnheit überhaupt noch keinen Kommentar abgegeben hatte, schlug mit einem Löffel an ein Weinglas: »Ich möchte auch noch etwas beisteuern. Ich könnte uns eine Zentrale für den Einsatz am Dom organisieren.«

»Gute Idee«, sagte Georg. »Und wo wäre die?«

»Im Dom-Hotel. Ich habe da Beziehungen. Ich habe da mal ein paar Monate gewohnt. Eine Suite mit Domblick wäre optimal.«

»Einverstanden«, sagte Menden. »Bis wann können Sie das abklären?«

»Geben Sie mir eine Viertelstunde«, sagte Jakob. »Ich habe noch eine Idee. Ich kenne die Leute vom Domradio sehr gut. Waren ja quasi Nachbarn, als ich noch im Hotel wohnte. Ich glaube, die haben Zugriff auf Kameras, die im Dom installiert sind.«

»Das wäre ja phantastisch. Sie meinen, wir könnten beobachten, was im Dom geschieht?«

»Ja. Ich glaube, das wäre möglich. Da müssten Sie aber möglicherweise offiziell als Polizei um Hilfe bitten.«

»Mach ich, Jakob«, sagte der Kommissar.

Jakob entfernte sich und war schon nach drei Minuten wieder da. »Alles geregelt. Ab zwölf Uhr morgen Mittag steht Herrn von Franckenhorst die Präsidentensuite zur Verfügung. Ich habe den Hoteldirektor darüber informiert, dass Herr von Franckenhorst möglicherweise Besuch empfängt, der normalerweise nicht in seinem Haus verkehrt.«

»Jakob, was reden Sie denn da. Der Direktor kennt uns doch vom letzten Jahr«, sagte Jean.

»Eben«, sagte Jakob.

»Dann also Treffpunkt zwölf Uhr in der Präsidentensuite«, sagte Menden.

Jean lachte. »Dom-Hotel. Nicht schlecht. Kater Carlo, die Mäuse umzingeln dich.«

Donnerstag, 5. März 2009

38

Am Donnerstagmorgen ertrank Köln im grauen Regen. Georg lag mit Sandra im Bett, Franck hatte ihnen ein Gästezimmer zur Übernachtung angeboten, und Georg genoss es, nicht sofort aufstehen zu müssen. Der Fernseher informierte über die letzten Nachrichten.

Die Unglücksgrube am Waidmarkt versank fast in den Fluten, was die Bergungsarbeiten dramatisch erschwerte.

Hermann Gürtler hatte tatsächlich noch einmal die Stadt verlassen und war auf dem Weg zurück an seinen Urlaubsort in Österreich, um seine Frau abzuholen.

»Der Oberbürgermeister hat Köln im Stich gelassen«, kritisierte seine Gegenspielerin von der Opposition.

Die Schuldfrage wurde weiter hin und her geschoben. Der Oberbürgermeister, der jede persönliche Verantwortung von sich wies, sprach davon, dass es sich ja auch um eine »Naturkatastrophe« gehandelt haben könnte.

Die Kölner Verkehrs-Betriebe sahen sich genauso wenig in der Verantwortung wie der Baukonzern Bilfinger Berger.

»Das ist die wahre Untergrundbewegung: abtauchen, alles zum Einsturz bringen, abkassieren«, sagte Georg.

»Schön formuliert«, sagte Sandra und setzte fort: »Was ist das Schwarzfahren in der U-Bahn gegen das Bauen einer U-Bahn?«

»Auch nicht schlecht, Milliardengrab statt Dreigroschenoper«, sagte Georg.

Sein iPhone meldete sich mit dem Klingelton »With a Little Help from My Friends«, gesungen von Joe Cocker. Wer war das denn noch, überlegte er, ach ja, Jupp, Jeans Kumpel.

»Jupp, was liegt an?«, meldete sich Georg.

»Ich bin am Waidmarkt. Wieder THW-Einsatz. Hier säuft alles ab. Müssen ein Zelt über der Unglücksgrube aufbauen.«

»Habe die Bilder gesehen«, sagte Georg.

»Was wichtiger ist: Lobenau ist nicht hier. Nirgendwo. Hat

sich nicht abgemeldet. Nicht bei der Feuerwehr. Nicht bei der Polizei. Seinen Bauarbeitern hat er auch nichts gesagt. Der ist wirklich untergetaucht.«

»Was ist mit Lenzen?«

»Hab ich auch nicht gesehen.«

»Danke, Jupp. Halte die Augen offen.«

Wenig später meldete sich Menden. Franck hatte für ihn »Message in a Bottle« von Police als Klingelton ausgesucht, wie passend.

»Na, was bringst du für eine Flaschenpost?«, fragte Georg.

»Leider gar nichts drin. Lobenau war heute Nacht nicht im Interconti. Sein Audi steht allerdings in der Hotelgarage. Auch sonst keine Spur von ihm. Nicht bei den Piusbrüdern. Nicht im Rheinauhafen.«

»Am Waidmarkt ist er auch nicht«, sagte Georg.

»Sieht so aus, als ob Lobenau tatsächlich der Mann ist, den wir finden müssen. Wir sehen uns. Zwölf Uhr im Hotel. Ach ja, die Dombewachung läuft. Ich konnte meinen Chef sogar überzeugen, auch ein paar Beamte in Zivil abzuordnen.«

Es klopfte ans Zimmer. »Herein«, rief Georg.

»Entschuldigen Sie die Störung«, sagte Butler Jakob, »Frau Brandt lässt ausrichten, dass sie Sie um zehn Uhr zu sprechen wünscht. Es geht um Ihre arbeitsrechtliche Auseinandersetzung. Sie erwartet Sie im Arbeitszimmer von Herrn von Franckenhorst.«

»Danke, Jakob«, sagte Georg.

»Zehn Uhr«, sagte Sandra und kuschelte sich an Georg, »dann haben wir noch eine halbe Stunde.«

Mit fünf Minuten Verspätung, die Haare noch nass vom Duschen, erschien Georg in Francks Arbeitszimmer, wo Christina Brandt auf ihn wartete.

»Wenn du einverstanden bist, übernehme ich deinen Fall selbst«, sagte sie. »Ich denke, wir haben sehr gute Chancen.«

»Klar bin ich einverstanden. Ich weiß nur gar nicht, ob ich wieder beim BLITZ arbeiten möchte«, sagte Georg.

»Das kannst du denken, aber das solltest du niemandem sagen. Wir werden gegen die fristlose Kündigung klagen. Unser erstes Ziel ist es, die fristlose Kündigung in eine fristgerechte Kündigung umzuwandeln, dann bekämst du nämlich noch sechs Monate lang Gehalt; unser zweites Ziel ist es, eine anständige Abfindung auszuhandeln.«

»Hört sich gut an.«

»Ich denke, die fristlose Kündigung bekommen wir mit einer einstweiligen Verfügung sofort vom Tisch. Es fehlt jede stichhaltige Begründung. Was Stein dir erzählt hat, spielt überhaupt keine Rolle, solange es nicht offiziell als Kündigungsgrund vorgetragen wird.«

»Dem Stein ist nur wichtig, dass er mich nicht mehr zu Gesicht bekommt.«

»Ich habe mich mal etwas schlauergemacht über deinen Ex-Chefredakteur. Wusstest du, dass einer seiner Söhne Mitglied der Piusbruderschaft ist?«

»Nein. Ich weiß eigentlich kaum etwas über sein Privatleben.«

»Stein hat sogar mal gegen die Piusbruderschaft prozessiert. Er hat ihr vorgeworfen, sie sei eine Sekte, die seinen Sohn manipuliere und ausbeute. Er hat den Prozess verloren. Sein Sohn hat gegen ihn ausgesagt. Der Junge ist Priester, irgendwo in der Schweiz«, sagte Christina. »Seit dem Prozess haben die beiden wohl keinen Kontakt mehr.«

»Das ist wahrscheinlich die Erklärung, warum er unbedingt diese Geschichte über die Piusbruderschaft in Köln haben wollte.«

»Hat er sie bekommen?«

»Nein. Aber das letzte Kapitel ist auch noch nicht geschrieben.«

»Wie auch immer, bleib ganz ruhig. Egal, wer dich auf die Kündigung anspricht, sag nichts. Sag vor allem nichts Negatives über den Verlag. Ich regle den Fall, du zahlst mir am Ende fünf Prozent der Abfindungssumme plus Mehrwertsteuer.«

»Ist das ein Freundschaftspreis?«, fragte Georg.

»Ich komm schon auf meine Kosten«, sagte Christina und lächelte, als Franck erschien und ihr einen Kuss gab.

»Seid ihr beiden durch?«, fragte er.

»Ja«, sagten beide gleichzeitig.

»Ich müsste noch etwas mit Georg unter vier Augen besprechen«, sagte Franck.

»Männergeheimnisse? So was gibt es?«, sagte Christina. »Dann erzähle ich demnächst auch nichts mehr.«

Franck schloss die Tür zum Arbeitszimmer hinter ihr ab.

»So geheimnisvoll. Was gibt es?«, fragte Georg.

»Du hast dir deine Kontokarte noch nicht abgeholt. Hier. Zweihundertfünfzigtausend Euro. Dein Geld. Ich hab da nichts mehr mit zu tun.«

Georg schaute sich das Stückchen Plastik an. »Sieht aus wie eine ganz beliebige Sparkarte von der Bank.«

»Das ist eine ganz beliebige Sparkarte von der Bank. Den Unterschied wirst du erst am Bankschalter spüren. Ich garantiere dir, wenn du damit auftauchst, wirst du so freundlich wie nie zuvor behandelt werden.«

»Und wenn ich die Karte verliere?«

»Besser nicht.«

Georg suchte einen Platz im Portemonnaie und versteckte sie schließlich hinter seiner Krankenkassenkarte.

»Wann triffst du dich mit Lenzen?«, wollte Franck wissen.

»Ich habe ihn noch gar nicht angerufen.«

»Angst?«

»Vielleicht.«

»Ruf ihn an. Jetzt gleich. Mach den Termin nicht zu früh. Wir müssen unseren Leuten und der Polizei Zeit lassen, in Position zu gehen.«

Georg nahm das Handy, das er gestern von Franck bekommen hatte. Sein Klingelton war »Paperback Writer«, auch von den Beatles.

»Nein«, schritt Franck ein, »du musst dein normales Handy nehmen. Georg, konzentrier dich. Es geht um Leben und Tod. Der kleinste Fehler kann schlimme Folgen haben.«

»Sorry«, entschuldigte sich Georg.

»Und wenn Lenzen nicht drangeht?«

»Ruf endlich an«, sagte Franck.

Lenzen war sofort am Apparat.

»Guten Tag, Herr Lenzen. Georg Rubin hier. Ich habe die Lösung. Ihre Tochter hatte recht. Es gibt den Richter-Code. Wir haben ihn entschlüsselt.«

Lenzen atmete schwer. Dann sagte er: »Großartig! Was haben Sie gefunden? Sagen Sie schon.«

»Nicht am Telefon«, sagte Georg. »Ich komme zu Ihnen. Passt es Ihnen heute Nachmittag um fünf Uhr?«

Lenzen antwortete nicht sofort. Er deckte das Telefon ab und schien mit jemand im Hintergrund zu sprechen. »Entschuldigen Sie, Rubin, meine Frau. Siebzehn Uhr, sagten Sie. Geht in Ordnung. Ich bin so gespannt.«

»Ich bringe Frau Herfurth mit«, sagte Georg. »Sie war es, die das Rätsel entschlüsselt hat. Dann erfahren Sie alles aus erster Hand.«

Lenzen dämmte noch einmal das Mikrofon. »Ist in Ordnung. Ich erwarte Sie um siebzehn Uhr, Sie und Frau Herfurth. Gott schütze Sie.«

»Danke«, sagte Georg und beendete das Gespräch.

»Gut gemacht«, sagte Franck.

»Er hat gesagt: ›Gott schütze Sie.‹ Das hat er sonst nie gesagt. Ich glaube, ich habe doch etwas Schiss.«

39

»Ich hoffe, Sie lassen sich nicht wieder vom Polizeipräsidenten entführen«, begrüßte Direktor Jürgens vom Dom-Hotel seinen alten Stammgast Franck von Franckenhorst.

»Sie meinen, ich hätte diesmal nicht die Präsidentensuite nehmen sollen?«, flachste der Milliardenerbe.

»Das hat Jakob arrangiert. Wenn der im Hotel ist, haben wir beide nichts mehr zu melden«, antwortete der Direktor.

Jakob hatte tatsächlich einige Monate im Dom-Hotel gewohnt, manchmal durfte er im Hotel den Butler spielen. Er hatte in feinsten englischen Adelskreisen gelernt und ließ sich seine Dienste vom Hotel nicht einmal bezahlen. Jürgens hatte ihn vor einem Jahr an Franck von Franckenhorst vermittelt, ehe dieser unter Mitwirkung des Polizeipräsidenten aus dem Luxushotel entführt wurde.

Jürgens begrüßte auch Christina Brandt und den einbeinigen Jean freundlich, obwohl er den ehemaligen Bettler kaum wiedererkannte: »Jean, Monsieur Leclerc, der Anzug steht Ihnen phantastisch. Und der schwarze Rollkragenpullover. Tragen Sie keine Ballonseide mehr?«

»Ich bin jetzt Chefredakteur«, sagte Jean und reichte dem Direktor eine Karte.

»Tatsächlich. Chefredakteur. ›Von janz unge‹, kenne ich gar nicht.«

»Könnten Sie aber kennen. Ist eine Obdachlosenzeitung. Die Verkäufer stehen auch auf der Domplatte, sozusagen vor Ihrer Tür.«

»Interessant«, sagte Jürgens.

Jakob telefonierte im Hintergrund und trat zu der kleinen Runde. »Herr Direktor, ich muss mich entschuldigen, dass ich Ihnen nicht sofort alle Anwesenden vorgestellt habe. Frau Sandra Herfurth, Herr Georg Rubin.«

»Angenehm, gnädige Frau. Guten Tag, Herr Rubin. Kann es sein, dass ich Ihren Namen schon mal gehört habe?«, fragte der Hotelchef.

»Ja«, sagte Georg ohne weitere Erklärung.

»Ich verstehe«, sagte Jürgens. »Diskretion. Da sind Sie im Dom-Hotel richtig.«

»Wir erwarten eventuell noch weitere Gäste«, sagte Franck. »Kommissar Menden, an den Sie sich vielleicht noch erinnern, meine Schwester Miriam, Dr. Bitterle, vielleicht noch Herrn Nelles vom Taxiruf. Habe ich jemand vergessen?«

»Ja«, sagte Jakob, »wir erwarten noch den Chefredakteur vom Domradio.«

»Nun«, sagte Direktor Jürgens, »die Suite ist groß genug. Wenn Sie irgendeinen Wunsch haben, wir tun, was wir können.«

»Wieso erwarten wir den Chefredakteur vom Domradio?«, fragte Georg. »Davon weiß ich nichts.«

»Hab ich das gestern Abend nicht erwähnt? Das Domradio hat seine Studios genau gegenüber dem Dom-Hauptportal. Was aber noch wichtiger ist, vom Dom gibt es eine direkte Glasfaserleitung zum Domradio. Und über diese Leitung macht das Domradio nicht nur Rundfunk, sondern auch Fernsehen. Die Übertragung der Sonntagsmesse sehen sich regelmäßig zehntausende Menschen übers Internet an.«

Jakob beendete damit seine Rede, was seine Zuhörer mit Verwunderung zur Kenntnis nahmen.

»Und weiter, Jakob«, sagte Georg, »was wollten Sie uns noch erklären?«

»Herr Rubin, ich wollte vor allem einmal testen, ob Sie wenigstens heute zuhören. Das scheint der Fall zu sein. Also weiter mit dem Domradio und dem Domfernsehen. Für die TV-Übertragungen nutzt die Redaktion Kameras, die man fernsteuern kann. Diese Kameras sind nicht nur im Betrieb, wenn Messen stattfinden …«

»Sie meinen, es gibt im Dom Überwachungskameras?«, fragte Georg.

»Ich würde das nicht so nennen. Fragen Sie Herrn Müggenhausen, den Chefredakteur. Er müsste gleich hier erscheinen.«

Herr Müggenhausen war ein freundlicher Mann von angenehmer Zurückhaltung. Herr Jakob habe ihn grob unterrichtet, wenn er helfen könne, werde er das sehr gerne tun.

Der Kirchenmann trug Anzug und Krawatte, am Revers prangte ein Button mit dem Logo seines Senders: »domradio.de – Der gute Draht nach oben«.

»Herr Müggenhausen«, sagte Georg, »die Angelegenheit ist etwas delikat. Wir haben Hinweise, dass ein Anschlag auf den Dom geplant wird. Wir befürchten, dass die Täter bereits morgen, Freitag, zuschlagen wollen. Dummerweise glauben uns die Behörden nicht.«

»Eine Anschlagsdrohung? Wir haben des Öfteren Bombenalarm im Dom. Da muss immer die Polizei eingeschaltet werden.«

»Ja. Die Polizei ist informiert. Die Kölner Polizei, namentlich ein Kommissar Menden, ist auch aktiv von uns eingebunden. Wo bleibt Menden überhaupt?«, sagte Georg.

»Ich rufe ihn an«, sagte Franck.

»Was ich damit sagen wollte: Die Polizei überwacht den Dom verstärkt. Von außen. Im Innern des Doms sind keine Kontrollen geplant. Jetzt hat uns Jakob signalisiert, dass Sie einen Einblick in die Kathedrale haben, über Ihre Fernsehkameras.«

»Das ist richtig. Im Dom gibt es über zwanzig verschiedene Kameras. Die meisten davon sind sehr altersschwach und geben kein vernünftiges Bild. Sie wurden mal eingebaut, um die Verständigung zwischen dem Priester am Altar und dem Organisten am anderen Ende der Kathedrale zu verbessern.«

»Sie haben aber auch andere Kameras?«

»Ja«, sagte Müggenhausen, »seit kurzer Zeit haben wir ein halbes Dutzend hochmoderne Farbkameras, sehr lichtempfindlich, sehr beweglich, modernste Technik. Sie wären überrascht, wenn Sie sehen, wie stark wir mit den Kameras an einzelne Menschen im Dom heranzoomen können. Mit den neuen Kameras übertragen wir vor allem die heilige Messe.«

»Und sonst?«

»Wir sind noch im Gespräch mit den Dommitarbeitern, wie wir konkret verfahren. Dürfen wir zeigen, wer bei wem zur Beichte geht? Dürfen wir überhaupt Aufnahmen machen, wenn keine Messe ist? Dann würden wir ja vielleicht einmal aufzeichnen, wie ein Priester oder ein Domschweizer ein Nickerchen hält. Das sind alles Fragen, die zu klären sind.«

»In einer absoluten Notlage aber dürften Sie die Kameras einschalten?«

»Wie gesagt, das müsste alles geklärt werden. Ich würde darüber gerne mit dem Dompropst reden, ohne den ich gar nichts veranlassen kann. Vielleicht sollten wir auch den Kardinal informieren. Ja. Wir könnten die Kameras einsetzen. Wir könnten sogar noch mehr. Die Kameras laufen mehr oder weniger rund um die Uhr, alles wird aufgezeichnet und archiviert, aber wir haben mit den Mitarbeitern vereinbart, das Material nicht zu nutzen.«

»Ich habe Sie richtig verstanden«, fragte Franck, »Sie könnten auf Wunsch zum Beispiel die Aufzeichnungen der letzten Woche überprüfen?«

»Ja. Das wäre möglich.«

»Und Sie könnten jederzeit live aus dem Dom übertragen?«

»Ja. Auch das wäre möglich.«

»Herr Müggenhausen, bitte, tun Sie, was irgend möglich ist. Sie könnten ein schreckliches Blutbad verhindern. Es gibt eine konkrete Drohung für diesen Freitag: DOMUS MAGNA DELEBITUR.«

»Das große Haus, der große Dom, wird zerstört werden«, übersetzte Müggenhausen. »Ich alarmiere den Dompropst. Es wäre hilfreich, wenn Sie etwas Schriftliches beibringen könnten, ein offizielles Hilfeersuchen der Polizei oder etwas Vergleichbares.« Er verabschiedete sich ...

»Menden meldet sich nicht«, sagte Franck, »es scheint, als hätte er das Handy sogar ausgeschaltet. Ich habe ihm auf die Mailbox gesprochen.«

»Wo bekommen wir ein offizielles Papier her?«, fragte Georg.

»Was hättest du denn gerne? Polizei? Rathaus? Regierungspräsident?«, fragte Jean.

»Papst«, sagte Georg.

»Auch kein Problem. Ich kenne da jemanden, der macht dir alles, was du brauchst. Echter als echt. Eine Fachkraft, nicht ganz billig.«

»Geld spielt keine Rolle«, sagte Franck.

»Also dann Papst?«, fragte Jean.

»Nein«, protestierte Georg, »das war doch nur ein Spaß. Wie wäre es mit dem Verfassungsschutz? Im Zweifelsfall kann ich Klaus noch mal um Hilfe bitten. Verfassungsschutz wäre auch deshalb gut, weil man dann um höchste Geheimhaltung ganz offiziell bitten kann.«

»Gut. Wann braucht ihr das Papier?«

»Du hast gehört, was dein Chefredakteurskollege gesagt hat. Also beeile dich.«

»Ich hab schon mal einen Text entworfen«, meldete sich

Christina Brandt. »Ich denke, es kann nicht schaden, wenn ein paar richtige Paragrafen vorkommen.«

»Super«, sagte Georg und warf ihr eine Kusshand zu, was ihm böse Blicke von Sandra und Franck einbrachte.

»Ich brauche ein Taxi«, sagte Jean.

»Kein Problem. Ruf Nelles an«, sagte Franck, »oder brauchst du jemand, der für dich telefoniert?«

Jakob begleitete Jean nach draußen und kam kurze Zeit später mit dem Zimmerservice zurück. »Ich habe mir erlaubt, ein Mittagsbüfett zu ordern.«

Georg kannte nicht einmal die Namen der Köstlichkeiten, die von zwei Kellnern angerollt wurden, aber als Franck versicherte, der Küchenchef des Dom-Hotels habe in einem Drei-Sterne-Tempel gelernt, ließ er sich nicht lange bitten.

Sandra hatte keinen Appetit. Sie stand am Fenster und schaute hinaus in den trüben Nachmittag.

Regentropfen klatschten auf den verödeten Roncalliplatz, sogar die ewigen Skater hatten sich bei diesem Wetter verzogen. Der Dom reckte sich grau und einsam in die Wolken. Vereinzelt lugten Touristen unter ihren Regenschirmen hervor, um die Kathedrale zu fotografieren, wegen der sie nach Köln gereist waren.

Georg stellte sich neben Sandra.

»Sogar das Richter-Fenster ist heute grau«, sagte sie.

Georg bot ihr einen Schluck Champagner an, sie lehnte ab. »Ich verstehe euch nicht, ihr schlemmt hier, als wäre es eure Henkersmahlzeit.«

»Es gibt auch Würstchen mit Kartoffelsalat«, sagte Georg.

»Es geht ums Prinzip«, sagte Sandra. »Und außerdem muss ich immer an Kathrin denken. Menden hat gestern ein Fragezeichen hinter ihren Namen gesetzt. Für mich sah es genauso aus wie die Kreuze hinter Lenas und Lukasz' Namen.«

Franck und die anderen hatten mitbekommen, was Sandra zu Georg gesagt hatte. Auf einmal stockten alle Gespräche.

Francks Telefon sang »Großer Gott, wir loben dich«. »Das ist Müggenhausen. Das Lied habe ich ihm vorhin zugewiesen. Passt doch, oder?«

Georg schaute gespannt auf seinen reichen Freund, der das

Handy am Ohr hatte, aber nur zuhörte. Erst nach gut einer Minute sagte er: »Der Dompropst ist einverstanden. Der Kardinal will ein Papier sehen? Kein Problem. Wir haben ein offizielles Hilfeersuchen, vom Geheimdienst. Das heißt, die Angelegenheit muss vertraulich behandelt werden.«

Franck reckte den Daumen nach oben.

»Wunderbar, Herr Müggenhausen. Um fünfzehn Uhr im erzbischöflichen Haus.«

Franck beendete das Gespräch. »Der Dompropst ist einverstanden, dass die Bänder gesichtet werden, und hat auch nichts gegen eine Liveübertragung. Das Sichten der Archivbänder wollen sie selbst übernehmen. Bei der Liveübertragung darf einer von uns anwesend sein. Der Kardinal hat noch Bedenken. Er will ein Papier sehen. Das soll bis fünfzehn Uhr im erzbischöflichen Haus in der Kardinal-Frings-Straße vorgelegt werden. Das wird knapp. Ich hatte aber den Eindruck, dass Müggenhausen und der Dompropst das notfalls auch ohne den Kardinal durchziehen.«

Vor der Tür wurde es laut. Jemand klopfte. Jakob öffnete. Ein ziemlich durchnässtes Trio erschien, angeführt vom kleinen Dr. Bitterle, im Schlepptau eine ältere Frau, als Letzter trat Menden in die Tür und machte jedem begossenen Pudel Konkurrenz.

»Entschuldigung, mein Wagen hatte eine Panne. Ich wollte Frau Bungert und Dr. Bitterle abholen, stattdessen haben wir abwechselnd geschoben. Aber die Kiste ist wohl buchstäblich ertrunken.«

»Du bist über eine Stunde zu spät«, schimpfte Georg. »Du hättest telefonieren müssen.«

»Es hätte schon gereicht, wenn du dein Telefon nicht ausgeschaltet hättest«, schickte Franck hinterher.

»Telefon?« Menden tastete seine Jacke ab, dann griff er sich in die Hosentasche. »Ich glaube, ich hab dein Handy verloren. Liegt jetzt irgendwo zwischen Ehrenfeld und Friesenplatz.«

»Gerald, konzentrier dich«, sagte Georg.

Menden lachte. »Ich denke, wir sind quitt.«

Der Kommissar kramte in seiner Jackentasche, suchte nach einem Stück Papier. »Ich habe hier noch eine Notiz zu den

Nachbildungen des Richter-Fensters. Der Rahmen ist keine Spezialanfertigung, der wird genau so auch in Souvenirläden verkauft, allerdings leer, das heißt ohne die Nachbildung des Fensters. Das Plastik, das die Farbflächen des Fensters enthält, ist aus einem Stück gefertigt und hinter den Rahmen gesetzt. Es sieht so aus, als ob das alles aus China kommt, aber das hilft uns leider überhaupt nicht weiter.«

Franck begrüßte unterdessen Dr. Bitterle und Britta Bungert. »Bitterle hat mir erzählt, ihr wärt wieder im Dom-Hotel. Wie letztes Jahr. Das konnte ich mir doch nicht entgehen lassen«, sagte die Frau, die schon bessere Zeiten erlebt haben musste. Georg nahm eine deutliche Alkoholfahne wahr.

»Vielleicht gibt es ja Verletzte. Dann habt ihr mit mir wenigstens einen Arzt, und Britta macht die Krankenschwester«, sagte der kleine Doc.

Georgs Telefon meldete sich mit »Help« von den Beatles. Jean war dran: »Ich habe das Papier. Die echteste Fälschung, seit es Amtsstuben gibt. Und der Stempel erst. Ihr werdet begeistert sein.«

»Jean«, sagte Georg, »das Papier müsste zum Erzbischof, Kardinal-Frings-Straße. Bis drei Uhr. Schaffst du das?«

»Ich soll zu dem Pfaffen nach Hause? Niemals!«

»Der Kardinal will das Papier unbedingt sehen. Sonst läuft nichts im Dom.«

»Ist mir egal. Ich hab mit der Kirche nichts am Hut. Und mit diesem erzreaktionären Ossi schon gar nicht. Mein Vorschlag: Ich bin um drei Uhr da, aber einer von euch muss rein zu dem Herrn Erzbischof. Das ist nicht mein Umgang.«

Jetzt musste schnell gehandelt werden. »Also«, sagte Georg, »ich fahre mit Sandra zum Erzbischof. Franck bleibt hier und wartet auf Müggenhausen und den Dompropst. Gerald, Dr. Bitterle und Frau Bungert gehen in den Trockner. Christina und Jakob sorgen dafür, dass diesmal alle nur das tun, was vereinbart wurde.«

Es gab keinen Widerspruch. Fast schien es so, als hätten alle nur darauf gewartet, dass Georg das Heft in die Hand nahm.

Das Haus des Erzbischofs in der Kardinal-Frings-Straße war nicht weit entfernt von der Industrie- und Handelskammer am Börsenplatz, wo Georg seinen Mini in der Tiefgarage parkte. Die Kapelle der Piusbruderschaft am Salzmagazin lag nur ein paar hundert Meter weiter.

Georg wusste, dass der Kardinal einstmals sein Zimmer für Papst Benedikt XVI. geräumt hatte, als der kurz nach seiner Wahl den Weltjugendtag 2005 in Köln besuchte. Eine Illustrierte schrieb damals despektierlich von Kölns neuester Männer-WG.

Georg spannte den Schirm über Sandra und sich, ein paar Meter waren es noch, die sie zu gehen hatten. Jean saß in einem Taxi und erwartete sie. »Hier, das Papier.«

Sogar der Umschlag sah amtlich aus. »Bundesamt für Verfassungsschutz. Gute Arbeit«, sagte Georg.

»Meint ihr, ich könnte vielleicht doch …«

»Mit reingehen?«, unterbrach Georg. »Warum nicht. Drei ist eine gute christliche Zahl. Dreifaltiger Gott. Heilige Drei Könige.«

»Nur Frauen haben in der Dreifaltigkeit keinen Platz«, sagte Sandra.

»Was ist mit Maria und Maria Magdalena?«, fragte Georg.

»Eine Mutter und eine Dirne«, sagte Sandra.

Jean kletterte aus dem Taxi und schloss sich Georg und Sandra an.

Der Kardinal erwies sich als überraschend freundlicher Mann. Er lächelte, Georg bemühte sich, in diesem Lächeln so etwas wie ein Grinsen zu entdecken, aber es gelang ihm nicht. Der Mann wirkte ehrlich, ja sogar sympathisch.

»Herr Kardinal«, sagte Georg, »entschuldigen Sie, ich weiß gar nicht, wie ich Sie anreden soll.«

»Herr Kardinal ist völlig in Ordnung. Ich weiß, wer gemeint ist.«

»Herr Kardinal, wir brauchen Ihre Hilfe. Frau Herfurth, Herr Leclerc und ich haben die begründete Annahme, dass am morgigen Freitag ein Anschlag auf den Kölner Dom oder im

Kölner Dom verübt werden soll. Um niemand zu beunruhigen, wird die Angelegenheit sehr vertraulich behandelt. Wenn Sie bitte lesen wollen.«

Georg überreichte dem Kardinal das gefälschte Hilfeersuchen des Bundesamtes für Verfassungsschutz. Der Kardinal zog sich an seinen Schreibtisch zurück und las das Papier sehr gründlich durch.

»Wie kann ich Ihnen helfen?«, sagte er schließlich.

»Wir möchten, dass Sie die Erlaubnis geben, dass die Videos aus dem Kölner Dom gesichtet werden können.«

»Dazu benötigen Sie meine Erlaubnis nicht. Der Dompropst kann das entscheiden.«

»Herr Müggenhausen vom Domradio hat ebenfalls um Ihre Erlaubnis gebeten.«

»Und was kann ich noch für Sie tun?«

»Wir möchten am Freitag die Livebilder aus dem Dom sehen können. Herr Müggenhausen würde einen von uns zulassen.«

»Auch das kann der Dompropst entscheiden. Wissen Sie, in Köln ist der Erzbischof nur Gast in der Kathedrale. Ich hoffe, wenigstens ein gern gesehener Gast und nicht nur ein geduldeter.«

»Dann können wir also einen positiven Bescheid melden?«

»Ja. Ich werde den Dompropst auch von mir aus entsprechend informieren lassen. Gott segne Sie.«

Georg, Sandra, sogar Jean schlugen das Kreuzzeichen.

»Ach, eins noch«, sagte der Kardinal. »Es war wohl sehr hektisch, als das Papier geschrieben wurde. ›Hilfe‹ schreibt man nur mit einem ›l‹.«

Jean wurde rot, Georg schaute ihn böse an, Sandra rettete die Lage, indem sie sagte: »Doppelt geholfen hält besser.«

»Ob der was gemerkt hat?«, fragte Jean, als sie wieder draußen im Regen standen.

»Dein glühender Kopf war nicht zu übersehen«, sagte Georg. »Wo kam denn das doppelte ›l‹ her? Sag nicht, Christina hätte dir einen fehlerhaften Text mitgegeben.«

»Nein. Aber mein Lieferant ist Kölner. Echter Kölner. Hast

du schon mal gehört, wie der echte Kölner das ›l‹ ausspricht? Da klingt ›helllfen‹ nach drei ›l‹ und ›Hilllfe‹ natürlich auch. So gesehen sind zwei ›l‹ doch ganz gut. Ich hab den Fehler gesehen. Aber wir hatten doch nur so wenig Zeit. Da hab ich gedacht ...«

»Ist ja alles gut gegangen, Jean. Hauptsache ist, dass wir die Genehmigung haben.«

»Ich fand den alten Mann gar nicht so übel«, sagte Sandra.

40

Als Sandra und Georg in die Präsidentensuite des Dom-Hotels zurückkehrten, war es dort ziemlich leer geworden. Dr. Bitterle und Britta Bungert gönnten sich Kaffee und Kuchen in der Suite, blickten durch die großen Fenster auf Dom und Roncalliplatz und warteten auf ihren Einsatz.

Butler Jakob, sein Handy meldete sich mit »Bruder Jakob«, war amtierender Nachrichtenchef und sammelte die eingehenden Meldungen ein. Der alte Mann war sichtlich stolz auf den ehrenvollen Auftrag und erstattete Georg Bericht.

Christina war mit Müggenhausen in die Büros des Domradios umgezogen, um die Kameras im Dom einzustellen und die besten Positionen für die Liveüberwachung auszuprobieren. Mitarbeiter des Domradios sichteten die Videoaufzeichnungen der letzten Tage, eine immense Arbeit.

Franck inspizierte den Dom, um vor allem Bereiche auszukundschaften, die von den Kameras nicht erfasst würden. Außerdem testete er die Empfangsqualitäten des Handys in der Kathedrale.

Jean war vom Erzbischof per Taxi an die Unglücksstelle am Waidmarkt gefahren, um Jupp dort abzuholen, gemeinsam wollten sie anschließend ihre Pennerstreitmacht rekrutieren, die auf dem Domplatz die Bewachung übernehmen sollte.

Kommissar Menden bildete die Vorhut in Lindenthal und postierte sich mit einigen Polizeikollegen rund um Lenzens Haus am Rautenstrauch-Kanal. Es regnete immer noch in Strömen, was die Arbeit der Polizei massiv behinderte. Es gab keine

Jogger oder Fahrradfahrer, unter die man sich hätte mischen können. Jeder, der bei diesem Wetter freiwillig auf der Straße war, musste sofort auffallen.

Ein Polizeipärchen saß in einem Ford Fiesta etwa fünfzig Meter von Lenzens Haus entfernt und hatte den Vordereingang im Blick. Viele Villen versteckten sich hinter weißen Mauern oder grünen Hecken, Lenzens Haus gewährte vergleichsweise großzügige Einsicht durch einen weißen Gitterzaun.

Menden, von Frank mit einem neuen iPhone ausgestattet, gab durch, dass er nach einer Möglichkeit suchte, auf die Gartenseite der Lenzen-Villa zu gelangen, was bei der engen Bebauung fast unmöglich schien.

Alle waren auf Posten und warteten hoch gespannt darauf, dass Georg und Sandra um siebzehn Uhr in Lenzens Haus gingen. Ausgerechnet der alte Jakob hatte es auch geschafft, alle an der Aktion Beteiligten dazu zu bringen, ihre Position übers iPhone in Foursquare zu markieren. Georg schaute sich das Ergebnis auf seinem Handy an. Verblüffend, da gab es eine Listenübersicht, in der jede Ortsveränderung aufgezeichnet wurde, und wenn man eine Meldung anklickte, erschien sogar eine Google-Straßenkarte mit dem exakten Standort.

»Fehlen nur noch Sie, Herr Rubin, und Frau Herfurth in dieser Liste. Es wäre schön, wenn Sie sich ebenfalls einloggen würden. Benötigen Sie meine Hilfe?«, fragte der Butler.

»Ich hab's schon geschafft«, meldete sich Sandra, »ist ja gar nicht so kompliziert.«

»Dann will ich mal«, sagte Georg und checkte virtuell im Dom-Hotel ein. Er wollte sein Handy gerade wieder einstecken, als wieder »Message in a Bottle« von Police ertönte, Mendens Erkennungsmelodie.

Menden flüsterte: »Ich bin im Garten von Lenzens Haus. Sehr großes Grundstück. Bestimmt fünfzig Meter bis zur Terrasse. Er hat die Rollläden heruntergelassen, aber nicht völlig geschlossen. Durch die Ritzen sehe ich Licht, ich habe auch die Schatten von mindestens zwei Personen gesehen. Viel Glück.«

41

Lenzen wirkte sehr nervös, als er Sandra und Georg die Tür öffnete. Er führte sie ins Wohnzimmer zu der schweren Ledercouch, die Georg bereits von seinem letzten Besuch kannte. Der Tisch mit dem Mosaik von Jesus und Maria Magdalena war als Kaffeetafel für vier Personen gedeckt.

Die Rollläden waren hochgezogen. Georg schaute in den verregneten Garten hinein. An die große Terrasse grenzte eine perfekt geschnittene Rasenfläche, dahinter glitzerte das Wasser eines großen Gartenteichs. Rechts hinter dem Gartenteich sah Georg einen Pavillon, an seiner Seite, unter einem schützenden Dach, war Kaminholz aufgestapelt. War da irgendwo Menden versteckt?

Martha Lenzen brachte Kaffee und Kuchen, einen gedeckten Apfel. »Entschuldigen Sie, normalerweise backe ich selbst, aber seit dem Tod meiner Tochter kann ich das nicht. Die Bäckerei ist aber auch sehr gut.« Georg sah, dass sie zitterte, als sie die Tassen mit Kaffee füllte.

»Frau Herfurth«, sagte Lenzen, »Sie waren es also, die das Rätsel gelöst hat. Bitte, spannen Sie uns nicht länger auf die Folter.«

Sandra berichtete, wie sie mit Georg in Lenas Wohnung war und die weißen Farbquadrate in den Nachbildungen des Richter-Fensters entdeckte. Wie sie die weißen Flächen den Farben zuordnete, die an diesen Stellen im Richter-Fenster zu sehen waren, was schließlich dreiundsechzig weiße Felder ergab, die sechzehn Farbtönen entsprachen, die sie anschließend Buchstaben zuordnen wollten.

Georg erzählte, wie sie dann den Code tatsächlich entschlüsselten; dass Klaus vom Verfassungsschutz beteiligt war, verschwieg er. »Wir hatten Glück, wir fanden relativ schnell heraus, dass der verschlüsselte Text lateinisch sein musste, und bekamen dann folgende Lösung:

DIES IRAE DIES COMITIORUM
ULTIO COLONIAE PATRICIAE
DOMUS MAGNA DELEBITUR.«

»Das heißt, so glauben wir: Tag des Zorns, Tag der Versammlung. Rache für Córdoba. Der Dom wird zerstört werden«, sagte Sandra.

»›Dies irae‹ ist der Anfang der Totenmesse«, sagte Lenzen. »Was für eine schreckliche Prophezeiung.«

Martha Lenzen stimmte einen melancholischen Gesang an, Josef Lenzen summte die Melodie mit:

»Dies irae dies illa
Solvet saeclum in favilla:
Teste David cum Sibylla.
Quantus tremor est futurus,
Quando iudex est venturus,
Cuncta stricte discussurus!

Tag der Rache, Tag der Sünden,
Wird das Weltall sich entzünden,
Wie Sibyll und David künden.
Welch ein Graus wird sein und Zagen,
Wenn der Richter kommt, mit Fragen
Streng zu prüfen alle Klagen!«

Georg hörte fasziniert zu. Schon wieder kam das Wort »Richter« vor. Wie im Richter-Fenster. Wie in dem merkwürdigen Spruch »Der beste Richter hat sein Urteil vollstreckt«, mit der der unbekannte Anrufer der Feuerwehr Lenas brennende Leiche meldete.

»Ihre Tochter hatte also recht«, sagte Georg schließlich, »im Richter-Fenster war tatsächlich eine Drohung versteckt. Vielleicht hatte sie den Code auch schon selbst entziffert und musste deswegen sterben.«

»Nein, so war es nicht«, sagte eine schneidende Männerstimme, die aus Georgs Rücken kam. Er drehte sich um und sah Lobenau, diesmal trug er Pistole zum Maßanzug und zielte auf Sandra.

»Frau Lenzen, ich muss feststellen, dass Sie für mich nicht mitgedeckt haben. Dabei wussten Sie doch, dass ich hier bin«, sagte er und schoss die Kaffeekanne entzwei, die zersplitterte und ihren heißen Inhalt auf Martha Lenzens Kleid verspritzte. Frau Lenzen sprang auf und lief zur Tür. Lobenau zielte erneut und schoss ihr von hinten in den Kopf. Sie sackte zusammen und blieb vor dem Türrahmen liegen.

»Du Schwein«, schrie Lenzen und stürzte sich auf den Bauleiter. Lobenau schaute ihm ins Gesicht und drückte ab. Lenzen gurgelte, dann sackte er zu Boden.

Georg und Sandra saßen wie gelähmt auf der Couch.

»Herr Lenzen war so nett, Sie hierher einzuladen«, sagte Lobenau. »Damit hatte er seine Aufgabe erfüllt. Und Frau Lenzen war mir eigentlich immer unsympathisch. Genauso abweisend und frigide wie ihre Tochter. Gott hab sie selig.«

Lobenau machte tatsächlich ein Kreuzzeichen, als er das sagte.

Sandra schrie vor Entsetzen.

»Mach, dass sie ruhig ist«, befahl Lobenau.

Georg legte ihr seine Hand auf den Mund. Sandra verstummte.

»Sie haben Lena Lenzen ermordet«, sagte Georg.

»Sie hat nur ihre Strafe bekommen«, sagte Lobenau. »Sie ist für alle anderen Morde verantwortlich. Ihre Eltern könnten noch leben. Lukasz. Kathrin.«

»Was ist mit Kathrin?«, fragte Georg.

»Sie liegt unter den Trümmern des Stadtarchivs. Ich hatte Lukasz gebeten, sie unschädlich zu machen. Armer Lukasz. Musste ihm die letzte Ölung geben. Gott hab ihn selig.«

»Sie waren der Priester, der bei Lukasz war, als er starb?«

»Ja. Ich dachte, es wäre eine gute Idee, ihm die Beichte abzunehmen. War es auch. Er erzählte, dass er seiner schwarzen Muttergottes gelobt habe, alle Sünden zu gestehen. Er wollte sich selbst des Mordes an Kathrin bezichtigen und er wollte der Polizei den Mörder Lenas ausliefern. Als er dabei meinen Namen sagte, musste ich ihm leider den Stecker ziehen. Es war ein leichter Tod.«

»Warum erzählen Sie uns das alles?«

»Nicht in diesem Ton. Sie zwei, Sie sind unwichtig. Sie und

Ihre Freundin. Ich hab Sie gesehen, in Ihrem Teufelskostüm. Was würden Sie an meiner Stelle tun? Kann ich ausschließen, dass Sie mich am Aachener Weiher gesehen haben? Kathrin war so unvorsichtig, der Polizei etwas von zwei Männern zu erzählen. Wir waren sogar zu dritt. Wissen Sie, wer der dritte Mann war? Das war Lenzen. Der edle Herr Lenzen. Er hat mir und Lukasz bei der Beerdigung seiner Tochter geholfen. Er hat sich diesen ganzen Zirkus mit Verbrennen und dem Messer und dem Richter-Fenster ausgedacht. Das sollte von uns ablenken und falsche Fährten legen. Jeder, der sie kannte, wusste ja von ihrer Richter-Manie.«

»Warum haben Sie Lena ermordet?«, fragte Georg.

»Warum ermordet man jemand? Haben Sie darüber schon mal nachgedacht? Sie hätte es gut bei mir gehabt. Sie ist mit mir ausgegangen. Ich begehrte sie. Aber sie? Sie sagte, ich widerte sie an. Und dann hat sie mich erpresst. Sie sagte, sie hätte Beweise für Manipulationen und Bestechung beim U-Bahn-Bau und ich wäre derjenige, der dafür verantwortlich sei und wahrscheinlich Millionen eingesteckt hätte. Ich sagte, ich wäre nur ein kleines Rädchen, ihr Vater verdiene auch ganz gut nebenbei am U-Bahn-Bau. Sie sagte, ihr Vater sei ein Heuchler, auf den sie keine Rücksicht nehmen müsste. Sie ist dann zu ihrem Vater gelaufen und hat ihm die gleichen Vorhaltungen gemacht. Eine Gerechtigkeitsfanatikerin. Ganz schlimm. Was hätten Sie getan, wenn jemand Sie widerlich nennt? Ich bin hinterher und habe sie erdrosselt. Draußen im Garten. Da haben wir, Lenzen und ich, sie dann auch umgezogen und für die Beerdigung vorbereitet. Wussten Sie, wie leicht es ist, jemanden zu erdrosseln? Gott hab sie selig.«

Der Mann war verrückt. Eindeutig. Und gefährlich. Georg hatte Angst. Jede falsche Bewegung konnte seinen Tod bedeuten. Sandra hatte sich an ihn gekrallt und ihren Kopf an seinen Schultern vergraben. Sie wollte der Bestie nicht ins Auge sehen. Aber so hinderte sie Georg auch daran, Lobenau vielleicht überwältigen zu können.

Ob Menden die Schüsse gehört hatte? Er steckte irgendwo im Garten und musste doch sehen, was im Haus geschah. Georg musste Zeit gewinnen und hoffen, dass Menden die Rettung organisieren würde.

Ihm war klar, dass Lobenau längst beschlossen hatte, auch ihn und Sandra zu erschießen. Fünf Menschen hatte er schon auf dem Gewissen, wenn er denn überhaupt ein Gewissen hatte, da würde er vor weiteren Morden nicht zurückschrecken. Und dann war da ja auch noch der große Anschlag auf die Kathedrale.

»Herr Lobenau«, sagte Georg, »Lena Lenzen hatte recht. Den Richter-Code gibt es tatsächlich. Wir haben ihn entschlüsselt.«

»Ich weiß«, sagte Lobenau.

»Was wissen Sie?«, fragte Georg.

»Ich weiß alles. Nur noch ein paar Stunden, dann gibt es ein Feuerwerk, das die Welt niemals vergessen wird.«

»Warum haben Sie einen Stein durchs Fenster geworfen?«

»Das war ich nicht, das war dieser Bengel, den ich dafür bezahlt habe. Ich wollte Sie neugierig machen. Ich wollte, dass Sie aufhören, hinter mir und den Problemen beim U-Bahn-Bau herzuschnüffeln. Sie sollten sich stattdessen um das Richter-Fenster kümmern. Ich dachte mir, wenn ich auf das Papier schreibe: ›Noli me tangere‹, dann würden Sie erst recht auf die Richter-Story anspringen. Hat ja auch geklappt.«

»Das heißt, der Richter-Code und der Anschlag auf den Dom sind nur erfunden?«

»Aber nein, wie kommen Sie denn dadrauf? Nur schade, dass Sie das Feuerwerk nicht selbst erleben werden.«

Lobenau trat an Georg heran und setzte ihm den Lauf der Pistole von oben auf den Kopf. »Gott hab Sie selig«, sagte Lobenau und spannte die Waffe.

Plötzlich gab es einen Knall, das große Fenster zum Garten zersplitterte. Menden sprang durch die Scheibe. Georg schnellte ruckartig hoch und rammte seinen Kopf gegen Lobenaus Kinn. Die angesetzte Pistole rutschte ab, ein Schuss löste sich, die Kugel riss Fetzen von Georgs Kopfhaut ab und bohrte sich mit Getöse ins Klavier.

Sandra fiel zu Boden und versteckte sich unter dem metallenen Tisch. Lobenau war von Georgs Kopfstoß nur halb aus dem Gleichgewicht gebracht worden, schaffte es, erneut in Angriffsstellung zu gehen, trat Georg mit voller Kraft in den Unterleib und schickte ihn anschließend mit einem Handkantenschlag zu Boden.

Menden landete bei seinem Sprung durch das Fenster mit dem Kopf an der Kante des schweren Metalltisches und war für einen Moment benommen. Die wenigen Sekunden konnte Lobenau ausnutzen. Er zog Sandra an den Haaren unter dem Tisch hervor, hielt ihr die Pistole an die Schläfe und floh mit seiner Geisel.

Menden raffte sich auf zur Verfolgung, stolperte über Martha Lenzens Leichnam. Lobenau knallte Menden die Wohnzimmertür ins Gesicht, Mendens Hand wurde am Türrahmen eingeklemmt und gebrochen, in einem zweiten Anlauf gelang es Lobenau dann sogar, die Tür von außen abzuschließen.

»Der Mistkerl haut ab«, schrie Menden zu Georg, der sich Kopf und Unterleib hielt, aber bei Bewusstsein war. »Schnell raus durch den Garten, ob wir ihn noch erwischen.«

Freitag, 6. März 2009

42

Sechs Stunden später. Mitternacht im Dom-Hotel. Die Stimmung in der Präsidentensuite war auf dem Nullpunkt. Der Polizeipräsident persönlich war erschienen und ließ sich von Menden berichten.

Menden hatte bei Lobenaus Flucht Großalarm ausgelöst: »Bewaffnete Geiselnahme in Köln-Lindenthal. Vorsicht, der Täter ist gefährlich und macht rücksichtslos von der Schusswaffe Gebrauch. Nichts unternehmen, was das Leben der weiblichen Geisel gefährden könnte.«

Lobenau hatte mit Sandra Lenzens Mercedes bestiegen. Man sah, dass Sandra am Steuer saß und Lobenau sie mit schussbereiter Pistole vom Beifahrersitz aus bedrohte.

Der Fluchtwagen rollte zunächst stadtauswärts, schon an der Kreuzung Landgrafenstraße erreichten sie die erste Polizeisperre. Ein Streifenwagen hatte sich quer gestellt, machte dann aber auf Mendens Funkkommando hin den Weg frei.

Über Stadtwaldgürtel und Aachener Straße jagte der Mercedes Richtung Innenstadt, verfolgt von Polizeiwagen mit Blaulicht und alarmierten Taxifahrern.

Menden und Georg folgten im kleinen Fiesta des Polizeipärchens, das vor Lenzens Villa Wache geschoben hatte.

Lobenau ließ Sandra auf direktem Weg zum Dom fahren und beorderte sie in die Tiefgarage unter der Kathedrale. Als Menden und Georg ebenfalls die Tiefgarage erreichten, fanden sie zwar Lenzens Mercedes in der Nähe zum Parkhauseingang des Dom-Hotels, doch Lobenau und Sandra schienen wie vom Erdboden verschluckt.

Alle Ausgänge waren besetzt, aber der Entführer und seine Geisel ließen sich nicht sehen, sie mussten irgendein Versteck im Untergrund gefunden haben.

Hauptkommissar Naumann wurde beauftragt, die Tiefgarage systematisch durchsuchen zu lassen und den Zugang zum Dom zu sichern, bis dieser um neunzehn Uhr dreißig für die Öffentlichkeit geschlossen wurde.

Christina Brandt und Chefredakteur Müggenhausen sichteten noch immer die Videobänder. Am letzten Freitag, also vor fast einer Woche, war es irgendjemand gelungen, sich im Dom einschließen zu lassen und, unbemerkt von den Nachtwächtern, bis zum Morgen durchzuhalten.

Die Bilder waren sehr dunkel und undeutlich, die Gestalt war zwar als Mann zu erkennen, aber eine eindeutige Identifizierung war unmöglich.

Einmal sah es so aus, als habe die Gestalt oben auf der Kanzel geschlafen, deshalb wurde ein Suchtrupp in den Dom geschickt, um nach versteckten Bomben zu suchen, ohne dass man fündig wurde. Naumann ordnete zusätzlich eine Durchsuchung der kompletten Kathedrale an, auch hier Entwarnung.

Das Warten zerrte an den Nerven. Aber auf was warteten sie eigentlich?

Dr. Bitterle kümmerte sich um Georgs Wunden, mal wieder eine Beule am Kopf, aber diesmal auch noch ein Streifschuss, der eine blutige Spur hinterlassen hatte.

»Da haben Sie großes Glück gehabt«, sagte Bitterle. »Mit einer Kugel im Kopf lebt es sich nicht wirklich angenehm.«

Menden machte sich Vorwürfe, dass er nicht mit Sandra und Georg zu Lenzen gegangen war. Miriam sprach ihm gut zu. Niemand habe gewusst, dass Lobenau sich ausgerechnet bei Lenzen versteckt hatte. Menden ließ sich nicht wirklich trösten. »Ich hätte es wissen müssen.«

Morgens um sechs wurde der Dom für die Gläubigen geöffnet. Christina, die in irgendeinem Hotelzimmer ein paar Stunden geschlafen hatte, übernahm wieder die Videoüberwachung, jetzt mit Liveübertragung aus der Kathedrale. Chefredakteur Müggenhausen hatte die Nacht durchgearbeitet, aber kein weiteres verdächtiges Material gefunden.

Der Polizeipräsident hatte sich am Morgen verabschiedet. Experten hätten ihm gesagt, dass während des Tageslichts nicht mit einem Anschlag zu rechnen sei. Menden solle das Kommando übernehmen und sich nicht wieder solche Leichtsinnsfehler wie gestern erlauben.

Um sieben Uhr, es war gerade Sonnenaufgang, schlug ein Handy Alarm:

»Help I need somebody
help not just anybody
help you know I need someone
help«.

Georg registrierte erst nach Sekunden, dass es sein Handy war und dass es Jean sein musste, der sich da meldete.

»Schlaft ihr eigentlich alle noch«, schimpfte der Penner-Chefredakteur. »Ich glaube, ich habe Lobenau und Sandra entdeckt. Sie sind nicht im Dom, sie sind auf dem Dom. Sie sind jetzt über dem Südquerhaus, genau über dem Richter-Fenster. Sandra trägt eine Augenbinde. Jetzt tut endlich was.«

Georg stürzte ans Fenster. Im Dämmerlicht sah er zwei Gestalten auf dem Dach des Domes balancieren. Sandra und Lobenau. »Wie kommt es, dass du sie entdeckt hast. Wo bist du?«, fragte Georg.

»Ich liege auf dem Dach des Dom-Hotels. Menden hat heute Nacht mal gesagt, sie hätten sich in Luft aufgelöst. Da habe ich ihn beim Wort genommen und vor allem den Luftraum observiert.«

Georg sah, wie Lobenau Sandra an den Rand des Daches führte, gut sechzig Meter über den steinernen Platten des Roncalliplatzes. Lobenau hatte Sandra gefesselt, jetzt band er sie an einer dieser brüchigen Fialen fest. Es regnete und stürmte. Sandra musste Todesängste ausstehen.

»Ich muss dahin«, schrie er.

Menden, der begriff, was sich auf dem Dach des Domes abspielte, sprach wieder Kommandos in sein Funkgerät. »Scharfschützen auf dem Dach des Dom-Hotels und auf dem Dach des Römisch-Germanischen Museums in Position. Sofort schießen, wenn sich die Gelegenheit bietet. Keinesfalls die Geisel gefährden.«

Georg lief über den Roncalliplatz zur Dombauhütte und war froh, dass dort schon gearbeitet wurde. »Schnell, helfen Sie mir. Oben auf dem Dach des Südportals steht ein gesuchter Mörder und hat eine Frau als Geisel genommen.«

Anders als letzten Samstag, als er bei der Domturmbesteigung mit Rosa noch alle Stufen zu Fuß hatte nehmen müssen, lotste ihn der Mann von der Dombauhütte zu einem Bauaufzug, der sie in die Höhe hievte.

Menden lieferte per Handy Statusmeldungen: »Sandra ist jetzt allein auf dem Dach. Unsere Leute sind unterwegs. Die Feuerwehr hat ein Sprungtuch vorbereitet. Möglicherweise muss sie springen.«

»Wie soll das denn gehen? Sie ist gefesselt, und ihr sind die Augen verbunden.«

»Dann musst du versuchen, zu ihr durchzukommen und sie loszubinden.«

»Wo ist Lobenau?«

»Nicht mehr im Blickfeld. Wahrscheinlich wieder im Innern des Doms.«

Es dauerte nicht lange, da hatte Georg Gewissheit. Er sah, wie Lobenau eine gusseiserne Treppe hinaufsprang.

»Wohin führt die Treppe?«, fragte Georg seinen Begleiter.

»In den Vierungsturm, hoch hinauf in die Spitze.«

»Gehen Sie raus ans Südportal und kümmern Sie sich um die Frau. Ich nehme die Verfolgung auf.«

Georg wunderte sich über die Kräfte, die ihm zuzufliegen schienen. Er kam näher an Lobenau heran, der sich umdrehte, Georg duckte sich weg, aber Lobenau schoss nicht, Lobenau lachte. Das Lachen eines Irren.

»Rubin. Habe ich Sie also doch noch da, wo ich Sie haben wollte. Fahren Sie mit mir zur Hölle.«

Lobenau hantierte an irgendeiner Apparatur herum, Georg sprang auf ihn zu und trat ihm das Gerät aus der Hand. Es war ein Fotoapparat, der polternd die Stufen der gusseisernen Treppe hinabrollte.

»Schade. Ich wollte für die Ewigkeit festhalten, wenn wir gleich in die Luft fliegen«, schrie Lobenau und lachte.

Georg rammte Lobenau die Faust ins Gesicht. »Hier fliegt gar nichts mehr in die Luft. Ihr Spiel ist aus«, sagte Georg, drehte Lobenau die Hände auf den Rücken, warf ihn zu Boden und wunderte sich, dass überhaupt keine Gegenwehr mehr kam. Stattdessen erschallte wieder dieses höhnische Lachen.

Georg hielt ihm den Hals zu, um das Lachen zu ersticken.

»Rubin«, röchelte Lobenau, »Sie sind ein Idiot. Meinen Sie denn, ich würde den Dom im Alleingang in die Luft sprengen? Ich bin doch nicht allein. Sie haben behauptet, Sie hätten Lenas Richter-Code entziffert. Wie kamen Sie denn dabei auf die Idee, nur noch auf mich zu achten und alles andere zu vergessen? Ich habe Ihnen die Geschichte hingeworfen, um Sie von den U-Bahn-Ermittlungen abzulenken. Aber die Drohung gegen den Dom ist echt. Lenas alte islamische Freunde sind hier und haben alles vorbereitet. Warum schauen Sie mich so ungläubig an? Ich weiß, wovon ich rede. Ich habe denen selbst die Bomben besorgt. Meinen Sie denn, die hätten ihre Sprengsätze im Reisegepäck? So ist es doch viel schöner. Islamisten zerstören den Dom, das Richter-Fenster geht entzwei, Ihre Freundin wird sich zur toten Kathrin gesellen. Und wir beide, Rubin, wir beide gehen in die ewige Seligkeit ein. Und die ganze Welt wird den Islam hassen. Und Deutschland wird endlich wieder ein christliches Land werden.«

»Ich glaube Ihnen nicht«, sagte Georg.

»Es wäre aber Zeit, dass Sie sich zum Glauben bekehren«, sagte Lobenau und ließ wieder sein Lachen hören. Er nahm sein Handy und tippte etwas ein. Eine Detonation erschütterte die Kathedrale. »Nein«, schrie Georg, nahm alle Kraft zusammen, hievte Lobenau über das Geländer der Treppe und stürzte ihn in den Abgrund.

Ungerührt beobachtete Georg, wie Lobenau sich im freien Fall an einer Fiale festzuhalten versuchte, aber der morsche Stein zerbrach, und die Brocken eskortierten ihn in die Tiefe. Georg hörte einen Schrei, dann hörte er einen dumpfen Aufschlag. Lobenaus Körper lag in grotesker Verrenkung auf dem Boden der Kathedrale, der Schädel schien zertrümmert.

Georg wartete auf weitere Detonationen, aber es blieb ruhig. Langsam trat er den Rückweg an. Ein Trupp Polizisten mit Menden an der Spitze kam ihm entgegen.

»Wo ist Lobenau?«, fragte der Kommissar.
Georg zeigte in die Tiefe.
»Du hast mit ihm gekämpft?«, fragte Menden.
»Ja«, sagte Georg. »Was war das für eine Explosion? Lobenau sagte, er hätte Islamisten mit Bomben versorgt.«
»Eine völlig irre Geschichte. Jean, unser einbeiniger Held. Nachdem er dich alarmiert hatte, dass Lobenau mit Sandra auf dem Dach des Domes rumkletterte, ging er selbst in die Kathedrale. Er hatte Jupp bei sich und noch ein paar andere seiner Freunde. Plötzlich lief ein vermummter Mann in die Kathedrale, rief irgendetwas von Allah. Jean erkannte die Gefahr, stellte dem Mann ein Bein, du kennst ja seinen Trick, brachte den Mann zu Fall, der stürzte nach vorn, fiel auf den Bauch, wo eine Bombe versteckt war, die er gerade gezündet hatte. Die Bombe explodierte, tötete den Mann, aber sein Körper nahm der Bombe auch die verheerende Wirkung. Jean, der am nächsten lag, bekam nur ein paar Schrammen ab. Christina, die an den Videokameras des Domradios saß, machte uns auf zwei andere verdächtige Gestalten aufmerksam. Sie hatten Bombengürtel umgeschnallt und Giftgasgranaten in den Händen, aber sie ließen sich nach dem Tod ihres Anführers ohne Gegenwehr verhaften. Sie sagten, sie wären polnische Bauarbeiter. Der Tote, ein gewisser Leszek, sei ein Kollege gewesen. Lobenau hätte sich die Aktion ausgedacht. Sie hätten nicht gewusst, dass die Bomben scharf waren, dass sie sich selbst in die Luft sprengen sollten.«
»Wie geht es Sandra? Wo ist sie?«, fragte Georg.
Menden legte Georg einen Arm auf die Schulter. »Sie ist noch auf dem Dach des Doms. Ein Arbeiter der Dombauhütte ist bei ihr. Es geht ihr gut. Er hat ihr die Augenbinde abgenommen, aber er sagt, er könne sie nicht losbinden.«
»Dann schnell weg hier, dem Manne muss geholfen werden.«
»Er sagt, die Fessel sehe aus wie eine Zündschnur. Ich habe einen Bombenexperten hochgeschickt.«

Georg stürmte los, um den Ausgang zum Dach über dem Südportal zu finden. Zwei Polizeibeamte versperrten ihm den Weg.

»Sie können da nicht hin. Da kann jeden Moment eine Bombe explodieren.«

Georg ließ sich nicht aufhalten, stieß einen der Beamten zur Seite, der fast sein Gleichgewicht verlor und von seinem Kollegen gerade noch festgehalten wurde.

Sandra stand ganz am Ende des Dachs, angelehnt an eine dieser zerbrechlichen Domfialen. Ein Mann stand neben ihr, der einen Helm trug und vorsichtig an ihrem Gürtel herumhantierte. Der Arbeiter aus der Dombauhütte, der Georg nach oben geleitet hatte, war gut drei Meter zurückgezogen postiert und hielt eine Art Kabel in der Hand.

Es stürmte und regnete.

»Sandra, hier bin ich«, rief Georg. Sie hatte ihn gehört. Sie winkte, nein, sie wehrte ihn ab.

»Mann, Sie sind verrückt«, schimpfte der Domarbeiter. »Die Frau hat eine Bombe umgeschnallt. Der Polizist sagt, es handle sich um eine doppelte Zündvorrichtung. Drahtlos, per Funk oder Handy, und zusätzlich hier über diesen Draht, den ich in der Hand halte. Das Perfide: Der Draht darf nicht gelöst werden, nicht am Körper der Frau, aber auch nicht da vorn an dem Metallrohr, wo das andere Ende befestigt ist. Sobald der Kontakt unterbrochen wird, explodiert die Bombe. Machen Sie, dass Sie hier wegkommen.«

Menden erschien hinter ihm. »Georg. Geh zurück in den Dom. Lass das hier meine Männer machen. Kurt, der Mann vorn bei Sandra, ist Spezialist. Der beste. Wenn er es nicht schafft, schafft es keiner.«

»Was will er denn schaffen? Er kann Sandra ja nicht einmal losbinden«, sagte Georg.

»Er versucht, die Bombe am Körper zu entschärfen. Wir gehen davon aus, dass wir ausreichend Zeit haben. Dass jetzt noch jemand die Bombe per Handy zünden könnte, halten wir für unwahrscheinlich, nachdem Lobenau tot ist. Einen Zeitzünder haben wir nicht gefunden.«

Sandra hatte die Augen geschlossen. Was mochte ihr durch den Kopf gehen? Hatte sie Angst vor dem Blick in den Abgrund?

Auf der Domplatte waren Rettungskräfte aufgefahren, hielten ein Sprungtuch bereit. Eine Feuerwehrleiter wurde ausgefahren, Georg zweifelte, dass sie lang genug sein würde, Sandra zu erreichen.

Der Bombenexperte sagte etwas in sein Helmmikrofon. Menden war es, der den Spruch annahm.

»So, alles weg hier. Kurt sagt, dass er so weit ist. Er glaubt, den Zündmechanismus begriffen zu haben. In drei Minuten will er es versuchen.«

»Was können wir denn so lange tun?«, fragte Georg.

»Wie wär's mit Beten?«, sagte Menden.

Der Kommissar trat zu dem Arbeiter der Dombauhütte. »Sie können das Kabel vorsichtig ablegen. Mein Mann sagt, es wäre besser, wenn wir uns alle möglichst weit zurückziehen.«

Menden gab Kurt ein Signal, dass sich alle zurückgezogen hatten. Kurt hob den Daumen. Er schien der Einzige zu sein, dem das hier alles nichts ausmachte. Er sagte etwas zu Sandra, die drehte den Kopf, schaute zu Georg, aber Kurt drehte ihren Kopf vorsichtig zurück. Sie sollte wohl nach vorn blicken.

Dann ging alles ganz schnell. Kurt griff an Sandras Hüfte, riss irgendetwas zur Seite, Georg sah, dass es ein Gürtel war, an dem etwas befestigt war, Sandra stieg über eine Art Schlinge und lief vorsichtig Richtung Dom, wo Georg auf sie wartete. Sandra zitterte, als Georg sie in den Arm nahm, dann brach sie erschöpft zusammen.

Sandra lag im Doppelbett in der Präsidentensuite, als Georg endlich zu ihr durfte. »Ich glaube, ich habe drei Tage lang geschlafen«, sagte sie.

»Es waren drei Stunden«, sagte Georg. »Darf ich?«

Sandra nickte. Georg kletterte zu ihr ins Bett.

»Ich hatte so große Angst um dich«, sagte er.

»Es war schrecklich«, sagte Sandra. »Vor allem die Stunden im Dunkeln. Wir waren in irgendeinem U-Bahn-Schacht. Lobenau hat mir erzählt, was er Kathrin angetan hat.«

»Lobenau ist tot«, sagte Georg.

»Er wollte mich umbringen«, sagte Sandra. »Das Schlimmste war, dass er mir alles haarklein erklärt hat. Die Bombe. Dass sie explodieren würde, wenn ich mich losreiße. Dass er mir noch etwas Zeit geben wollte. Ich sollte miterleben, wie er und diese Männer, er nannte sie ›meine lebenden Bomben‹, den Dom zerstörten. Und dann würde er sein Handy nehmen, um die Bombe an meinem Körper zu zünden und damit am Ende auch das Richter-Fenster zu sprengen. Als ich da oben so kalt und allein stand, habe ich mit meinem Leben abgeschlossen. Ich dachte, das ist das Ende.«

Georg legte einen Arm um Sandra. »Nein. Ist es nicht. Wir sind in Sicherheit. Wir brauchen nur etwas Ruhe. Vielleicht sollte ich für eine Woche ins Kloster gehen.«

»Dann gehe ich mit«, sagte sie.

»Nein«, sagte er und erinnerte sich an seine Worte bei ihrer ersten Begegnung: »Teufelinnen dürfen sowieso nicht ins Kloster.«

Was seitdem alles geschehen war! Bilderfetzen zuckten durch seinen Kopf. Der Nubbel-Mord. Engelchen und Teufelchen. Extrablatt und Kündigung. Rosa und ihr Lachen, als er sie in die Luft warf. Lenzens Lichttanz, Lenas Wohnung. Lukasz, der BMX-Riese. Die Piusbrüder. Die Schülerredaktion und ihre Fragen. Das eingestürzte Stadtarchiv. Die Botschaft im Richter-Fenster. Franck, Jean und die Freunde. Lobenaus Morde. Sandra und die Bombe. Der Todeskampf mit Lobenau.

Sandra drehte sich um und presste sich an ihn.

»Was würdest du mit hundertfünfundzwanzigtausend Euro tun?«, fragte Georg.

»Halt den Mund«, sagte sie und deckte ihn mit Küssen zu.

Danksagung

»Der Richter-Code« ist ein Roman, die Handlung ist frei erfunden, dennoch spiegelt er ein Stück Wirklichkeit.

Mein Dank geht an Gerhard Richter und seine Mitarbeiter, die keine Einwände hatten, dass sein Fenster im Dom Teil eines Romans wurde, dessen Details sie nicht kannten.

Bei der Recherche zum Richter-Fenster haben mir das Buch »Gerhard Richter – Zufall«, Verlag Kölner Dom und Verlag der Buchhandlung Walther König, Köln 2007, und die DVD »Gerhard Richter – Das Kölner Domfenster – Ein Film von Corinna Belz« besonders geholfen.

Eine der Hauptquellen zum Einsturz des Stadtarchivs war das Buch »Der Einsturz – Wie das Historische Archiv der Stadt Köln verschwand« von Günter Otten, Hermann-Josef Emons Verlag, Köln 2010.

Das Cover-Foto wurde freundlicherweise von den DERIX GLASSTUDIOS, Taunusstein, zur Verfügung gestellt, die als ausführende Werkstatt im Dom tätig waren.

Für die Latein-»Nachhilfe« bedanke ich mich bei Anke Luitgard Raßelnberg, Universität zu Köln, Institut für Altertumskunde, Klassische Philologie.

Bei meinem Schriftstellerkollegen Horst Eckert bedanke ich mich für die Zeitungsnamen BLITZ und KURIER.

Besonderer Dank geht an Hejo Emons und Dr. Christel Steinmetz vom Emons Verlag für ihre Geduld und ihre Ermutigung und an Lektorin Dr. Marion Heister.

Meiner Frau Micky möchte ich danken, dass sie in all den Wochen, in denen ich mehr an Georg Rubin als an sie dachte, die Fröhlichkeit nicht verloren hat.

EDGAR FRANZMANN
Millionenallee
KÖLN KRIMI
emons: